Unsterblich

Leah B. Natan

2. Auflage März 2006
Coverdesign and Graphics by Sin8
©opyright by Leah B. Natan
www.immortal.eternalblood.net

ISBN 3-937536-75-2.

Alle Rechte vorbehalten. Ein Nachdruck oder eine andere Verwertung ist nur mit ausdrücklicher schriftlicher Genehmigung des Verlags gestattet.

Ubooks
Hammeler Landstraße 14
86356 Neusäß
www.ubooks.de

Ich träumte mit offenen Augen. Der Cappuccino dampfte und umschmeichelte mich mit schokoladigem Duft. Menschen beobachteten mich. Sie waren so bedeutungslos.

Nicht weit entfernt ragte der Eiffelturm aus dem Septemberdunst auf, das Symbol einer Stadt, die ich nie gemocht hatte und in der ich nun doch lebte. Ich nahm sie kaum wahr, denn es war einer dieser Momente, in denen mein Leben an mir vorüberzog – nur für mich sichtbar, unverständlich für jeden anderen. Bei Menschen geschah so etwas nur, wenn sie starben. Und die Bilder meines Lebens waren so intensiv und einhüllend wie schon lange nicht mehr.

Ich trank einen Schluck, dann einen weiteren, schloss die Augen und ließ sie über mich herfallen.

†††

Es war ein kalter Oktobermorgen vor langer Zeit gewesen, als ich zu den Menschen zurückkehrte.

Die Wälder waren endlos, tief und unberührt von Menschenhand, verwoben wie tiefster Urwald, smaragdgrün und lichtdurchflutet. Es roch nach Leben und Tod, nach Verfall und süßer Verwesung von Pflanzen und Tieren. Die Sonne, die gerade über dem Horizont wiederauferstanden war, fiel im goldenen Ton des Herbstes durch die mächtigen Stämme, Nebel kroch lautlos über Moos, Farn und duftendes Laub. Linden glühten prächtig in hellem Gold, der Ahorn leuchtete blutrot und purpurn im jungfräulichen Licht des Herbstes.

Auf meinem Weg, Meile um Meile, durch die Wildnis begegnete ich tauschweren Netzen feinster Baukunst, die schwer zwischen Ästen hingen, sah hier und da im Dickicht das Fell eines Rehs aufleuchten wie eine Kastanie, die man frisch aus ihrem grünen Bett hervorlockt. Die Augen der Tiere sahen mich an wie die von scheuen Mädchen, gänzlich unschuldig und ahnungslos. Auf Lichtungen und am Fluss sammelte sich der Morgennebel. Mächtige Schatten erschienen wie Waldgeister in seinen Schwaden, die Häupter der Wesen erhoben sich stolz, warfen sich empor, und urtümliche Laute der Liebeslust hallten durch den sonst totenstillen Wald.

Silbrig blitzten die weißen Enden ihrer Geweihe in den ersten Lichtstrahlen. Das alte Tier am Waldrand blickte mich an, erstarrt zu Stein, eine Statue urtümlicher Kraft. Sein Gesicht war eine fast weiße Maske, die Augen riesig, klug und dunkel. Klüger als die der meisten Menschen, denen ich begegnet war. Es schnaubte, zitterte, sog die Luft ein, während ich fast bewegungslos dastand. Dann setzte sich sein Leib mit einer Leichtigkeit in Bewegung, die jeglicher Schwerkraft zu trotzen schien.

Es kehrte zur Herde zurück, als sei nichts geschehen. Ihre herrlichen Leiber prallten aufeinander, Geweih auf Geweih krachte durch die Stille und aus Fell und Nüstern stieg Dampf auf wie von Drachenwesen: Leidenschaft und Liebestaumel, vielleicht bis in den Tod.

Unten im Dorf wirkten die zwei Dutzend Hütten wie eine Herde scheuer Wesen, die sich zwischen Inseln aus Birken aneinander gedrängt hatten. Ein unbedeutsamer Fleck in der Weite der unzivilisierten Welt. Ich verbarg mich einige Zeit im Wald und beobachtete, dann wanderte ich den Hang hinab und gesellte mich zu ihnen.

Die Menschen stellten keine Fragen, wer ich war oder weshalb ich zu ihnen kam. Ihre Not war zu groß. Und als sie meine Fähigkeiten erkannten, nahmen sie mich trotz aller Sorgen in ihre Mitte auf.

Alle, die ich gekannt hatte, waren längst gegangen, aber das beeinflusste meine Entschlossenheit nicht. In ihren Gesichtern erkannte ich sie wieder, ich roch sie in ihrem Blut, das angetrieben von Angst und verzweifeltem Mut durch ihre Adern jagte.

Der erste Raureif des Jahres bedeckte an diesem Morgen zart wie Kristall das Gras. Im Norden zurückgebliebene Vögel zwitscherten. Perlmuttfarben schillerte der Himmel, den die Sonne nur als blasse Scheibe durchdrang. Die Welt war wie in ein Geisterlicht gehüllt.

Krieg vor dem Hintergrund einer jungfräulichen Natur. Wie herrlich würde die Welt sein ohne Menschen, die sie besudelten? Ich stellte es mir vor und empfand keine Reue dabei. Dennoch wollte ich ihnen helfen.

Eine alte Frau saß vor mir. Sie malte mit blauer Farbe Ornamente in mein Gesicht, auf meine Schultern, meine Brust, zeichnete geschickt sich windende Schlangen auf meine Arme und benetzte mein Haar mit Kalkwasser. Als es steif wurde, kämmte sie es mit langsamen, geschickten Bewegungen nach hinten.

Emotionslos legte ich das Silber an, den Halsreif, die verschlungenen Armringe und die prächtige Gürtelschnalle. Die Frau flocht Lederschnüre und kleine Elsterfedern in mein vom Kalkwasser fast weiß gefärbtes Haar und küsste mich dann auf die Stirn. Tränen füllten ihre Augen.

«Ich werde nicht sterben», sagte ich zu ihr. «Ich bin kein Mensch.»

Sie nickte traurig. Glaubte sie mir?

Während sie an meinem Schmuck herumzupfte, sagte sie bedächtig: «Ich weiß nicht, woher du kommst oder was du bist, aber ich wünschte, du wärst nie hergekommen. Es ist so sinnlos. Dein Leben ist verschwendet, egal was alle sagen. Was ist Ehre? Zu sterben? Wir werden untergehen, so oder so. Und auch du wirst sterben. Es sind zu viele. Das hier wird kein Kampf, es ist nur die ehrenvollste Möglichkeit zu sterben. Das sagen sie alle. Ehrenwert? Ja, wir sind ganz ohne Hoffnung.»

Die Frau schüttelte den Kopf. Ihre Haare waren wie die Fäden eines Spinnennetzes ... Vergänglichkeit. Ich wollte sie küssen, ihre Falten berühren, sie umarmen.

«Wir lassen sie gehen in dem Wissen, dass wir sie nur wiedersehen, um ihre Körper im Eichenhain zu vergraben.»

Sie nahm mein Gesicht zwischen ihre kleinen Hände. Bald würden sie zu Staub zerfallen. Die Haut sah aus wie Asche. «Ich werde dich nie vergessen. Warum opferst du dich für uns?»

Ich sah sie schweigend an. Warum? Weil ich es musste. Solch ein Gefühl lebte meist abseits jeder Vernunft. Ich musste es, weil ich ihre Verzweiflung und ihren Lebenswillen schmecken, riechen und wittern konnte ... und weil er mich verblüffte. Ja, ich nährte mich regelrecht von ihm. Ihr Leid schmeckte mir – eine Hand voll Herzen voller Angst. Ich musste es, weil ich mich noch immer an gewisse menschliche Eigenheiten klammerte. Aber wie sinnlos war das Ganze! Die Zeit hatte schon oft ganze Völker und Spezies ausgerottet.

Die alten Ägypter, das bleiche, schöne Volk meiner Vorfahren, das die Sphinx erbaute, als der Mensch in Europa noch rohes Fleisch aß und gerade die Sprache lernte. Die Könige im alten Babylonien, die leidenschaftlichen, der Liebe frönenden Etrusker. Inkas und Azteken mit all ihren Schätzen und dem blutigen Gold. Sie alle waren gegangen. Nahezu spurlos und plötzlich. Ausgelöscht von anderen, die ihre Überlegenheit und Reife fürchteten. Oder sie waren gegangen, weil sie sich fremd fühlten. So wie ich es getan hatte ... damals.

Wir waren etwa einhundert Männer und ein paar Frauen. Ich labte mich an ihrem wütenden Stolz. Es war der Stolz von Menschen, die wussten, dass sie nicht mehr lange existieren würden, ein Stolz, der ihnen eine bittere Schönheit verlieh. Ihre Zeit war vorüber. Nachdem die große Schlacht von Telamon bereits geschlagen war, begannen die kleinen, finalen Kriege.

Bald würden ihre Schätze unter die Erde gelangen und dort ruhen, bis ein ferner Gelehrter sie fand und studierte. Wer hätte sich das jemals denken können? Die kleinen, unbedeutenden Dinge, die sie an sich trugen, selbst die Schalen, in denen ihr Brot lag, Dinge, welche die Menschen damals kaum beachteten, würden einst wie Mysterien hinter Glas aufgebahrt werden.

Bis dahin sollte allerdings noch eine sehr lange Zeit vergehen ...

Damals standen sie ahnungslos in kleinen Gruppen im Tal, frierend und mit starren Gesichtern. Ihre Haut war blass und mit Tätowierungen übersät, ihre Körper nur spärlich bedeckt mit Silber, Leder und schillernden Federchen. Mit nackter Haut kämpfte es sich besser.

Selbst die Körper der Frauen waren kaum verhüllt. Wie schön sie waren, energiegeladen, geschmeidig und zäh. Ihre Körper waren weiblich und sahen doch aus wie die der Männer. Geschlechtslos.

Leise Stimmen schwebten in der Luft und vermittelten eine seltsame Friedlichkeit. Dieser Herbstmorgen war bereits erfüllt von winterlicher Stille, nur hin und wieder durchbrochen von den bizarren Lauten lustvernebelter Hirsche und den Schreien der hoch am Himmel vorbeiziehenden Kraniche. Die Natur schien längst in einem beneidenswerten Dämmerzustand zu liegen, sie starb wie der Phönix, während ihre Bäume noch voll belaubt leuchteten.

Was würde mein Vater sagen, wenn er hiervon erführe? Vermutlich wusste er es längst.

Jemand berührte mich an der Schulter. Es wurde Zeit.

Die Pferde warteten am Waldrand. Kleine, sehnige Schönheiten. Lederharnische mit Silberkettchen schmückten ihre Brust, und ihre Schädel wurden von Platten aus hartem Metall geschützt. Bizarre Schmuckstücke ragten auf der Stirn der größten Tiere in die Höhe, den Geweihen von Hirschen oder Steinböcken nachempfunden. Dumme Menschenspielereien und dennoch schön.

Ich konnte mir ein Lächeln nicht verkneifen, als ich mich einreihte. Mir kam das alles falsch und albern vor.

Diejenigen Männer, die uns vorausgehen würden, trugen gewaltige eberköpfige Bronzetrompeten. Der Ton, den sie erzeugen konnten, war einer der schrecklichsten Laute, die es je gegeben hatte: der Todesschrei eines riesigen, gefolterten Wesens, schrecklicher noch als der Laut eines sterbenden Pferdes, doch ihm am ähnlichsten.

Minuten vergingen, Stunden. Es war gleichgültig. Die Sonne stieg höher, und wir durchschritten den sanften Nebel der Wälder. Es wurde wärmer. Ein wunderschöner Herbsttag. Aber niemand sah es. Zu viel Angst hinter ihren Masken ...

Betäubt ging ich meinen Weg, bis es so weit war. Dort unten warteten sie. Sinnlos, hasserfüllt, sich ewig wiederholend.

Dann begann es wie so oft zuvor. Die Männer und Frauen brüllten aus voller Kehle, als sie die Hänge hinabstürmten. Ihre Feinde erstreckten sich wie ein schwarzer Teppich über das Tal, schreiend, stöhnend. Sie lachten irre. Manche fürchteten sich und wünschten sich fort. Seltsame, lange Federn und Hauben schmückten ihre Köpfe. Ich wurde langsamer, die Pferde donnerten an mir vorüber, galoppierten mitten hinein in das Getümmel. Viele wurden von den Speeren verletzt, die man schützend vor sich hielt, andere trampelten Menschen nieder und durchschnitten die Massen wie ein Schiff das Wasser.

Wusste irgendjemand, warum sie es taten? Sie wussten es damals nicht und heute nicht. Metall blitzte in einem Sonnenstrahl auf, der sich für Augenblicke durch die Wolken kämpfte. Wie pathetisch! Das Eintauchen in die Leiber war gleichsam wie Wellen, die über mir zusammenschlugen. Ich roch Blut, ich sah es, ich schmeckte es. Überall. Die Rauheit und Brutalität der Vergangenheit kann sich niemand von heute vorstellen. Sie war rein und ohne jede Heuchelei. Brutalität war alltäglich. Es war alltäglich, das Schwert bis zum Heft in einen Körper zu bohren, die Schreie der Sterbenden zu hören, Verwundeten den Todesstoß zu geben. Ich sprang über Körper hinweg, Menschen und Tiere. Nur bei letzteren fühlte ich Mitleid. Wären die Menschen nicht gewesen, hätten sie in Frieden leben können. Ich stolperte, fiel, rappelte mich auf, kämpfte weiter. Voll gepumpt mit Adrenalin spürte ich die zahlreichen Verletzungen nicht einmal, es war nur der Geruch meines eigenen Blutes, der mich rasend machte. Ich wusste plötzlich, was Instinkt bedeutete. Es ging nicht mehr um die Menschen, die ich in einem Anfall von Weichlichkeit vor der Auslöschung bewahren wollte. Es ging um mich. Ich wollte überleben! Der Tod stand mir vor Augen und ich wollte ihn nicht. Noch nicht!

Mein Körper wühlte sich durch Leiber, nass glänzend vor Schweiß und Blut. Ich tötete wie von Sinnen, freudlos und doch voll grimmiger Lust. Meine Bewegungen waren so schnell, dass mir die anderen träge erschienen, die feindlichen Schwerter vermochten mich bald nicht einmal mehr zu streifen.

Meine Stimme war die eines Tieres. Ich schrie. Gierig und wütend bis in die letzte Faser meines Körpers – bei jedem Hieb, bei jedem Streich, der die Haut der anderen zerteilte. Ich schmeckte Leben und Metall. Seelen und Angst und Fassungslosigkeit.

Es mussten Dutzende gewesen sein, die ich getötet hatte. Es schien mir, als watete ich bis zu den Knien in Blut. Meine Haare tropften. Mein Gesicht und mein Körper waren besudelt. Mein Herz raste und pochte in meiner Brust, und das Blut jagte heißer denn je durch meine Adern. Jeder Gedanke wurde ausgelöscht, jede bewusste Entscheidung.

Der Himmel hatte sich längst rot verfärbt, als mein Körper noch immer vor Wut und Kraft schrie. Die letzten Feinde fielen, dann herrschte Stille, eine Stille wie unter einem Leichentuch, düster und hoffnungslos. Was hatte ich hier getan? Wer war ich?

Ganz plötzlich war es vorbei, und ich saß da und starrte auf einen Berg aus Körpern. Der übrig gebliebene Streifen Abendrot spiegelte sich zu meinen Füßen in toten Pferdeaugen ... verständnislos.

Ich war zutiefst wütend.

Als man mich davonjagte, war das nur der Anfang. Nach und nach begriff ich, was in diesen vermeintlich vernunftbegabten Wesen vor sich ging. Tiere und unterlegene Menschen wurden in Arenen zerrissen, während die Zuschauer lustvoll pfiffen und nach noch brutaleren Todesarten schrien. Kriege überzogen die Welt zuverlässig und regelmäßig. Menschen quälten, folterten, töteten, marterten und hassten selbst im abgelegensten Teil dieser Welt, und nirgendwo stieg mir nicht der Geruch von Blut in die Nase.

Ich liebte das Leben, jedoch nicht das menschliche. Es sei denn, sie reizten mich durch Schwäche und Zartheit. Menschen, die Tiere folterten, starben durch meine Hand. Ich zögerte nicht, wenn ich mich verteidigen, mich nähren oder töten musste. So war es nun einmal im wilden Garten. Aber ich heuchelte niemandem Gutmütigkeit vor. Ich behauptete nicht, dass die Welt, in der ich lebte, gut war, wie es etwa bestimmte Menschen taten, um die nicht Eingeweihten ruhig zu halten. Es war so absolut widernatürlich!

So wartete ich also geduldig auf den Tag, da sie untergehen würden wie die alten Hochkulturen, wie die großen Tiere vergangener Zeiten. Zeit spielte für uns und für die Natur nicht die Rolle, wie sie es für den Menschen tat. Jahrhunderte waren wie ein Wimpernschlag. Das Lauern und Zuschlagen der Natur erschien dem Menschen harmlos, weil jede ihrer Bewegungen Generationen dauerte. Aber dennoch war sie sehr schnell, das spürte ich heute deutlicher als je zuvor.

†††

Ich trank meinen zweiten Cappuccino und blätterte in der Tageszeitung, die mir der Geschäftsmann vom Tisch nebenan überlassen hatte. Ich las von Naturkatastrophen, Vergewaltigungen und Selbstmordattentätern. Neben Sexinseraten und Gebrauchtwagenanzeigen stand der Bericht über ein vierjähriges Mädchen, das über Monate vom Vater missbraucht worden war. Ein Video war aufgetaucht, in dem drei Jugendliche eine Katze folterten und sie nach einer halben Stunde lebendig häuteten. Eine Frau hatte dieses Video gefunden und meinte, es wäre Kunst. Die drei Jungen wurden bewundert. Sogar auf einem Filmfestspiel in Kanada würde das Ganze zu sehen sein.

Es gab Dinge, gegen die man machtlos war. Sie kehrten immer wieder, in jeder Sekunde viele Male irgendwo auf dieser Welt.

Mit einem freudlosen Lächeln ließ ich mich in den Stuhl zurücksinken und betrachtete den Abendhimmel. Die Bäume leuchteten und glühten. Dunst verhüllte die Stadt, und ein Schwarm Vögel zog in einem perfekten V gen Süden, nichts ahnend davon, was sich unter ihnen abspielte.

Viele würden durch Kugeln getötet werden. Aber jetzt leuchteten über ihren Leibern bunte Zuckerwattewolken in den letzten Sonnenstrahlen. Herbstmelancholie in Vollendung.

Und dann wusste ich, dass ich zurückkehren musste, zurück zu ihnen, zu meiner Familie, die ich vor zwei Jahrzehnten verlassen hatte.

Ich sah ihre Gesichter vor mir, hörte ihre Stimmen flüstern, und eine unwiderstehliche Sehnsucht überfiel mich.

Es wurde Zeit!

Alex, Mia – ihre Namen waren ein Versprechen. Mein nächstes Ziel hieß England. Das sanfte England im Spätherbst.

Anfänge

Wir sind bei dir in jeder Sekunde.
Und doch geht jeder allein seinen Weg.

England im Oktober

Der Himmel vor uns färbte sich malvenfarben, als wir die Berge hinter uns ließen und einer Straße folgten, die sich wie eine Schnur bis zum Horizont hinzog. Es war überhaupt kein Verkehr, und ich gab ordentlich Gas.

Kleine Baumgruppen hier und da milderten die schier unendliche Einsamkeit der Ebene, die sich bald in alle Himmelsrichtungen erstreckte. Eine beängstigende Leere, die mir nicht gefiel.

Das Geschöpf neben mir vermittelte mir nicht das Gefühl, das ich erhofft hatte, und diese Tatsache schmerzte. Keine Nähe, keine Vertrautheit und schon gar nicht dieses tiefe Wohlgefühl, an dem man sonst eine gute Partnerschaft erkannte. Irgendwo auf dem Weg zwischen Frankreich und England war sie mir über den Weg gelaufen. Ein verirrtes Kätzchen, hübsch und unschuldig. Und deshalb hoffte ich noch immer tief in mir. Mein unbeirrbar naiver Kern gab nicht auf, daran zu glauben, denn möglicherweise war es nur eine Kleinigkeit, die uns von dem Erhofften trennte. Vielleicht würden meine Geschwister Rat wissen. Vielleicht lag alles an mir, und es war nur meine Natur, die sich an das Alleinsein klammerte.

Aber sie war ein Mensch. Und ich nicht. So einfach war das. Was hatte ich denn erwartet?

Die Dunkelheit kam langsam, tief und vertraut. Nur das Geräusch des Motors und das Sirren der Reifen trennte uns von vollkommener Stille. Sie saß neben mir und hatte seit Stunden kein Wort gesagt, tat als schliefe sie, sah aus dem Fenster oder beobachtete mich von der Seite. Irgendetwas stimmte nicht, es schwängerte die Luft und summte in meinem Kopf.

Die Rückbank war voll gepackt mit den wenigen persönlichen Dingen, die das Nomadenleben ihr gelassen hatte. Ich wollte ihr ein Zuhause geben, ein geordnetes Leben unter Geschöpfen von einem anderen Stern.

«Ihr werdet euch mögen», sagte ich leise, ohne eine Antwort zu erwarten. Sie blickte mich kurz an, zuckte die Schultern und seufzte.

Ich wurde wütend durch ihre Interesselosigkeit, fühlte mich verletzt.

«Was hast du?»

«Nichts.» Das erste Wort seit langem.

«Interessiere ich dich schon nach ein paar Tagen nicht mehr?» Nein, es musste etwas anderes sein. Meine Arroganz verlangte es so.

«Viel schlimmer ...», murmelte sie und sah wieder aus dem Fenster.

Seit wir aufgebrochen waren zu Alex und Mia, kapselte sie sich immer verbitterter ab. All meine Versuche waren an ihr abgeprallt, und mittlerweile fehlte mir Lust und Elan, es weiter zu versuchen. Mochte sie in ihrer wirren Menschenwelt verharren.

Resigniert starrte ich auf den Asphalt, der im Dunst der violetten Ferne verschwand. Die Nacht brach herein. Über dem Horizont leuchtete die Venus, gleichgültig wie jeder andere Himmelskörper. Diese Einöde um mich herum, das monotone Geräusch des Motors, das Schweigen, während wir dieser schnurgeraden Straße folgten, Meile um Meile ... es verband sich zu einer einzigen großen Leere. Ich hasste mich dafür.

Also wieder einmal dasselbe Spielchen. Eine kleine Geschichte unter vielen fand ihr Ende, so war es nun einmal. Sie würde es mehr treffen als mich, denn es ist unser Fluch und unsere Gabe, nur intensive Gefühle zu wecken. Das war das Gefährliche. Ich war des Lebens müde, ich, der ich so lange Zeit meine Genüsse hungrig und voll kindlicher Gier aufgesogen hatte.

Was tat ich hier? Warum tat ich es?

Ich wusste es nicht, konnte keine Antwort darauf geben. Dennoch setzte ich meinen Weg fort und würde es ihnen zu erklären versuchen, wenn sie danach fragten.

Alex, Mia – sie würden mich lehren, wieder zu genießen, wieder ich selbst zu werden. Ein heilsamer Balsam der Vergangenheit und mein Rettungsseil wie schon unzählige Male zuvor.

In meiner schier unbändigen Sehnsucht wurde ich ungeduldig. Ich wollte den Menschen neben mir loswerden, wollte ihn weder ansehen noch in meiner Nähe spüren: Dieses Mädchen widerte mich an in all ihrer jugendlichen Destruktivität und Sturheit.

Alles, wonach ich mich sehnte, war die Nähe gleichartiger Geschöpfe, Geschöpfe, vor denen ich all meine Masken, Kostüme und Spielereien fallen lassen konnte.

Aber würde ich es noch können? Würde ich die alten Zeiten zurückholen können? Sicher, ich hatte schon länger unbeschadet durchgehalten. Aber diesmal war es anders, ich war anders.

Sie starrte mich an. Nicht im Geringsten ahnte sie, was ich ihr hätte antun können. Ihre Stirn kräuselte sich und etwas trat in ihr Gesicht, was ich nie zuvor an ihr gesehen hatte, dennoch erkannte ich es wieder. Spürte die Stimmung in der Luft, die sich plötzlich zusammenzog und unerträglich dicht wurde, als würde sich etwas zu fest anspannen und nur ein zerstörerisches Ereignis könnte es wieder lösen oder schlichtweg zerreißen. Einer Kokon, aus dem sich etwas herauswand und nach dem Hier und Jetzt griff, um es zu zerstören.

«Ich weiß, was du tun willst», hörte ich sie flüstern, «aber ich kann dich nicht gehen lassen!»

Sie packte die Handbremse und senkte zeitlupenhaft die Lider.

Ehe ich reagieren konnte, brachen die Geschehnisse auf mich ein. Mein Kopf schlug gegen die Scheibe, der Wagen wurde herumgerissen, drehte sich, Reifen quietschten unerträglich laut, die Welt verwandelte sich in einen verzerrten, kreischenden Strudel.

Ein gewaltiger Schlag schien meinen Körper in Stücke zu reißen. Der Baum zerquetschte das Metall und schoss auf uns zu. Einen winzigen Augenblick lang nahm ich tausend Dinge wahr, gewaltiger Lärm, der in absolute Stille überging, die Risse in der Borke, trockene Grasbüschel, zwei Vögel, die mit zeitlupenhaften Flügelschlägen flüchteten, Blut, das an die Scheibe spritzte und die Sekundenbruchteile danach zerbarst. Gestank. Das Brechen von Knochen. Zerreißende Haut. Ich wusste, es war vorbei. So plötzlich. Warum hatte sie das getan? Der Schmerz, den mein sterbender Körper empfand, war irgendwo weit, weit weg. Ich konnte es nicht begreifen. Dafür war es zu schnell geschehen.

«Alex ...!», schrie ich innerlich und starb, ohne dass er mich hören konnte.

Vergangenheit

Wie in einem Traum reiste ich zurück, weit zurück, bis an die Grenze meiner Erinnerung. Aber es war kein Traum. Auch wenn es mir oft so erschien und ich dann kaum mehr zu trennen vermochte.

Ich stand in den alten Zeiten als Kind am Rande des Waldes, unter tief hängenden Zweigen, die sich im Wind wiegten, und sah auf mein Dorf hinab. Es war Spätsommer in meiner Erinnerung, die Luft war noch immer warm und seidig. Schwer wie Samt und trunken vom Duft reifer Früchte der Erde und des Waldes, die vor dem nahenden Herbst all ihre Üppigkeit feilboten. Die Hitze, schon durchhaucht von Herbstkühle, flimmerte über dem Gras, und über den unglaublich weiten Himmel segelten schneeweiße Wolken. Es roch nach Sonne, Wald und Gras. Nach Kräutern, feuchtem Moos und dem Wasser des nahen Flusses.

Es war meine Heimat und ich liebte sie, natürlich, doch niemand dort unten war wie ich. Oder besser, ich war nicht wie sie.

Die Selbstverständlichkeit, mit der die anderen Kinder dort unten umhertobten wie behütete Lämmer in der Herde, war mir nicht vergönnt.

Vor etwa fünf Jahrzehnten, was länger war als ein Menschenleben zu jener Zeit, hatte sich mein Volk in diesem Tal niedergelassen, irgendwo in den südlichen Karpaten.

Jahrhunderte wiederum waren vergangen, seit ihre Vorfahren die Ebenen Britanniens verlassen hatten, um in einer der größten Völkerwanderungen der Geschichte Europa zu durchstreifen und zu erobern. Noch bevor die Römer zu ihrem grausamen Zug aufbrachen, beherrschte mein Volk bereits alles Land zwischen dem sanften England und den schneeumwehten Alpen.

Ihre Art und Weise zu leben war so einzigartig wie ihre Sprache und so viel anders, als man es heutzutage annahm. Ganz wie die alten, adligen Ägypter waren sie etwas Hervorstechendes, fremdartig, kunstvoll und feinsinnig und deshalb zur Ausrottung durch den Menschen bestimmt.

Viele Körnchen Wahrheit lagen in dem, was bis heute überlebt hatte. Es gab einige kuriose Grundregeln im Leben, doch Menschen leugneten sie seit jeher mit vehementer Sturheit.

Wie viel würde mir ein Historiker bezahlen, wenn ich ihm mein Alter offenbarte und ein Gespräch anbot? Warum lebten die Menschen mit solcher Leidenschaft für längst Vergangenes, nur um es nach ihren Wünschen und Vorstellungen zu verfremden, nichts daraus zu lernen und sinnlos zu analysieren?

Nun, ich tat, gefangen irgendwo zwischen Leben und Tod, vermutlich genau dasselbe.

Lange, lange vergangen ... Wie lang? Ich wusste es nicht mehr, wusste nicht, wie alt ich war. Meine Müdigkeit ließ es mich erahnen, wenn ich Dinge zum tausendsten Mal sah und empfand. Kam mit dem Alter die Gleichgültigkeit?

Damals – welch wunderbares Wort! – im Spätsommer, ja, da legte ich mich ins Gras und starrte auf das Farbenspiel des Lichts, das im Blätterdach der Eichen tanzte. Es hatte bereits den goldenen Schimmer des Herbstes, und ich spürte die heranschleichende Leere in mir, die immer zusammen mit dem Nebel und der Kälte kam.

Es gab oft Zeiten, in denen ich allein sein musste, in denen ich durch die Welt lief, als sähe ich sie zum ersten Mal, immer mit dem Gefühl, als müsse jeden Moment etwas Bedeutendes geschehen, als hätte sich in wenigen Augenblicken alles unwiderruflich verändert.

Ich war ruhiger als die anderen meines Alters. Meine Stimme, die eher selten erklang, war meist ein Flüstern. Jedes laute, plumpe Geräusch war mir zuwider. Oft bewegte ich mich irgendwo zwischen Realität und Traum, und es schien mir, als wäre die Welt vor mir nur ein Gemälde, dessen Leinwand ich mit den Nägeln meiner Finger hätte zerreißen können.

Ich war vernarrt in alles Zarte und Verletzliche, hatte mich nie jung gefühlt oder kindlich, naiv vielleicht, aber immer mit dem Wissen, dass ich mir selbst etwas vorenthielt. Und obwohl es nicht einfach war, hätte ich mein Dasein dennoch nie gegen die menschliche Unkenntnis eingetauscht.

Selbst meine frühen Jahre erlebte ich mit der quälenden Deutlichkeit eines Greises. Aber nicht nur mein Inneres war seltsam.

Meine Glieder und Züge waren zu zart, meine Haut zu bleich und zu unversehrt für ein Volk, das ein entbehrungsreiches Leben in rauer Natur führte und das vom Alter schon in jungen Jahren gezeichnet war. Meine Bewegungen waren fließend genug um misstrauische Blicke zu ernten.

Ich wurde geduldet, nicht mehr und nicht weniger. Dafür war meine Andersartigkeit zu offensichtlich. Es waren schmerzhafte Jahre, und doch empfinde ich meine Kindheit als angenehm und denke gern daran zurück. Vielleicht liegt es auch nur am Alter. Je älter man wird, umso schöner wird die Vergangenheit.

«Ich habe Angst um dich», flüsterte meine Mutter eines Nachts, als wir wieder schlaflos auf den Decken lagen und dem Zischeln des Nachtwindes im Strohdach lauschten. «Ich wünschte, du wärst so gewöhnlich wie sie.» Ihre blassblauen Augen ruhten auf meinem Vater und meinem Bruder, von denen trotz der Wärme nur die aschblonden Haarschöpfe unter den Decken hervorlugten. Sie streichelte mich, fuhr mit ihren Fingern die Linien meines Gesichtes nach, als könne sie nicht glauben, dass ich ein Wesen aus ihrem Körper war.

«Ich spüre, dass Augen auf dir ruhen», sagte sie. «Sie werden dich finden und dich mir wegnehmen.»

«Niemals, Mutter!», widersprach ich. «Niemand wird mich euch wegnehmen, ich gehöre hierher. Warum sagst du das?»

Sie war traurig. Es wäre Illusion zu hoffen, dass alles gut ging, sagte sie mir. Nichts ging einfach gut. Das war das Leben.

«Sieh dich nur an», flüsterte sie plötzlich ängstlich und nahm mein Gesicht in ihre Hände. «Es gibt nur einen, der dir ähnlich ist.»

«Wer?»

«Nein ... nur ein Traum!» Ihre Augen glänzten feucht. Sie wirkten plötzlich dunkler, seltsam verwandelt, was ich mich irritierte. «Ein schöner Traum, ein paar Herzschläge lang. Weißt du, dass mein ganzes Leben mir wie ein Traum erscheint ... und Jahre wie Tage? Alles vergeht so unsagbar schnell, nur du und ich bleiben stehen, während alles an uns vorbeirast.»

Sie zog meinen Kopf an ihre Brust, als wolle sie mich verstecken. Dann sagte sie etwas wie: «Du siehst ihm zu ähnlich, viel zu ähnlich.»

Ich sagte nichts darauf, weil ich wusste, sie würde nicht antworten. Ein auffallendes Äußeres brachte niemals Gutes mit sich, besonders in schlechten Zeiten und wenn es einem anhaftete wie ein Brandzeichen. Aber das war mir nicht bewusst. Noch nicht. In der Kindheit begreift man so wenig, dass das Leben dem Paradies ähnelt, einfach und leicht wie eine Feder.

Ich sah sie lange an. In ihrer Traurigkeit entfaltete ihr Gesicht seine größte Schönheit. Es war geformt wie ein schmales Dreieck, beinahe fremdartig, aber es sog die Blicke auf und ließ sie kaum mehr los, denn man wollte das verborgene Rätsel darin ergründen. Ihre Lippen waren zart, üppig und blass, ihre Züge ließen in jedem den Wunsch aufkommen, sie tröstend zu berühren. Immer war da der Hauch von etwas Kindlichem in ihnen, trotz all der Jahre, die auf ihr lasteten. Die dunkelbraunen Haare schimmerten im Licht der Glut, flossen über ihre Schultern und bildeten einen erlesenen Kontrast zu der sehr bleichen Haut. Wie bei mir schimmerten an ihren Schläfen malvenfarbene Adern hindurch und verliehen ihr etwas Zerbrechliches, Ätherisches.

Meine Mutter war ein sehr melancholisches Geschöpf, ebenso mein Vater. Doch er war dazu erzogen worden, es nicht zu zeigen, war nur das, was man von ihm erwartete. So sah ich sein Fühlen stets nur in seinen verklärten Augen, in seinem Blick, der manchmal lange Zeit in eine Ferne schweifte, die nur er sehen konnte: Hilfe suchend, sehnend, hoffnungslos.

Von Kindheit an kriegerisch erzogen, war er mir stets mehr als großer Bruder denn als Vater erschienen, oft monatelang verschwunden, auf Wanderungen und Jagden durch das weite Land. Wie es damals üblich war. Die Geheimnisse, die er mit sich trug, hatte ich nie kennen gelernt.

Meine Mutter strich mit den Daumen über meinen Handrücken. Das Feuer der Herdstelle knisterte behaglich und ließ die Zeit stillstehen, mein Vater und mein Bruder atmeten schwer.

«Lerne, dich zu wehren», sagte sie, «lerne alle Kunst von deinem Vater, die du brauchen wirst, um dir Leid zu ersparen. Auch wenn dir all das nicht gefällt.»

Ich nickte. «Mach dir keine Sorgen», murmelte ich schlaftrunken, und meine Wange schmiegte sich an die weiche Wolle ihres Kleides. Die Korallenbrosche auf ihrer Brust schimmerte wie Blutstropfen, ein winziges Detail, das sich in meine Erinnerung brannte: die kleine, rote Brosche ...

«Ich möchte dich verstecken, verstecken vor aller Augen, aber das würde dich töten. Meine Befürchtungen geben mir nicht das Recht, dir die Freiheit zu nehmen. Ich wünschte nur, ich wüsste ...», sie schüttelte müde den Kopf, «warum das Leben uns all das aufbürdet, ob es einen Sinn hat, ob unsere Wünsche und Hoffnungen irgendeine Rolle spielen. Oft denke ich, dass das Leben nur eine sehr langsame Art zu sterben ist.»

Ich war traurig. Aber Nächte wie diese würden für immer das Sinnbild für Geborgenheit bleiben, und je weiter sie in die Vergangenheit rücken und im Nebel verschwinden, desto herzzerreißender empfinde ich diese Sehnsucht.

Mit ähnlichen Gefühlen denke ich an die lauen Sommerabende meiner Jugend zurück, an den Baumstamm im Weiher, auf dem ich und Laeg, mein Freund aus jenen Zeiten, oft saßen, um zu reden. Immer wieder sehe ich die Bilder vor mir, erinnere mich an jede kleine Empfindung und kann sie doch nicht zurückholen. Aber wäre es uns möglich, wie viele würden nur für Vergangenes leben, anstatt sich für Kommendes zu formen. Niemand würde mehr den Weg sehen. Freiheit war vielleicht das Gefährlichste, was uns widerfahren könnte.

Aber nur ein paar Momente lang ... ja, es ist, als wäre ich dort ...

Ich erinnere mich an eine ganz bestimmte Nacht. Eine Nacht, in der alles begann, möchte ich sagen. Die mich in einen Kokon hüllte und zu etwas nie Gekanntem reifen ließ. Mein Leben, wusste ich nun, hatte nicht mit der Geburt begonnen, sondern mit ihm.

Es mochte irgendwann im August gewesen sein. Der Sommermond spiegelte sich im Wasser, und die Sehnsucht, die mich packte, zerriss mir fast das Herz. Schmerz überfiel mich, ohne dass ich wusste weshalb. Es gab keinen Grund für mein Leid. Und doch war es da.

Ich spürte Laegs Blick auf mir ruhen und es tat weh, dass er nicht verstand, niemals verstehen konnte.

Der Abend war wunderschön und der Himmel klar wie Kristall. Die Wolken waren klein und endlos weit oben, dass der Blick sich im Himmel verlor. Aber alles an der Welt, die mich umgab, erschien mir plötzlich falsch, so grundlegend falsch, dass ich ohnmächtige Wut empfand. Etwas war nicht richtig daran, nicht richtig an meinem Leben. Aber was? Ich dachte an die Jahre, die vergangen waren seit meiner Geburt, und sie erschienen mir kurz wie ein Atemzug, bedeutungslos – kein Leben, sondern ein Warten.

Laeg stöhnte leise, als er meine Stimmung bemerkte. «Du hast wieder deine schweren Tage, nicht wahr? Kannst du es mir erklären?»

Ich schüttelte den Kopf und antwortete dennoch: «Es ist ein Gefühl, als wäre ich allein. Völlig allein. Und etwas an dem, was ich bin und wo ich bin, ist falsch.»

«Ich weiß.» Laeg nickte.

«Du weißt nichts.»

Pure Verzweiflung schnürte mich ein, aber wie so oft verbarg ich mich hinter einer Maske. Ich legte sie an und schmückte mich mit ihr, ohne dass er es bemerkte.

Oh ja, ich war ein Feigling und Jammerlappen. Aber irgendwann müssen wir das alle wohl sein, um den Unterschied zu spüren.

«Wenn du ein Einzelgänger bist», erwiderte Laeg, «kann ich nichts dagegen tun. Du lässt dir schließlich nicht helfen. Aber hör auf, deine Wut an mir auszulassen!»

«Du hast keine Ahnung, hörst du?»

«Ja!» Laeg schnaubte. «Du erzählst mir auch nichts. Woher sollte ich eine Ahnung haben? Du machst mich irre, mit deinen Eigenheiten, die ich nicht verstehe, mit deinem verrückten Leben. Wer bist du überhaupt?»

Ich war plötzlich so wütend, dass ich erstarrte. Weder antwortete ich darauf, noch hielt Laeg eine Entschuldigung für nötig.

So saßen wir eine Zeit lang stumm nebeneinander. Dann erinnerte ich mich an das Gefühl, das mich die letzte Zeit stets verfolgt hatte – die Anwesenheit ... die ständige Nähe von jemandem oder etwas, das nicht gut war. Wie oft war ich im Schlaf aufgeschreckt, wie oft hatte ein Schatten mich verfolgt, hatten rauer Atem und geflüsterte Worte mich geängstigt, immer gerade so undeutlich, dass sie auch Einbildung hätten sein können und mich in Ungewissheit ließen.

Beneidete er mich etwa darum? Um diese Verfolgung und die wirren Träume, die mich seit meiner frühen Kindheit plagten? Träume von Jagden, Blut und Tod? Beneidete er mich um die Blicke der Menschen, die mich begafften wie einen besonders exotischen Käfer, der ebenso faszinierend wie abstoßend war?

«Verzeih mir», hörte ich Laeg plötzlich sagen. Ich wandte mich ihm zu. «Es tut mir Leid, ich spüre zur Zeit nur selbst sehr deutlich, wie schwach ich bin. Ich neide dir vieles, denn von mir hat man immer mehr erwartet, als ich geben konnte, während sie dich in deiner eigenen Welt gelassen haben ... aus Furcht, Respekt oder Unwissen.»

Er blickte mich an, lange und intensiv. Dann glitten seine Augen durch mich hindurch und er fuhr fort: «Zu viel, fürchte ich, um zu viele Dinge sorge ich mich und verschweige es doch. Aber in Wahrheit bist du ein noch größerer Melancholiker und Lügner als ich!»

Laegs Augen wanderten über mein Gesicht, den Körper hinab, schienen jede Einzelheit zu prüfen und vielleicht zu vergleichen mit dem, was sein sollte. Ich fühlte mich bloßgelegt. Verlegen wandte ich mich ab und nahm erst jetzt wahr, dass die Nacht längst hereingebrochen war und tiefe Schatten uns umgaben. Vermutlich suchte man uns schon. Damals war es in den Wäldern nicht ungefährlich.

«Dein Vater war kein Mensch!» sagte Laeg plötzlich.

Er krümmte die Finger und berührte mit den Knöcheln meine Wange, so vorsichtig, als hätte er Angst, ich könnte ihn verbrennen.

«Sie müsste rau und gebräunt sein wie meine, nicht so weiß, als hättest du nie die Sonne gesehen. Sie müsste wärmer sein, deine Finger ... sie sind zu lang und durchscheinend, deine Augen sind nicht menschlich. Sie wurden heller mit der Zeit, nur ein wenig, aber sie sind noch immer seltsam. Obwohl du wirkst, als könnte jede feste Berührung dich zerbrechen, bist du doch stärker als ich. Ich weiß nicht, was ich davon halten soll. Ständig nimmst du Dinge wahr, die niemand sonst wahrnimmt. Das alles ist nicht menschlich. Und du tust so, als wäre es dir nicht einmal bewusst, als wäre es gewöhnlich und normal. Du verlangst, dass wir uns nicht davor fürchten. Aber das tun wir seit deiner Geburt!»

«Was ist für dich menschlich, Laeg?», zischte ich verzweifelt. «Ich wurde geboren wie du auch. Ich atme und bin aus Fleisch.»

«Du bist keiner von uns!»

Ich seufzte verletzt.

Laeg presste plötzlich reumütig die Lippen aufeinander. Seine Haut spannte sich über den scharfen Wangenknochen, er schien in Sekunden um Jahrzehnte zu altern. Ich drückte seine Hand fort und starrte ihn an, verlangte irgendwie eine Wiedergutmachung, die nicht möglich war.

«Hör zu, ich will es dir erzählen. Ich bin nicht blind für deinen Schmerz.» Laegs Stimme verwandelte sich in ein raues Flüstern, er kam mir so nahe, dass meine Wange die seine streifte. Ich wollte mich abwenden, aber es gelang mir nicht. Er raunte mir ins Ohr, als dürfe kein Lebewesen sonst es vernehmen: «Man erzählt sich Geschichten über deinen Vater, die man natürlich vor dir verschweigt. Sie fürchten dich, so wie sie ihn fürchten.»

«Meinen Vater? Sicher nicht. Jeder kennt ihn gut. Warum sollten sie sich vor ihm fürchten?»

«Nein.» Er starrte mich an, eindringlich, gnadenlos. Ich roch seinen heißen Atem, berührte ihn, als er sich wieder an mein Ohr beugte. Auf seinem Hals schimmerte ein Flaum zarter Härchen. Etwas schmerzte in meinen Eingeweiden und ich fühlte mich unvermittelt gähnend leer. Dann sagte er: «Der, den du meinst, ist nicht dein Vater.»

Ich erstarrte und betrachtete wortlos das Wasser.

Laeg schwieg kurz und fuhr schließlich fort: «Neun Monate vor deiner Geburt, so erzählen sich die Leute, kam an einem heißen Sommerabend ein seltsamer Fremder ins Dorf, für eine Nacht. Deine Mutter war zu dieser Zeit bereits verheiratet, die Schönste des Dorfes und noch zauberhafter als heute. Sie und der Fremde schienen von Anfang an vertraut wie Geschwister, was sie auch vom Aussehen her hätten sein können; alle anderen schwankten zwischen Verehrung für diesen Mann und Misstrauen, das tödlich für deine Mutter hätte enden können.

Ich weiß nicht, weshalb ihr Mann so ruhig blieb. Vielleicht, weil sie eher wie Bruder und Schwester waren und dabei so natürlich wirkten, als wäre es immer so gewesen.

Nun, jemand behauptete gesehen zu haben, wie dieser Fremde spät des Nachts mit ihr in den Wald ging. Bis zum Morgengrauen blieben sie fort. Und er ... nun, er war dir sehr ähnlich: bleich, fremdartig und still. Sehr schön auf eine ungewöhnliche Art und auch beängstigend, obgleich er weder groß noch kräftig war vom Körper her. Es war etwas viel Tieferes. Seine Stimme verzauberte jeden, der wagte ihr zuzuhören. Sie war das Gefährlichste an ihm, sagen sie immer wieder, er vernebelte mit ihr den Verstand derer, die ihm zuhörten. Er spielte mit ihnen und meinte, sie dürften ihm nicht zürnen, es wäre schließlich nur der Lauf des Schicksals.»

«Du dramatisierst doch ein wenig?» Ich lachte freudlos. Meine Hände zitterten und ich fühlte mich unsagbar leer und ausgeliefert. «Du weißt ja, wie es mit Geschichten ist, vor allem, wenn die Alten sie erzählen. Aber glaubst du daran?»

Laeg blickte mich an. «Ich lüge nicht und ich schmücke nichts aus. Mein Vater hat ihn damals gesehen und er hasst jede Art von Märchen. Er ist so phantasievoll und sensibel wie der verfaulte Baum, auf dem wir sitzen.»

Ich roch etwas Seltsames in seinem Atem, der über mein Gesicht streifte. Seine grau marmorierten Augen weiteten sich, sein Herzschlag wurde schneller und dröhnte in meinen Ohren. Ich hörte Blut rauschen, mir schwindelte und ich spürte, wie sich meine Sinne schärften, ohne dass ich den Befehl dazu gegeben hatte.

Es wurde immer schlimmer, und ich drohte daran einzugehen.

«Glaubst du also daran?», wiederholte ich.

«Du sitzt hier vor mir!», sagte Laeg. «Sie erzählen es oft: Nur die Angst vor dem Fremden hat deine Mutter davor bewahrt, dass man sie verstieß oder Schlimmeres mit ihr tat. Sie hat mit einem Wildfremden geschlafen und dich gezeugt. Jeder weiß es. Dein menschlicher Vater akzeptiert es – keiner weiß, warum er es so leichtfertig hinnimmt.»

«Nicht leichtfertig, er hasst mich deswegen. Aber gleichzeitig liebt er mich zu sehr, um mich zu verstoßen, wie er es hätte tun sollen.»

Laeg nickte: «Ja, jedes andere Kind einer solchen Verbindung hätten sie seinem Schicksal überlassen oder es einfach getötet. Aber sie fürchteten sich zu sehr vor diesem Fremden. Man rätselt sogar darüber, ob es Cernunnos leibhaftig gewesen sein könnte, was hieße, dass er dich aus einem bestimmten Grund gezeugt hat und dass sein Zorn furchtbar gewesen wäre, hätten sie dir auch nur ein Haar gekrümmt. Aber wenn du mich fragst, wusste dieser Fremde ganz einfach, wie man unser Völkchen einschüchtern konnte und was er ihnen erzählen musste, damit sie sabbernd vor ihm auf die Knie fallen.»

Ich lachte und schwieg. Dann öffnete sich ein gähnender Abgrund und ich war zutiefst deprimiert. Das Haar hing mir ins Gesicht und ich bemerkte zum ersten Mal, dass meine Strähnen im Mondlicht intensiv bläulich schimmerten und dann wieder silbern, als erhaschte ich einen Blick auf die ferne Zukunft.

Sinnierend wickelte ich eine Strähne um den Zeigefinger und sog ihren Duft ein: Sandelholz, wie immer, selbst im Winter, wenn die Flüsse eingefroren waren und ich sie monatelang nicht wusch. All die verräterischen Kleinigkeiten, wie ich sie hasste! Wie ich mich hasste!

«Ich bin immer noch derselbe», murmelte ich ohne Hoffnung auf Verständnis.

«Ja, und ich wusste nie, wer du bist.»

Es waren die Worte, die ich erwartet hatte. Nein, ich konnte ihm nicht mehr böse sein.

Ich sah wieder auf und studierte die Flecken auf der weißen Oberfläche des Mondes, der hinter dem Laub einer Eiche hervorschimmerte.

Dann betrachtete ich meine Hand. Die Haut schimmerte im Mondlicht. Sie war durchsichtig wie Spinnenseide, und ein Netz aus feinen Adern verzweigte sich unter ihr. Ich sah es darin pulsieren. Fühlte Wind über die Haut streichen, über die winzigen Härchen. Es brachte meinen Körper zum Schaudern und die Nervenenden in einer überwältigenden Intensität zum Klingen, wie ein Rufen und Flüstern, ein Flüstern ... in meinen Ohren, in meinen Adern, in meinen Gedanken, erst leise, dann fordernd, verlangend ...

Mein Gott!

Die Nacht roch feucht und wild, Kühle stieg in Nebeln vom Boden auf und verfing sich in den Baumwipfeln.

Meine Sinne schmerzten vor Schärfe, ich fühlte heiße Wellen der Aggression mich durchzucken: Wut, Verlangen, Schwindel. In einer seltsamen, lauernden Haltung erstarrte ich und lauschte in meinen Körper hinein. Er verwandelte sich, wehrte sich gegen irgendetwas, gegen die unbewussten Grenzen und Zweifel, mit denen ich ihn fesselte.

Ja, ich spürte es deutlicher als je zuvor. Wo war er nur, er, der so war wie ich?

«Was ist mit dir?», irgendeine bedeutungslose Stimme, Laeg.

Aber die andere war kräftiger, umschmeichelnder und klang wie ein Versprechen.

«Hörst du mich?»

Mein Herz klopfte schneller, schmerzhaft schnell. Ich sog die Luft ein und öffnete den Mund, um zu riechen und zu schmecken. Es geschah instinktiv, weil sich winzige, verräterische Spuren im nächtlichen Wind befanden.

«Lass uns nach Hause gehen!» Laeg zog mich hoch. «Es wird spät. Sie suchen uns längst schon.»

Ich schlug nach ihm. Seine Berührung machte mich unsagbar wütend.

«Lass mich hier!»

Laeg blickte mich an. «Das kann ich nicht ...»

«Doch! Geh! – Ich bin verschwunden, du hast mich verloren. Erzähle irgendwas.» Meine Stimme bebte. Würde ich gleich die Kontrolle verlieren?

«Aber ...»

«Verschwinde!»

Laeg drehte sich weg und verschwand leise schimpfend in der Nacht. Er hatte Angst vor mir gehabt! Es war seinen Augen abzulesen gewesen. Das war etwas Neues, etwas Neues, was ich in anderen auslöste.

Egal. Es war mir gleich. Alle dort unten waren mir gleich. Ich konnte keine menschliche Gesellschaft ertragen.

Mein Herz raste mittlerweile, ich zitterte wie Espenlaub. Völlig aufgelöst lief ich in den Wald hinein, taumelte tiefer und tiefer und sank auf einer Lichtung ins Moos. Die überwältigend duftende Feuchtigkeit des Waldbodens drang durch meine Kleidung. Baumwipfel wölbten sich über einen schwarzen Himmel voller Sterne. Laub raschelte im Wind. Von den fernen Gipfeln wehte Schneegeruch und Kälte herab, ich sah sie am Horizont schimmern und leuchten. Grenze zum Ende der Welt? Weißer Tod?

Ich hörte mich seufzen.

Die Leere in mir klaffte tiefer auf, tiefer als jeder Abgrund. Sie schrie nach etwas, was sie füllen konnte. Und die Stimme wusste Antwort. Etwas war dort draußen, das auf mich wartete. Hier. In dieser Nacht.

«Komm! Bitte!», schrie ich stumm hinaus. Mein Körper bäumte sich auf, die Finger krallten sich in die weiche Erde und fühlten ihre seltsame Konsistenz, die Zartheit des Mooses, winzige Steine, wie sie durch die Finger rannen. Kalte Feuchtigkeit und Tiefe. Duftende, wilde Tiefe.

Ich stöhnte, meinte die klopfenden Herzen dort draußen zu hören, das Leben der scheuen Geschöpfe, das süß in den Schatten pochte, ganz nah, neugierig, witternd. Gerüche stiegen mir in die Nase, tausende von Gerüchen.

In einem Baum unweit von mir saß ein Käuzchen. Es rief mir etwas zu, leise, zart und geduldig. Aber erschöpft und quälend weit offen für alle Empfindungen lag ich da und starrte in den Himmel. Dann erfasste mich erneute eine Welle, erneuter Schwindel. Das Flüstern wurde lauter. Aber was sagte es? Ich bäumte mich auf, zitterte und wand mich und warf mich herum wie ein wildes Tier, ohne irgendetwas kontrollieren zu können.

Ich hielt es kaum noch aus. Alles schmerzte. War ich krank, verrückt? Trotz der Kühle lief der Schweiß meine Stirn hinunter und pochte mein Kopf vor Fieber.

Plötzlich sank ich innerlich zusammen und erschlaffte. Befallen von einer überwältigenden Schwäche.

Erlösung! Oder doch nicht? Sie war zu schwer, bleischwer, beinahe lähmend. Ich blinzelte müde zu den Baumwipfeln und sah die Sterne zwischen den Blättern funkeln, so winzig und kalt wie Eissplitter. Alles wurde unreal. Ich wollte die Nacht und die Erde spüren, zerrte mühevoll mit der Hand an den Schnüren, die mein Hemd zusammenhielten. Es gelang mir, es abzustreifen. Die Erde auf meiner nackten Haut fühlte sich an, als begännen meine Nerven zu singen, als sickerte die Kälte wie Silber in meinen Körper und brächte ihn zum leuchten. Überwältigt breitete ich die Arme aus, grub die Finger in die Erde und bot mich der Nacht dar.

Es wurde still. Das Käuzchen breitete die Flügel aus und segelte mit sanftem Rauschen davon.

Wieder ein Flüstern. Jetzt verstand ich es.

«Lass es zu! Hab keine Angst!»

In den Augenwinkeln bemerkte ich einen Schatten. Ich spürte nun, dass ich unfähig war, mich zu bewegen. Mein Körper war gelähmt, drückte sich gegen den Boden wie ein Bleiklumpen. Die Erde schien sich um meine Finger zu schließen und zu schlingen und hielt sie fest.

Der Schatten bewegte sich auf mich zu. Es war die Gestalt eines hochgewachsenen, schlanken Mannes. Sein Gesicht war nicht mehr als ein Anflug bleicher Haut unter der Kapuze. Der Stoff seines schlichten, weiten Mantels schimmerte in dunklen Blautönen und wehte sanft im Wind.

«Du kennst mich, nicht wahr?», flüsterte die Stimme.

Angst kroch in mir empor. Das Herz hämmerte mir in den Ohren. Ich fror entsetzlich.

«Fürchte dich nicht.»

Vage erkannte ich die Züge seines Gesichts, eine schmale Nase, große, leicht schräg stehende Augen, hohe Wangenknochen, über die sich die Haut spannte wie Seide über einen Kokon, und farblose, leicht geöffnete Lippen – jung und gleichzeitig uralt.

Die Gestalt bewegte sich mit einer nebelhaften Grazie, während der Saum ihres Mantels das taunasse Gras streifte. Sie wirkte schwach, unendlich müde. Der Mann umkreiste mich, langsam wie ein Geschöpf, das keine Eile kannte. Er kniete sich neben mir nieder. Die Zeit gefror, alles gefror und floss schließlich nur zögernd fort. Er lächelte. Zuerst beobachtete er mein Gesicht, atmete in tiefen Zügen, glitt dann hinab zu meiner nackten Brust und beugte sich ein wenig nach vorne. Seine Hand verschwand unter dem Blau des Mantels. Er zog ein Messer.

Wie Kristall blitzte der Stahl der Schneide auf. Die Klinge war lang und gewellt, die Spitze nadelfein. Filigrane Ornamente überzogen den Griff aus Hirschbein. Es war das Zierlichste und Gefährlichste, was man sich ausmalen konnte, eine Waffe, die liebkosend tötete.

«Fürchtest du den Schmerz?», fragte die Stimme sanft und schmeichelnd. Ganz langsam bewegten sich seine Lippen, öffneten sich und legten sich wieder aufeinander wie fallende Rosenblätter.

«Ja», hörte ich mich sagen, dann fühlte ich das Kitzeln einer Träne.

Die Hand des Mannes zuckte vor und legte sich kalt auf meine Brust, um mich noch tiefer hinabzudrücken, tief in die Erde hinein, die mich noch fester umschloss und einfing. Seine Berührung kam einer Offenbarung gleich.

«Mein Sohn ...», murmelte er.

Seine Finger krümmten sich auf meiner Brust zusammen, die Nägel gruben sich in die Haut, gleichzeitig schmerzhaft und liebkosend. Wie die Berührung meiner Mutter voller Sanftheit war, war diese fordernd.

Vater?, schoss es mir durch den Kopf. Ich fühlte eine nie gekannte Hilflosigkeit. Das Gefühl der völligen Auslieferung war neu und seltsam befreiend, ja gar erregend. Ich hatte keine Wahl. Ich musste mich fallen lassen, musste aufgeben und mich fügen. Das machte es so einfach, so wunderbar einfach nach all den Zweifeln.

Der Atem des Wesens beschleunigte sich, heiser vor Begehren. Das Messer glitt auf mich zu. Ich würde sterben! Er würde das Letzte sein, was ich sah!

«Schschsch ...!», raunte seine Stimme beruhigend. Dieses Wesen labte sich an meiner Angst wie ein Mensch an köstlichem Wein.

«Nein ...!», wimmerte ich verzweifelt und schloss die Augen. Als ich sie wieder öffnete, war das Gesicht nah vor meinem. Er blickte mich an, küsste eine Träne von meiner Wange, säuselte etwas in einer fremden Sprache – die Stimme rau vor Gier – und die Spitze des Messers berührte mich in der kleinen Vertiefung an der Kehle. Mein Atem setzte aus, als sie sich sanft in die Haut drückte, ohne sie zu verletzen. Ich bereitete mich auf den letzten Schmerz vor, dem der Tod folgen würde, und wartete ... Ich war entschlossen, keinen Laut von mir zu geben, egal wie groß der Schmerz sein würde.

Doch statt sich in mich zu bohren, fuhr die Klinge unendlich langsam zur Brust hinab.

«Nein ...!», gelang es mir ein weiteres Mal zu flüstern, doch schon zuckte wieder die Hand hervor und ein kalter Finger legte sich auf meinen Mund. Der Mann lächelte ... so vertraut. Sein Finger strich zärtlich über meine Wange und etwas Schwermütiges, fast Bedauerndes ging nun von seinen Zügen aus. Warum wollte er mich umbringen? Was hatte es für einen Sinn?

Er strich mir wie einem ängstlichen Kind über die Haare. Dann ging alles sehr schnell. Seine Hand legte sich plötzlich mit festem Griff um meinen Kiefer und drückte meinen Kopf zur Seite. Ich sah sein Gesicht nicht mehr. Nur noch graue Baumstämme und sich im Wind wiegendes Laub. Da war das Messer ... an meinem Hals. Ich spürte, wie sich die Schneide kalt an meine Haut schmiegte. Warum?

«Fürchte dich nicht, mein Sohn!», raunte die Stimme, dann schnitt die Klinge tief in die Haut. Ich wollte schreien, aber seine Hand legte sich auf meinen Mund und drückte zu. Ich hörte das Messer zu Boden fallen. Warm rann ein Strom meinen Hals hinab. Der Schmerz brannte seidig und tief.

Da beugte sich der Mann so nah über mich, dass unsere Körper sich aneinander schmiegten wie Liebhaber. Er legte sich auf mich mit einer fast unmöglichen Last, sein Knie schob sich zwischen meine Beine und stützte sich auf dem Boden ab.

Die Intimität dieser Augenblicke war von einer seltsamen Unschuld, ihre Ekstase durch und durch grausam und beschränkt auf die ältesten Gefühle und Instinkte. Wir wurden zu Tieren. Mein keuchender Atem schien in der Leere des Nachthimmels widerzuhallen, vermischt mit den bizarren Lauten des Wesens, das in tiefen Zügen den Duft des Blutes einatmete, dessen Lippen die feinen Härchen an meinem Hals ertasteten und das sich quälte, bis das Verlangen den letzten Rest Menschlichkeit auslöschte, während ich von der Last seines Körpers in den Boden gedrückt wurde.

Mein Genuss daran erschreckte mich. Ich wollte fliehen, fort von hier, näher zu ihm. Seine Lippen wanderten zu der Wunde, ein Grollen ließ seinen Brustkorb erzittern, dann pressten sich weiche Lippen auf mein Fleisch, saugten daran, zuerst zögerlich wie um zu kosten, dann intensiver. In gierigen Zügen trank er das hervorquellende Blut. Lust vermischte sich nur zu willig mit dem Schmerz und ließ mich fast die Besinnung verlieren, ließ mich erlösend hilflos in seiner Umarmung erschlaffen und mich dem Sog hingeben, dem Sog der Lippen an meinem Hals, dem Schmerz der Zähne, die an der Haut rieben und sich in sie hineindrückten, um den Fluss anzutreiben. Ja, es war erlösend, und ich hasste und liebte ihn dafür. Er erkannte in diesen Momenten, wer ich war, weil er meine Seele bloßlegte, sie enthüllte und sie der Welt preisgab, verletzlich wie ein kleines, nacktes Tier. Er fuhr zurück und griff sich mit blutverschmierten Händen ins Gesicht, besudelte sich, stöhnte tierhaft, leckte das warme Blut von den Fingern, warf ekstatisch den Kopf in den Nacken und packte schließlich mit beiden Klauen wieder meine Schultern, um mich brutal zu sich hochzureißen und seine Zunge erneut in die pochende Wunde zu graben.

In heftiger Umarmung klammerten wir uns aneinander, vollkommen hilflos, und verschmolzen in verbotener Intimität. Dahinjagende Wolken verdeckten den Mond und gaben ihn wieder frei. Mein Bewusstsein verblasste. Seine Kraft und rohe Gewalt zerstörten mich. Ich glaubte, er würde mich töten – und auf eine gewisse Art und Weise tat er das.

Er trank mein altes Leben, mein menschliches Sein, das man mir eingeflößt hatte über viele Jahre. Ich wurde enthüllt, auseinander gerissen, neu zusammengefügt. Der Schmerz und die Lust einer Wiedergeburt.

Ich weiß nicht, wie viel Zeit verging. Die Welt verschwamm vor meinen Augen, während ich glaubte, an die Grenze des Erträglichen zu treiben. Zeit tropfte dahin wie Honig und Blut, zäh, süß und in all dem Schmerz durchtränkt von pochender Hitze. Mein Herz schlug dumpf, wurde langsamer, bis nur noch warme Finsternis und ein sanft dröhnender Herzschlag mich umgaben.

Pochen und Dunkelheit. Wie der Tod.

Schwach nahm ich wahr, dass die Gestalt sich entfernte. Ich hörte die Stimme noch etwas flüstern, etwas Liebevolles. Dann war ich allein mit der Schwärze, und eine eisige Kälte kehrte ein.

Als ich das nächste Mal die Augen aufschlug, schimmerte es im Osten blassrosa durch die Baumstämme. Lange Zeit blinzelte ich in den heller werdenden Himmel und wusste kaum, was geschehen war. Mir war so kalt wie nie zuvor in meinem Leben, so kalt, dass selbst meine Gedanken eingefroren schienen. Noch immer betäubt glitt meine Hand zum Hals und fand die Verletzung. Sie schmerzte, so wie jede Faser meines Körpers, als wäre ich neugeboren. Ja, und das war ich. Er hatte mich ein zweites Mal gezeugt und geboren. Es war schmerzhafter diesmal ... und brachte weitaus mehr Erkenntnisse mit sich.

Wieder verrann Zeit, bis ich mich genau an das erinnern konnte, was geschehen war. Und doch war mein Verstand nicht fähig, es nicht begreifen. Ich versuchte mich aufzurappeln, fühlte mich schwach und leer. Vielleicht würde ich es dennoch schaffen. Ich musste es schaffen! Mühsam schleppte ich mich entlang des Flusses den Berg hinauf und dann in das Tal hinab. Ich brach zusammen, kämpfte mich wieder hoch, wollte verzweifeln und setzte doch einen Schritt vor den anderen, bis ich auf dem grasbewachsenen Hang vor meinem Dorf endgültig zusammensank.

Monate später...

An einem Morgen im Oktober fiel der erste Schnee. Ich hatte die gesamte Nacht wach gelegen. Neben meinem Lager befanden zusammengeschnürte Bündel, die ich heute mit mir nehmen würde, hinaus in die Wälder: warme Kleidung und zwei Decken, die mich schützen sollten in kalten Nächten, und ein Messer, dessen Griff ich selbst geschnitzt hatte – Hirschbein, verschönert mit jenen Ornamenten, die damals die Klinge des Wesens geziert hatten. Jedes Detail hatte sich in meine Erinnerung gebrannt, jede winzige Empfindung in diesen Momenten. Dieses Wesen, in dessen Adern mein Blut floss und dem ich seitdem mehr verbunden war als irgendjemand anderem – als hätte uns dieser intime Akt zusammengeschweißt mit einem unzertrennbaren Band –, es war stets bei mir. In mir. Ob ich es wollte oder nicht.

Viele Tage hatte ich damals krank und fiebrig im Bett verbracht, und viele weitere Tage dauerte es, bis ich meine Kraft zurückerlangt hatte. Aber mein altes Ich war gestorben. Der Kern, der in mir geschlummert hatte, begann zu wachsen und zu keimen. Vieles in mir änderte sich, schleichend und unmerklich, doch von Nacht zu Nacht mehr. Ich wusste es damals nicht, aber meine Verwandlung war von dieser Nacht an nicht mehr aufzuhalten. Alles bisher Vertraute wurde mir fremder von Tag zu Tag. Ich zog mich gänzlich zurück. Depressionen wechselten sich mit bizarren Glücksgefühlen ab. Niemandem berichtete ich von dem, was vorgefallen war, doch meine Mutter schien mehr zu wissen, als ich mir erklären konnte. Seit jenem Morgen, an dem ich dem Tode nahe zurückgekehrt war, sah man sie nur noch selten lächeln. Jeder hielt sich fern von mir. Jeder ließ es mich spüren. Nun hatten sie mich also endgültig verlassen. Aber dies war das Leben, sagte ich mir, und nahm es hin.

Immer wieder ertappte ich mich dabei, wie ich die weiße Narbe zärtlich betastete und mir die Empfindungen zurückrief. Bald erschien mir dieses Mal wie eine kleine Kostbarkeit ...

Kaum eine Stunde später verabschiedeten wir uns, für ein Jahr. Oder für immer? Laeg hob nur kurz die Hand und ging nach Osten in die Wälder hinaus.

Als seine Gestalt zwischen den Bäumen verschwand, krampfte sich etwas in mir zusammen. Unsere Freundschaft war gestorben, unsere Vertrautheit dahin. Ich spürte, dass etwas endete, so abrupt, als hätte jemand einen Lebensfaden mit einem einzigen Schnitt durchtrennt.

Das eine starb, das andere begann. Nichts würde mehr sein wie zuvor. Es war ein endgültiger Abschied – das spürte ich – und nur ein Abschied von vielen, die folgen würden. Ohne mich noch einmal umzusehen, ging ich nach Norden in den Wald hinaus.

Sonnenstrahlen brachen zwischen den Stämmen der Bäume hindurch, doch eine dunkle Wand aus Wolken schob sich gen Osten und würde sie bald wieder vertreiben.

Eine seltsame Stimmung tränkte die Luft. Der Wald ruhte in einem überirdischen Licht, wie es nur ein kalter Herbstmorgen manchmal zaubern konnte. Würde mir das gefallen, was dort draußen auf mich wartete? Würde ich ihn wiedersehen?

Die dünne Schneeschicht knirschte unter meinen Schritten, während ich einem alten Pfad entlang des Flusses folgte. Glasklar strömte und schäumte sein Wasser über die Steine, wie es dies seit Jahrtausenden tat, um einen Tagesmarsch weiter in einem Wasserfall tief in die Schlucht zu stürzen. Dem Rande dieser Schlucht würde ich einen Tag folgen, bis die Berge flacher wurden und die Wälder dichter. Dort würde ich bestimmt einen Unterschlupf finden, der mich vor dem nahen Wintereinbruch schützte. Die Farbe des Himmels und der Geruch der Luft sagten mir, dass mir nur noch wenige Tage bis zu den ersten Winterstürmen blieben.

Aber es trieb mich nicht zur Eile. Ob ich leben oder sterben würde, war unwichtig wie alles andere.

Den gesamten Tag folgte ich dem Fluss, schwermütig, ohne einen klaren Gedanken. Graue Wolken bedeckten den Himmel und der Tag wurde dunkel und trübe – so wie ich es liebte. Am Nachmittag setzte Schneeregen ein und eine beklemmende Kälte kroch in meinen Körper. Ich wanderte stur weiter. Gleichgültig ragten vor mir die schneebedeckten Gipfel in den Himmel, wie sie es seit Jahrtausenden taten, geboren lange vor den ersten Menschen und selbst vor den Göttern, wenn es sie je gegeben hat. Ihr Anblick erweckte in mir ein Gefühl von Macht und Einsamkeit, ich ahnte nicht, dass dieses Gefühl einmal mein treuer Begleiter werden würde.

Am Abend entzündete ich nahe des Flusses ein Feuer. Die Bewegung hatte mich nicht müde werden lassen. Meine Muskeln und Glieder schrien förmlich danach, den Weg fortzusetzen, dem Horizont unaufhaltsam zu folgen, denn nur so konnte ich der Leere in mir entfliehen ... Ablenkung, Bewegung. Meine Seele aber sehnte sich nach Schlaf. Bebend lag ich da, gewickelt in warme Decken, und fand doch keine Ruhe. Die Dunkelheit des Abends verwandelte sich langsam in die der Nacht, und als die dichten Wolken plötzlich aufbrachen und der Mond ihre bizarren Ränder wie flüssiges Silber aufflammen ließ, raubte mir Sehnsucht die letzte Hoffnung auf Schlaf.

Ich löschte das Feuer und packte meine Sachen zusammen, um den Weg fortzusetzen.

Als die Nacht am tiefsten war, erreichte ich den Wasserfall. Ich war überrascht, denn ich hätte für den Weg eigentlich viel länger brauchen müssen. Dröhnen und Donnern erfüllte die Luft, und Gischt verfing sich in kleinen Tröpfchen in meinen Haaren, als ich zu nahe am Rand der Schlucht entlanglief. Ich genoss diese ziellose Wanderung in der Dunkelheit, wie ich nie zuvor etwas genossen hatte. Jetzt war die Wildnis erfüllt von einer Reinheit und Urtümlichkeit, die am Tag verborgen war, die Schatten schienen zu pulsieren und die Luft roch so würzig und wild, dass mir schwindelte von all den Sinneseindrücken.

Seitlich von mir befand sich der gähnende Abgrund, in dessen blauer Tiefe der Fluss schäumte. Ich lief weiter, irgendwohin, wurde schneller, rannte beinahe. Die Einsamkeit der Nacht war vollkommen. Die Stille bleiern. Ich lief, bis der Übermut mich packte und ich trotz der Last in den federnden, schnellen Laufschritt der Jäger verfiel.

Die Berge wurden flacher und schon bald tauchte ich ein in würzig duftende Wälder, die noch in buntem Laub schimmerten und betörend im Nachtwind rauschten. Ihre Tiefe beruhigte mich. Sie waren dichter und dunkler als die Wälder meiner höher gelegenen Heimat, die

Baumstämme mächtiger und bizarr wie Fabelwesen. Steine, Wurzeln und Boden waren moos- und farnbedeckt, Bäche schäumten dahin und zerschnitten den Wald mit kleinen Schluchten.

Gemächlich zog ich weiter, traf auf eine Gruppe schlafender Jäger und umging sie in großem Abstand, angewidert von ihrem Geruch und ihrer stinkenden Trägheit.

Kurz vor Sonnenaufgang fand ich eine Höhle, eingegraben in den Fels einer Klippe, die sich über einen verlandenden See erhob.

Vorsichtig erkundete ich sie, denn Höhlen wie diese waren selten unbewohnt. Doch nichts Lebendes war in ihr. In einer der hinteren Ecken breitete ich die Decken aus und befahl meinem Körper nach stundenlanger Rastlosigkeit zum ersten Mal Ruhe. Durch den Eingang der Höhle sah ich, die Lider halb gesenkt vor Müdigkeit, auf nebelverhangene Wälder hinab. Die Geister der Bäume schwebten über den Wipfeln und lösten sich langsam im Sonnenaufgang auf. Es roch intensiv nach wildem Tier und nassem Fell. Das Messer umklammernd lag ich da und blinzelte in den heller werdenden Himmel. Dann schlief ich so plötzlich ein, dass ich es nicht einmal wahrnahm. Meine Träume waren wild und wirr und handelten wie so oft von der Begegnung jener längst vergangenen Nacht.

Ich sah zu, wie das Wesen einem verirrten, jungen Jäger die Kehle herausriss. Er presste seinen Mund auf die fürchterliche Wunde und Blut spritzte in den Schnee. Ich sah die bloßgelegte Halsschlagader des Mannes pochen, sah, wie die Zunge des Wesens leidenschaftlich das rohe Fleisch leckte und sich hineingrub, bis das Pochen erstarb.

Dann ließ es den toten Mann zu Boden fallen, zog sich die Kapuze vom Gesicht und starrte mich an.

Sein schönes Gesicht, dessen Alter sich nicht bestimmen ließ, war zart wie Eis, die dunklen Augen blickten sanftmütig. In einer grazilen Geste wischten seine Finger das Blut von den Lippen und wie damals leckte seine Zunge es zärtlich auf. Der Schnee schien rot zu triefen. Dampf stieg von dem sterbenden Körper auf. Es roch nach Schmerz und Tod.

Trotz des erschreckenden Bildes strahlte nichts Böses von diesem Geschöpf aus, nur die natürliche Grausamkeit eines Raubtiers über seiner Beute.

Ich verharrte still und atemlos und blickte es an – seine Art zu lächeln, dieses verführerisch langsame Blinzeln seiner Augenlider, die spitz zulaufenden Bögen seiner Oberlippe, die ihm etwas Zartes, Verletzliches verliehen. Ob es ein junger Mann oder ein Greis war, vermochte ich nicht zu sagen, jedenfalls war es männlich.

Er hielt etwas in der Hand, ein Stück Fleisch, triefend vor Blut – das Herz des Opfers. Mit einer einladenden Geste hielt er mir das Organ entgegen und lachte, als ich angewidert das Gesicht verzog. Er beugte den Kopf zurück und hielt sich das Herz über seinen geöffneten Mund, ganz wie die Könige der alten Indianervölker im Dschungel es taten, presste es wie eine Weintraube aus und trank das darin verbliebene Blut. Er umfing es, küsste es, saugte an ihm. Seltsam, mit welcher Unschuld er diese Grausamkeit beging, ohne dass sie bestialisch wirkte – als wäre er ein Liebhaber.

Und als das Herz nur noch schlaff wie ein leerer Beutel in seiner Hand lag, ließ er es fallen. Er starrte in den blutbesudelten Schnee. Seine Wimpern waren lang und schwarz, dicht wie die einer schönen Frau.

Ich wollte auf ihn zugehen, ihn berühren. So viele Fragen ...

Zögernd setzte ich mich in Bewegung. Plötzlich regte sich der tote Mann. Aber er konnte unmöglich leben! Seine Kehle war doch herausgerissen ebenso wie sein Herz. Doch seine Augen öffneten sich und er sah mich an. Seine Augen waren blau. Er war jung und auf eine gewisse Weise Art hübsch, noch nicht wirklich erwachsen. Der Anblick des sich bewegenden, zerfetzten Körpers erschreckte mich zutiefst. Er stöhnte, hob seine Hand deutete auf mich, voller Vorwurf und Verachtung.

Das Wesen sah auf ihn herab und lachte, wich zurück und schien sich aufzulösen. Dabei glitt sein Blick wieder zu mir herüber, lasziv und herausfordernd. Ein Finger hob sich und legte sich auf die roten Lippen, eine Geste wie eine Liebkosung ohne Berührung – unverhohlen sinnlich.

Ich weiß noch, dass ich zurücktaumelte, auf einen Abgrund zu. Das Lächeln des Wesens, das mir die Wahrheit in die Seele brennen wollte, verfolgte mich und trieb mich weiter, bis ich den Abgrund hinunterstürzte und spitze Felsen mich auffingen. Sie durchbohrten meinen Körper. Ich schrie, doch nicht aus Schmerz, sondern aus einem entsetzlichen Verlustgefühl heraus. Meine Schreie hallten von den Felswänden wider, bis ich plötzlich auffuhr und bemerkte, dass ich mich noch immer in der Höhle befand. Es war Abend geworden, zum letzten Mal ging die Sonne farbenprächtig vor einem roten, goldenen, violetten Himmel unter.

Dies war meine letzte Nacht vor den Winterstürmen. Ich würde jagen müssen, töten, um zu überleben. Dieser Gedanke und die Einsamkeit, die mir plötzlich bewusst wurde, schnürten mir die Kehle zu. Meine Seele schmerzte unerträglich. Ich dachte an meine Mutter, an meine Familie, was sie fühlten in diesen Momenten, da ich ihnen fern war.

Weshalb war ich mir so sicher, sie niemals wiederzusehen? Ich würde zurückkehren, oder? Warum sollte es nicht so sein? Ich erwog, einfach liegen zu bleiben und zu sterben.

Und dann? Also gut, sterben konnte ich auch später noch, vielleicht in einer der kommenden Nächte. Also stand ich auf und ging in die Nacht hinaus, um unschuldiges Leben aufzustöbern. Was hatte es für einen Sinn, sich schuldig zu fühlen?

†††

Ein paar Tage später erwachte ich wieder gegen Abend. Draußen schwebten große, weiche Flocken vom Himmel und hüllten die Welt in ein weißes Kleid, das alle Geräusche dämpfte. Ich warf mir einen Umhang über und trat in die unberührte Winterlandschaft hinaus. Schneeflocken blieben in meinen Haaren hängen und schmückten sie, tanzten gänzlich lautlos auf mich herab. Ich war vernarrt in die zarten Berührungen meiner Haut und sank zu Boden, wie ein Kind. Ich wühlte im Schnee, rollte mich herum, starrte in das seltsame, leere Grau hinauf, aus dem die Flocken herabrieselten, und fragte mich zum ersten Mal, was dahinter existierte.

Ein Rabe hockte auf dem Ast einer Fichte und krächzte, ein eigenartig melancholischer Laut, der in der Weite des Winterabends widerhallte – als wären ich und der Vogel die einzigen Lebenden in dieser Welt. Schnee schmolz auf meiner Haut. Ich musste niesen, da breitete der Rabe erschrocken seine Flügel aus und verschwand im Grau des Waldes.

Ahnungslos blieb ich liegen, während die Schneeflocken mich bedeckten. Hier und jetzt sterben und sanft eingehüllt werden – ich stellte es mir als etwas Wundervolles vor, empfand eine tiefe Sehnsucht. Wie wenig wusste ich damals, wie herrlich dumm war ich, wie beneidenswert naiv!

Die Nacht war schön wie selten, blausilbern und leuchtend, und eine erhabene Stille erfüllte die Welt. Nur das Wolfsheulen erinnerte mich daran, dass hinter diesem schönen Bild noch immer das Spiel von Fressen und Töten existierte, Brutalität das Leben beherrschte und Frieden nur Illusion war.

Später in der Nacht folgte ich einem Flüsschen hinab ins Tal, vorbei an einem See, dessen Wasser zu einem blendend weißen Spiegel erstarrt war. Unter dieser Eisdecke trieben in absoluter Finsternis reglose Fischleiber dahin, in süßen Todesschlaf gefallen. Pfoten- und Krallenspuren zeichneten sich in einem geordneten Chaos auf der Schneefläche ab. Verwehungen formten weiche Körper, die sich unter dem Winterhimmel räkelten und vom Licht überflutet und sanft gestreichelt wurden.

Es roch noch immer üppig und feucht nach altem Herbstlaub, vermischt mit dem herben Duft der Nadeln, und daneben der Geruch von Schnee, von Schnee und Eis, so rein und absolut klar!

Nicht weit vom See befand sich eine Lichtung aus Brombeergestrüpp, und weiter im Osten stiegen die Rauchfahnen eines Dorfes in den Nachthimmel auf. Ich hörte menschliche Stimmen, grob und falsch in ihrem Klang und etwas in mir war zutiefst angewidert. Ich machte einen großen Bogen um sie und wanderte weiter nach Norden, bis sich der Fluss zwischen einer Ansammlung alter Eichen breiter wurde und so flach, dass ich ihn trockenen Fußes von Stein zu Stein überqueren konnte.

Moosbewachsene Felsblöcke ruhten hier wie riesenhafte Tiere zwischen schlangengleichen Wurzeln. Der Ort strahlte eine solch urtümliche Schönheit aus, dass ich am anderen Ufer verharrte und die Stille in mich aufsog. Es hatte aufgehört zu schneien, der Himmel klärte auf. Äste knarrten unter der Schneelast. Die Stämme der Buchen und Eichen wirkten im Mondschein wie nackte Gestalten, Skelette, erstarrt in der ersten, eisigen Nacht dieses Winters.

Ich berührte mit dem Finger die makellose Schneehaube eines Steins und war verwundert über den tauben, angenehmen Schmerz, den seine Kälte verursachte. Mein Körper fieberte, und ich sehnte mich plötzlich nach Frische und Reinheit.

†††

Die beiden Jäger näherten sich im frühen Morgengrauen dem Fluss. Der Sonnenaufgang war nicht mehr als ein grauer Schimmer in der Wolkendecke, die wieder dichter wurde. Bald würde es neuen Schnee geben, und der würde die letzte Hoffnung auf genug Beute zunichte machen. Im Laufe des Morgens würden sie in ihr Dorf zurückkehren, mit leeren Händen.

Mürrisch liefen sie den Pfad zum Fluss hinunter, dessen Ufer sie bis zum Dorf folgen würden. Der Ältere der beiden ging voraus und schimpfte leise vor sich hin. Er erklomm Felsen und verfluchte den Schnee, der unter seinen Füßen knirschte, verfluchte die Wolke, die ihm bei jedem Atemzug entströmte, den Himmel, der immer wieder von Schneewolken verdunkelt wurde und die Welt an sich, die es wagte, ihn immer wieder zu verärgern, als ihm eine Bewegung in den Augenwinkeln auffiel.

Er bedeutete seinem Gefährten, dass er etwas entdeckt hatte, und kauerte sich gegen den nächstbesten Felsen. Aber es war kein Tier, was sie gefunden hatten. Er blickte auf den Fluss hinab, und dort, zwischen den schneebedeckten Felsen, stand ein Mensch und war im Begriff, sich die Kleider abzustreifen. Der Jäger wollte zunächst kopfschüttelnd seinen Weg fortsetzen, doch etwas ließ ihn innehalten. Trotz der Kälte entblößte sich die Gestalt dort unten und enthüllte einen zierlichen Körper, der beinahe so weiß schimmerte wie der Schnee auf den Felsen.

Der Jäger, von Alter und Hunger in seiner Sehkraft beeinträchtigt, glaubte sich einer Frau gegenüberzusehen, einer Frau mit einem Körper so blass wie der einer Nymphe.

Nimm sie!, flüsterte etwas in seinem Kopf. *Lass leiden, bevor du leidest!*

Woher kam diese Stimme? War er es selbst oder der Wahnsinn, der ihn nun endlich befiel?

Du willst es doch, nicht wahr? Schau genau hin!

Er blinzelte und grunzte. Seine Augen verengten sich angestrengt. Ja, dieser Anblick weckte verzweifelte Gelüste in ihm. Er würde ohnehin bald für seine Sünden bezahlen, weshalb also nicht noch paar mehr begehen? Leiden lassen, bevor er leiden würde.

Die Gestalt dort unten kniete sich in der Mitte des Flusses ins Wasser und schöpfte es mit den Händen, um sich Gesicht und Brust zu waschen. Trotz ihrer Zierlichkeit war ihr Körper kräftig, die Muskeln glatt und lang. Er sah nur ihre Rückseite, aber jede ihrer Bewegungen war fließend und von einer scheuen Geschmeidigkeit, was ihn darauf schließen ließ, dass sie wunderschön sein musste. Schwarzes Haar fiel zerzaust über weiße Schultern. Er würde es durch seine Hände fließen lassen, malte sich den Duft aus, den Duft dieser weißen Haut. Das, was er von ihrem Gesicht ausmachen konnte, war die Linie ihrer Wange, des Kinns und der Stirn, hübsch und zart – so, wie es sein sollte, aber selten war. Wie konnte sie nur die Kälte des Flusses ertragen? Sie musste verrückt sein, aber das war ihm gleich.

Die Stimme raunte und säuselte wieder in seinem Kopf, anschwellend und abschwellend.

Ja, sieh sie dir nur genau an! Sie wartet auf dich.

Jetzt richtete sich die Gestalt auf und blieb einige Momente bewegungslos im Wasser stehen, den Kopf weit in den Nacken gelegt, sodass die Haare nun ihren Rücken bedeckten und die Hüfte umspielten.

Nimm dir, was du willst! Sonst ist es zu spät. Pflück dir diese süße Frucht! So unglaublich süß ... so rein ...

Der Jäger stöhnte auf und schüttelte den Kopf. Die Verlockung der Stimme machte ihn rasend. Er war nicht mehr Herr über sich selbst. Gewaltphantasien überfielen ihn und brachten ihn um den Rest seines Verstandes: Dieser verletzliche Körper in seinen Klauen, unter seinem Gewicht, wehrlos, seinem Willen ausgesetzt!

Ja ..., stöhnte die Stimme.

Er umklammerte zähneknirschend das Messer an seinem Gürtel, als die Gestalt sich umwandte.

Der Jäger unterdrückte einen Schrei der Wut. Diese Gestalt dort war keine Frau. Er war getäuscht und an der Nase herumgeführt worden. Wie war das nur möglich? Er hörte die Stimme lachen, war fassungslos.

Was hast du?, schnurrte sie. *Es ist und bleibt köstlich.*

Der Jäger beschloss, ihn dafür zu töten. Es würde ein Leichtes sein. Nur Fleisch, das er bezwingen würde ... keine leeren Hände, nein. Niemand würde es erfahren. Beide wollten doch nur das eine.

Na komm, hol ihn dir, warte nicht länger!

Er zog das Messer, während der Fremde nun zurück zum Ufer lief. Seine Bewegungen waren von einer fast erschreckenden Grazie, energiegeladen und fließend, seltsam fließend. Zwar würde der Jäger auf die Freuden verzichten müssen, die eine Frau ihm hätte bereiten können, doch für ein Spielchen war der dort unten allemal gut. Er stieß ein grollendes Schnauben aus. Grenzenlose Wut kochte in ihm: Mordlust ohne jede Vernunft, menschliche Mordlust.

Er bedeutete seinem Gefährten, dem Fremden ein Stück flussaufwärts den Weg abzuschneiden. Der Jäger richtete sich auf, gerade als sich seine Beute in einen Umhang hüllte.

Oh ja, wie süß war der Schrecken, der durch den Körper seines Opfers zuckte und in seinen Augen aufflammte, als es ihn erblickte. Jene Erkenntnis in den Augen der Beute war immer berauschend, süß wie Blut mit Honig – dieses uralte Spiel von Macht und Überlegenheit.

Er rutschte die Böschung hinab und ließ sein Opfer nicht aus den Augen. Der Fremde wandte sich um und lief flussaufwärts, um dort an einer niedrigen Stelle den Hang erklimmen. Doch dort wartete bereits der zweite Jäger auf ihn und trieb ihn wieder zurück.

Gut so, er saß in der Falle!

Der Jäger näherte sich dem Fremden gerade so langsam, wie seine Gier es zuließ. Erregung prickelte und schmerzte in seinen Gliedern, die Lust am Töten benebelte seinen Geist wie eine Droge. Ja, er war süchtig danach.

Und dieses Opfer war etwas ganz Besonderes, einzigartig, beinahe noch ein Kind. Es wich zurück, die Augen groß und panisch wie die eines Rehs in Erwartung des Todesstoßes. Oh, es hatte diese hitzige Sinnlichkeit an sich, die ein perfektes Opfer ausmachte! Der Jäger würde es genießen. Alles war wunderbar einfach.

Der Junge murmelte irgendwas in einer fremden Sprache. Er wirkte ängstlich und verwirrt. Seine Angst stachelte den Jäger dermaßen an, dass seine Hände feucht wurden vor Schweiß und sein Geist danach schrie, ihm die Klinge seines Messers an die Kehle zu halten. Er wollte Todesangst in den unschuldigen Augen und den zarten Körper zittern sehen. Die Reinheit seines Opfers machte den Jäger rasend. Er wollte sie ihm entreißen, wollte an ihr teilhaben, sie beschmutzen. Diese verdammte Schönheit tat weh.

Er gehört dir. Nimm ihm das, was man dir nicht gegeben hat! Du hast das Recht dazu. Sieh nur, wie schwach er ist.

«Sei ruhig!»

Die Stimme lachte rau.

Niemals hatte er solch intensive Gelüste empfunden. Irgendetwas flößte sie ihm ein, irgendetwas bemächtigte sich seines Geistes! Aber er war hilflos. Vielleicht wollte er sich auch nicht dagegen wehren.

Nein, du willst nicht, dass es aufhört. Du genießt es.

Wo war sein Gefährte? Irgendwo hinter ihm. Egal ...

Er stürzte nach vorne und packte den Jungen, drängte ihn zurück, presste ihn an den Fels. Der Duft seiner Haut löste irgendetwas Neues in ihm aus, rein wie Eis im Winter, dunkel und verlockend in all seiner Panik und Angst. Er schmeckte die Lust an der Grausamkeit auf seiner Zunge, labte sich an ihr, spürte den kleinen, bebenden Körper unter sich und blickte in vor Schreck geweitete Augen, die dennoch viel Stolz hinter der Angst ausdrückten. Der Jäger legte ihm das Messer an die Kehle, wollte diesen Ausdruck erlöschen sehen, diese verführerische Unschuld, die ihm wie eine Nadel ins Fleisch stach. Aber noch nicht gleich, das Spiel war noch nicht vorbei. Er wollte noch ein wenig spielen, genießen, dass er ihm jederzeit die Kehle durchschneiden konnte, wollte diese Macht auskosten, ein Leben zu beenden ... als wäre er ein Gott.

Tu es! Jetzt! Nimm ihn dir! Nimm sein Blut!

Er drückte das Messer fester in die Haut dieses weichen Halses. Todesangst roch und schmeckte allzu süß. Die Stimme summte nun ungeduldig in seinem Kopf.

Komm schon ... komm schon ... hab keine Angst!

Aber da war noch etwas anderes. Etwas veränderte sich, so wie Sonne in ein Unwetter umschlug.

Der Jäger spürte, wie die Hände des Jungen plötzlich seine Schultern umfingen. Die Furcht seines Opfers verwandelte sich in Wut. Der Jäger blickte in weit aufgerissene Augen. Ihre Farbe hellte sich auf. Sie wurden gelbbraun, golden, wölfisch.

Das Messer glitt wie von selbst aus der Hand des Jägers, als der Körper unter ihm sich streckte, der weiße Hals sich neigte und die Lippen seines Opfers die Haut seiner Kehle berührten, zart wie ein Vogelflügel.

Koste ihn! Nimm dir von seinem elenden, kleinen Leben!

Das war kein Mensch, dachte der Jäger, als sich scharfe Zähne in sein Fleisch bohrten und es mit einem hässlichen Geräusch zerrissen. Es war kein Mensch! Und die Zähne drangen tiefer, mühelos in ihn hinein: Schmerz wie ein Blitzschlag, überwältigend, grausam. Der Jäger schrie. Er hörte seine Beute schlucken, dieses entsetzliche Geräusch seines eigenen Blutes, ein Mund voll und noch einen ... zu viel. Das konnte nicht passieren, es war unmöglich!

Die Zähne rissen an seinem Fleisch, er fühlte das Blut seinen Rücken hinablaufen, sein Leben, seine Kraft ... dahin. Er war nicht länger der Jäger. Er war in die Falle getappt und zum ersten Mal wusste, er was es bedeutete, wie es sich anfühlte, Beute zu sein.

Genug! Lass ihn ...

Plötzlich, ohne seinen eigenen Willen, riss er sich los. Es war ihm, als hätte eine unsichtbare Hand ihn gepackt und zurückgezerrt, weg vom Tod. Er stolperte, taumelte, fiel auf die Knie und stemmte sich wieder hoch. Blut lief aus einer tiefen Wunde an seinem Hals, einer Wunde, wie sie Zähne verursachten, die nicht eigentlich nicht dazu geschaffen waren, Fleisch zu reißen. Unaufhaltsam verlor er Blut. Vielleicht würde er sterben.

Der Jäger ergriff die Flucht, wie sein Gefährte lange vor ihm, hinein in die Arme eines noch gefährlicheren Wesens.

Der Junge blieb zurück. Und nicht weit entfernt von ihm tropften Smaragde in jungfräuliches Weiß.

Gegenwart

Lange Zeit herrschte Stille. Die Bilder verblassten und flohen in irgendeinen tiefen Winkel meiner Erinnerung.

Alles, was ich hörte, war ein leises Tröpfeln. Benzin ... Blut ... ich roch beides in quälender Intensität, und es entsetzte mich derart, dass ich stumm schrie, schrie, bis meine Ohren vor der Stille schmerzten und ich glaubte, der Schmerz müsse mich aus meinem Körper herausschleudern. Doch nichts geschah. Der Morgen graute. Vergingen Sekunden oder Jahrhunderte? Würde ich zur Strafe die Ewigkeit so verbringen? Die Sonne war mittlerweile aufgegangen. Lagen wir bereits so lange hier? Vorhin war es Nacht gewesen.

Jemand hatte uns auf der einsamen Straße entdeckt. Ganz leise vernahm ich, wie eine Person den zerstörten Wagen umkreiste, hörte seine Schreckenslaute.

Ich wollte nicht, dass man uns sah, wollte nicht hilflos und sterbend vor den Augen eines Menschen liegen, seinen Blicken präsentiert!

Ich bebte vor Zorn, dass sie so etwas getan hatte aus einem Grund, den sie mir verschwiegen hatte. Und ich war wütend auf diesen umherstreunenden Menschen dort draußen. Er wusste nichts. Er hätte abhauen sollen – darin waren sie doch gut – und diesen fremdartigen Körper einfach in Ruhe heilen oder ganz sterben lassen sollen.

Ich hoffte inständig, er würde, nach so vielen verpassten Gelegenheiten, endlich das Richtige tun. Ich hatte lange genug gelebt. Meine Aufgaben waren erfüllt. Wie viele sollten es denn noch sein?

Der dumme Mensch da draußen rief einen Krankenwagen. Ich stöhnte auf und wollte meinen schwachen Körper bewegen, doch vergebens, ich war dem Tod zu nahe. Schmerz zauberte rote Flecken auf die Innenseite meiner Augenlider, die sich zu zähen Spiralen wanden. Was Schmerz anging, war das Leben erfinderisch, beinahe so wie der Mensch.

Ich dachte an Alex und daran, was er dazu sagen würde, an Mias haselnussbraune Augen und den Duft des Vanilletees, den sie immer für mich kochte, an die schwarzrot schillernden Vorhänge in unserem Raum und die Blutbuche vor dem Fenster – Musik, Düfte, Genüsse und Geräusche dieses großen, alten Hauses inmitten der Stadt und doch so weit von ihr entfernt. Ich hörte Alex' dunkle, raue Stimme, dann den leisen Singsang Mias – beide Stimmen so schön und grundverschieden. Setzte die eine aus, begann die andere. Ein Schlaflied.

Sehnsucht schmerzte tiefer als jede Wunde meines Körpers. Wie lange war es bereits her? Irgendwann im Winter, kurz vor Weihnachten. Der weinrote Kaschmirmantel war ihr Geschenk gewesen. Er lag irgendwo im Kofferraum und würde verloren gehen, wie alles im Leben einfach verloren ging, früher oder später.

Nur wenige Augenblicke schienen vergangen zu sein, als die Stille plötzlich durch Rufe und Sirenengeheul zerrissen wurde. Jemand packte mich. Mein schwarzes Hemd hing in Fetzen an mir herab, die kostbare Wildlederhose war zerrissen. Sie hatte ein Vermögen gekostet! Ich sah Blut, überall an mir. Am Schienbein schimmerte kirschrotes Fleisch, gewährte tiefe Einblicke. Unwichtig! Ich hätte mich nicht darum gekümmert, hätte mich in irgendeine Ecke verkrochen, irgendwo in absoluter Finsternis, wo ich allein gewesen wäre mit meinen Gedanken und der Heilkraft meines Körpers.

Bedeutungslose Schmerzen flammten erneut auf, als man versuchte, mich mit sanfter Gewalt aus dem Wrack zu ziehen. Dies hier würde mein Untergang sein.

Während eines ganzen Zeitalters hatte sich mein Körper verändert, langsam und allmählich, bis er zu etwas geworden war, was längst nicht mehr menschlich war und sich verstecken musste, um zu überleben.

Niemals hatte ich mich Menschen gegenüber so hilflos vorfinden müssen; zum ersten Mal gelang es ihnen, mich überwältigen, so vollkommen mühelos. Wie erniedrigend!

Ich kämpfte ohnmächtig dagegen an, doch mein Körper, gerade im Anfangsstadium seiner Heilung begriffen, war noch lange nicht im Besitz seiner gewohnten Kräfte. Wir waren leider verletzlicher, als Menschen es je geahnt hatten, zu verletzlich, um es mit ihnen aufzunehmen.

Jahrzehntelang war mein Körper ihnen ähnlich genug gewesen, um keine Gefahr befürchten zu müssen, menschenähnlich, wenigstens in Fleisch und Blut. Doch seit der letzten großen Veränderung war es zu deutlich geworden. Sie würden es bald bemerken, müssten nur genau hinschauen. Und dann konnte ich gänzlich einpacken ...

Was hatte das Leben an skurrilen Gemeinheiten denn noch zu bieten? Irgendjemand flüsterte mir zu, dass alles gut werden würde. Nur die gebrochenen Rippen, die sich in meine Lunge bohrten, dämpften meinen Lachanfall.

Augenblicke später ... Hatte ich geschlafen? War ich zwischendurch mal eben gestorben? Ich lag in einem grell erleuchteten Wagen, Licht spiegelte sich in Glasbehältern, in Beuteln voller Flüssigkeit, auf Metall. Umringt von Menschen und beißenden Gerüchen, festgeschnallt und in jeder Bewegung eingeschränkt, wuchs Panik die in mir.

Ein Riemen an meiner Stirn drückte meinen Kopf gegen die Bahre und machte mich halb wahnsinnig. Ich hatte meine Augen weit aufgerissen und doch waren da nur fließende Schemen und ineinander zerfließende Dinge, so weich wie schmelzende Butter.

Plötzlich spürte ich einen scharfen Stich auf meinem rechten Handrücken und ein Druckgefühl, das ihm folgte. Kurz darauf nahm ich eine weitere Nadel in der Armbeuge wahr: lachhafte Bruchstücke von Schmerz ... und doch auf ihre Weise furchtbar.

Chemie durchfloss meine Adern, noch mehr Blut verließ mich. Wollten sie mir helfen oder mich umbringen, zum Teufel? Ich stellte mir vor, wie ich sie alle niedermetzelte. Zwei Menschen unterhielten sich angeregt über meinen Kopf hinweg, während Hände sich sanft auf meine Brust legten und über die Haare streichelten. Zur Beruhigung? Wussten sie es schon?

Für Momente verwandelte ich mich in eine gewichtslose Feder, alles war mir egal. Still lag ich da und starrte an die grellweiße Decke, die wild zu schaukeln begann wie Pompeji unter seinem letzten Beben. Das Druckgefühl in meinem Arm schwoll an und vereinte sich mit den anderen, pochenden Schmerzen.

Warum hatte sie das getan? Sie war unwissend, ja, aber ich hatte sie nicht für so dumm gehalten, für so schwach. Wir hätten reden können, ganz einfach reden. Warum dachten sie immer, es müsse bei uns alles so vollkommen anders sein?

Sie dachten, wir existierten fern von allem. In ihren Augen gab es für uns weder Alltag noch Normalität. Menschen, die wir einweihten, lachten über jede Gewöhnlichkeit, die sie an uns entdeckten: Tee trinken, Allerweltsgespräche und Kuchen dazu, Toilette, kindische Scherze, Schokolade und heiße Bäder, Bonbons gegen schlechten Atem – unmöglich! Wenn es nach ihnen ging, wären wir dieser Welt ferner als jede Galaxie in ihrem Sternenstaub.

«Noch viel zu jung ...», hörte ich eine Frauenstimme sagen. «... werde nie begreifen, warum man so etwas zulässt.»

Wenn es einen Gott gab, dachte ich, dann war er ein Sadist.

«Sie werden ausgelöscht, als würde es nichts bedeuten, wie Abfall.»

«Weshalb sollte das eine Rolle spielen? Das hier ist das Leben ... und er ist nur ein weiterer Fall für die Statistik. Hör auf, dich zu verlieben!»

Leises Kichern, resigniert.

«Wünschen wir uns nicht alle, jung und gut aussehend zu sterben? Das ist das Beste, was einem heutzutage passieren kann.»

Nun, da hatte sie Recht. Aber sah ich tatsächlich noch gut aus, bei all den zerrissenen Kleidern und dem Blut? Das machte es natürlich leichter ...

«Ich hasse es!», wimmerte die Frau und betrachtete das Röhrchen voll johannisbeerfarbenem Blut.

«Dann solltest du das hier sein lassen und Sekretärin werden.»

«Zu spät.»

«Ärzte werden entweder depressiv, oder der Lauf des Lebens ist ihnen eben egal.» Wieder Lachen.

«So ergeht es doch jedem heutzutage, oder?»

«Man muss nur wissen, wie man es anpackt. Eigentlich könnte es einfach sein, eine Sache der Akzeptanz. Dennoch ist es wirklich verdammt schade um ihn. Hätte ihn gern auf andere Art und Weise kennen gelernt, in einem Café am Hafen vielleicht, in einer heißen Sommernacht. Und danach, wer weiß, was daraus geworden wäre ...»

Sie seufzte. Ich spürte, wie ihre Haare meinen Arm streiften.

«Sieh mal, wie blass seine Haut ist, ganz rein, wie die eines Nahaufnahmemodels für Luxuscreme. Und der Blitz soll mich treffen, wenn ich nicht meine verdammte Seele dafür geben würde, solches Haar zu haben! Wetten, er braucht dafür keine Koloration so wie wir.»

Lachen, freudlos, gezwungen.

«Du bist krank!»

«Danke, Kleines!»

Ja, das war Balsam für meine Eitelkeit. Ihre Stimme hielt mich bei Bewusstsein. *Rede nur weiter, kleines Menschenkind! In jener heißen Nacht am Hafen wärst du meine Beute gewesen und ich hätte dein Blut auf der weißen Seide deines Bettes vergossen. Ein wunderbarer Gedanke!* Aber eine Seele war kein Lippenstift, den man weggab und nicht vermisste.

«Ich hätte ihn gerne in meinem Bett gehabt. Schade ... wirklich schade ... die Besten lerne ich nur tot kennen.»

Entrüstetes Luftholen. «Hör auf damit!»

Sie lachte glockenhell. «Du musst so manches noch einfacher sehen, Kleines.»

Eine junge, modisch dürre Frau erschien über mir und drückte mir eine Sauerstoffmaske aufs Gesicht. Ein widerwärtig sauberer Geruch krönte meine Qualen. Ich stöhnte.

«Alles in Ordnung ... bleib nur ganz ruhig!»

In Ordnung? Ich hasste solche lügnerischen Menschenfloskeln. Aber ihre Stimme war sehr angenehm. Ich sah in ihre Augen und erkannte eine tiefe Traurigkeit in ihnen. Sie wusste, dass ich keine Chance hatte. Wäre ich ein Mensch gewesen, hätte sie in diesem Moment bereits in tote Augen geblickt. Nur dieses Ding in mir hielt mich am Leben, dieses Virus, der Defekt, der keiner war.

Sie streichelte meine Stirn. Wie gerne wäre ich über sie hergefallen.

«Stirb nicht!», flüsterte sie wider ihres besseren Wissens. Natürlich bewegte sie mein Schicksal mehr als das jedes anderen Patienten. Geschöpfe wie sie zu vernaschen, lag in meiner Natur. Menschen verstecken ihr wahres Ich noch immer wie der Einsiedlerkrebs sein hübsches Hinterteil in einer Muschel, aber ein paar ins Ohr gehauchte Worte und Berührungen an den richtigen Stellen und sie krochen nur allzu willig aus ihrem Schneckenhäuschen heraus.

«Bitte stirb nicht!» Ihr Handgelenk war meinem Mund sehr nah. Unerreichbar pulsierte das Blut hinter der Plastikmaske, in deutlich sichtbaren Adern. Ihr stetes Pochen verhöhnte mich. Solche Üppigkeit! Solche Jugend und Wärme!

Ich malte mir aus, ihre Haut mit meinen Zähnen zu zerreißen und diese zarten Gefühle in mich hineinzusaugen, gierig wie ein schwarzes Loch irgendwo im Furcht erregenden Weltall.

Ach, es war schrecklich!

Ich wollte nicht atmen, wollte meinem Körper untersagen, mich am Leben zu erhalten. Doch ich spürte, wie er arbeitete, spürte das warme Prickeln der Heilung und hasste ihn für seine Unbeirrbarkeit.

Die Sonne schien durch das kleine Wagenfenster, funkelte auf Metall und sterilem Weiß. Bäume rasten als wirre Schatten vorüber. Die Sirene heulte, als sollte alle Welt und ihr verborgenster Winkel erfahren, dass es mir schlecht ging.
Geräte tickten und summten, und Chemie raste wie verrückt durch meine Adern.
Vergiss jede Angst! Verlange nichts mehr! Nichts mehr ... Ruhe ...
Der Wagen raste durch die Stadt.
Heile diesen verfluchten Körper, sonst ist alles verloren! Reiß dich zusammen! Sie werden dich niemals wieder gehen lassen. Alle schon durchlebte Schmerzen werden übertönt werden von dem neuen Schmerz, bis du ein für alle Mal aufgibst und nur noch ein lebender Toter bist in einer weißen Zelle.
Frieden ... bitte ...
Ich versuchte zu entspannen. Aber ich zitterte, verging vor Furcht.
Der Wagen wurde langsamer, bog schwankend um eine Kurve und kam zum Stillstand. Die Tür öffnete sich. Gestalten in Weiß nahmen mich in Empfang. Ich blickte in bleiche, ausgelaugte Gesichter, die seit Monaten oder Jahren nicht mehr genügend Schlaf bekommen hatten.
Jemand zählte im Eiltempo meine Verletzungen auf, und ich bekam mit, dass man mich schon für so gut wie tot hielt. Kaum fassbar, dass ich noch lebte.
Einen Augenblick lang bewunderte ich sie für ihre Aufopferung, für ihren verzweifelten Willen, der Natur ein Schnippchen zu schlagen. Ahnten sie nicht, dass ihre bigotte Humanität und ihre Besessenheit, die Menschheit vor Krankheit und Tod zu bewahren, nur eines hieß, nämlich dass noch mehr Menschen überleben und sich schließlich gegenseitig auffressen würden, weil es nichts mehr gab? Leben war nicht alles. Nein, manchmal war es nicht gut.
Fliehe! Jetzt!
Noch bevor wir die Flügeltür des Krankenhauses erreicht hatten, zerriss ich mit einer einzigen, großen Kraftanstrengung meine Fesseln und rollte mich von der Trage.
Verblüffte Gesichter starrten mich an, viel zu überrumpelt, um etwas zu unternehmen, so dumm in ihrer Überraschung, dass ich beinahe hätte lachen müssen. Sie sahen aus wie erkältete Pinguine.
Ich riss die Nadeln aus meinem Arm und die Maske vom Gesicht ... und ehe ich überhaupt begreifen konnte, dass ich frei war, stolperte ich bereits die Straße hinunter.
Schmerzen rissen an meinem Körper und benebelten meine Sinne, doch die Verzweiflung verlieh mir eine Schnelligkeit, die meinen zerschundenen Körper Lügen strafte.

Ich wusste nicht, ob mir jemand folgte. Ich lief weiter, ohne mehr zu hören als das pochende Rauschen in meinen Ohren, sah verschwommen Häuser und Bäume, eine nahezu leere Straße, einen Hund im Garten, Kinder, Felder weiter hinten – eine Kleinstadt, nicht weit entfernt von Alex und Mia. Ein Schild zeigte an, dass die Stadt, in der sie zur Zeit lebten, nur zehn Meilen entfernt war.

Ihr Name war pure Sehnsucht!

Ich lief, bis ich eine Telefonzelle fand, stolperte hinein und fingerte in meiner Hemdtasche herum. Darin befanden sich zwei Geldscheine, ein zerknüllter Einkaufszettel und eine neue Telefonkarte, die ich vor unserer Fahrt gekauft hatte.

Ich wählte seine Nummer, versuchte mir den Straßennamen zu merken, legte mir Worte zurecht und war doch einige Momente unfähig zu sprechen, als ich seine Stimme vernahm.

«Black», raunte seine sonore Stimme. Ja, er bestand immer auf diesen Nachnamen.

«Alex?», wisperte ich mühsam. Von Übelkeit und Schwindel übermannt musste ich mich gegen die dreckige Wand der Telefonzelle lehnen, um überhaupt aufrecht zu bleiben. Ich wollte nur noch, dass es vorbei war, dass ich nichts mehr fühlte und es endlich aufhörte.

«Ashe? Um Himmels willen, was ist denn nun schon wieder? Ich hatte euch längst erwartet!»

Diese Worte stimmten mich wütend, ihr beschwingter Klang, seine Unwissenheit. Ich schüttelte mich in einem Würgeanfall.

«Wir hatten einen Unfall», stieß ich hervor. «Sie wollte uns ... sie ist ... man hat mich erwischt, beinahe ...» Mir wurde schlecht und ich ging in die Knie.

Alex ächzte. «Wissen sie, was du bist?»

«Ich weiß nicht ... werden es herausfinden ... konnte erst ... spät fliehen ...»

«Ashe, warum?»

«... nur eine Frage der Zeit ...», grummelte ich erstickt und so leise, dass er es vielleicht nicht verstanden hatte. Mir war es gleich. Mein Schädel pulsierte und spaltete sich genüsslich langsam.

«Wo bist du?», fragte er.

Ich erwartete nicht, dass er geschockt war, zumindest nicht durch ihren Tod und meinen Zustand. Dass man mich um ein Haar eingefangen hatte, machte ihm sehr viel mehr zu schaffen. Ja, ich konnte seine Wut durch das Telefon wittern, unabhängig von seiner Stimme, die stets beherrscht klang.

Oh, Alex ...

Zu viel hatte das Schicksal ihm angetan, so viel, dass seine Maske, die den Rest seiner Verletzlichkeit schützte, längst hart wie Stein war und er nichts mehr an sich heranließ. Wie Stahl hatte man ihn immer wieder gebrochen, erhitzt und erkalten lassen, bis er gänzlich erstarrt war. Seine Härte machte mich wütend, denn ich hatte mich nie so verschließen können wie er.

«Ashe, wo bist du? Rede mit mir!»

Ich hustete und stand auf. Meine Beine waren wie zerfließende Butter.

«Es ist die Oakroad, in Höhe der Nummer 27, den Stadtnamen weiß ich nicht. Zehn Meilen entfernt von dir. Ich sehe eine Kirche mit weißem Holzdach und eine Schule. Sie ist sehr alt, viktorianisch. Einen Namen sehe ich nicht, zu weit entfernt. Aber ein Dorf namens Bryceton ist eine Meile entfernt die Straße runter.»

Alex raunte einen Namen und ich hoffte, dass er richtig tippte.

«Rühr dich nicht vom Fleck, ich komme zu dir! Pass auf, dass sie dich nicht sehen, hörst du?»

Alex legte auf. An der Art, wie er es tat, erkannte ich seine Angst.

Taumelnd lief ich ein Stück die Straße hinab. Ich wollte mich verstecken, suchte Kühlung, Ruhe, wollte fliehen vor der nagenden Furcht, alles könnte hiermit enden. Die Sonne brannte unerträglich heiß. Ich kroch mit letzter Kraft hinter den Stamm einer Platane, um dort halbwegs verborgen erneut das Bewusstsein zu verlieren.

Nur Augenblicke später, wie mir schien, packte mich jemand und zerrte unsanft am Bein. Ich erwachte schlagartig und hieb nach dem Mann, der im Begriff war, mich hinter dem Baum hervorzuziehen. Ich traf ihn an der Wange, und sein bleiches Gesicht flog zur Seite. Noch ehe ich begreifen konnte, wen ich vor mir hatte, trat ich erneut nach ihm und brachte ihn zu Fall.

«Hast du sie nicht mehr alle?» Alex stöhnte und wälzte sich auf dem Rasen. Seine Wange war rot und würde die Farbe von Pflaumen annehmen, bevor sie innerhalb von zwei Stunden verheilte.

«Ashe!», stöhnte er vorwurfsvoll.

Betroffen schlug ich die Hand vors Gesicht und murmelte irgendeine Entschuldigung. Mein Kopf drohte zu platzen. Und unzerstörbar, wie er war, stand Alex nach wenigen Augenblicken bereits wieder auf und packte mich erneut.

«Komm mit und halt still, okay?»

Beschämt musste ich erkennen, dass meine Beine mich nicht tragen wollten, also hob Alex mich auf seine Arme und trug mich zum Wagen.

Er war schon immer größer und stärker gewesen, mein Bruder, obwohl er erst einige Zeit nach mir zum Vampir geworden war. An ihm roch ich Mia. Ihre Düfte hatten sich miteinander vermischt. Ich roch das Haus und ihr dekadentes Mahl. Erinnerungen packten mich, Schwindel erregende Sehnsucht.

«In Ordnung.»

Alex schob mich auf den Rücksitz. «Jetzt müssen wir uns beeilen, sonst könnte es übel enden.»

Wohltuende Dunkelheit umfing mich. Ich spürte weichen Stoff an meiner Wange, dunkelroter Velours, roch Tannenduft von einem kleinen Bäumchen am Rückspiegel. Die Wagentür schlug zu.

«Danke!», flüsterte ich, als Alex eingestiegen war.

Seine erstaunlich blauen Augen ruhten auf mir. Kurzes, schwarzes Haar umrahmte sein klassisches Gesicht. Es war schmal wie das meine, nur ein wenig kräftiger, wie auch seine Gestalt, fünf Zentimeter größer, höchstens. Tatsächlich waren wir uns so ähnlich wie zwei Brüder, obwohl uns viele Kleinigkeiten voneinander unterschieden.

«Es tut mir Leid!», hörte ich ihn flüstern. Seine Stimme war voller Sensibilität. War Alex' Mauer in den letzten Jahren geschmolzen?

Wir sahen uns an, nach so langer Zeit vereint, und wieder stand Leid zwischen uns. Mein Bruder, mein Lehrer, mein Gefährte! Einer der wenigen, in deren Gesellschaft ich mich zu Hause fühlte. Würde ich es wieder gut machen können, meinen unverzeihlichen Fehler? Ich dachte an die Gefahr, die ich heraufbeschworen hatte, die Gefahr für ihn und Mia, und ich hasste mich grenzenlos dafür.

«Mach dir jetzt keine Gedanken darum. Du unterschätzt mich vielleicht. Ich bringe dich nach Hause und kümmere mich dann um alles.»

Nach Hause ... ja! Bring mich nach Hause!

Er sah älter aus, zarte Falten säumten seine großen Augen, hier und da glänzten silberne Strähnen in seinem schwarzen Haar. Die feinporige weiße Haut besaß inzwischen die Konsistenz von Pergament. Ich liebte ihn für diesen Hauch des Alten, er verlieh ihm etwas so Zerbrechliches.

«Ich habe euch vermisst, so sehr! Aber jetzt bin ich wieder zu Hause.»

Und noch während ich es sagte, fühlte ich, wie ich wieder in den Schlaf hinüberglitt, schnell und sanft. Seltsam, wie bereitwillig sich Leid und Friede vermischten.

Erwachen

Alles nimmt seinen Lauf.
Und Zweifel weichen der Erkenntnis.

Die furchtbaren Träume schwanden allmählich, zogen sich zurück. Ich fühlte unendliche Erleichterung, verbunden mit der Angst, dass sie jede Sekunde zurückkehren könnten. Eine Uhr tickte, mein Herz pochte unbeirrbar. Ich spürte, wie eine Träne meine Wange hinunterlief und die Haut kitzelte.

Erstarrt lag ich da und wartete auf den Abgrund. Aber etwas Vertrautes kehrte ein und ließ eine zarte Blüte der Liebe und Sehnsucht keimen. Der Schmerz verschwand unter diesen liebkosenden Erinnerungen, als hätte es ihn nie gegeben. Er floss zurück wie das Wasser mancher Meere, verschwand, um bald darauf erneut zurückzukehren, zuverlässig und beharrlich wie nichts anderes sonst.

Meine Sinne erwachten und tasteten sich langsam in die Realität vor, so empfindlich, dass jeder kleine Eindruck Schmerz verursachte. Überrascht fühlte ich eine wunderbare Wärme, so wohltuend wie das Abendlicht eines goldenen Herbstes, das durch das große Fenster fiel, getönt vom tiefroten Laub der Blutbuche. Ihre herrliche Krone nahm mittlerweile den gesamten Himmel ein. Nur winzige blaue Flecke schimmerten durch das Rot wie Splitter klarer Weite. Menschliche Künstler hätten nie diese Harmonie zwischen Rot und Blau erreicht.

Die Decke war getäfelt, die Wände in einem warmen Kupferton gestrichen.

Das Gefühl, nach Hause gekommen zu sein und nun in diesem wunderbaren, seit damals unveränderten Zimmer zu liegen, hüllte mich in apathische Behaglichkeit.

Es hingen noch die gleichen Bilder an der Wand, die sepiafarbenen Fotos, Fensterrahmen aus demselben alten, rötlichen Holz. Es roch nach feuchter Erde, Laub, einem Hauch von Vanilletee und Möbelpolitur. Ein Fenster war gekippt, eine kühle Brise umfächelte mein Gesicht und trug Blumenduft herein: Flieder. Ich musste lächeln und fühlte eine Welle des Begehrens. Sie hatten oft danach geduftet, wenn ich sie verführte.

Ich konnte ihre Bewegungen spüren, Alex', Mias und die des seltsamen, jungen Marten, Hüter ihres wilden Gartens. Jemand war bei ihnen – ein Mensch. Von unten ertönten nun ihre Stimmen, die sich näherten.

Ich hatte nicht zu hoffen gewagt, alles noch immer so vorzufinden, wie ich es verlassen hatte. Das Leben veränderte alles unbarmherzig, aber nicht hier. Oder machte ich mir, irgendwo zwischen Schlaf und Wachen, nur Illusionen? Nein, es war unverfälscht! Die Zeit und der Lauf der Dinge schienen innerhalb dieser Wände nicht zu gelten. Ich befand mich wieder in der Vergangenheit und schwebte in einem Zustand, der dem Gefühl des Sterbens nicht unähnlich war: gedankenlos, eingehüllt, geborgen, aber auch sehr traurig. Wann hatte ich aufgehört zu leben? Wann hatte meine Existenz begonnen?

«Es hat sich vieles bei ihm geändert», hörte ich Mias warme Stimme sagen, «er steht dir in nichts mehr nach. Das erste Mal erschien mir wie zwanzig Jahre.»

Ich konnte die Augen nicht öffnen, befand mich eingehüllt zwischen Schlaf und Wachen, kostete dieses lange nicht mehr gespürte Dahintreiben aus.

Mia und Alex saßen in den Korbstühlen am Fenster, und wie damals wiegten mich die so unterschiedlichen Klänge ihrer Stimmen. Sonne schimmerte auf ihren Haaren.

«Du hast dich darum gekümmert?» Mia klang besorgt, und ich hätte heulen mögen.

«Natürlich, Liebes», antwortete Alex ruhig, als wäre es bedeutungslos. «Du weißt ja, wenn jemand Fehler ausbügeln kann, dann ich. Es gibt keine Spur mehr, und sie haben mir und unserem einflussreichen Marten nur zu gerne geglaubt.»

«Ashe konnte nichts dafür. Es hätte auch uns geschehen können.»

Ein weiches, raschelndes Geräusch – Mias Finger strichen über dichtes Fell. Ein leises Schnurren erklang.

«Es fühlt sich an wie damals.» Mia seufzte. «Es ist wieder genau dasselbe Gefühl. Hättest du es je für möglich gehalten?»

«In die Vergangenheit zurückzureisen ist selbst uns nicht möglich, auch wenn sich manches niemals ändert bei uns. Er wird alles durcheinander werfen ... wieder einmal.» Alex lachte leise. «Das alte Übel: Wir verändern das Leben eines jeden, dem wir begegnen. Es wird ein Gefühlschaos verursachen. Aufopferung und Zusammenhalt werden einfach ...», er ballte die Hand zur Faust und öffnete sie wieder, so, als würde er etwas fliegen lassen, dazu formten seine Lippen ein zischendes Geräusch, »verwehen wie Staub.»

«So langsam sollten wir uns daran gewöhnen. Sie kommen und gehen. Nur wir bleiben die Alten, die Konstanten in diesem stets gleichen Spiel.»

«Einsame Jäger der Nacht», säuselte Alex dramatisch. Seine Finger klopften rhythmisch auf die Lehne des Stuhls, ganz leise, dann glitt sein langer Fingernagel scharrend über die eigenartig glatte Oberfläche. Er hielt die Augen halb geschlossen und sein Mund war regungslos und ernst: ein Wesen der Erkenntnis am Ende des Weges.

Einige Momente lang herrschte Ruhe. Die Katze auf Mias Schoß schnurrte jeden Anwesenden in eine behagliche Entspannung. Katzen machen sich keine Gedanken, sie leben dahin, kommen und gehen und zweifeln an nichts. Wie beneidenswert! Hinter ihr Geheimnis war ich leider nie gekommen.

Ich hörte das Laub rauschen und leise Stimmen aus den unteren Räumen. Der Himmel wurde indigofarben und zwischen dem Blattwerk glommen die Lichter der Stadt. Als wollte sie eine Idylle heraufbeschwören, die wir schon längst verloren hatten, zwitscherte süß und rein eine Amsel vor dem Fenster. Ein Lachen kitzelte in meiner Kehle, denn es amüsierte mich, wie das Leben beinahe kindisch immer wieder versuchte, Friede vorzutäuschen.

«Ich fühle mich seltsam», sagte Mia.

«Und ich fühle mich alt.» Alex stand auf und kam auf mich zu. Er stand am Fuße des Bettes und beobachtete mich, so lange und intensiv, bis ich die Augen öffnen musste und mich widerwillig der Realität auslieferte.

«Guten Abend und willkommen zurück!» Alex lächelte. Natürlich hatte er gespürt, dass ich sie belauschte und mit meinen inneren Augen beobachtete. Nichts entging ihm. Aber ich konnte noch nicht antworten und nickte ihm nur zu.

«Ich hatte gehofft, dass wir uns auf andere Weise wiedersehen!» Alex strich sich die Haare aus der Stirn und ich sah, wie seine Hand zitterte. Er alterte zusehends, aber nicht auf dieselbe Art, wie es Menschen taten. Seine Vergänglichkeit strahlte eine nicht menschliche, durchscheinende Schönheit aus, und er würde mit ihr sterben. Eines Morgens oder Abends würde er sich hinlegen und nicht mehr aufstehen. Leise und still würde er in einen Schlaf fallen, aus dem er an anderem Orte erwachen würde.

Nach so langer Zeit wusste ich, wie müde er war. In einer nicht sehr fernen Nacht würde es auch bei mir beginnen, und verglichen mit der Länge unseres Lebens starben wir schnell, am Ende zart und verletzlich wie eine Daunenfeder – eine Hülle dünn wie Eis, die schließlich zerbrach.

Mia nahm die Katze auf den Arm und trat ebenfalls zu mir. Ihre braunen Augen betrachteten mich mit ihrer alten Wärme und Zuneigung. Sie besaß das liebevollste und zarteste Gesicht, das ich je erblickt hatte, aber wie in jedem von uns schlummerte dicht unter der Oberfläche das Tier und die Gier. Wenn es sein musste oder sie es ganz einfach wollte, wurde sie zur Killerin, ohne mit der Wimper zu zucken. Mia war kaum jünger als wir und doch immer wie unser Kind gewesen. Sie würde bald mit Alex sterben, denn solange ich denken konnte, waren sie eins.

«Wie fühlst du dich?», fragte sie mich.

«Schön, wieder bei euch zu sein», flüsterte ich so leise, dass Mia sich vorbeugen musste, um mich zu verstehen. Die Katze wand sich bei dieser Gelegenheit aus ihren Armen und sprang mit einem Maunzen auf die Bettdecke.

Ich streckte die Hand aus, um sie zu streicheln. Ihr kaninchenweiches Fell hatte die Farbe eines stürmischen Nachthimmels, dunkelgrau und blau. Die hellen Haarspitzen zauberten einen Nebeldunst. Ihre Augen waren dunkelgolden wie das Innere eines Bernsteins, und die Pfoten betasteten mich samtweich und neugierig. Sie schnupperte an meiner Hand, die auf der Bettdecke ruhte, und rollte sich schließlich an meiner Hüfte zusammen.

Mia betrachtete uns gerührt. Alex hingegen hatte wieder die alte Mauer um sich gezogen und stand reglos am Bettende. Sein Gesicht wirkte starr, aber das bedeutete keine Abweisung. Er hatte sich lediglich entschlossen, den Dingen ihren Lauf zu lassen.

«Wer ist das dort unten?», fragte ich leise.

«Marten und Lilah.»

«Wer ist Lilah?»

Alex schwieg und beobachtete mich lauernd.

«Du hast Bedenken, mich ihr vorzustellen?», neckte ich ihn.

«Du kleiner Teufel!» Er lächelte dünn und umrundete das Bett, um sich neben Mia zu setzen. Seine Hand zuckte vor und legte sich um meine Kehle.

«Du wirst dich benehmen, Kleiner! Hast du verstanden?»

«Was bekomme ich dafür?»

Alex drückte ein wenig zu, seine Augen funkelten zwischen Zuneigung und Drohung. Wie sollte ich weiterleben, wenn er ginge? Aber ich lebte immer irgendwie weiter.

«Natürlich. Du kennst mich, Alex ...» Meine Mundwinkel zuckten, doch ich war zu schwach, um lachen zu können.

«Ja, Kleiner, genau deshalb drohe ich dir! Du wirst dich zügeln ... und dir wird nichts geschehen!»

«Aber du würdest mir nie wehtun!» Ich brachte ein klägliches Lachen zustande. Immerhin taten wir uns oft weh, wie es unsere Natur war.

«Ich würde es sogar verdammt gerne tun!»

Von den wenigen Worten erschöpft, fielen mir erneut die Augen zu und ich begann wieder in den Schlaf hinüberzugleiten.

«Alex! Du bist unmöglich!», schimpfte Mia und strich dabei über die Decke, berührte liebevoll meine Wange und wanderte zu der schlafenden Katze, deren Körper sich warm an meinen schmiegte.

«Er ist unmöglich!», gab Alex zurück.

«Ihr seid es beide! Und jetzt lassen wir ihn in Ruhe. Ich glaube, er schläft wieder, und um alles andere kümmern wir uns heute Nacht.»

Sie standen auf und waren kurz darauf verschwunden. Mit ihrer Abwesenheit kehrte wieder ein Stück Kälte ein. Die fernen Stimmen wiegten mich jedoch in tiefen Schlaf, und ich kehrte wieder in die Vergangenheit zurück, weit zurück, bis an die Grenzen meiner Erinnerung.

2.20 Uhr

Mias warme Hand weckte mich, als sie die meine zärtlich umschlang. «Komm», flüsterte sie und durchdrang die schlaftrunkene Dunkelheit, «wir müssen gehen!»

Zu müde um zu denken stand ich auf und folgte ihr schlafwandlerisch aus dem Zimmer.

Draußen auf dem Flur stützte ich mich auf Mias zarten Körper, während sie unbeirrbar die Treppe hinunter ging, lautlos auf dem weichen, roten Teppich. Ihr Haar kitzelte meinen nackten Arm. Ich trug nur eine schwarze Seidenhose, die über meine Haut floss wie Wasser. Sie liebten Seide. Seide für ihre seidenen Körper.

Ein furchtbarer Gedanke schoss mir durch den Kopf, als ich mit dem Arm ihre Hüfte umschlang. Ich wischte ihn halbherzig beiseite. Alex und Mia waren mein Blut, meine Geschwister, die einzigen Wesen, denen ich Respekt und Vertrauen entgegenbrachte. Meine Schwäche machte mich wütend. Meine Phantasien waren ungeheuerlich. Es gab einen Teil in mir, der vor nichts Respekt empfand und danach lechzte, Mia zu Boden zu ringen, ihre süße Haut aufzureißen und meine Lippen in ihr Fleisch zu pressen. Vermutlich würde dies das Letzte sein, was ich tat, denn Mia würde mich dafür töten. Und wenn sie es nicht tat, würde es Alex tun. Wie unvorstellbar wütend er auf mich wäre! Es wäre unverzeihlich. Ah, Alex ... ich erinnerte mich an seinen Geschmack: Lava, feinste Süße und verbotene Früchte. Beide waren so wunderbar, so herrlich köstlich und angereichert mit tausenden von Leben und millionenfachen Erinnerungen. Meine Gedanken überschlugen sich ...

Es war viel zu lange her, beinahe zwanzig Jahre, da sie es erlaubt hatten, meine Lippen auf ihre Hälse zu drücken.

Ich stöhnte. Mir war schlecht und meine Augen schmerzten. Ich war leer, so leer, dass ich getötet hätte, wäre ich nicht so schwach gewesen. Ich roch Mias Blut, roch Alex' Blut, der so nah war, und es quälte mich auf die exquisiteste Art, die man sich ausmalen konnte. Aber nein, es war schlimmer! Ich jammerndes, lüsternes Wrack!

Wir bogen um eine Ecke und taumelten ins Wohnzimmer. Die Haare hingen mir wirr ins Gesicht und ich erhaschte zwei bleiche Gesichter, die mich anblickten. Marten und Lilah saßen auf dem schwarzen Sofa am Kamin und starrten mich an wie geblendete Rehe den Scheinwerfer.

Lilah war hübsch, eine hoch gewachsene, geschmeidige Asiatin mit den Gesichtszügen einer Raubkatze. Verlockend! Aber nur ein Mensch und dies bis zum Rest ihres Lebens. Ihr Hals lag bloß und ich konnte bis hierher sehen, wie ihre Vene darunter pochte.

Nimm mich, nimm mich!, säuselte jeder ihrer Herzschläge. *Nimm mein junges, heißes, rotes Sein!*

Mia spürte meine Richtungsänderung und drängte mich sanft wieder auf den rechten Weg.

«Lass sie in Ruhe! Du wirst bekommen, was du brauchst.»

Sie umschlang mich fester und gab mir zu verstehen, dass sie mir gewachsen war. Oh ja, sie würde mir einen herrlichen Kampf liefern! Ihr Blut wäre bis zum Bersten voll mit Zorn und Adrenalin. Ich sog das Profil ihres Gesichts auf, ihre weichen Lippen, die aufeinander lagen wie gefallene Rosenblätter, konzentrierte mich auf ihr langes, braunes Haar, so sanft schimmernd wie auf einem Tiziangemälde. Ihr Hals war wie Seide. Es gab nichts Schöneres.

Denk nicht daran, denk nicht daran! – Verfluchte Schwäche! Verrückt! Krank!

Übelkeit stieg mir wieder und wieder die Kehle hinauf. Zusammen schleppten wir uns die kleine Treppe hinunter, die ins Untergeschoss führte. Dort, am Ende eines dämmerigen Ganges, befand sich unser Raum.

Er war klein, warm und duftete nach Sandelholz, was mir, ‹gesegnet› mit sensibelsten Sinnen, erneut einen verlangenden Krampf bescherte.

Die Wände waren in hellem Braun gestrichen, eine hingegen in tiefem Dunkelrot, und vor dieser stand ein großes, schwarzbraunes Sofa im Kolonialstil. Eine Decke aus unglaublich weichem, künstlichem Nerz war darüber ausgebreitet, und Mia ließ mich darauf niedersinken. Sie sah mich an.

Die Arme um den Bauch geschlungen ließ ich mich zurückfallen und rollte mich ein, stöhnend vor Schmerz, wusste nicht, wo der körperliche aufhörte und der seelische begann. Er war stets anders, immer wieder neu, nach all der Zeit hatte ich mich nicht daran gewöhnen können.

Ertrag es, irgendwie ...

Mia saß reglos wie eine Sphinx vor mir, die Hände im Schoß gefaltet, und betrachtete mich sorgenvoll. Ja, sie wusste genau, was ich fühlte, wie es mir erging. Sie teilte mein Leid, wie sie Alex' Leid teilte und wir das ihre. Jeder von uns kannte sie, jeder von uns hatte sie längst akzeptiert, diese immer wiederkehrenden Phasen. So sinnlich wir das Leben und seine Genüsse auskosteten, so sinnlich war auch unser Schmerz. Eine kleine Ewigkeit begleitete er uns, eine Ewigkeit wahrer Fluten von Eindrücken und Ruhelosigkeit.

«Wo bleibt er, zum Teufel?», murmelte Mia. Nervös strich ihre Hand über das rote Samtkissen, das sie sich auf den Schoß gelegt hatte.

«Bin froh, dass ihr mich nicht zwingt, darüber zu reden», hauchte ich.

Mia nickte. «Du wirst es schon von dir aus tun, wenn du es willst.»

«Es war nur eine unwichtige kleine Geschichte.»

Wie dunkel und höhlenhaft dieser Raum war, ausgestattet mit afrikanischen und indischen Möbeln und Schmuckgegenständen, alles sehr dunkel gehalten, Kerzenhalter an den Wänden, schwarzrot schillernde Vorhänge, weiche Kissen im Tigerfellmuster. Ein großer Spiegel, umrandet von herrlichen Holzschnitzereien, warf meinen glühenden Blick zurück und ließ mich schaudern. Ich fürchtete mich vor mir selbst, denn ich spürte, dass der letzte Rest Kontrolle mir entglitt.

Wo blieb Alex?

Ich klammerte mich an meine letzten einigermaßen klaren Gedanken. Wie sahen wir nur in Momenten wie diesen für Menschen aus? So unnatürlich erschreckend, wie sie es sich in ihren Phantasiegebilden vorstellen? Schlimmer, weil real? Ich begriff vermutlich nicht einmal mehr, was wir für Menschen darstellten, wie anders wir tatsächlich waren. Wie sollte ich auch nach all der Zeit.

Ich bemerkte entfernt, wie Mia die Kerze in dem roten Glas anzündete, das auf dem niedrigen Tisch aus schwarzem Holz stand. Rotes Glas ...

«Schschsch ...», machte Mia. Ihr Herz klopfte schnell, ihr Blut schäumte.

«Lasst mich in Ruhe!», ächzte ich unhörbar leise.

Mein Körper zerkochte vor Fieber. Ich roch den Schweiß, der meine Stirn hinablief, ich schmeckte ihn. Eine Spur Blut ist darin ... Ich roch Mia, die Kerze, das Sandelholz, roch ihre Weiblichkeit.

«Gleich ...», flüsterte sie und berührte meine Hand. Ich zuckte zusammen, als hätte sie mich geschlagen. Jede Berührung war, als fasse sie in eine offene Wunde.

«Ich weiß ...», sagte sie. «Es ist gleich vorbei.»

Nach zwanzig Jahren war ich wieder hier ... und nun entblößte ich mich vor ihnen als Willkommensgruß. Wie erniedrigend! Es war zu intim. Auch nach all der Zeit.

Dann kam Alex herein.

Mit ihm huschte der Kater durch die Tür und sprang auf den Sekretär, um sich dort zusammenzurollen und schweigender Zeuge zu werden.

Alex sah mich und war in einer Sekunde bei mir, um kurzerhand meine Arme zu packen und mich gegen die Lehne des Sofas zu drücken. Ohne dass ich irgendetwas kontrollieren konnte, warf ich mich gegen ihn. Meiner Kehle entflohen tierhafte Geräusche. Was fiel ihm ein, mich festzuhalten wie ein Kind? Ich knurrte, keuchte, wand mich und zappelte wie ein Fisch am Haken. Die Haare klebten mir auf der Stirn, als ich meinen Kopf zurückwarf und die Zähne entblößte.

«Was tust du, verdammt?»

«Nur das Nötige, Kleiner.»

Er hatte meine Handgelenke so fest gepackt, dass der Schmerz mich verrückt machte. Sicher würde er sie brechen, wenn es nötig war. Er säuselte etwas Beruhigendes, aber ich nahm es längst nicht mehr wahr. Ich stand neben mir. Ich sah mich, sah das tobende Ungeheuer, das Tier, das kämpfte, um sich schlug und nur noch aus Gier bestand.

Ein silbernes Funkeln in Mias Hand, ein zierliches, wunderschönes kleines Messer mit gewellter Klinge. Sein Anblick holte mich für einen Augenblick in die Realität zurück ...

Dieses Messer, ja, mit dem er mich zu sich geholt hatte, mit dem er mich damals, als ich noch so jung war, verletzt und getötet hatte: triefend rote Erde vor dem Gasthaus, totes, rohes Fleisch, Schreie ... und er wie ein rasend gewordenes Tier über mir, nicht mehr er selbst. Es sah genauso aus! Ja, dieses Ding! Und die Bilder standen mir vor Augen. Ganz nah!

«Was ist?» Mia hielt inne.

Panisch sah ich von dem Messer zu Alex, von ihm zu Mia, während meine Muskeln sich schmerzhaft verkrampften, bis sie sich wie Stein anfühlten und mir die Sinne schwanden. Erinnerungen, zu viele davon! Der Abgrund öffnete sich und stöhnte, unendlich tief und dunkel. Dort unten, tief unten, dort saß ich mit einem Gesicht voller Blut!

Ich wehrte mich gegen den Fall, aber es half nichts.

Weg! Verschwindet! Nicht jetzt! Nicht hier!

«Egal ...», raunte Alex und legte seine Hand sanft auf meine Brust. «Tu es, Liebes! Er kommt schon drüber weg.» Beruhigend strich er über meine Haare, murmelte etwas. Mia legte das Messer an ihre Armbeuge. Nur kurz war da eine Spur des Schmerzes in ihrem Gesicht, als sie die Klinge durch die Haut zog. Völlig entgleist starrte ich auf das rote Tal in ihrer Armbeuge. Als sie aufstand und mir ihr Fleisch anbot, war ich einer Ohnmacht nahe.

Ich riss mich los und packte Mias Arm. Presste sie an mich, küsste ihre Wunde, ließ meine Zunge vorschnellen. Es war mir egal, ob ich ihr schadete, ob es zu viel war. Schluck für Schluck nahm ich und mir schwindelte, meine Wahrnehmung bestand nur noch aus dem rohen Fleisch unter meiner Zunge und dem lebendigen, pulsierenden Elixier, das daraus hervorschoss und meine Kehle hinabrann. Alex' Hände umfassten meine Schultern so fest, dass die Knochen unter seinem Griff knirschten. Doch in diesen Momenten hätte mich niemand zurückhalten können. Diesen Schmerz spürte ich nicht mehr.

Mehr ... viel mehr ...

Jemand entriss mir das Leben. Doch nach einem Moment absoluter Qual war da eine neue Quelle, die sich an meine Lippen presste. Sie war frisch und tief und voller Leben, voller verzweifeltem, konzentriertem Leben, wie bei einem vergehenden Stern, der sich noch einmal aufbäumt in all seiner Pracht. Beinahe schleuderte es mich über die Grenze des Wahnsinns hinaus.

Starb Alex? – Ich schmeckte seinen Tod! Diesmal würde er nicht wieder zurückkehren. Es war sein letzter Weg. Er würde ewige Ruhe finden und mich zurücklassen, so wie sie ... – Diese Erkenntnis brannte sich in meinen Körper, meine Seele, nistete sich darin ein. Mein Gott!

Ich weiß nicht, wie viel Zeit verging. Irgendwann kehrte meine Fähigkeit zu denken zurück und ich atmete wie ein Ertrinkender, die Lippen nur noch für einen Kuss auf die Haut gelegt. Ich wollte immer noch mehr. Ich hatte sie beide viel zu sehr geschwächt, doch das Ding in mir wollte mehr. Wut packte mich.

Alex aber hatte mich umschlungen und stützte meinen zitternden Leib. Sein Körper roch nach Moschus und war so verführerisch fest wie nachgiebig, seine Finger hatten meinen Kiefer umfasst und drückten meinen Kopf an seine Brust, sodass ich mich kaum bewegen konnte. Mias Hand lag indessen auf meinem Knie und sandte Wellen aus Wärme aus.

«Ruh dich aus ...», hörte ich Alex säuseln und bemerkte schwach, wie er meine Beine hochhob. Er breitete diese so wunderbar weiche Decke über mir aus, dann zog er sich zurück, um Mias Wunde zu untersuchen.

Sie versorgten sich gegenseitig, jeder legte zärtlich ein Pflaster auf die Verletzung des anderen, um schließlich in einer Umarmung zu verharren. Beide waren einer gewissen Verzweiflung verfallen, die ihre Liebe ins Unermessliche steigerte. Wie Ertrinkende klammerten sie sich aneinander, die sanften Augen geschlossen, die Stirnen aneinander gedrückt. Wie damals! Wir drei in dieser Höhle der Sünde. Und wie damals trank der Raum das, was wir übrig ließen: Leben und Energie, Leben als reinstes Elixier ...

Der Abend danach

Alex, Mia, Marten, Lilah und ich saßen an dem riesigen Tisch aus Mooreiche, Raphael der Kater zu meinen Füßen. Wir nahmen im Schein der Kerzen ein Mahl zu uns, wie wir es schon lange nicht mehr genießen durften: duftendes, knuspriges Fleisch, dunkelbraune Soße, australischer Wein, schneeweißes Brot, Trauben und der teuerste Käse, den Alex hatte auftreiben können, eine große Schüssel Salat mit Thunfisch und gelben Paprikastreifen zwischen mit Schafskäse gefüllten Putenröllchen, und schließlich Pralinen, Kuchen und eine scharfe Süßspeise mit Ingwer.

Jeder, bis auf den verzweifelt bettelnden Raphael, schwieg während dieser Momente, im Geiste vereint in unserem Genuss, den wir endlich, nach viel zu langer Zeit, wieder teilten. Alles andere rückte in die Ferne. Einer der letzten Vögel sang vor dem Fenster. Es war wunderbar ...

Wir benötigten lange für das Essen, denn es war ein Ritual. Der Wein rann schwer und süß die Kehlen hinunter und leise Geräusche der Verzückung erfüllten die Stille. Kerzenlicht flackerte auf den milchkaffeebraunen Wänden. Aus schmiedeeisernen Blumenkästen rankte sich Efeu hinab und direkt über dem Tisch schimmerte ein altes Ölbild mit Pflaumen in einer Silberschale. Das Essen dampfte. Die Fenster vor dem kalten Herbstabend beschlugen und aus dem Wohnzimmer drang Nigel Kennedys ‹Vier Jahreszeiten›.

Lilah verfolgte mich ungeniert mit Blicken. Nun, das war nichts Neues. Die meisten taten es. Ich spürte nicht ohne Schadenfreude, wie Marten sich versteifte, roch seinen Zorn wie eine reifende, bittersüße Frucht. Doch er war gut darin, sich zu zügeln. Vielleicht vertraute er Lilah auch, blind vor Vernarrtheit.

Ach ja, das liebe Unwort. Nun gut, es gab zwei Wesen, denen ich vertraute, doch niemandem sonst würde ich e s schenken. Niemals wieder. Worauf so etwas hinauslief, würde Marten früh genug erfahren. Vielleicht würde ich darin sein Meister werden.

Es war längst dunkel, als ich Mia beim Aufräumen half und wir das weißblaue Porzellangeschirr in der Spüle stapelten. Sie wischte mit einem Lappen über den Tisch und wirkte dabei so hingebungsvoll, als wäre es nicht eine Holzoberfläche, sondern Alex' Körper. Der fütterte im Raum nebenan gerade Raphael, den Kater mit dem Sturmhimmel-Fell. Marten und Lilah saßen düster vor sich hin brütend im Wohnzimmer und sahen fern.

«Woran denkst du gerade, Mia?», neckte ich sie.

«Es würde zu lange dauern, es zu erklären!» Mia warf den Lappen achtlos zum Geschirr und stellte die schwarze Vase mit den Tulpen auf den Tisch zurück. Sie waren seltsam rot und gelb gestreift, die Ränder ausgefranst – bizarre, hübsche, kleine Wesen.

«Dann erklär es mir, wenn wir viel Zeit füreinander haben.»

Mia lächelte mich an und nickte. «Wir haben dich vermisst!»

«Das habe ich euch auch. Du weißt nicht, wie sehr.»

Jetzt trat sie auf mich zu und ihre weiße Stirn legte sich in Falten. Ich erkannte, dass ihre Haut langsam dieselbe Beschaffenheit wie Alex' annahm, noch durchscheinender als früher, erschreckend zart, vergänglich wie Pergament. Hauchfeine Fältchen umgaben ihren Mund und ihre Augen. Eine heftige Trauer befiel mich.

Mias Haar umspielte in weichen Wellen ihre Schultern, dunkel- und tizianbraun gemischt. Ihre Nase war schmal, die Stirn ungewöhnlich hoch und gewölbt, ihr Mund exquisit geformt mit einer zauberhaften, spitz zulaufenden Oberlippe. Irgendwo existierte ein sehr altes Ölbild von ihr. Sie war nackt, als Venus dargestellt vor einem wütenden Meer in feurigem Chromoxidgrün und Schwarz. Ihr Kleid aus Volant erinnerte mich daran, denn es hatte beinahe dasselbe Grün. Ein bleicher Körper schimmerte darunter hervor wie durch smaragdfarbenes Wasser.

Ophelia ...

«Warum warst du dann so lange fort?», flüsterte sie und ihre Finger griffen nach dem Band, das meine Haare zusammenhielt. «Du bist uns aus dem Weg gegangen, obwohl wir immer da waren.»

Sie streifte das Band ab, legte es auf den Tisch und fuhr durch mein Haar, das nun frei herabfiel und mittlerweile durch meine Nachlässigkeit bis zur Taille reichte. Ich würde es wieder abschneiden müssen, aber Mia würde es sicher nicht gefallen. Sie war vernarrt darin.

«Ich weiß», gab ich zurück, «kann dir darauf aber keine Antwort geben. Ich musste eine gewisse Zeit allein sein. Später glaubte ich, eine Rückkehr wäre zu schmerzhaft.» Verlegen sah ich zum Fenster. «Ich habe ich mich versteckt, dabei dachte ich jede Nacht, jeden Tag an euch. Verrückt, ich blieb euch fern, gleichwohl der Wunsch so groß war, zurückzukehren!»

Mia nickte, wandte sich um und streichelte eine der Tulpen mit ihrem Zeigefinger.

«Ich verstehe», sagte sie betroffen. «Ist es nicht seltsam?»

Sie lehnte sich gegen den Tisch. Ihr Blick suchte sehnsüchtig nach Alex, der nebenan gerade lautstark mit dem Kater redete.

«Du hast sie nicht geliebt?», fragte sie unvermittelt.

«Doch, einen kleinen Moment lang und auf eine lauwarme Art und Weise.»

Mia holte tief Luft, sichtbar mit sich ringend. «Ich habe eine Bitte an dich, dieselbe Bitte wie Alex. Wir bestehen darauf, dass du sie uns erfüllst.»

«Welche? Wenn ich nur kann, werde ich sie dir erfüllen, Kleines.»

«Du wirst uns von der Vergangenheit erzählen. Du wirst uns heute Nacht von dem erzählen, was du uns bisher verschwiegen hast! Sag uns endlich, wer du bist! Ich habe nur einen kleinen Blick auf deine Erinnerungen erhaschen können, als du das Messer gesehen hast. Du dachtest an deinen Vater.»

Ich begegnete ihrem Blick traurig. Ohne zu wissen, ob ich es ertragen könnte, ob ich es wollte oder überhaupt konnte, flüsterte ich ein Versprechen.

Eine Stunde später hatten wir uns im Wintergarten versammelt. Wir saßen in den dunkelbraun gepolsterten Papasan-Sesseln unter sattgrünen Pflanzen, während hinter dem Glas die Nacht zwischen den Bäumen und Sträuchern des Gartens hing. Alex und Mia hatten sich herausgeputzt, als wäre meine Geschichte ein bedeutendes Fest, zu dem man elegant erscheinen musste. Aber gut, beide hatten die beneidenswerte Gabe, in allem elegant zu wirken. Selbst in einem staubigen Kartoffelsack hätte mein Alex noch königlich gewirkt und Mia wie eine ägyptische Prinzessin.

Lilah, die Menschenfrau, glänzte in einem violetten Spitzenkleid und Marten harmonierte mit einem figurbetonten Baumwollanzug in dunklem Pflaumenblau, der mir so ausnehmend gut gefiel, dass ich darüber nachdachte, ihn bei Gelegenheit in meinen Besitz übergehen zu lassen.

Alle Blicke ruhten auf mir. Deshalb trug ich die schäbigsten Kleider, die ich hatte auftreiben können. Eine fleckige Jeans und ein schwarzes, uraltes Leinenhemd, das an mir herunterhing wie ein Sack. Ich hatte Raphael auf dem Schoß, der darauf achtete, vor dem Einschlafen seine Haare überall auf mir zu verteilen. Sinnierend streichelte ich seinen Pelz und betrachtete sein kleines Gesicht, während er von Katzendingen träumte und seine Ohren langsam zur Seite sackten.

Ich streckte mich, gähnte und legte die bloßen Füße herausfordernd auf den Mahagonitisch, was Alex mit einem missbilligenden Blick bedachte.

«Fang einfach an und nimm die Füße von unserem Tisch!», sagte er.

«Er kostete ein Vermögen und war mit Schuld an der Zerstörung des Urwalds, zu einer Zeit, als noch keiner wusste, was das bedeutete.»

«Du hättest ihn ja weggeben können.»

«Ah ja, und davon wäre die Welt besser geworden, was? Heuchelei. Genauso gut könnte ich Vegetarier werden, während ich Lederschuhe trage und Raphael mit Katzenfutter ernähre.»

Er hob eine Augenbraue und nahm sich mit langen Nosferatufingern eine Praline aus der Silberschale, die Mia übervoll mit glitzernden Köstlichkeiten auf dem Tisch platziert hatte.

Von draußen ertönte sanftes Vogelgezwitscher. Vielleicht war es dieselbe Nachtigall wie damals, zu unnatürlich langem Leben gelangt, da sie in unserem Zaubergarten sang. Dies hier war ein Ort, an dem vermutlich alles möglich war, in dem die Zeit dahinraste oder einfach verschwand. Dennoch war ich eher unwillig, hier und jetzt in die Vergangenheit zurückzukehren. Ich hatte mich aus vielerlei Gründen nie einem von ihnen offenbart, was falsch gewesen war, und nun sollte ich es tun vor Marten, den ich nicht kannte, und seiner flatterhaften Menschenfreundin? Aber es hatte etwas grimmig Verlockendes an sich, dass ich mich vor ihnen öffnete und sie mich jederzeit würden verraten können. Fatalismus. Sollte doch geschehen, was geschehen wollte – ich kümmerte mich nicht mehr darum.

«Ein wunderschönes Kleid!», sagte ich zu Mia.

Sie lächelte gefällig. Alex kniff ungeduldig die Augen zusammen.

«Dir würde es auch gut stehen!», neckte ich ihn und duckte mich unter seiner hervorschnellenden Hand hinweg.

«Im Unterschied zu dir hatte ich noch keins an.» Er grinste, ein wenig zornig und auch inspiriert.

«Spinner!», ließ Marten uns wissen.

Lilah sah aus, als fände sie den Gedanken anregend, mich in einem Kleid zu sehen. Sie flüsterte Marten etwas ins Ohr und er nickte. Sein darauf folgendes Grinsen versetzte mir einen undefinierbaren Schlag.

Bei der Gelegenheit fiel mir auf, dass Marten beharrlich darauf zusteuerte, ein Ebenbild des jungen Sean Connery zu werden: die schulterlangen Haare so hirschbraun wie seine Augen, die Haut karamellfarben, der Körper groß und durchtrainiert und die Augenbrauen über seinem markanten Gesicht dicht und schwarz, was seinem Blick etwas Verschlagenes verlieh. Ein Abenteurer, übermütig, dominant und sinnlich.

Er legte die Beine übereinander, schlug die Augen nieder, zugleich scheu und rebellisch, wie ein Fuchs, der aus reiner Bequemlichkeit den Rückzug wählte. Seine Schenkel wölbten sich auffallend muskulös unter der Lederhose. Alex hatte mir erzählt, dass er jahrelang als professioneller Reiter durch die Lande gezogen war. Dann sei irgendein Unfall geschehen, ein Pferd, das auf ihn gefallen war. Ich erinnerte mich an Martens Gang, der seltsam wirkte. Er hinkte ein wenig, kaum wahrnehmbar. Der byronsche Gang. Ohne dass ich sie sah, wusste ich um die lange Narbe an der Innenseite seines rechten Oberschenkels.

Seltsam, im Grunde missfielen Alex Männer wie er. Er suchte gewöhnlich nach Geschöpfen, die ihm ähnlich waren, androgyne, melancholisch. Aber Marten strotzte vor Intelligenz und gefährlicher Schläue. Vielleicht war es das. Ich witterte sein vor Übermut schäumendes Blut, während er mich unter langen Wimpern hindurch böse anfunkelte.

Ja, Alex war viel zu nachsichtig, wenn es um Kinder ging. Er wusste mit der rebellischen Sturheit seines Nachwuchses schlicht und einfach nicht umzugehen, Erfahrung hin oder her. Nun, ich würde ihn gerne dabei unterstützen, ich musste es sogar, denn etwas Unberechenbares war an Marten, und das beunruhigte mich.

Ich verengte prüfend die Augen. Marten, der mich zu meiner Freude deutlich unterschätzte, wand sich nun gereizt und nervös und drückte Lilahs Hand.

«Also?», quengelte Alex. «Fang endlich an zu erzählen, anstatt meinen Zögling zu foltern!»

Jener knurrte. Lilah lächelte und streichelte seinen Schenkel.

Unreife, kleine Geschöpfe, aber formbar. Zumindest Marten. Ich freute mich diebisch darauf, ihm Respekt beizubringen.

«Seid ihr sicher, dass ihr alles wissen wollt?»

Alex und Mia bejahten dies. Marten schnaubte und Lilah starrte mich hingerissen an.

«Gut, bitte lasst mir einen kleinen Moment Zeit.»

Ich schloss die Augen, verlangsamte meinen Atem und beschwor Bilder herauf: Erinnerungen, Gerüche, Empfindungen, jede Kleinigkeit, die noch existierte, irgendwo in meiner bis zum Bersten gefüllten Seele, in diesem von vielen Leben gefüllten Gefäß. Gerade Gerüche waren es, die mir die deutlichsten Bilder vermittelten. Ich formte die Bilder zu Erinnerungen, die Erinnerungen zu Worten und sprach sie aus, mit dem Wissen, dass es leichter wurde, sobald man nur begonnen hatte.

Ich erzählte von meiner Heimat mit einer Stimme, die nicht zu mir zu gehören schien. Sicher beschönigte ich vieles, die Vergangenheit hatte sich dank meiner Sehnsucht mit einem hübschen Schleier umgeben.

Draußen wurde die Nacht tiefer, während ich den schweigenden Wesen vor mir meine Kindheit und Jugend schilderte, wie ich liebte und hasste und lernte, mich immer weiter von allem Gewohnten entfernte und einsam wurde schon in frühen Jahren. So war es jedem von uns ergangen, bis auf Alex, der unter gleichen Wesen geboren wurde.

Ich hörte ihn und Mia schwer atmen, als ich die erste Begegnung mit meinem Vater in allen Details schilderte und die Erinnerungen so intensiv wurden, dass Tränen meine Wange hinunterliefen. Davor hatte ich mich gefürchtet wie ein Kind vor der Nacht. Ich erlebte es erneut, tauchte darin ein und fand keinen Weg mehr hinaus.

Als die Sonne schließlich aufging, verharrte ich kurz und blickte in die Runde. Alex und Mia blinzelten, die Augen zu Schlitzen verengt und die Gesichtszüge unwillig angesichts des hellen Lichtes. Raphael schnurrte schläfrig. Lilah hatte ihren Kopf auf Martens Schoß gebettet und beide beobachteten mich aus schmalen, wissbegierigen Augen.

«Noch nicht müde?», flüsterte ich in die Stille.

Mia schüttelte den Kopf. «Marten», sagte sie zerstreut, «bitte zieh die Vorhänge zu und sperr den Tag für uns aus!»

Er gehorchte mit verborgenem Widerwillen und verhüllte die großen Fenster mit dunkelgoldenen Damaststoffen, die das Sonnenlicht nun in ein mattes Schimmern verwandelten. Es erinnerte mich an die Dämmerung in der großen Wüste. Vor Jahrzehnten war ich dort gewesen, im Schatten der großen Pyramiden, nachts bei Sternenschein, als niemand dort war außer ich. Wie endlos die Zeit war. Wie endlos die Erinnerung an all die Leben, die ich vor dieser Existenz durchwandert hatte ... eine Ewigkeit, vor einer Ewigkeit, der noch eine weitere vorausging, bis sie irgendwo in nicht mehr sichtbarer Ferne verschwand. Wenn ich daran dachte, wurde alles unwichtig. Eine Melodie summte in meinem Kopf – der Gesang von Dünen.

Ich schloss halb die Augen, ließ meinen Blick verschwimmen und gab mich dem Treiben im Nichts hin.

Doch schon Augenblicke später schreckte eine Bewegung mich auf. Mia ging schlaftrunkenen Schrittes in die Küche und holte eine Kristallkaraffe mit süßem Eiskaffee, was mich zum Lachen brachte. Unsterblichkeit und Eiskaffee! Marten brachte auf einem Tablett die violetten Gläser herein und Mia schenkte jedem von uns ein. Ihre Ringe funkelten im Licht wie ein orientalischer Schatz, ihr Gesicht war weich und zart, während Alex eine fast schmerzhafte Würde ausstrahlte. Ich spürte eine Welle zärtlichen Begehrens, darunter fast boshafte Gier.

«Morgen früh muss ich wieder im Büro sein», gab Lilah zu verstehen. «Es gibt da noch eine Präsentation, die ich heute fertig stellen muss.»

Alex seufzte. «Dann gehst du einfach, wenn es sein muss.»

«Ein paar Stunden habe ich noch.»

Er schüttelte den Kopf und lutschte müßig an einer Praline. «Ich frage mich, wann sie wieder die Fußfesseln einführen ... vielleicht solche, die explodieren, wenn man als nützlicher Teil der menschlichen Konsumgesellschaft das Gefängnis eine Minute vor Feierabend verlässt. Stell dir vor, Mia, wir müssten bei jedem Einkauf Weißbrot dabei haben!»

Lilah blickte verständnislos. «Weißbrot?»

Mia lachte. Sie vollführte eine Bewegung, als würde sie etwas in eine Tasse tauchen. «Sieh dir Andy Warhols Dracula an!»

Dann sagte sie zu Alex. «Ich bin Gourmet, mein Lieber. Niemals würde ich ...» Sie räusperte sich und setzte das Glas Eiskaffee an ihren Mund. Ich starrte entzückt auf die Bewegungen ihrer Kehle, als sie das Glas an ihre Lippen setzte und trank.

«Diese drei sind abgrundtief böse, Lilah. Wer klein ist, braucht eine große Klappe und muss sich auf andere Art und Weise hervortun.» Marten lächelte mich an, dann bemerkte er mürrisch, dass sein Witz uns nicht verärgert hatte.

«Es geht nur um Menschen», sagte Mia und stellte das violett schimmernde Glas auf den Tisch zurück. «Sie sind Nahrung, naturwidrige Parasiten, die ausgesaugt werden wollen.»

Lilah nickte verwirrt. «Ihr mögt sie nicht, was?»

«Kleine», sagte Mia, «natürlich mögen wir sie nicht. Wüstenplaneten und Politik sind ihnen wichtiger als gequältes Leben, und Trauerkarten kauft man zusammen mit Hackfleisch im Supermarkt. Nur leider können wir uns aufgrund unserer Empathie nicht ganz vor ihnen verschließen. Wir sind dazu verflucht, uns in einer menschenähnlichen Hülle ein Stück weit ihren Gesetzen unterzuordnen. Deshalb leiden wir oft unter Migräne.»

«Mhm.» Lilah fuhr sich unwohl durch die langen Haarsträhnen, die sich aus ihrer kunstvollen Hochsteckfrisur gelöst hatten wie widerspenstige Schlangen. Sie und Mia waren wie verfeindete Katzen. Doch ihr Kampf spielte sich jeweils in den Gedanken der anderen ab und würde nicht ausgesprochen werden.

Frauen!

«Ich denke, ich weiß, was ihr meint. Wenn ich könnte, wie ich wollte ...» Lilah lächelte zaghaft.

«Richtig, Kleines, Gott bewahre uns vor dem, was wäre, wenn wir so könnten, wie wir wollten. Es gibt zu wenige menschenfressende Tiere, wurden alle ausgelöscht, weil sie es wagten, die Krone der Schöpfung anzurühren.» Sie leckte sich die Lippen.

«Verwirre sie nicht so, Mia», nuschelte Marten. Und dann beugte er sich vor und flüsterte in ihr Ohr: «Ich bin noch nicht ganz fertig. In ein paar Tagen kannst du sie haben und mit ihr und Alex was Aufregendes anstellen.»
Mia schnaubte böse. «Hör zu, du hast ...»
«Ja, Mia?»
«Seid jetzt bitte ruhig.» Alex brachte die Runde mit einer Handbewegung zum Schweigen. «Ich denke, wir sollten weiter zuhören.»
Mia blickte mich an. «Er wird uns längst dafür verflucht haben.»
«Ja», antwortete ich. «Darf ich mich rächen?»
«Natürlich.» Sie schenkte mir ein hinreißendes Lächeln und umschlang Alex' Hand. Ihre Finger verschmolzen miteinander. Sie küssten sich flüchtig. Waren gewöhnliche Paare wie Tag und Nacht, so waren Alex und Mia wie die Dämmerung, in denen beide sich vereinten, unzertrennbar und eins, obwohl sie oft und lange ohne einander waren, manchmal für Wochen. Sie gingen fort, um sich nach dem anderen zu verzehren, suchten ihre kleinen Tode in Sehnsucht und fanden dann wieder zueinander, bewiesen sich immer wieder durch Einsamkeit, dass der eine ohne den anderen nicht leben konnte.
Ich war neidisch, natürlich. Aber vielleicht irgendwann ... wenn das Schicksal es wollte? Aber nein, Beziehungskisten würden mich nur wieder in ein Loch stürzen.
Benommen schüttelte ich den Kopf. «Wo war ich?»
«Du wolltest zurückkehren, nach dem ersten Schnee», meinte Alex.
«Gut, dann fahre ich dort fort.»

Vergangenheit

«Ich kehrte zurück, obwohl der Faden zu meinem alten Leben zerschnitten war. Ich verlor nie ganz den Geschmack des Blutes in meinem Mund, verstand rein gar nichts. Es erschreckte mich zutiefst, weil ich diese Lust an Fleisch und Schmerz nicht verleugnen konnte.
Schließlich stand ich am Waldrand und blickte auf das Dorf hinab. Auf die runden Hütten mit ihren Strohdächern, auf die Rauchkringel, die Wärme und Behaglichkeit versprachen. Es war später Abend, und die Menschen verbargen sich in ihren Heimen, um der Kälte zu entfliehen. Sie schliefen unter dicken Fellen und Decken, während ich die Nacht begrüßte. Lag meine Mutter wach wie damals? Spürte sie mich? Nein, ich konnte nicht zu ihnen, es war mir unmöglich! In diesem einen Jahr hatte ich mich verändert, wie sehr, fiel mir erst in diesem Augenblick auf. Und doch nahm ich diese Erkenntnis willkommen an, weil sie so klar und ohne Zweifel war.

Diese Menschen dort unten, die ich witterte, ihre Ausdünstungen, ihre Plumpheit und schlafende Brutalität – ich konnte ihre Anwesenheit nicht mehr ertragen.

Verschwinden! Ja, ich wollte niemanden mehr sehen, keine Nähe, nur mich selbst und die Nacht.

Doch vorher ... vorher würde ich mir nehmen, was ich wollte. Ich schlich den Hang hinab zu dem Gatter mit dem Unterstand, in dem sich die Pferde befanden. Sie standen zusammengedrängt im Schnee und pressten ihre großen, dampfenden Körper aneinander.

Ich lockte sie mit leiser Stimme und packte das schönste Tier am Halfter, um es sanft abzudrängen und aus dem Gatter zu lenken. Aus dem Stall nahm ich zwei große Felle, die ich ihm zum Schutz vor der Winterkälte über den Rücken legte, eine schwere Wolldecke, Seile und einiges Werkzeug, das ich auf dem Rücken des Tieres verschnürte.

Seine Hufe scharrten ungeduldig im Schnee. Das Pferd und mich hatte man eingesperrt und gezwungen zu einem Leben, das nicht für uns geschaffen war. Unsere Ruhelosigkeit und unser Streben waren von der gleichen Art.

‹Still!›, hauchte ich in sein Ohr. ‹Verrate uns nicht.›

Ich flüsterte ein ‹Leb wohl›, als ich an ihrer Hütte vorbeiritt, hörte meine Mutter seufzen ... oder meinte es zumindest. Vielleicht wusste sie, was vorging, und lag hellwach dort hinter der Wand. Wenn es so war, dann schien auch sie entschlossen, den Schmerz des Abschieds nicht durch ein Wiedersehen zu vertiefen. Wenn das Schicksal es wollte, würden wir uns wiedersehen. Aber ich glaubte nicht daran.

Es war eine sternklare, eiskalte Nacht gewesen, in der ich ging, eine Nacht so rein und ursprünglich in den alten Zeiten, als Raubtier und Winter noch stärker waren als der Mensch und nichts die Wildnis trübte. Der Atem des Pferdes stieg in den Winterhimmel auf, sein warmes Fell dampfte unter meinem Körper.

Ich lehnte mich zurück und schloss die Augen, geschwächt von unsäglicher Müdigkeit, die nicht nur meinen Körper betäubte, sondern auch meine Seele. Der gemächliche Schritt des Tieres wiegte mich in eine wohltuende Lethargie. Es war so still, dass das Knirschen der Hufe im Schnee laut durch den nackten Wald hallte.

Du hast dich für mich entschieden ..., säuselte eine Stimme in meinem Kopf, so undeutlich wie ein Gedanke am Rande des Einschlafens. Ich fuhr auf und starrte in die Nacht hinaus. Nichts. Mein Kopf dröhnte und hinter den Augen pochte ein drückender Schmerz.

Bald ..., flüsterte es leise. Oder war es der Wind, der aufkam, waren es die Klänge der Nacht, die plötzlich zurückgekehrt waren?

Sanfte Böen sirrten in den kahlen Zweigen und brachten manches seltsame Geräusch zustande. Schneekristalle sangen, wenn sie wirbelnd über die Erde tanzten. Kleines Getier raschelte hie und da in den Büschen und im alten Laub unter der Schneedecke.

Die Stimme säuselte meinen Namen, liebevoll, wie eine Köstlichkeit.

Ich blinzelte, gähnte unfreiwillig. Meine Sinne waren so benebelt vor Müdigkeit, dass ich auf Stimmen in meinem Kopf nicht weiter achten sollte. Aber diese Stimme war deutlich gewesen. Oder hatte ich doch nur geträumt?

Es war wieder still, der Wald leer und voller nackter, aufragender Stämme – nichts, nur das Knirschen des Schnees unter den Pferdehufen und das heisere Atmen des Tieres. Es schien nichts zu spüren. Also ließ ich die Angst hinter mir und ritt weiter, ignorierte den immer stärker werdenden Schmerz, der in meinen Schläfen pochte und vor meinen Augen flimmerte.

Die Welt und mein Leben lagen wie eine gähnend leere Wüste vor mir, und ich wanderte in sie hinein, immer weiter, um vielleicht irgendwo einfach niederzufallen und zu sterben. So gab ich die Zügel meines Lebens aus der Hand, ohne zu ahnen, dass jemand sie begierig nahm. Es war so weit. Mein Schicksal begann sich nach und nach zu erfüllen, so wie es seit langem geschrieben stand – ein letztes Leben, eine finale Aufgabe, bevor es ganz vorbei war.

Die Nacht schritt fort, bis schließlich ein grünes Band im Osten den Sonnenaufgang ankündigte. Meine Finger spielten gedankenverloren an dem silbernen Halsreif, den ich nun trug als Zeichen meiner vergangenen Jugend. Er war eiskalt und schwer, schmiegte sich um meine Kehle wie eine Schlange. Meine Mutter hatte die winzigen Bilder hineingeritzt, die ich nun liebevoll mit tastenden Fingern erkundete und damit sie selbst aus der Ferne streichelte: ein springender Hirsch als Symbol ewigen Lebens, wie man ihn vor Jahren in meine Schulter gezeichnet hatte, und Cernunnos, der die Wildnis und ihre Geschöpfe beherrschte. Für mich waren sie schön anzusehen, doch an ihre Magie wollte ich nicht glauben. Magie saß nicht in diesem Metall.

Von dem silbernen Muster wanderten sie zu der Narbe am Hals, schließlich das Kinn hinauf, das immer noch glatt wie das eines Kindes war und auf dem sich nichts regen wollte. Ich ertastete die Züge meines Gesichtes und fragte mich, ob ich mich verändert hatte. Ich wusste, meine Haut war noch bleicher geworden, die Adern schimmerten hindurch und trotz der schweren Arbeit des vergangenen Jahres wirkten meine Hände noch immer, als könnte jede feste Berührung sie wie Glas zerbrechen – beinahe spinnenhaft, diese Finger. Ich konnte nicht sagen, ob sie schön waren oder abstoßend. Vermutlich bot ich einen jämmerlichen Anblick: dreckig und mit zerzausten Haaren, die in dicken Strähnen herunterhingen. Ich wagte nicht daran zu denken, wie ich am Ende des Winters aussehen würde, vielleicht wie jener gefürchtete, schmutzige Waldschrat aus den Geschichten, mit denen man Kinder erschreckte. Ich lachte leise in die Stille und beugte mich schließlich vor, um die Arme um den Hals des Pferdes zu schlingen und mich an seinem Körper zu wärmen.

Die letzte Nacht meines illusionsbehafteten Menschseins ging ihrem Ende zu.»

Gegenwart

Ich verharrte und rieb mir die Schläfen. Vor meinen Augen flimmerte es. Mehr als je zuvor fühlte ich mich elend, ohne zu wissen, weshalb. Nein, ich wollte nicht jammern. Doch wäre es mir möglich gewesen, ich wäre auf der Stelle in einen Jahrhunderte dauernden Schlaf gesunken, und niemand, nicht einmal Alex oder Mia, hätte mich daraus wecken können. Für diese Schwäche hasste ich mich. Seit Monaten schon trieb ich leer und müde durch die Welt und fand keinen Halt mehr.

Alex sagte mir, dies wären Phasen des Alterns, und sie würden vergehen. Doch wie immer, wenn einen Leere packt, ist es ein Gefühl, als stünde man am Ende seines Lebens, als gäbe es nichts mehr, was da wartete, getan, gesehen oder gefühlt zu werden.

Eine Raupe verwandelte sich in eine Puppe und diese in einen Falter: wahre Magie, Metamorphose, notwendig und natürlich. Wir waren nur Sklaven unseres Seins. Wenn Raupen sich in Falter verwandeln konnten, warum sollten wir uns nicht in etwas noch Fremderes verwandeln? Es fühlte sich an, als würde mein Körper bersten und etwas Bizarres daraus hervorkriechen. Würden sie mich wiedererkennen, wenn es so kam?

Ich blickte in die Runde. Lilah schlief endgültig, doch Marten und meine schönen Geschwister gierten nach mehr und würden wie ich keine Ruhe finden.

«Du warst beinahe noch ein Kind», sagte Mia. «Weshalb hat er es so früh getan?»

«Weil es Zeit war», antwortete ich. «Sein Verlangen und manche andere Umstände ließen ihm keine Wahl. Ich war damals zwar gerade sechzehn Jahre alt, aber in meinem Volk und zu meiner Zeit wurde niemand sehr alt. Meine Kindheit war vorüber – raue Zeiten erforderten es, dass man schnell zum Mann wurde. In einem Alter, da heute das Leben kaum begonnen hat, waren wir damals längst erwachsen. Du selbst hast mich zehn Jahre älter geschätzt, als ich es tatsächlich war.»

«Ja», murmelte sie, «aber es ist doch ein seltsamer Gedanke, dass du damals so jung warst. Wir haben uns nun mal an die modernen Verhältnisse angepasst.» Sie lächelte und fügte dann hinzu: «... auch wenn wir schon alt waren, als wir geboren wurden.»

Vergangenheit

«Die Sonne war gerade aufgegangen, als der Schmerz in meinem Schädel so heftig über mich herfiel, dass ich es kaum noch ertrug. Die Stimme raunte und säuselte nun ununterbrochen in meinem Kopf, und ich meinte sie lachen zu hören, rau und triumphierend, mit einem Anflug von Wahnsinn.

Ich sah kaum noch etwas. War ich krank? Verrückt? Meine Hände zitterten so heftig, dass mir die Zügel aus der Hand glitten. Auf keinen meiner Sinne konnte ich mehr vertrauen, sie narrten und verspotteten mich, während mein Kopf wie von Klauen zusammengepresst wurde und die Schmerzen mich in den Wahnsinn trieben.

Schließlich, als sich etwas wie ein Messer in meine Schläfe bohrte, hüllte mich Schwärze ein und ich fiel vom Pferd.

Wind strich über mich hinweg. Schnee begann mich zu bedecken. Wie tot lag ich da. Mein Körper gehorchte mir nicht mehr und es war eiskalt. Jahre schienen zu vergehen, während der Himmel sich aufhellte und Wolken vor einem eisblauen Himmel dahintrieben. Sonne und Schatten lösten sich ab, der Schnee schmolz unter mir und bittere Kälte drang in mich.

Das Pferd wich nicht von meiner Seite, immer wieder spürte ich sein weiches, warmes Maul, das mein Gesicht berührte und mich in die Seite stieß. Starb ich? Es war so schön, in diesem Zustand in den klaren Himmel hinaufzustarren, zu sehen, wie sich das Netz aus Zweigen wiegte, wenn der Wind hindurchstrich. Ich sah ... und doch hatte ich die Augen geschlossen. Meine Lider waren wie durchscheinende Blütenblätter.

Das Pferd schnaubte. Ein Falke schrie, einmal, zweimal, dann jagte er über die Wipfel davon. Wie müde ich war, unendlich müde.

Plötzlich war jemand über mir, zwei Schatten, groß, zottig, stinkend. Meine Augen hatten sich geöffnet, ohne dass es mir bewusst gewesen wäre. Ich starrte in grobschlächtige Gesichter, dunkle Haut, schwarzes Haar, olivgrüne Augen. Das Licht über ihnen war grell und schmerzte. Ehe ich reagieren konnte, hatten sie mich gepackt und auf die Füße gezerrt. Ein paar schnelle Worte wurden ausgetauscht. Man fasste mich an den Schultern und hielt mich aufrecht. Einer der beiden redete wild auf mich ein in einer plump klingenden Sprache. Der andere betastete meine Kleidung, meine Haare und schließlich jeden Zentimeter meines Körpers, prüfend und mit wunderlicher Neugier, als empfände er mich als äußerst fremdartiges Wesen. Vielleicht suchte er auch nur nach einer Verletzung oder einem anderen Grund, weshalb sie mich so vorgefunden hatten.

Sie fragten mich irgendwas. Ich starrte sie nur an, zuerst verwirrt, dann wütend. Als sie endlich begriffen, dass ich nichts verstand, rissen sie mich herum, verschnürten meine Handgelenke und zerrten mich kurzerhand hinter sich her, so schnell und routiniert, als wäre es kein Zufall gewesen, dass sie mich gefunden hatten. Während der eine mich übernahm, griff sich der andere das Pferd, sichtlich erfreut über seine Beute.

Das alles ließ ich über mich ergehen, als wäre es ein Traum, belanglos und wirr. Ich dachte nicht einmal über mein Schicksal nach, denn ich konnte und wollte nichts tun, um es abzuwenden.

Seltsam sahen sie aus, diese Männer, groß und schlank, gekleidet in bunte, fremdartige Stoffe, um die Schultern kostbare Umhänge aus Feh gelegt, die sie vermutlich irgendwo in diesem Land erstanden hatten. Das Metall ihres Schmucks und ihrer krummen Messer war gelb. An ihren Ohren baumelten seltsame Ringe.

Ich sah wieder in den Himmel hinauf. Es war dunkel geworden. Regen tröpfelte auf uns nieder und lief mein Gesicht hinab.

Die Männer begannen sich zu unterhalten, und die anfangs plumpe Sprache enthüllte nun einen melodischen Rhythmus, ein primitiver, dunkler Singsang. Es musste ein fernes Land sein, aus dem sie kamen, weit im Süden. Die Melodie der nordischen Sprachen war anders, in jener der Männer hingegen klangen Sonne und Üppigkeit mit.

Wir folgten einen Tag lang einem kleinen Fluss, je einer der beiden Männer zu Pferde, schliefen wenige Stunden unter einem Felsvorsprung, durchquerten am nächsten Tag ein weites Tal, dann eine wellige Ebene aus gelbem Gras und rostroten Heidekräutern und erklommen schließlich am vierten Tag mühsam einen überwucherten Pfad, der einen Berg hinaufführte. Ich roch Rauch, Fleisch und Menschen. Völlig überrumpelt fand ich mich kurz darauf in einer Schar von ihnen wieder.

Ein Dorf, viel größer, als ich je eines gesehen hatte. Hoffnungslos überfordert ließ ich die tastenden Finger auf meinem Körper und in meinem Haar gewähren. Ein Marktplatz, überfüllt und stinkend, voller Farben, denen jegliche Schönheit fehlte. Zerlumpte Kinder umzingelten uns und rangen ihre kleinen, schmutzigen Hände. Ihre Erbärmlichkeit entsetzte mich, drang durch meine Mauer aus Gleichgültigkeit, ihr Hunger und vor allem das Elend der Tiere, die in Käfigen und an Stricken auf den Tod warteten oder an deren Kehlen schon das Messer lag. Seltsam ergeben fügten sie sich in das Schicksal, das man ihnen aufzwang. Schreie überall, menschlich und tierisch.

Abscheu schmeckte bitter wie Galle in meinem Mund. Ich würgte bei dem Gestank des toten Fleisches, der verbrannten Haare, beim Geruch der Menschen und des Essens.

Angst, Schmerz, Elend, Rinnsale von Blut und Fliegen auf blutigen, noch dampfenden Fellen. Dazwischen lachende Menschen, Kinder, die sich rauften, spielten und um ein Stückchen rohen Fleisches bettelten. Zeternde Frauen ... Menschen, die mir hier ihr Wesen zeigten, ohne dass es ihnen bewusst war.

Die Männer nahmen mich in ihre Mitte und schoben sich durch die Tür des Gasthauses. Neuer Gestank und vielfache Gerüche stürzten auf mich ein und vernebelten meine Sinne. Der Lärm war unerträglich. Schwitzende Leiber drängten sich in der Enge an mich, ich fühlte ihre Hitze, ihren Schweiß, das Spiel ihrer Muskeln. Widerwärtig. Unrat verfaulte auf dreckigem Lehmboden, Knochen lagen dazwischen, Glasscherben, ein Hund ... und ein Junge, kaum fünf Jahre alt. Er starrte mich an, als wollte er eine Antwort.

Ich wurde auf einen der klobigen Stühle bugsiert. Der größere der beiden Männer nahm mir gegenüber Platz, während sich der andere neben mich setzte und die Spitze eines Messers gegen meine Rippen drückte. Er zischte mir etwas ins Ohr, wich zurück und starrte mich an. Dann warf er den Kopf zurück und lachte.

Eine junge Frau erschien in einem roten Leinenkleid, das mehr enthüllte, als es verbarg. Ihre gewaltige Brust quoll aus dem Ausschnitt. Sie beugte sich zu uns, viel zu nah, und stützte einen Ellbogen auf das Holz direkt vor mir. Beinahe berührte meine Nase ihr karamellfarbenes Fleisch. Sie roch wie jemand, der monatelang kein Bad genommen hatte, aber ihre Haut war weich und sinnlich.

Allergisch gegen jede Art von Nähe, wich ich vor ihr zurück, oder versuchte es zumindest. Sofort bohrte sich die Messerspitze etwas stärker zwischen meine Rippen und ich erstarrte.

Der Blick ihrer nebelgrauen Augen ruhte nun auf mir, während sie zu den Worten der Männer nickte. Einer von ihnen berührte ihr Hinterteil und tätschelte es. Sie wehrte sich nicht dagegen, schien es zu begrüßen.

Das Mädchen starrte mich an, ich starrte zurück. Plötzlich sagte sie etwas, lachte herzhaft und griff mir mit zarten Fingern in die Haare, um sie zu zausen. Ich starrte auf die gefesselten Hände. Hier würde mir niemand helfen, seltsamerweise verlangte es mich auch nicht danach. Wenn es hier und jetzt endete, dann wäre der Weg kurz und gnädig gewesen.

Die Frau zwinkerte mir einladend zu, dann wirbelte sie herum und verschwand in der Menge.

Im Laufe des Abends tranken die beiden Männer eine Menge an Bier, die selbst mich getötet hätte. Es war dunkler als das Weizenbier, das ich kannte, und roch abscheulich bitter und süß zugleich. Widerwärtig tropfte es von Bärten und Mündern, auf den Boden, durchnässte Kleidung und schwängerte die kaum vorhandene Luft. Hühnchenknochen flogen durch den Raum, Essensreste wurden über die Schulter geworfen und einige ließen es sich nicht nehmen, in irgendeiner der vier Ecken des Gebäudes ihre Notdurft zu verrichten. Spärlich bekleidete Frauen saßen auf den Schößen der betrunkenen Männer, die sie lüstern befingerten, ohne sich um die Gesellschaft zu kümmern.

Ich wandte mich ab und blickte zu Boden. Kein Tier benahm sich annähernd so abscheulich.

Wie ich sie hasse, diese Menschen, diese Wesen! Ich hasse ihre bloße Gegenwart, die Tatsache, dass sie existierten. Ich hasse sie, weil sie mir unerträglich nah kamen. Ich verabscheute sie derart, dass mir schlecht davon wurde. Mochten sie mich nur töten in irgendeinem fernen Waldstück oder hier hinter der Bretterwand. Ich empfand einen heftigen Drang, dieser Welt zu entfliehen.

Jemand stolperte und fiel der Länge nach auf unseren Tisch. Ich zuckte zurück, aber die Männer hatten ihn schon gepackt und in die Menge zurückgeworfen. Grölendes Gelächter erschallte. Sie stießen mit den Ellbogen in meine Rippen und versetzten mir spielerische Kinnhaken, als wäre ich ein Kind.

Wann hörte es endlich auf? Ich wollte fort, in den Wald hinaus, und wenn es nur bedeutete, dass sie mich töteten. Aber ich wäre alleine, wo auch immer.

Nun, das wäre natürlich zu viel Gnade gewesen. Die Zeit tropfte dahin, zäh und unendlich langsam. Mein Kopf schmerzte. Es mochte längst Abend sein. Die Scheiben waren zu dreckig und beschlagen, um etwas von der Welt dort draußen zu sehen. Sehnsuchtsvoll dachte ich an den Duft des Waldes und an die menschenleere Stille, von zarten Lauten durchtropft ... Tau auf weichem Moos und das Gurgeln von eisigem Wasser über Steine und Wurzeln ... flinke, duftende, schöne Geschöpfe aus seinen Tiefen ...

Dann aber geschah etwas. Die Luft erzitterte, etwas Reines erfüllte sie und drängte sich sofort in mein Bewusstsein. Ich nahm seltsame Dinge wahr: einen wilden Geschmack auf der Zunge, ein Prickeln im Nacken, Herzklopfen und eine innere Anspannung, die ich nur zu gut kannte.

Ich bemerkte einen dunkel gekleideten Mann zwei Tische weiter, der dort saß wie seit Ewigkeiten.

Ich erstarrte. Die Erkenntnis traf mich wie ein Schlag.

Sein Gesicht war verborgen unter der Kapuze seines zerschlissenen, Wollumhangs, dennoch meinte ich zu erkennen, wer er war. Er schien diesmal bemüht zu sein, gewöhnlich zu wirken, und doch zog er heimliche Blicke auf sich. Sie flüsterten, deuteten auf ihn, dumm wie Kinder.

Der Mann an meiner Seite raunzte irgendetwas und erhob sich, um – mittlerweile sturzbetrunken – zu jener Gestalt zu stolpern und sich auf dem Stuhl ihr gegenüber niederzulassen. Seine Tollpatschigkeit besudelte die dunkle Würde des Fremden. Dieser saß vollkommen regungslos zwischen all dem Abfall, geschützt durch eine Mauer des Reinen und Befremdlichen, wohltuend, wie der Atem an einem uralten, geheimen Ort, wie kühler Wind, der mich umschmeichelte ... vertraut. Aber woher?

Der Fremde wich angewidert zurück, als sein Gegenüber sich vorbeugte. Dennoch begann er leise mit ihm zu reden. Blasse Hände schimmerten auf dem dunklen Holz des Tisches, reglos, während die des Menschen wild gestikulierten. Ein kleiner Beutel tauschte seinen Besitzer.

Schweißperlen rannen meine Stirn hinab und brannten in den Augen. Ich zerrte an den Fesseln, aber sie schnitten nur in meine allzu dünne Haut. Ein zweiter Beutel ging über den Tisch, größer als der erste. Handelten diese Männer in seinem Auftrag? Verkauften sie mich an ihn?

Das Gespräch der beiden wurde wilder, hektischer. Es wurde still um mich herum, denn all meine Sinne konzentrierten sich auf das, was vor mir geschah.

Minuten verstrichen, während sie redeten. Dann veränderte sich erneut etwas in der Luft, die Gerüche wurden intensiver, brodelten auf, etwas zog sich schmerzhaft zusammen und zitterte wie eine zu stark gespannte Bogensehne. Die Härchen in meinem Nacken stellten sich auf. Ich roch pure Aggression.

Der Fremde fuhr auf und schrie etwas in einer fremden Sprache. Seine Stimme donnerte klar und rein durch den Raum. Ich sah seine Augen sich verengen und aufblitzen wie die eines Tieres. Sein Körper bebte vor Anspannung, wirkte wie ein Tier vor dem Sprung.

Die Menschen im Raum verstummten und fuhren herum. Stille summte. Der Fremde hob den Kopf, um sein Gesicht zu zeigen. Er berührte die Kapuze ...

Sein Gegenüber holte aus und wollte ihm die Faust in den Leib rammen. Da aber traf ihn eine Ohrfeige des Fremden, die seinen Kopf herumriss, laut und schallend, eine Ohrfeige, die ihn tötete. Ich hörte das Knacken seines Genicks, als er zur Seite geschleudert wurde und gegen die Bretterwand krachte. Schlaff sank er auf den schmutzigen Lehmboden.

Einen Herzschlag lang herrschte erschrockene Stille. Dann brach die Hölle los!

Männer stürzten sich auf den Fremden, der sich ihrer augenblicklich annahm. Spinnenhafte Hände legten sich um Kehlen und rissen sie auf, Blut spritzte an Wände und auf den Boden, und ich sah rohes Fleisch glänzen wie das Innere reifer Kirschen. Frauen kreischten, stürzten davon oder pressten sich in die Ecken und starrten hilflos, wie im Licht gefangene Motten auf das, was geschah.

Der Fremde wirbelte umher so leicht und weich wie ein Schatten und tötete mit einer Mühelosigkeit, die sich außerhalb jeder Brutalität bewegte. Ein Mann, der ihn weit überragte, wollte ihm die Rippen brechen, doch seine zarten Finger packten dessen Handgelenke und zogen sie fast liebevoll auseinander. Dann beugte er sich vor, als wolle er seine Kehle küssen, doch als sein Kopf zurückzuckte, war da ein großes Stück Fleisch zwischen seinen Zähnen. Er spie es auf den Boden. Blut schoss im Rhythmus des Herzens aus dem offenen Hals des Mannes. Der Kehlkopf schimmerte weißlich hervor, gerillt wie der Bauch einer Schlange.

Der Fremde strich mit einer eigenartigen Geste über die Stirn des Sterbenden, schloss ihm die Augen, hielt ihn einen Augenblick lang umfangen und ließ ihn schließlich zu Boden sinken, wo der Mann mit weit aufgerissenen, ungläubigen Augen starb.

Panik brach aus. Ein junger, blondhaariger Mann wollte durch das Fenster fliehen, stürzte und wurde von seinen Gefährten überrannt, wobei sich die Scherben des zerschlagenen Fensters in seinen Leib bohrten und ihn aufschlitzten. Blut rann in Strömen die Bretterwand hinab und tropfte auf den Boden. Der Mann keuchte sterbend. Seine mädchenhaft zarten Hände krallten sich um den Fensterrahmen, bevor der Tod ihn nahm, als wäre er ein Liebhaber ...

Ich saß da und regte mich nicht. Das sterbende Herz des zweiten Häschers zu meinen Füßen pumpte sein letztes Blut in einen aufgerissenen Brustkorb. Die Rippen schimmerten elfenbeinweiß in glänzend rotem Fleisch – eine Symphonie aus wunderschönen Farben und bizarren Formen. Woher kam diese Faszination, woher diese Schönheit des Todes bei all dem Schrecken?

Wie von selbst beugte ich mich hinunter und nahm mit den Fingerspitzen einen Dolch aus dem Gürtel des Toten. Ich klemmte ihn zwischen die Knie und durchschnitt meine Fesseln.

Süßer Blutgeruch und die Luft tränkende Angst machten mich halb verrückt, verwandelten meine Beine in Butter und meine Sinne in Feuer. All das Fleisch um mich herum ... Ströme von Blut ... Aggression, die auf der Zunge prickelte ...

Wieder sah ich zu ihm, sah den zierlichen Dolch in seiner Hand. Er schlitzte mit ihm die Leiber derer auf, die wagten ihn anzugreifen, blitzschnell, so voller erschreckender Eleganz und Schönheit, dass eine Welle begehrlicher Bewunderung in mir aufkam.
Ich wusste, wie es sich anfühlte, ja, mein Gott!
Dann rüttelte mich etwas wach.
Flieh!
Durch Sterbende und Schreiende hindurch zwängte ich mich zur Tür. Schließlich war ich draußen, atmete frische Luft! Halb besinnungslos erreichte ich mein Pferd und fingerte an den Zügeln herum. Der Knoten war fest, und meine Finger zitterten so heftig, dass ich schier unfähig war, ihn zu lösen.
Ich fluchte, riss an den Zügeln, zerrte an dem Knoten, der sich nur immer fester zusammenzog. Wo war der Dolch?
Ich blickte mich um, tastete an mir herunter – hinter mir Schreie und wilder Blutgeruch –, doch nichts war zu finden.
Jemand stieß hart gegen mich und taumelte tödlich verletzt in die Nacht hinaus.
‹Komm endlich ...›, stöhnte ich und zog mit aller Kraft an den Zügeln, als mich im nächsten Augenblick jemand an der Schulter packte und herumschleuderte.
Ich sah in ein verblüffend schönes Gesicht, beinahe durchsichtig zart. Unfassbar, dass er es angerichtet hatte, dieses Blutbad, diese zerfetzten Körper ...
Nun war er vor mir, berührte mich, sah mich!
Onyxfarbene Augen starrten mich an, glühend vor Verlangen. Ehe ich auch nur einen Laut von mir geben konnte, schleuderte er mich gegen die Wand, riss mir den Umhang und das Hemd vom Leib, packte meine Handgelenke und zog sie hoch, bis er beide mit nur einer Hand umklammert hielt und über meinem Kopf gegen das Holz drückte. Ich fühlte die Kälte auf meiner nackten Haut nicht einmal, zu fiebrig war die Angst.
‹Ja, es ist so›, knurrte er, und seine Lippen ruhten auf den meinen wie Vogelflügel. Sein Atem war scharf und wild, tierhaft. ‹Ich bin es, auch wenn du es nicht begreifst ... und du bist mein.›
Er atmete schwer. Sein Brustkorb presste sich gegen mich wie Stein. Ich suchte nach irgendeinem Funken Vernunft in seinen Augen, vergeblich, da waren nur Abgründe, Seen unendlicher Tiefe.
‹Vater!›, wollte ich flüstern, ihn dazu bringen, mich zu erkennen. Aber das tat er ja. Er wusste, wer ich war, was er tun wollte ... er wusste es genau. Und doch war er nicht er selbst.

Ich fühlte seine Lippen. Sie wanderten über meinen Hals, tastend, die Zungenspitze ins Fleisch gepresst. Ich fühlte das heiße Pochen in mir. Er suchte danach ... und fand es. Eine Erkenntnis durchzuckte mich. Ich erkannte, auf was sein Hunger sich richtete. Es schien ihm wild entgegenzustreben.

‹Ich werde keine Nacht länger warten!›, zischte er und ließ meine Hände los, doch nur, um mich nun mit aller Kraft zu umschlingen und an sich zu reißen. Er packte mein Haar und zog meinen Kopf zur Seite. Ich fühlte mich entblößt, entsetzlich hilflos. Damals hatte er es mit Beherrschung getan, mit Sanftheit, doch diesmal blieb nur noch der nackte Hunger übrig. Ich erfuhr eine neue, reine Art der Angst. Panik jagte wie Eis durch meinen Körper, kochte auf und brannte. Ich flehte und weinte und schrie, aber in diesen Momenten erstarrte die Zeit erneut und Realität und Wahnsinn verschmolzen miteinander.

Seine Zähne bohrten sich in meinen Hals, rissen an meinem Fleisch. Ich hörte ihn schlucken, in tiefen, brutalen Zügen, während seine Zunge sich hineinwand und der Schmerz mich so heftig durchfuhr wie eine klingenbesetzte Peitsche. Kein Laut drang mehr über meine Lippen, die sich wie zu einem stummen Schrei öffneten. Ich konnte nicht mehr atmen, mich nicht mehr bewegen. Wie tot hing ich in seinen Armen und sank mit ihm zu Boden.

Diesmal war es mehr, als ich ertragen konnte. Das Blut schoss nur so aus der zerfetzten Ader und besudelte feucht schimmernd sein Gesicht, seine Kleidung, den Boden, tränkte alles in Rot, selbst den Himmel vor meinen Augen, der zuckte wie ein riesiges, gehäutetes Tier.

Ein Licht, ein Sehnen, Stimmen, die riefen und mich umschmeichelten, weit, weit entfernt.

Ich bin hier, hörte ich mein Inneres flüstern. *Kommt zu mir!*

Der Schmerz vermischte sich mit ihnen, entfernte sich, während sie näher kamen.

Seine Zunge fuhr rau über mein Fleisch und ich dachte an die Wölfe, die sich in Winternächten von dampfenden Körpern nährten und ganz wie er die Haut vom Körper leckten. Er war ein Wolf, kein Mensch ... und ich die Beute. So geschah es jede Nacht im Schnee, überall.

Der Schmerz überschritt eine Schwelle und flaute zu etwas Hingebungsvollem ab.

Fern hörte ich Keuchen und sterbende Seufzer. Ich wusste, dass es meine Laute waren. Gleich würde es vorbei sein! Der Tod eilte mit unglaublich schnellen Schritten heran und griff bereits nach mir, als mein Vater zurückfuhr, so heftig, dass er stolperte und zu Boden fiel. Seine Augen waren weit aufgerissen, entsetzt und voller Unglauben.

Ich blickte ihn müde an, unfähig zu denken. Seltsam, dass ich sterben wollte. Mein Überlebenswillen war dahingeschmolzen wie Eis in der Sonne. Stattdessen war mein Schmerz auf das Wesen vor mir übergegangen. Es stöhnte immer wieder ein verzweifeltes Wort, krümmte sich zusammen, scharrte mit den Fingern über den Boden und riss sich an den Haaren und der Haut, bis das Blut sein Gesicht hinablief. Wilde, düstere Flüche drangen über seine Lippen, die nach Feuerschein zwischen nackten Felsen, Opfern und Geistern klangen, Klänge aus fernen Welten ...

Ich konnte kaum noch etwas sehen. Von den Seiten her zog sich ein schwarzer Vorhang zu, bis nur ein schmaler Spalt der sterblichen Welt übrig blieb. Es wurde warm ... alles zerfloss und zog mich mit sich, ganz sanft. Das hervorströmende Blut vermittelte mir ein unendliches Verlustgefühl, dennoch war es einhüllend und beruhigend. Es löschte alles Empfinden aus, bis nur noch die Sehnsucht nach Frieden blieb, so befreiend ...

Etwas berührte meinen Mund und tropfte sanft meine Kehle hinab. Ich schmeckte Blut. In balsamartigen Strömen rann es meine Kehle hinunter und riss meine entfliehende Seele zurück, umfing sie zärtlich und hielt sie im Körper. Es war golden, wie Lava, brennend und erquickend. Doch es bedeutete auch noch etwas anderes, etwas sehr Dunkles und Vertrautes, was sich mit langen Fingern durch mein Inneres tastete wie ein schwarzes Tier.

Ich wurde hochgehoben, weicher Stoff berührte meine Wange – das war das Letzte, was ich für lange Zeit wahrnahm.

Alles, was ich kannte, war nun vorbei.

Veränderung

Leben bedeutet für uns Veränderung.
Jede Nacht ist ein Kokon, in dem wir uns wandeln.

Eine Frau war bei mir, als ich erwachte. Ich sah nur ihren Schatten, ein schlankes, dahinschwebendes Profil, das etwas Silbernes trug und auf einen Tisch abstellte. Ihre Art sich zu bewegen erschien mir vertraut, erschreckend vertraut, wie so vieles Fremdartige zuvor. Ich begriff es nicht. Es war neu und bizarr und doch wieder nicht.

Ich blinzelte, versuchte mehr zu erkennen, aber der Schleier blieb. Schwach und schemenhaft erblickte ich ein schmales Gesicht, das mich sekundenlang musterte, in der Düsternis schwebend. Dann verschwand die Unbekannte und die Tür schloss sich. Ich war wieder alleine.

Erinnerungen sickerten langsam wieder in mein Gedächtnis. Ich berührte den Verband und war verwundert, keinerlei Schmerz zu spüren. Sie war es gewesen, die ihn mir angelegt hatte. Ich erinnerte mich an sanfte kleine Hände, ebenfalls vertraut, wie der Geruch ... sie duftete nach meiner Mutter, sie duftete nach Kräutern und Rauch, aber viel dunkler und schärfer. Seltsam.

Ich wusste, was geschehen war, erinnerte mich an jede Einzelheit, deutlich und klar. Aber der Ort, an dem ich mich jetzt befand, und wie ich mich fühlte, so friedlich, schmerzfrei und geborgen – es lagen Welten dazwischen. Sollte ich mich nicht fürchten? Aber es war zu angenehm, wie ein Schweben.

Tatsächlich war es das erste Mal, dass ich in einem Bett lag und Seide auf meiner Haut spürte. Ihre Beschaffenheit verblüffte mich wie nie etwas zuvor: kühl ... so glatt und leicht wie ein Hauch, zartes Elfenbeinweiß, vergilbt vor Alter, schmerzhaft sanft. Ungläubig griff ich in die federweichen Kissen, strich darüber, befühlte die Vorhänge, die den Blick hindurchließen und wie aus Luft gewebt erschienen.

Das Zimmer erschien mir enorm groß, hatte ich doch mein Leben lang nur eine enge Hütte gekannt. Es verblüffte mich über die Maßen, dass riesige, kostbare Teppiche voller lebendiger Bilder die Steinwände verdeckten, als Zierde und um die Wärme des Feuers im Raum zu halten.

Menschen, die nicht wie solche aussahen, tanzten auf den Teppichen, kämpften, lagen in Dschungeln aus seltsamem Licht. Manche besaßen Flügel und lagen neben Löwen, die Hirsche verschlangen, andere trugen die Maske des Bösen, doch sie hielten einander umarmt und wirkten voll ehrlicher Hingabe.

Da waren Möbel aus rotbraunem Holz mit Eisenbeschlägen, für die damalige Zeit unsagbar fein gearbeitet, ein riesiger Tisch, Truhen, eine Kohlepfanne, zahllose kleine, chaotisch herumliegende Dinge, Figuren aus Stein und Holz, zwei von ihnen mannshoch, ein Kamin aus Bruchstein, dessen Feuer mein Gesicht wärmte. Das große Fenster war bis auf einen Spalt mit schwerem Stoff verhängt. Die hölzernen Läden waren nach außen hin weit geöffnet. Sonne fiel herein, zu sommerlich für diese Jahreszeit.

Es war eine Granitsäule, schlicht und grob gehauen, auf der etwas stand, was im einfallenden Licht warm schimmerte.

Ich lauschte: Es war vollkommen still, abgesehen von dem feinen Sirren, das große Räume stets erfüllte, und fernem Vogelgezwitscher. Wie groß mochte dieses Haus sein? Welcher Reichtum verbarg sich hierin? Nun, niemand schien in der Nähe zu sein, und so schälte ich mich aus den Laken, um das Ding vor dem Fenster zu erkunden. Auf einem Hocker neben dem Bett lag ein dünner Mantel. Ich griff danach und ließ ihn durch meine Finger gleiten, dunkelblaue Seide. Ich erkannte ihn wieder. Sein Geruch hing daran, aber da ich unbekleidet war, missachtete ich diesen Hinweis auf sein Eigentum und streifte ihn über. Er glitt über meinen Körper wie Wasser. Wie wunderbar ...

Ich wickelte das Band um die Hüfte, sah noch einmal zur Tür und schlich, als nichts sich regte, zu dem leuchtenden Stein. Wie feenhaft wirkte er in den Sonnenstrahlen! Es schien eine Art flacher Kristall zu sein, aus einem großen Stück herausgemeißelt. Die Mitte war glatt geschliffen, um den Blick ins Innere zu öffnen, und darin schimmerten zerbrechliche Knochen. Sie formten auf wunderbare, perfekte Weise den Körper einer kleinen Fledermaus, die, wie es schien, sich in diesen Stein zum Schlafen niedergelegt hatte und darin gestorben war. Die Knochen ihrer ausgebreiteten Flügel waren so filigran, dass sie kaum mehr als elfenbeinerne Fäden waren. Der Schädel war so fein geformt, als wollte er beweisen, dass einzig die Natur Perfektion beherrschte.

Von einem liebevollen Gefühl für dieses tote Wesen erfasst, strich ich über den transparenten Stein. Er hatte sich in der Sonne erwärmt.

Wie war sie dort hineingekommen? Zauberei?

Jetzt fiel der Sonnenstrahl auf meine Haut, ließ die feinen Härchen schimmern, erklomm den Arm und hüllte schließlich mein Gesicht ein.

Wie trunken schloss ich die Augen – meine Hand ruhte auf der Mitte des Steins – und fühlte einen wundersamen Frieden, geboren aus der Trauer für dieses wunderschöne Ding unter meinen Fingern, in seinem gläsernen Sarg. So war das Leben. Selbst vor solch herzzerreißend zarten Wesen schreckte es nicht zurück!

Ich schob die Vorhänge etwas zur Seite, sah weite, in Sonnenlicht getauchte Hügel hinter dem Fenster, Baumgruppen, Eichen und dahinter hohe, bewaldete Berge. Vielleicht meine Heimat? Es war mir gleich.

Nein, das war es nicht. Der Geruch des Luftzugs, der hereinströmte, war nicht der meiner Heimat. Er war wärmer und süßer, schmeckte nach Ferne. Meine Heimat war rau gewesen, von kalter Schönheit und längst schneebedeckt. Dieses Land hier war sanft und verwöhnt von südlicherer Sonne.

Ich wandte mich wieder um und prüfte das Tablett, das die Frau hinterlassen hatte. Es war nicht viel, aber umso erlesener, und da ich mich wohler und erfrischter als je zuvor fühlte, blieb auch der Hunger nicht aus. Ich ließ mich auf dem vor mir Stuhl nieder, verschlang alles, was man mir gebracht hatte, stürzte den köstlichen Wein hinunter und versuchte zu begreifen, was geschehen war.

Meine Sinne bebten vor Genuss. Ich verwarf jeden Gedanken und widmete mich den Köstlichkeiten, ließ mich in sie fallen. Die Speisen schienen wie für mich, wie für uns, geschaffen. Zahllose winzige Geschmacksvariationen zergingen auf meiner Zunge, jedes Gericht eine kleine Symphonie, die mich verzückte und in Erstaunen versetzte.

Ich nahm eine der Pflaumen und betrachtete sie. Ihre violettblaue Haut war glatt und zart, ihr Fleisch fest, aber nachgiebig. Als ich mit den Fingern darüber fuhr, über diese pralle, in der Mitte geteilte Frucht, hatte sie etwas Sinnliches an sich, etwas köstlich Weibliches in ihrer Beschaffenheit und Form. Ich drückte das Fleisch unter der dünnen Haut, bohrte sanft meinen Daumennagel hinein und öffnete den Spalt. Süßes Fleisch glänzte und verhieß sündhaften Genuss. Ich nahm die Frucht und ließ meine Zunge in den Spalt gleiten, schmeckte ihr feuchtes Fleisch, so süß und saftig, bohrte mich tiefer hinein, ertastete ihren Kern und grub meine Zähne schließlich tief in sie hinein, um das jungfräuliche Fleisch abzureißen und auf meiner Zunge zergehen zu lassen. Ich schloss die Augen, schmeckte, roch ... taumelte.

Mit einem leisen Geräusch fiel der Kern auf den Teppich. Ich lehnte mich zurück, befallen von lüsternen, betörenden Gedanken. Ich fühlte mich sehr seltsam, als wäre ich weit offen für jede Art von Sinneseindrücken, Sinneseindrücken, die mir unbekannt waren und dennoch betörend.

Das Sonnenlicht spiegelte sich im Tablett und ließ verschwommene Muster darauf tanzen. Ich dachte nach, durchlebte alles noch einmal, versuchte die Rätsel zu ergründen. Aber je mehr ich forschte, umso rettungsloser verirrte ich mich in meinen eigenen Theorien und Träumen. Ich war allein und wiederum auch nicht. War die Tür verschlossen? – Ich glaubte nicht daran, doch erneute Müdigkeit ließ mich den Gedanken beiseite wischen, mich von meiner Freiheit zu überzeugen. Früher oder später würde jemand kommen, jemand, der meine Fragen beantwortete. Mein altes Leben war tot, und ich trauerte ihm nicht nach. Selbst wenn nur neuer Schmerz auf mich wartete, war es mir gleich.

Als ich erwachte, herrschte Finsternis hinter den Fenstern. Irgendwo dort draußen zirpten Grillen, glaubte ich zu erkennen, allerdings mit einer völlig fremden Melodie.
Ich lag auf der Seite und blickte zur Tür, die leicht angelehnt war. Eingehüllt von trunkenem Halbschlaf starrte ich sie lange an, bis ich überhaupt begriff, dass sie offen war. Ein Lichtstrahl fiel herein und verlor sich auf dem kupferfarbenen Teppich. Ich hob den Kopf und lauschte, als sich plötzlich sanft ein Arm von hinten um mich legte und eine Stimme mir sagte, ich solle nicht erschrecken.
‹Wer bist du?›
‹Sieh dich nicht um!›, flüsterte er.
Ich erstarrte. Der Druck seiner Finger auf meinem Arm erschien mir fremdartig und unwirklich, doch nur einen Augenblick lang.
‹Vater?›, murmelte ich.
Er antwortete nicht, doch ich spürte sein Nicken an meiner Schulter. Sein Körper schmiegte sich eng an den meinen. Ich fühlte seine heiße Haut auf mir, so heiß wie die eines Fiebernden, pulsierend und glatt. Es raubte mir den Atem.
‹Wo bin ich?›, raunte ich.
‹In meinem Zuhause. Der Ort ist nicht von Bedeutung, genauso wie die Frage, ob du seit Stunden hier liegst oder bereits seit Jahren.› Seine Lippen bewegten sich an meinem Nacken, sein Atem streifte über meine Wange. Ich hörte, wie er in tiefen Zügen meinen Geruch einatmete, so plötzlich ... so nah ... sein alterloser Leib, der sich vollkommen dem meinen anpasste und ihn umschlang wie ein geliebtes Opfer. Sein Herz schlug warm gegen meinen Rücken. Würde er mich erneut verletzen? Weshalb verspürte ich keine Angst, sondern jenes betörende Schwindelgefühl, als stünde man nah vor einem Abgrund aus violetter, bodenloser Tiefe?
‹Ich möchte es wissen.›

‹Nun, es sind einige Tage vergangen, doch weit weniger, als du glaubst. Es war eine lange Reise, aber dass du nichts gesehen oder gespürt hast, war nicht verwunderlich. Du warst manchmal wach, aber wirst dich an nichts erinnern. Zu schwach warst du.›

‹Ich war tot?›

‹Ja, mein Sohn.›

Sein Arm glitt über meine Hüfte, über die nackte Brust und umschlang mich schließlich in beinahe flehender Zärtlichkeit.

‹Kannst du mir verzeihen?›

‹Ja.›

Er streichelte meine Haut, fuhr durch meine Haare. Ich fühlte keinen Widerwillen. Es war, als läge ich selbst neben mir, ein fernes Ich. Ich würde ihm vertrauen wie mir selbst. Da war jetzt, in diesem Moment, keine Verwunderung, kein Bedauern, nicht einmal Furcht.

‹Es ist alles so, wie es sein soll›, sagte ich voller Aufrichtigkeit. ‹Es ist geschehen, wie es bestimmt war.›

‹Nein›, raunte er, ‹mir ist das widerfahren, wovor sich jeder von uns fürchtet. Ich habe die Kontrolle über mich selbst verloren.›

‹Dann sollte es so sein! Vater, ich habe mich mein Leben lang nur von Fragen und Sehnsucht ernährt. Jetzt weiß ich, weshalb.›

‹Oh, du weißt so wenig. So wenig. Du bist rein und kostbar. Es macht mir Angst.›

‹Weshalb?›

‹Weil ich dein Leben beendet habe und du nicht mehr zurückkannst.›

‹Ich will nicht zurück.›

Ich spürte Tränen. Sie bedeuteten keine Trauer, sondern nur ein solches Übermaß an Gefühlen, das mich zu sprengen drohte. Das Raunen unserer Stimmen, unsere pochende Wärme, die sich vereinte, alles hüllte mich ein, wirkte so fern und träumerisch. Ich wollte darin verweilen, darin erstarren und vergehen. Das Holz knisterte, das Feuer erstarb. Kälte wehte durch das Fenster herein.

‹Jeder von uns›, hatte er gesagt ...

Ich wollte mich voller Neugier zu ihm wenden, doch er legte seine Hand auf meine Wange und drückte mich wieder auf das Kissen. ‹Sieh dich nicht um!›, wiederholte er.

‹... jeder von uns?›, fragte ich nun, den Blick zur Tür gerichtet. Sie bewegte sich sanft und knarrte. Ein süßer Duft wehte von dort zu uns herein. Ich hörte, wie sich jemand um Speisen kümmerte. Vielleicht die Frau, die nur ein Schatten für mich war?

‹Es gibt nicht viele von uns. Wir vermehren uns nicht, wie die Menschen es tun.›

‹Was seid ihr?›

Er lachte leise und küsste meinen Nacken, nahm spielerisch eine Hautfalte zwischen die Zähne.

‹Das versuchte ich lange Zeit herauszufinden›, schnurrte er an meinem Ohr, ‹aber wir sind wohl am ehesten jene Wesen, die den nördlichen Weg nahmen und ihre Instinkte verfeinerten, während die Menschen vor Urzeiten nach Süden gingen und sie verleugneten. Wir sind weder Mensch noch Tier, aber besitzen wohl mehr tierische Eigenschaften, wenn man vergleichen würde. Für uns gibt es keine Grenze, die uns von ihnen trennt, so wie es für uns keine Grenze zwischen Mann und Frau gibt, wenn wir lieben.›

Er beugte sich vor. Ein Zittern erfasste mich, als sein Atem wieder über meine Haut streifte. Sein Herzschlag pulsierte ganz nah an meinem Rücken, schien immer näher zu kommen und in mich hineinzusinken, während ich – an ihn geschmiegt – ruhte wie ein Kind im Schoß seiner Mutter ... im Schoß des Wesens, das mich umgebracht hatte. Es war eine Auslieferung an ihn, denn er konnte mich lieben oder töten, gerade wie er es wollte.

‹Was ich für dich fühle, macht mir Angst ...›, sagte er, ‹und das nach all der Zeit und so vielen überschrittenen Grenzen.›

Er sog über dem durchnässten Verband den Geruch meines Blutes ein. Die Wunde begann warm zu pochen.

‹Ich will alles wissen!›, forderte ich. ‹Erzähl es mir, wer ich bin, weshalb das alles geschah ... einfach alles, was du weißt. Ich muss es wissen, unbedingt!›

‹Bald, mein Sohn.› Er richtete sich auf und gewährte mir nun einen Blick auf sein Gesicht. Wie warm es plötzlich erschien, im Licht des Feuers, die eisig zarten Züge weich und voller staunender Zuneigung. Feine Fältchen umrahmten seine Augen, seine Haut war erschreckend zart und wirkte, als könnte sie jederzeit zu Staub zerfallen – wie ein uraltes Pergament, das der Zeit zum Opfer fiel. Ich begriff es nicht, dieses Alter, denn seine Gestalt war jung, selbst sein Gesicht trotz der Falten.

‹Ein Greis›, sagte er, ‹das bin ich, ein Sterbender im Körper eines jungen Mannes.›

‹Sterbender?›

Er nickte.

Schrecken befiel mich beim Ausdruck seiner Augen. Sie blickten wissend und brannten sich in meine Seele. Es gab keinen Zweifel. Hatte ich meinen Vater gefunden, nur um ihn zu verlieren? Seine Kraft war, wie ich selbst gesehen hatte, erstaunlich, und doch wirkte er so zerbrechlich wie diese Fledermaus im Kristall.

‹Sie hat einst gelebt, als die Welt der Menschen begann›, sagte er leise, den Blick zum Fenster gewandt. Sein Profil war das Werk eines Künstlers, das Profil eines alten Königs aus Legenden. ‹Dann fiel sie sterbend in eine Lache aus Kalzit, die sich in ihrer Heimathöhle gesammelt hatte, in einem kleinen Becken. Und selbst nach über zwanzigtausend Jahren sind ihre so zerbrechlichen Knochen noch vollkommen, ihre kleine Gestalt noch perfekt.›

Er lächelte und legte eine Hand auf meine Wange. Sein Daumen streichelte mein Kinn, strich über meine Lippen und ... legte sich über sie wie ein Gebot zu schweigen.

‹Wann es mir wie dieser Fledermaus ergeht? Bald, aber nicht so bald, dass ich dir kein Lehrer mehr sein könnte. Ich werde dir nicht alles zeigen, nicht weil mir die Zeit dazu fehlt, sondern weil du deinen Weg alleine gehen musst. Ich kann dich ein wenig führen, aber Erfahrungen zu sammeln und aus ihnen zu lernen, das ist allein deine Aufgabe ...› Er sah mich an und wirkte gerührt, labte sich an meiner Unwissenheit und Begierde. ‹... du wirst schon sehen!› Dann drehte er sich auf den Rücken und stützte sich mit den Ellbogen ab. Sein Haar fiel weich auf das Kissen hinab und glänzte silbrig. ‹Vor allem solltest du alle menschliche Bequemlichkeit ablegen. Wissen ist nichts, was du wie einen Krug Wasser trinken kannst und dein Durst ist gelöscht. Gerade davon aber gehen die meisten Menschen aus. Sie glauben an nicht existierende Götter, die ihnen vermeintlich Erleuchtung schenken, wenn sie ihr erbärmliches Leben in ihren erbärmlichen Körpern nur entbehrungsreich genug ertragen.› Er lachte, beugte sich wieder zu mir herab und seine kühlen Lippen legten sich auf die meinen. Nur kurz währte dieser Kuss, doch er war Beweis dafür, dass ich zu ihm gehörte.

Ich sah in seine Augen – sie flimmerten sanft im Dunkel, nebelhaft. Dann fiel mir etwas ein. ‹Warum hast du diese Männer geschickt›, fragte ich, ‹und bist nicht selbst zu mir gekommen? Woher wussten sie, wo ich war?›

Ein Anflug von Verlegenheit stahl sich in seine Augen. Er starrte in das nur noch glimmende Feuer des Kamins.

‹Mit dem Alter,› antwortete er dann, ‹erlangte ich die Fähigkeit, meine Kinder zu spüren, egal, wo sie sich befinden. Ich konzentriere mich auf die Substanz von mir, die in ihren Adern lebt, und weiß, wo sie sind oder wie sie sich fühlen. Auf die gleiche Weise kann ich mich in ihre Gedanken einnisten und sie sogar ein wenig kontrollieren, aber das weißt du ja, nachdem ich dich so umständlich zu mir gelockt und vor so wenig zurückgeschreckt habe. Ich hätte nicht so mit dir spielen dürfen, aber – verzeih mir – es bereitete mir Vergnügen.› Er senkte den Blick.

‹Ja, es bereitete mir Vergnügen, es hinauszuzögern und dich so verwirrt zu sehen, so ängstlich. Ich nährte mich daran, an all deinen Gefühlen und deiner Verzweiflung. Als es aber so weit war, hinderten mich einige Dinge daran, selbst zu reisen. Deshalb schickte ich diese Männer nach dir.›

‹Du hast sie umgebracht – warum?›

‹Weil sie mir nicht gehorchten. Sie hatten vor, dir wehzutun.›

‹Wollten sie mich töten?›

‹Nein, das nicht. Sie kamen aus einem fernen Land. Ich fing sie auf ihrem Weg zum Meer ab, wo ein Schiff auf sie wartete, und lockte sie mit einem Beutel voll Geld. Dann aber witterten sie eine noch lohnendere Möglichkeit. Du musst wissen, dass die Menschen in diesem Land ... nun, uns allzu ähnlich sind, dies allerdings mit menschlicher Dummheit und Brutalität. Sie glaubten, mit ein wenig Entschädigung würde ich dich vergessen.›

‹Tust du es immer so ... leichtfertig?›

Er schüttelte den Kopf. ‹Es ist nicht wichtig. Es waren nur Menschen ... und es war nur der Tod.›

‹Warum hast du nicht gespürt, dass sie dich betrügen würden?›

‹Ich bin nicht unfehlbar. Meine eigene Art kann ich besser durchschauen als Menschen, obwohl meine Naivität mich diesmal selbst überraschte. Vielleicht habe ich es aber auch unbewusst herausgefordert. Vielleicht gehörte es zu meinem Spiel, ohne dass ich es selbst ahnte.›

‹Warum konntest du es nicht selbst tun?›

Er sah zum Fenster und hob die Schultern, als Zeichen dafür, dass er es für unwichtig hielt. Dann sagte er: ‹Es hat dich erschreckt, nicht wahr? All der Tod ... und wie mühelos ich es tat.›

‹Ja.›

‹Irgendwann wirst du so fühlen wie ich, wenn du selbst alt bist. Der Tod ist dann nur noch ein beiläufiger Atemzug, ein fallendes Blatt unter Tausenden und nur ein weiterer Pfad zum Ziel.› Er küsste mich auf die Stirn. ‹Morgen wirst du schon mehr wissen. Eile solltest du gänzlich ablegen von nun an. Ich liebe dich mehr als je etwas zuvor.›

‹Aber was seid ihr? Was bist du?›

‹Wie ich dir schon sagte, wir sind Wesen, die durch zahllose Leben gewandert sind, um zu dem zu werden, was wir sind – wie ein Fels, der zuerst grob ist, um dann vom Meer über Jahrhunderte glatt geschliffen zu werden. Dieses ist mein letztes Leben, danach werde ich Frieden finden.›

‹Sind wir Menschen?›

‹Oh nein, es gibt sie und es gibt uns. Wir leben in verschiedenen Welten, sind unterschiedliche Wege gegangen.›

‹Aber was seid ihr?›
‹Nur Raubtiere.›

Er erhob sich und glitt aus dem Raum. Ich hörte, wie er mit dumpfen Schritten eine Treppe hinunterging, etwas flüsterte zu jemandem, der ihm begegnete, und schließlich gänzlich aus meiner Wahrnehmung verschwand.

Benommen lag ich da, auf die Ellbogen gestützt und mit leerem Blick, ratlos und verwirrt, verführt. Der Kuss brannte auf meinen Lippen, ich schmeckte seinen wilden Geruch, er erinnerte mich an dunkle Fichtenwälder.

Was sollte ich mit einem Vater anfangen, der nach sechzehn Jahren plötzlich vor mir stand und meine Sinne verwirrte, meine Seele betörte und mir eine neue Welt eröffnete? Schlimmer hätte es kaum kommen können – sechzehn Jahre nichts und nun alles innerhalb weniger Tage, in einer solchen Vielfalt, dass es mich innerlich erschlug ...

Erneut wurde ich jäh von meinen Gedanken abgelenkt. Wieder war jemand bei mir, ein kleines, helles Ding. Es huschte durch die Tür und blieb am Fußende meines Bettes stehen: ein Kind, kaum sieben Jahre alt, gekleidet in weißes, fast transparentes Leinen, die dünnen Arme geschmückt mit goldenen Perlen- und Muschelkettchen. Sein Haar war jettschwarz wie das meine. Unter seinen Locken starrte es mich aus wässrig blauen Katzenaugen an.

‹Wer bist du?›, fragte ich wenig begeistert, denn Kinder verabscheute ich. Sie lärmten, stanken und fanden Gefallen daran, alles zu zerstören, was schwächer war als sie, um dies später als Erwachsene noch leidenschaftlicher zu tun.

Obwohl jenes Kind einnehmend hübsch war, ja von einer verblüffenden Eleganz in seinen feinen Gewändern und mit der weißen Haut, spürte ich keinerlei Drang, ihm näher zu kommen.

Ich wollte es mit scharfen Worten fortschicken, aber da war es auch schon behände wie ein Eichhorn auf mich zugeglitten und setzte sich auf die Bettkante.

‹Du siehst gut aus›, sagte es und beobachtete mich schamlos, ‹und das will etwas heißen, nach allem, was du erlebt hast. Wie ein Gnom im Wald hast du gelebt.› Seine Stimme war wie Honig. Eine winzige Hand langte vor und berührte meine Wange, nur einen verschwindend kurzen Moment lang, doch es traf mich wie ein Schlag. Etwas war an diesem kleinen Wesen, was mich verzweifeln ließ.

‹Ist es dir nie bewusst gewesen, wie du auf andere wirkst?›

Ich starrte es an, wusste nichts zu antworten. Sein Hals war so dünn und zart, dass ich ihn mit einer Hand mühelos hätte zerbrechen können.

Wie klug es wirkte, die Augen groß und wissbegierig, ohne eine Spur kindlicher Dummheit. Nicht einmal sein Gesicht war kindlich, es war klein und schmal, die Züge erlesen: eine süße, beinahe ausgereifte Blüte. Unvermittelt verspürte ich den Drang, dieses Kind zu berühren, was immer dies auslösen mochte.

‹Komm zu mir, Kleines!›

‹Nein!›, ließ es sein Stimmchen ertönen.

‹Weshalb nicht? Ich werde dir nichts tun.›

Das Kind neigte den Kopf und starrte mich misstrauisch, ja fast ablehnend an, dass ich wütend wurde.

‹Er hat mir gesagt, dass du genau das sagen würdest›, zwitscherte es.

Ich fühlte eine befremdliche Aggression, die in mir anschwoll wie ein raubgieriges Ungeheuer.

‹Und?›

‹Er sagte, du würdest insgeheim das Gegenteil denken.›

‹Er meint, ich will dir weh tun?›

‹Ja. Er sagte, wenn du behaupten würdest, du wärst harmlos, dann sollte ich sofort verschwinden.›

‹Er kennt mich also gut.› Ich ließ mich zurücksinken und lachte.

‹Du bist sehr unhöflich! Hübsch, aber unhöflich!›, tadelte es mich mit der Ernsthaftigkeit eines Erwachsenen, was mich gänzlich aus der Fassung brachte.

Ich sprang auf und wollte nach seinen dürren Gliedern greifen, aber es stürmte davon und huschte kichernd zur Tür hinaus.

‹Du bist genau wie er!›, tönte es von draußen. ‹Wie furchtbar! Aber sie wartet schon auf dich!› Dann verlor sich das glockenhelle Lachen in der Ferne des Hauses.

Sie wartete auf mich? Ich ahnte nicht im Entferntesten, wer s i e sein sollte – niemand hätte mich mehr überraschen können als jenes Wesen, das dort unten am Feuer saß.

Gegenwart

Mia sah auf und lächelte. Ihre braunen Augen glänzten amüsiert.

«Das Kind – war er es?», fragte sie.

Alex errötete zart trotz seines Alters und seiner erlangten Weisheit.

«Sein Großvater ...», sagte ich, «und ihm wie aus dem Gesicht geschnitten.»

Die drei kleinen, halbmondförmigen Narben an Alex' Hals waren schwächer geworden, aber sie leuchteten mir noch immer entgegen: Erinnerung an meine Schande. Wie wütend hatte er mich damals gemacht! Niemand hatte mich je so aus der Fassung bringen können.

Es war Abend geworden und Lilah in der Zwischenzeit verschwunden. Ihren Abschied hatte ich nicht wahrgenommen, doch ich spürte, dass ich sie nicht wiedersehen würde. Ihre Geschichte in unserer Chronik war bereits zu Ende. Marten saß verlassen auf dem Sofa und lungerte in einer unmöglichen Pose zwischen den Seidenkissen.

«Wir sollten etwas essen, nicht wahr? Oder soll ich fortfahren?»

Mia schüttelte den Kopf, ihr folgend Alex und Marten, der mit halb geschlossenen Augen vor sich hin döste und einen Fuß baumeln ließ. Immer wieder traf mich ein verschlagener Blick, umspielte seine Lippen der Hauch eines Lächelns.

«Erzähle zu Ende!», verlangte Mia.

«Gut, mehr als eine Nacht werde ich nicht mehr benötigen. Danach seid ihr befreit ... und vor allem ich.»

Ich blickte zu Alex, der mir seltsam erschien. Er sah zu Boden, die Augen schmal und dunkel, faltete seine Finger zu einem Spitzdach und seufzte. «Nun», sagte er schließlich, «an das, was damals war in diesem Haus, erinnere ich mich kaum noch. Viele Jahre sind verschwunden. So ist es wohl, wenn man das Ende seines Weges erreicht.»

«Ist es schön?»

«Es ist befreiend, erleichternd. Alle Ruhelosigkeit, alles Streben ist von mir abgefallen wie ein altes Tuch. Ich habe meinen Frieden gefunden.» Er streichelte Mias Hand und ich fühlte eine heftige Sehnsucht, die sich kaum von körperlichem Schmerz unterschied.

«Ich sehne mich danach», sagte ich und lehnte mich zurück. Die Kerzen im eisernen Leuchter flackerten im leichten Luftzug. Musik erklang aus dem Wohnzimmer, Raphael schnurrte.

«Ich sehne mich so sehr nach Ruhe.»

«Du wirst sie finden», hörte ich Mias Stimme. «Wenn man sie dir noch nicht schenkt, bedeutet es nur, dass noch eine Aufgabe auf dich wartet.»

Sie strich Alex über die schwarzen, silber gesträhnten Haare.

«So muss es wohl sein.» Ich lächelte ihr zu, zunächst nur um sie zu beruhigen. Aber dann hatte ich tatsächlich das Gefühl, als hätte Mia – ihr sanftes, ruhendes Gesicht, die Wahrheit in ihrer Stimme – mir etwas eingehaucht: eine wohltuende Welle der Behaglichkeit, die zuerst ein warmes Gefühl in der Magengegend entfachte und schließlich wie Balsam höher floss. Ja, ganz plötzlich fühlte ich mich wohl, vom Hier und Jetzt eingehüllt. Aber das überraschte mich nicht. Oder doch? Mein Leben bestand aus einem bizarren Auf und Ab. Niedergeschlagenheit und Resignation tauchten auf, mal begründet, manchmal aus dem Nichts, doch stets wurden sie durch plötzliche Leichtigkeit wieder weggewischt.

Alex und Mia hatten mich auf diese Art oft gerettet. Allein ihre Nähe war Medizin, ihre so selbstverständliche Gleichartigkeit.

Zum ersten Mal seit Jahren atmete ich wieder auf. Lebendig ... ich fühlte mich lebendig. Ich war nicht alleine. Wer von den Menschen schmeckte je die Süße und Wärme, die verwandte Seelen einflößten? Nähe und Intimität außerhalb jeder Regel und Moral – ja, dies bedeutete Freiheit.

Die Hände um das Kristallglas gelegt, fuhr ich fort.

Vergangenheit

«Einige Zeit lang irrte ich durch das Zimmer wie ein gefangener Tiger, unschlüssig und plötzlich von Furcht befallen. Das Seltsame an meiner Situation wurde mir bewusst und ich begann zu zittern, vor Verwirrtheit und Angst. Der Teppich schluckte meine Schritte und ein seltsamer Schatten tanzte auf den Wänden. Der Traum, wenn es einer war, endete nicht.

Da erst bemerkte ich einen Spiegel, im Schatten neben dem Kamin. Er glänzte wie schwarzes Wasser, beinahe unsichtbar. Ich ging darauf zu und mein Selbst erschien wie aus einem Nebel, geisterhaft leuchtend. Ich hielt voller Staunen den Atem an und trat näher. Der Mantel schimmerte in tiefen Blautönen, meine Haut weiß wie das Innere einer Muschel oder wie das zarte, porenlose Gewebe, das manche Narbe bedeckt.

Ich näherte mich dem Wesen im Spiegel weiter, berührte mein Gesicht in dieser fremden Welt mir gegenüber und versuchte zu begreifen, dass ich es war, der dort stand und wiederum mich voller Staunen zu studieren schien, verwirrt und mit den Fingern zögerlich über silbriges Weiß tastend – nur einen Atemzug entfernt und doch von Welten getrennt und unerreichbar. Es erschien mir unheimlich. Diese Welt konnte mich einsperren und festhalten, so wie das Ding hinter dem Spiegel. Ich könnte einschlafen und jemand würde alles verbliebene Reale stehlen, mein Leben stehlen. Ich wusste nicht, wer ich war, wohin ich gehörte. Winzige Schweißperlen der Furcht standen auf meiner Stirn und ließen sie fiebrig glänzen.

Aber es war nur ich ... nur ich ... nichts als Fleisch und Blut.

Mein Ebenbild hatte ich zuvor nur im undeutlichen Spiegel schwarzen Obsidians und im Wasser erblickt, aber es hatte mir nichts bedeutet. Ich hatte nicht gewusst, wie braun meine Augen waren. Sie besaßen jenen Kontrast von tiefer Dunkelheit und durchscheinender Helle, den ich so an meiner Mutter geliebt hatte. Da waren feine blaue Lichter im Schwarz meiner verfilzten Haare. Das Weiß der Haut, von malvenfarbenen Adern durchzogen, endete unvermittelt und ging in Rabenschwärze über.

Lange, durchscheinende Finger zogen die eisig feinen Linien dieses fremden Gesichts nach, und nur zögerlich verband sich dieses Wesen vor mir mit meinem Körper, sickerte die Realität in mein Bewusstsein.

Die Verletzung unter dem Verband begann nun zu schmerzen: ein heißes Pochen, sehnsuchtsvoll und dumpf. Er hatte mich getötet, hatte mich verführt und zweimal an die Grenze des Erträglichen getrieben. Wenn er es wollte, war ich hilfloser als ein kleines Tier ...

Ich fuhr herum und verließ das Zimmer, eilte die Treppe hinunter, durch einen schmalen, teppichgepolsterten Gang. Schwere Gerüche fuhren mir in die Nase. Da war das Licht von Öllampen, leise Stimmen. Ich stieß die schwere Eichentür auf und blickte in die Weite eines feuerbeschienenen Vestibüls, wo mich zwei bekannte Wesen empfingen.

‹Nein ...!›, hauchte ich und sank gegen die Wand. Wo war ich nur? Was bedeutete dies alles? Fern musste dies alles sein, in unvorstellbare Ferne hatte er mich verschleppt, wo nichts war, wie ich es kannte.

Widerwillig und doch hingerissen sah ich mich um. Die Wesen vor mir senkten gnädig den Blick. Wunderbare Sessel und Diwane reihten sich wie Wärme suchende Wesen um einen Kamin von gewaltigem Ausmaß, Stoffe in Gold-, Rot- und Kupfertönen schimmerten im Feuerschein und wieder waren bleiche Gestalten auf den Wandteppichen unsere Zeugen. Sie blickten von den Steinwänden her auf mich herab und schienen mich zu verspotten oder zu warnen. Ihre Augen, ernst und starr, ruhten nur auf mir ... aller Augen hier.

Ich wandte ihnen den Rücken zu und presste meine Stirn in den Flor eines Gobelins. Er war weich, roch nach dem Staub der Jahrhunderte.

Eine Katze strich um meine Beine.

‹Nein ...›, flüsterte ich wieder und wieder, und Tränen der Wut stiegen mir in die Augen. Nur ein winziger Eindruck mehr, nur noch ein Gefühl und es würde zu viel werden. Meine überspannten Nerven bebten. Ich spürte, wie sie sich näherte, ihre leisen Schritte, gedämpft von Teppichen. Nur nicht näher ... keine Berührung ... geh fort!

Als ihre Hand meine Schulter erreichte, fuhr ich herum und stieß sie von mir, so heftig, dass sie zurücktaumelte und gegen einen mannshohen Kandelaber fiel. Aber sie lächelte nur, stand wieder auf, stellte den Kerzenständer zurück an seinen Platz und seufzte amüsiert und tadelnd. Ihre Augen, blau wie das Meer, blickten mich an.

‹Mutter!›, stieß ich hervor.

‹Das bin ich, aber nicht die, die du zurückgelassen hast›, antwortete sie. Ihre Stimme war leise und liebevoll. Die Lider hoben sich mit jener sinnlichen Trägheit, die so manchen Willen gebrochen hatte. In ihrem Körper, so zierlich er war, schlummerte Kraft in gebändigter Wildheit.

Sein Blut war in ihr. Sie teilte mein Schicksal, aber sie war mir fremder als je zuvor – ein neues Geschöpf. Ich hatte sie nie gekannt.
‹Wie ist es möglich?›
‹Mir ist nichts Ungewöhnlicheres widerfahren als dir. Er nahm uns beide zu sich.›
‹Warum so plötzlich? Warum ohne Erklärung? Er hat mich getötet!›
‹Aber du lebst!› Sie streckte mir die Hand mit einer Geste der Hilflosigkeit entgegen. ‹Das muss dir alles sehr fremd erscheinen ...›
Ich kochte vor Wut, rang nach Atem und Kontrolle, und mir entfielen alle Worte, alles Wissen, alle Beherrschtheit.
‹Wo bin ich?›, schrie ich und Tränen strömten über meine Wangen. ‹Warum? Was habt ihr mit mir gemacht? Ich verstehe nichts ... ich verstehe nichts mehr ...› Plötzlich fand ich mich auf dem Boden kniend wieder, schluchzend und zitternd wie ein Kind. ‹Ist es wahr? Ich begreife nichts mehr. Ich kann nicht mehr, ich kann es nicht ertragen.›
‹Zuerst beruhige dich, mein Sohn!›, rief mein Vater aus dem Hintergrund. Ich sah auf. Er stand da, locker an den Sims des Kamins gelehnt. Sein Blick verriet unendliche Geduld. Das, was er sah, schien er bereits tausende Male gesehen zu haben.
‹Wer seid ihr?›, zischte ich.
‹Deine Familie.›
Meine Mutter nahm mich bei den Schultern und half mir auf. Sie geleitete mich zu einem Diwan aus kupferfarbenem Samt und ich sank darauf zusammen. Feuerschein flackerte ruhig an der hohen, steinernen Decke – wie kalt, wie kalt und schön. Ich war so müde.
Wie Honigtau tropfte meines Vaters Stimme durch die Halle. ‹Nun endlich, nach so vielen Jahren, sind wir vereint. Und doch, für mich war diese Zeit nur ein Wimpernschlag, Zeit in all ihrer Bedeutungslosigkeit. Ich zeugte dich einst und verließ euch, um zu beobachten. Denn ich war zu überrascht, zu hilflos. Du musst verstehen, dass Wesen wie wir gewöhnlich niemals Kinder zeugen.›
Mein Vater war nun bei mir, kniete sich vor mich und nahm meine kraftlose Hand. Sein Gesicht und das meiner Mutter schwebten in luftleerer Finsternis, beide von jener weltentrückten Lieblichkeit, schlummernde Bestien, sanfte Raubtiere. Ihre Zähne, die es so genossen, sich in lebendiges Fleisch zu bohren, ruhten hinter seidenen Lippen. Sie sprachen zu mir.
‹Nur du und das Kind, das dir begegnet ist, sind Wesen aus der Vereinigung zweier Lamien. Gewöhnlich leben wir fort durch unsere Seelen, die von Körper zu Körper wandern. Wir sterben und kehren wieder, bis unsere Aufgabe erfüllt ist.

Wir sind Gefäße, die sich Tropfen für Tropfen mit jedem Leben füllen, die sich nähren und bereichern aus Erfahrungen und gemeisterten Aufgaben, bis sie ganz voll sind. Wir sind Tiere, die sich vom Leben der anderen nähren, denn dies ist der Stoff der Bereicherung und die reichhaltigste Nahrung, Tropfen für unser Gefäß. Blut ist für uns Leben, Lust, Tod und Fortpflanzung – wie bei manchen Tieren. Unsere ruhelosen, immer wiederkehrenden Seelen müssen sich von anderen Seelen ernähren und sich durch ihre Jugend auffüllen – nur so überleben wir, nur so können wir die letzten Stufen gehen, die uns vorbestimmt sind.

Es macht uns nicht unsterblich, nicht körperlich, es ist kein Zaubermittel der Macht, doch altern wir so langsam, dass ein Menschenleben nicht genügt, um es zu sehen. Unsere Sinne sind wacher und unsere Körper stärker. Dennoch sind wir verletzlich – das solltest du nie vergessen! –, verletzlicher vielleicht als jeder Mensch, ein dünner Grashalm mitunter, der sich biegen muss, um nicht zu brechen.›

Mein Vater sah mich einen Augenblick lang an, tief und fest, um meine Gefühle zu erforschen. Sein Lächeln war aufrichtig und voller Liebe. ‹Wir leben von der Jagd, weil wir es müssen›, sagte er. ‹Aber schließlich tun wir es vor allem, weil wir es genießen, weil es intimer ist als jede Nähe, die der Mensch kennt. Warum sollten wir uns gegen unsere Natur sträuben, wie er es tut?›

Mein Vater berührte die Wunde unter meinem Verband und sie schien sich nach ihm zu sehnen. Dumpf pochte die Hitze gegen die Spitze seines Fingers, und ich sah, wie seine Zunge hinter den farblosen Lippen über seine Zähne fuhr.

‹Denke nicht zu viel nach, mein Sohn!›, schnurrte er sanft. ‹Beobachtete dich selbst und das, was du fühlst. Gehe dem nach, egal wie absurd und schrecklich es dir erscheint, absurd nur, da dir immer noch das Menschsein anhaftet.›

Ich blickte ihn an und schwieg. Die Worte drangen in mich ein und fanden ihren Weg. Als ich spürte, dass sie mich nicht überraschten, dass ich sie verstand, ohne gedacht zu haben, fielen alle Zweifel von mir ab.

‹Lamien?›, flüsterte ich.

‹Nur ein Wort, das man uns gab, aber eines der wohl klingenden. Wir nennen uns Familie, denn das sind wir. Doch das wirst du bald spüren. Familie bedeutet für uns etwas anderes als für die Menschen da draußen. Es umfasst viel mehr, deshalb lass dich nicht schrecken, nur erstaunen. Manches ist nötig, um zu überleben, anderes tun wir allein deshalb, weil wir Vergnügen daran finden. Die Grenzen, die man dir beibrachte, solltest du vergessen. Sie wurden errichtet, um die Menschen zu kontrollieren und einzusperren. Sie wurden aus Angst geschaffen.›

Er verstummte. Meine Mutter legte ihm einen Finger auf den Mund, dann küssten sie sich liebevoll. Seine Finger streichelten ihre Wange, vorsichtig und zärtlich. Nie hatte ich solche Liebe in den Augen eines Wesens erblickt.

‹Du hast ihm schon zu viel erzählt für den Anfang›, flüsterte sie in sein Ohr. ‹Wie soll er das begreifen, hm? Eines nach dem anderen und nichts überstürzen. Außerdem ... er ist schmutzig und riecht nach Mensch.›

Sie entwand sich ihm und fuhr mir tadelnd über die Haare. ‹Lass uns seine wahre Gestalt zum Vorschein bringen.›

Sie stand auf und rief etwas in die Stille des Hauses hinein. Drei zierliche Frauen erschienen nach wenigen Augenblicken, gekleidet in weißes, feines Leinen und schwarzhaarig wie das Kind.

‹Nehmt ihn mit euch!›, sagte meine Mutter. ‹Badet und kleidet ihn, wie es sich gehört für unser Haus!›

Und duftende, berauschende Vögel nahmen mich in ihre Mitte und entführten mich.

Sie trieben mich durch die Flure, endlose, düstere Flure. Ich taumelte dahin wie ein Kind, das kaum laufen gelernt hatte. Aber sie stützten mich und hielten mich aufrecht.

Überall Fackeln und Öllampen aus buntem Glas, die bebende Muster an die Steinwände warfen. Auf der Haut der Frauen erzeugten sie Kaskaden aus Farben, Wasserfälle aus Düften. Katzen schnurrten und strichen an den Wänden entlang, umschmeichelten wie ein Luftzug meine Beine und erhaschten einen Blick aus goldenen Augen auf mich, bevor wir im Dunst eines weiteren Ganges verschwanden.

Einem Menschen wäre es viel unspektakulärer vorgekommen und für heutige Verhältnisse mochte das Haus nicht einmal luxuriös gewesen sein, doch ich hatte bisher keinen Überfluss gekannt. Meine Sinne waren bis aufs Äußerste angespannt, sogen jeden Eindruck auf, um ihn gnadenlos durch mein Hirn zu jagten und zu intensivieren.

Ja, ich kann mich nur zu deutlich an jede winzige Kleinigkeit erinnern – dieses wunderbare Haus und seine seltsamen Bewohner, wie ein von der Zeit verdunkeltes Rousseau-Gemälde, ein Traum aus Düften, dunkelbunten Farben und Empfindungen, irgendwo in der ältesten Kammer meiner Erinnerung ...

Mir schwindelte. Die Frauen lachten, plätschernd und rein wie ein Flüsschen. Sie schoben mich auf einen Bogengang zu, der von einem dicken Samtvorhang in Bordeauxrot verhangen war. Seltsame Gerüche wehten von dort herüber. Da waren feuchte Schwüle, das Fließen von Wasser, pulsierende Hitze.

Der von Feuchtigkeit klamme Samt strich über mein Gesicht, fiel hinter uns wieder zu und verbarg uns vor dem Rest der Welt, von dem ich nicht mehr wusste, ob er noch existierte. Vielleicht träumte ich nur. Es hätte mich nicht überrascht, nur enttäuscht.

Vor mir lag ein großer Raum, die Decke niedrig, golden, grün und schwarz bemalt mit wundersamen Mustern, Blumen und Ranken, die sich im Dämmerlicht träge zu bewegen schienen. Wasserdampf stieg auf und sammelte sich unter der Decke. Die Ranken umschlangen einander und täuschten meine Wahrnehmung. Da war Rot an der Decke, Blut schien von den Dornen zu tropfen. Ein begnadeter Künstler musste diese Effekte gezaubert haben, eingeweiht in die komplexen Mysterien des Gehirns und seiner Impulse, welche die Wirklichkeit nur interpretierten und sie nicht wiedergaben. Sinnestäuschung in Perfektion.

Ich kniff die Augen zusammen, wartete einen Augenblick und öffnete sie wieder. Nichts hatte sich verändert. Die Blutstropfen auf den Rosenranken glommen im flackernden Licht, zäh und metallisch süß.

Ich befand mich in einem Bad, in einem riesigen, tropisch heißen, von Schwaden aus Wasserdampf durchzogenen Bad. Ich blinzelte erneut. Meine Augen durchdrangen den Nebel und weiteten sich in noch grenzenloserem Erstaunen.

In den Boden, den man ganz und gar mit schwarzem Marmor gefliest hatte, war ein Becken eingelassen, weich geschwungen in der Form einer geschlossenen Tulpe. Das Wasser darin schimmerte smaragdgrün und trug Schwaden aus benebelnden Düften herüber: Sandelholz, Moschus, Rosen.

Kupferfarbene und dunkelgoldene Stoffe, um Eisengitter geschlungen, fielen von der Decke herab, vor das große Fenster, schmiegten sich um zwei griechische Statuen und flossen über den Marmor des Bodens. Dutzende Lichter brannten in Glaslampen aus funkelndem, buntem Kristall, acht tiefgrüne Reliefkerzen schimmerten im Luftzug flackernd am Beckenrand.

Ich war sprachlos. Man hatte mich mitten im Raum stehen lassen, um sich anderen Dingen zu widmen. Ich wünschte mich fort, weit fort von ihrer Nähe, die mich quälte. Doch gefesselt stand ich da und empfand bittere Vorfreude darauf, mich in mein Verderben zu stürzen.

Die Frauen waren nun für einen kurzen Moment verschwunden ... irgendwo im hinteren Teil des Raumes, der in eine Art Terrasse überging. Ich sah bizarre Schatten vor einem indigoblauen Nachthimmel, Baumwipfel und die Zinnen eines kleinen Türmchens, sah Mauern aus Bruchstein, die wie Knochen schimmerten, und die spitzen Blätter fremdartiger Pflanzen.

Dann kehrten die Frauen zurück. Makellos weiße Tücher lagen nun auf einem Hocker neben dem Becken, achtlos auf dem Boden die Kleider jener, die vor mir in diesem Raum gewesen sein mussten: weiß und schwarz, eines meergrün. Unter all den Düften roch ich die Ausdünstungen von Wesen, die sich hier geliebt hatten, leidenschaftlich und voller Begehren. Warme Lust glühte plötzlich in meinem Unterleib.

Die Frauen schwebten schmetterlingsgleich durch den Raum. Eine von ihnen drapierte ein silbriges Kleidungsstück aus schwerem Stoff auf den Hocker, dazu ein blendend weißes Hemd und etwas, was einer Hose ähnelte, allerdings in einem Schnitt, der mir völlig fremd war.

Ich stand kurz davor, Besinnung und Verstand zu verlieren. Es war grausam. Scheu senkte ich meinen Blick und studierte den Boden. Die weißen und grauen Einschlüsse zogen sich durch den Marmor wie Adern, faszinierend, bizarr. Es war zu viel, einfach zu viel.

‹Komm!›, zwitscherte eine der Frauen und stand plötzlich vor mir. ‹Komm!›, wiederholte sie und lächelte derart einladend, dass ich ihrem Drängen nachgab und mich an den Rand des Beckens ziehen ließ.

Alle drei hatten sehr lange, schwarze Haare, die üppig gelockt ihre Hüften umschmeichelten. Ihre Augen waren braun und schräg gestellt wie die einer Katze, ihre Haut duftendes Karamell. Sie hatten sehr schmale Taillen, die ich mit meinen Händen umschlingen konnte, um sie hochzuheben und zu nehmen, ganz wie ich wollte ...

Mir schwindelte. Der Raum pulsierte vor meinen Augen, die Luft schien sich zusammenzuziehen und drückte auf meine Brust schwer wie Blei. Ich atmete die heißen Schwaden aus Dampf und Duftölen ein, begann zu halluzinieren. Was geschah hier? Die Frauen lachten und flüsterten. Es klang, als umschwirrten sie mich zu Hunderten. Übelkeit, Angst und Lüsternheit durchfuhren abwechselnd meinen Körper.

Mein Mantel glitt zu Boden. Plötzlich war ich unbekleidet und ausgeliefert. Ihre flinken Finger entfernten den Verband und berührten meine Verletzung. Ein kurzer, aber süßer Schmerz durchzuckte mich. Unverschämte Augen prüften jeden Zentimeter meines Körpers. Hände streichelten meine Haut, wühlten sich durch mein Haar, Lippen flatterten wie Schmetterlinge über meine Brust und den Rücken, leckten selbst über das feuchte, rote Fleisch der Wunde. Ich ließ sie gewähren, konnte nichts tun ... wollte es nicht. Mein Kopf sank in den Nacken, meine Sinne verschwammen. Ich blickte in ihre Gesichter wie durch den Nebel eines Traumes. Ihre hingerissenen Augen schmeichelten mir. Ihre Aufmerksamkeit ging wie Balsam meine Kehle hinunter. Und ihre Münder, oh ja, sie waren sinnlich und weich wie Rosenblätter, flinke, kleine, willige Opfer, allein für mich bestimmt.

Warum nur dachte ich daran, sie willenlos unter meinen Fingern, unter meinen Lippen zu spüren? Warum stellte ich mir vor, mich in ihr ahnungsloses Fleisch zu bohren und sie ... zu zerreißen vor Liebe und vor Verlangen, dessen Intensität die Schmerzgrenze überschritt?

Ich zitterte wie Espenlaub. Ihr Lachen tönte in meinem Schädel vielfach wieder, bis es wahnsinnig klang. Ich roch den Moschus ihrer Körper, die in der Hitze des Raumes zu schwitzen begannen, lustvoll schaudernd.

‹Was tut ihr? Was tut ihr nur?›

Meine Finger erwischten eine von ihnen, doch sie entwand sich mir flink und geschmeidig wie ein Fisch.

Wieder Lachen. Ich wurde wütend und versuchte zu fliehen ... erinnere mich, dass sie mich mit vereinten Kräften umfingen und zurückzogen. Sie ließen mich nicht frei. Sie würden bezahlen dafür, mit ihren Leibern und ihrem Blut.

‹Verschwindet ... alle ... geht!›, stöhnte ich erstickt.

Aber ihre kleinen Finger machten sich an mir zu schaffen und lotsten mich zum dampfenden, grün schillernden Wasser. Die protestierenden Laute, die ich von mir gab, schienen sie nur anzustacheln, und eine streckte sich mir entgegen und drückte ihre Rosenlippen auf die meinen. Sie schmeckten süß, verboten süß. Ein Hauch von Blut war darauf, und ich leckte mit der Zungenspitze darüber. Die Frau lachte und entzog sich mir, nicht um mich zurückzuweisen, sondern um mich zu locken.

Oh, in diesen Momenten hasste ich sie alle leidenschaftlich!

Für Augenblicke schwand mir wohl das Bewusstsein, denn plötzlich fand ich mich liegend im Wasser vor, den Kopf auf eines der dicken Tücher gebettet. Es war heiß, beinahe zu heiß, und der Dampf umschwirrte mein Gesicht und trieb mir die Schweißperlen auf die Stirn. Mein Gott, diese Düfte!

Schwämme strichen über meinen Körper. Öle, smaragdgrün und rubinrot, dickflüssig golden oder farblos, jedes in seiner Reichhaltigkeit qualvoll, flossen über die Finger der Frauen und von dort über meine Brust, den Bauch, das Gesicht, die Schenkel hinab. Ich zuckte heftig, als eine Hand über meine Leiste strich und genau jenen Punkt erwischte, der sämtliche Nerven des Körpers wie durch einen Stromschlag stimulierte. Wütend biss ich die Zähne zusammen, als erneut helles Lachen erklang.

Ich blickte in ihre Augen, auf ihre Hälse, die sich bogen wie Ähren im Wind. Zwei von ihnen besaßen feine, weiße Narben, die ihre Haut wie ein Muster schmückten. Ah, das also waren sie für sie: kleine Tiere, die sie jagten, die sie kosteten und verschonten, wenn ihnen danach war.

Die jüngste von ihnen, jene, deren Finger nun schamlos meine geheimste Körperstelle umschmeichelten, war ganz und gar unberührt, ihr Hals makellos und seidenweich im Kerzenschein. Sie glich einem Reh, noch ganz und gar unverletzt in der Höhle des Löwen ... und für mich bestimmt.

‹Hör auf!›, raunte ich.

Sie lächelte, schüttelte den Kopf. Die Geschicklichkeit ihrer Finger drohte mir den letzten Rest Verstand aus dem Hirn zu streicheln.

‹Hör auf!› – Meine Stimme war zischend wie die einer Schlange, und wieder fühlte ich wilde Aggression aufkochen. Gedanken überschlugen sich, wurden verworfen und ausgeschaltet. Das hemmungslose Tier wühlte sich durch meine Eingeweide hinauf bis in den Kopf.

Ja, es war fast erleichternd, wenn jede Vernunft sich aus dem Staub machte, wenn die Gier jeden Nerv zerfetzte und neu zusammenfügte, wenn sie den Kopf mit Stromschlägen füllte.

Weißt du denn nicht, was du tust, kleiner, verletzlicher Mensch?, wisperte es in meinem Kopf.

‹Geh!›

War das meine Stimme, so schwach und leise und ganz und gar nicht überzeugend?

›Ich sagte ...› – Die Worte verloren sich in einem Stöhnen.

Ihr Gesicht wurde ernst, doch ihre Finger hielten nicht inne und wurden noch dreister und schamloser. Ein herausforderndes Glimmen huschte durch ihre Katzenaugen. ‹Tu es doch!›, schien sie stumm zu fordern.

Ehe ich überhaupt wusste, was ich tat, hatten sich meine Finger fest um ihre Kehle gelegt, der rechte Arm umfing ihre Hüfte und zog sie ruckartig zu mir herunter. Ich küsste sie, schob meine Zunge zwischen ihre Lippen, ließ sie wieder frei. Ein Keuchen drang aus ihrer Kehle, heiser vor Angst und Lust. Ihre Finger versuchten den Beckenrand zu fassen und rutschten doch ab, hilflos und zitternd. Sie taumelte.

Ich erhob mich aus dem Wasser, packte ihre Schultern und stieß sie so heftig gegen die Wand, dass sie nach Luft rang. Binnen Sekunden riss ich ihr das Leinen vom Körper und schleuderte es irgendwo in den Raum.

Ihr Körper lag vor mir wie eine Perle, herausgerissen aus ihrer schützenden Hülle, unendlich verletzlich. Wunderbar! Sie sah mich an und bebte wie ein zu Tode erschrockenes Tier.

‹Nun, Liebes?›, keuchte ich heiser in ihr Ohr und drückte mit den Fingern gegen ihre Kehle, massierte die weiche Stelle mit dem Daumen, unter der die Ader heftig pulsierte.

‹Ist es das, was du willst, hm?› Meine Hände glitten hinab, über die bebende Brust, den Bauch und noch tiefer, wo sie begannen, sie auf die grausamste Art zu quälen. Ich liebkoste sie mal sanft, mal schmerzhaft, berührte sie kaum oder tastete mich tiefer vor, so lange, bis ihre Hüften sich an mich pressten und sie den Kopf zu einem erstickten Schrei in den Nacken legte, mir ihre Kehle präsentierte und ihre Beine um mich schlang wie eine geschmeidige Wasserpflanze um den Stein.

Ich beugte mich vor, presste meine Zunge in das pochende Fleisch, entfernte mich wieder von ihr, um mich an ihren qualvollen Lauten zu ergötzen ... und biss schließlich zu. Ich legte Kraft hinein, denn meine Zähne waren nicht geschaffen dafür. Die Haut platzte auf wie eine Frucht. Sie schrie, bohrte ihre Nägel in meinen Rücken, wand sich unter mir, drückte ihren nackten Körper gegen den meinen und warf sich hin und her. Blut schoss in meinen Mund. Ich schluckte, taumelte, musste mich an sie pressen, um nicht zusammenzusinken. Heiß, unglaublich heiß – als ergäben all meine Sehnsüchte, all meine Qualen endlich einen Sinn. Ich wusste, was ich wollte. Und es erschreckte mich nur einen kurzen Moment lang.

Mit der Zunge berührte ich ihr Fleisch, küsste ihren Hals, an dem das Blut zäh wie Honig hinabrann. Sie wimmerte. Doch die lustvollen Schauer ihres Körpers sagten mir, wie es in ihr aussah. Sie schrie nach mehr, strebte nach Erfüllung. Todessehnsucht klang in der Hitze ihres Körpers mit. Ich roch sie bittersüß, schmeckte sie.

‹Liebste ... es tut mir so Leid ...›

Ich umfasste ihre zarte Taille, küsste sie, glitt zu ihren Schenkeln hinab, hob ihre Beine mit einem Ruck hoch und schlang sie beide um meine Hüften. Ich verbiss mich erneut in ihren Hals und stieß in sie hinein, durchbohrte sie, verletzte sie, labte mich an ihrer Hilflosigkeit. Ihr junges Fleisch pulsierte verlangend; seine Tiefe war wie Lava, die mich umfloss. Ich konnte nichts mehr kontrollieren, versklavte mich und sie vollkommen.

‹Willst du es?›, keuchte ich rau in ihr Ohr und leckte es mit meiner Zunge, während ich mich quälend langsam in ihr bewegte. ‹Aber es ist zu spät. Ich bin kein Mensch mehr. Und ich weiß nicht, was ich bin.›

Wie mühelos ich ihren Körper hielt, als wäre er eine Feder! Ich zog mich zurück, nur um einige Momente lang ihre Qual zu verstärken, in tiefen Zügen von ihr zu trinken und erneut in sie hineinzugleiten.

Ein Schrei erhob sich und verhallte unter der Decke mit Dornen, von der das Blut zu rinnen schien wie von ihrem nackten Hals. Sie schluchzte wild, doch ihre Beine öffneten sich auf verräterische Weise noch weiter und sie zog mich wütend an sich.

Mein Gott, ihr Blut in meinem Mund war unbeschreiblich herrlich, ihre Seele und ihre Gefühle waren frisch und rein, ihr sengend heißes Fleisch wunderbar eng und mich umschließend ...
‹... ja, das wolltest du, nicht wahr? Ich begreife so wenig wie du.›
Und während wir uns in immer heftigerem Rhythmus bewegten und ihre Hüften mir wild entgegenstrebten, verschmolzen wir zu e i n e m Wesen. Und das erhob sich zu reinster Ekstase. Was hier passierte, war mehr, als ein Mensch ertragen hätte. Es schoss weit über die Grenzen des Menschlichen hinaus. Alles zuvor Gefühlte verblasste.

Etwas fiel zu Boden und zersprang mit einem lauten Klirren. Ich schreckte auf. Die Frau unter mir atmete schnell und flach. Mein Haar klebte mir feucht im Gesicht, ihre Finger hatten sich noch immer in seinen langen Strähnen verfangen.
Ich glaubte, sterben zu müssen. Mein Körper und meine Sinne spielten verrückt. Die Beine gaben unter mir nach, und eng umschlungen sanken wir zu Boden, die Körper glänzend und nass vor Schweiß und Blut.
Wie tot lagen wir da. Sie atmete in tiefen, erschöpften Zügen. Die Wunde am Hals war nicht groß, aber tief: zwei makellose Löcher in einem roten Halbmond. Nur noch ein zartes Rinnsal lief die Haut hinab. Sie sah wunderschön aus – eine schlafende Statue.
Mir war zu übel, um mich um ihre Verletzung zu kümmern. Ich wälzte mich herum und krümmte mich zusammen, um eingerollt wie ein Embryo liegen zu bleiben. Schweiß rann in Strömen meinen Körper hinab. Ich schmeckte das Blut in meinem Mund, fühlte, wie es in der Kehle gerann, ich roch ihren Duft, ihre Lust, überall an mir. Meine Hände zitterten und ich fühlte mich unbeschreiblich leer, von einem in allen Zellen prickelnden Unwohlsein erfüllt. Diese plötzliche Erlösung war zu abrupt. Was hatte ich getan? War ich es gewesen, ich oder ...? Mein Gott, es war wundervoll gewesen, die reinste Erlösung, ja, und pure Ambrosia für meine Sinne. Und doch lag ich jetzt hier, starrte in ihr schlafendes Gesicht und wünschte, es wäre nie geschehen. Ja, es war, als vermisse ich das unerfüllte Sehnen im Leib und auf der Zunge, als ihr Hals noch makellos vor meinem Mund pochte und meine Gedanken sich Unfassbares ausmalten.
Ich streckte die Hand aus, strich mit dem Zeigefinger vorsichtig über ihr Gesicht. Sie seufzte leise wie ein Vogel. Sanftes Begehren durchzuckte mich ... und endlich eine wohltuende Wärme. Jetzt rollte auch sie sich zusammen, mir zugewandt, und blickte mich für einen winzigen Moment lang an, verwirrt und zu Tode erschöpft. Dann fiel sie in einen tiefen Schlaf.

‹Komm!›, sagte jemand zu mir.

Ich war eingeschlafen, kehrte nur mühsam in die Realität zurück. Oder war es überhaupt real? Es verschwamm alles hier, Traum, Wahrheit, Illusion. Meine übersättigte Wahrnehmung sträubte sich gegen jeden neuen Eindruck, mein Körper verweigerte jede Bewegung, sodass ich schlaff wie eine Leiche aus dem Zimmer getragen werden musste.

Verschwommen konnte ich erkennen, dass mein Vater bei dem Mädchen war. Er betrachtete sie, hob sie auf seine Arme und trug sie davon, liebevoll, nicht wie ein Ding, das seine Aufgabe erfüllt hatte. Ich sah seine Spinnenfinger ihr Haar streicheln und hörte leise Worte, in ihr Ohr gehaucht. Würde sie sich erinnern? Würde ich ihr je wieder begegnen? Ich wünschte es inständig ... und fürchtete mich doch entsetzlich. Aber was geschehen war, hatte uns eng aneinander gebunden.

‹Bleib hier!›, presste ich leise hervor. ‹Nicht ...›

Aber ich entfernte mich von ihr, und sie sich von mir. Wer trug mich? Meine Mutter? Nein, der Geruch war mir nicht vertraut, düster und kräftig und keineswegs weiblich. Ich wurde fortgetragen und sah das weiß gekleidete Kind vor dem Samtvorhang stehen. Es sah mich an aus riesigen Augen und mit offen stehendem Mund.

‹Was habt ihr getan?›, fragte es laut vernehmbar. ‹Bleibt stehen!›

Mein Träger verharrte, als wäre das Wort des Kindes Gesetz.

‹Was?›, stöhnte ich.

Es sah mich an, voll kindlicher Unschuld. Ich versuchte den Arm zu heben, um es zu packen, aber meine Glieder gehorchten mir nicht, zogen es vor, unkontrollierbar zu zittern.

Dann hörte ich das Kind sagen: ‹Ich habe euch beobachtet. Doch ich verstehe nicht, was das eben sollte. Warum hast du das mit ihr gemacht? War das ein Streit? Seid ihr krank? Hast du ihr weh getan? Ja, das hast du, nicht wahr? Sie war meine Freundin.›

Es plapperte, ohne Atem zu holen.

‹Ihr wart nackt! Da war Blut ... so viel. Ich habe es gesehen! Dürft ihr das? Ich werde es Vater sagen ...›

Unbändige Wut verlieh mir erstaunliche Kraft. Ich wand mich aus dem Griff des Mannes, schnappte nach dem Arm des Kindes und erwischte ihn. Dünn wie ein Streichholz war er.

‹Was hast du?› Ich riss es an mich heran, noch bevor mein fremder Begleiter auch nur ansatzweise reagieren konnte. ‹Verdammtes, kleines Ding! Was fällt dir ein? Bist du uns etwa nachgeschlichen?›

Das Kind kreischte lauthals, zappelte und wand sich wie ein Fisch unter meinem Griff. Furcht glitzerte feucht in seinen Eulenaugen.

Mich hingegen hatte die Mordlust gepackt, Mordlust und tiefe Scham.

Es hatte mich ertappt auf eine unverzeihliche Weise! Rot vor Wut legte ich meine Hände um die Kehle des Kindes und schüttelte es hin und her, als könnte ich so seine Erinnerung aus ihm herausschleudern. Es kreischte in höchsten Tönen einen Namen, der klang wie ‹Elias›, seine Stimme erreichte unerträgliche Frequenzen und ich schüttelte es noch heftiger, sodass seine Haare wild herumflogen und der Umhang ihm von den Schultern rutschte. Eine Katze flüchtete mit hoch erhobenem Schwanz.

‹Aufhören! Sofort!› – Der fremde Mann zerrte an meinen Armen. Seine Hände waren riesig, und es bereitete ihnen keinerlei Mühe, die meinen von dem Kind loszureißen. Ich tobte und fauchte furchtbare Flüche.

‹Sei ruhig, verdammt!› Der Mann umarmte mich kurzerhand wie ein Schraubstock, als ich immer wieder nach dem Kind fingerte und in meinen Morddrohungen nicht innehielt. Er drückte mir die Luft aus den Lungen, doch die Wut ließ mich den Schmerz ignorieren. Ich wand mich unter seinem Griff, fauchte, knurrte entrüstet, warf ihm wüste Ausdrücke an den Kopf und tötete ihn und das Kind mit Blicken.

Dieses kleine Ungeheuer hatte jede Sekunde des Geschehen verfolgt, hatte mich und sie jeglicher Vernunft und jeglichem Verstand beraubt gesehen! Ich drehte durch.

In meinem Körper knackte es.

‹Sei ruhig, oder ich breche dir die Rippen!›

Dem Schmerz nach hatte er es bereits getan. Ich erschlaffte so plötzlich, dass ich ihm fast aus den Armen geglitten wäre.

Das Kind seinerseits erwachte aus der Starre seines Schocks und machte sich davon, während ich wieder weiter durch dunkle Gänge geschleppt wurde, kurzerhand über die Schulter geworfen wie ein Ziegenbock, hinein in mein Zimmer und dort aufs Bett geschleudert wurde. Ah, er war so viel stärker als ich, und das entfachte meinen Zorn nur umso mehr. Ich hatte es satt, hilflos zu sein. Ich hatte es verdammt satt, nicht zu begreifen und von Fremden herumgestoßen zu werden. Etwas in der Art rief ich lautstark durch den Raum, doch der Mann brummte nur und verschwand. Ich hörte, wie er meine Tür verschloss, mich einsperrte.

Alles Aufgestaute entbrannte in mir, heftig wie ein gewaltiges Feuerwerk. Und nachdem ich getobt hatte wie ein tollwütiges Tier und das Zimmer verwüstet war, fiel ich in Ohnmacht.

Was kam danach? Vieles, all das Neue und die ersten Lektionen, die ich zu lernen hatte. Doch der Rest aus jener Zeit ist schnell erzählt.

Tage- und nächtelang blieb ich nach dem Vorfall in meinem Zimmer, erfüllt von der Sturheit eines bockenden Kindes und meinem damaligen Opfer in nichts nachstehend. Ich empfand eine bittere, wütende Freude, wenn ich meine Mutter mit wüsten Flüchen aus dem Zimmer jagte und meinem Vater entgegenschrie, wie sehr ich ihn verachtete. Natürlich war es gelogen. Ich wollte mich nur selbst bestrafen. Wollte mir selbst beweisen, dass ich nicht mehr war als ein verabscheuungswürdiger, streitsüchtiger Idiot.

Ohne Nahrung, nur von Wasser am Leben gehalten, brütete ich in stillem Wahnsinn vor mich hin, hasste mich selbst und alles, was mich umgab. Meine Träume waren durchtränkt von Blut, Hitze und Gewalt, in ihnen wiederholte sich alles: Ich vergewaltigte sie und trank ihr Blut, so lange, bis sie sich in meinen Armen in Staub auflöste und ich so gefüllt war, dass ich auf dem Boden lag wie ein gewaltiger Blutegel, die Glieder steif und unbeweglich in die Luft gestreckt.

Man schob mir Essen durch den Türspalt herein, aber ich rührte es nicht an, sondern warf es fluchend aus dem Fenster. Und in all meinem Selbsthass saß ich immer wieder nachts still und regungslos am Fenster, starrte in den Himmel hinauf, auf weite Hügel und ferne Wälder und sehnte mich nach Liebe.

Immer wieder roch ich sie dort draußen, oder meinte es zumindest. Ich roch den süßen, sanft wehenden Duft der jungen Frau ... und ich verging vor Verlangen und Begierde.

Wie dumm war das und was für ein Idiot ich, dachte ich. Ich hätte hinausgehen und wieder vernünftig werden können. Vernunft? Nun, was für ein nettes Wort, das manchmal unerreichbar ist.

In den kommenden Nächten halluzinierte in nassgeschwitzten Laken, bis ich nur noch dalag und sterben wollte.

Eines Nachts schließlich zwang mich mein Vater, wieder zu den Lebenden zurückzukehren. Seine Geduld war aufgebraucht, und trotz meiner Tobsuchtsanfälle nahm er mich und sorgte in einem kleinen Kellergewölbe dafür, dass ich ihnen wieder so verfiel, wie es sein sollte.

Er hielt mich umfangen. Zuerst flößte meine Mutter mir den Trank ein, zwang mich von ihrem Sein zu nehmen, um mich schließlich zu halten und meinen Vater das Unglaubliche tun zu lassen. Ich sträubte mich heftig, als es meine Kehle hinunterrann, so lange, bis die Ohnmacht meinen Zorn ablöste und ich in ihren Armen zerfloss wie Schnee in der Sonne.

Plötzlich lag ich da, auf nacktem Steinfußboden. Sie strömten durch meine Adern, glühten in meinem Magen, nisteten sich in meinen Gedanken ein. Sie nannten mich ihren Sohn. Ich hörte die Worte Familie und Heimat, und alles Elend der letzten Tage und Nächte fiel von mir ab wie ein altes Tuch. Schluchzend kauerte ich im Schoß meiner Mutter und bat sie um Verzeihung. Aber es schien selbstverständlich für sie zu sein. Was ich getan hatte, überraschte sie nicht. Sie sagten mir, es wäre mein erstes Mal gewesen, doch lange nicht mein letztes. Vernunft bedeutete für uns das, was sie einem wilden Tier bedeutete. Instinkte und gewisse Zwänge pflegten sie regelmäßig zu überlagern.

Wie lange ich bei ihnen in diesem Haus blieb, weiß ich nicht. Vielleicht waren es Jahrzehnte ... oder Jahrhunderte. Ich erinnere mich an viele Winter, Winter mit Schnee und Frost und heulenden Wölfen vor den Mauern. Von den anderen Bewohnern des Hauses hielt ich mich fern, denn ich legte keinen Wert auf ihre Nähe, bis auf die jener Frau. Anfangs begegnete sie mir als scheuer, dunkler Vogel im Schatten der Gänge – kurze Blicke, Sehnen und Schweigen, nicht mehr zunächst. Doch erinnere ich mich daran, schon nach kurzer Zeit immer wieder in ihr Zimmer geschlichen zu sein, heimlich, obwohl man mir nie etwas verboten hatte. Aber es erhöhte den Reiz.

Oh, die Nächte mir ihr waren durchtränkt und erfüllt von schier grenzenloser Wärme, Hitze gar, fiebrig und verzweifelt. Oft versuchte ich, sie zu meinesgleichen zu machen, denn ich wusste damals nicht, dass dies unmöglich war. Keuchend lagen wir da, unter sanft wehenden Vorhängen und mit dem Nachtwind auf den Gesichtern. Sandelholz-Rauchwerk zog in Schwaden durch den Raum, Kerzen flackerten. Der Raum war erfüllt vom Duft unserer Lust und vom Geruch des Blutes, das wir tauschten.

Die Zeit, die ich dort verbrachte, war so voller Sinnlichkeit und Überfluss. Auch das Kind wuchs heran und entwickelte sich zu einem hübschen, zierlichen Reh, das mir in nichts nachstand, ja mir sogar erschreckend ähnlich wurde. In der Tat konnte ich an ihm meine eigenen Stärken und Schwächen beobachten, was mich oft dazu brachte, an mir selbst zu feilen. Wir fühlten uns so nahe wie Geschwister, doch näher wagten wir uns niemals vor, gleichwohl es sich jeder von uns wünschte. Es war so etwas wie ein Tabu, von dem keiner wusste, woher es kam oder weshalb wir es einhielten.

Einst würde er sich unter den Menschen jemand suchen, der von seiner Art war, und ihn zu sich holen. Jener würde wiederum Jahrzehnte später Alex finden. Und die Zeit würde uns lenken bis zum heutigen Tage, bis zu Straßenlärm, modernen Krankenhäusern und Pralinen in der Silberschale. So floss eines ins andere. Die Jahre vergingen und das Schicksal nahm seinen Lauf.

Manche Nacht sattelten ich und meine Mutter die Pferde und stoben in die Nacht hinaus. Wir jagten und töteten hemmungslos, doch nie ohne Sinnlichkeit. Jedes unserer Opfer liebte uns. Blut tropfte in den Schnee, während wir uns schweratmend wieder auf die Pferde schwangen und nun langsam heimwärts ritten, die Köpfe in den Nacken gelegt und den Blick verloren im Firmament. Wir speisten, schliefen, jagten und liebten uns ohne jede menschliche Grenze. Zeit spielte keine Rolle. Nach und nach lösten sich manche ungeschriebenen Gesetze auf und Tabus verschwanden so heimlich und unbemerkt, dass die Erkenntnis uns oft erst nach dem Geschehenen überraschte.

Alex' junger Großvater suchte mich manche Nacht auf, um sich zuerst an unseren rau gemurmelten Worten und unterdrückten Gefühlen zu nähren und schließlich in erstickter Lust zu winden, in schweißnassen, seidenen Laken, den Körper nah an meinem und meine Seufzer wie mein Leben trinkend.

Ich ging zu dem Mädchen, suchte ihre Wärme und ihre sanften Arme, und später atmete er ihren Duft auf meiner Haut und schmeckte ihre verbliebene Süße in meinem Schweiß.

Bis sie eines Tages als Greisin starb und ich erfuhr, was Verlust bedeutete, was es bedeutete, jung zu bleiben und starr in einer Welt zu existieren, die sich so unfassbar schnell voranbewegte. Geboren, altern, sterben – immer wieder standen wir daneben und sahen dem Prozess in all seiner hinreißenden, traurigen Natürlichkeit zu. Alle menschlichen Bewohner des Hauses starben oder gingen fort. Es kamen neue, die wiederum der Zeit zum Opfer fielen. Und wieder neue ... und wieder ...

Eines Nachts stand mein Vater blutbesudelt in meiner Tür und lächelte. Seine Hände und sein Gewand waren rot, seine Augen grimmig.

‹Was hast du getan?›

‹Im Wald ist mir ein Jäger begegnet›, antwortete er. ‹Die Menschen werden zahlreicher, sie überschwemmen das Land. Dieser Jäger hatte einen Wolf gefangen und wollte ihn häuten, obwohl das Tier sich noch wand vor Schmerz.›

‹Du hast den Jäger lebend gehäutet?›

‹Nein, aber er schrie noch lange Zeit weiter, als ich seinen Kopf in die Falle steckte.› Er lachte und wusch sich die Hände im Steinbecken.

Ich nickte. ‹Gut so. Er hat es verdient.›

Aber er sagte: ‹Auch wir jagen, mein Sohn. Lebewesen jagen und fressen einander, so ist es seit undenklichen Zeiten. Doch die menschliche Grausamkeit ist grenzenlos. Natürlich töte auch ich. Ich bin gierig und empfinde oft keinerlei Reue, aber für unschuldige Geschöpfe wie diesen Wolf würde ich mein Leben geben.›

‹Gibt es Unschuld?›
‹Die Grausamkeit der Natur ist rein. Ich rede nicht von der Unschuld, die der Mensch sich so gerne wünscht.›
‹Was ist mit dem Wolf?›
‹Auch er starb. Ich konnte ihn nicht retten.›

So lief die Zeit dahin. War ich glücklich? Ja, das war ich wohl, auch wenn neben aller Leidenschaft stets Schmerz einherging. Doch damals war ich jung, und auch der Schmerz war jung. Ungereift.

Bis zu jener Nacht im Oktober, als die Menschen unter dem ersten Schnee die Wintersonnenwende feierten und ausgezogen waren, etwas Furchtbares zu tun.

Ich ritt damals allein aus, um mir mein Opfer für die Nacht zu suchen, doch ehe ich es fand, spürte ich etwas, was mich sofort zurückriss. Ich lauschte. Da waren Schreie, die in meinem Kopf widerhallten ... Schmerz und Tod. Es durchzuckte mich plötzlich und wild. Ich riss das Pferd herum und jagte in fliehendem Galopp zurück nach Hause. Zu weit hatte ich mich entfernt. Es war fast Morgen.

Als ich das Haus erreichte, schimmerte am Himmel golden die Morgenröte. Blutgeruch schlug mir entgegen, ich konnte kein Lebenszeichen wahrnehmen.

Jemand lag vor dem Tor im gefrorenen Gras, den nackten Körper gebettet in einer noch warmen Blutlache. Ich sah von hier aus, dass seine Kehle durchschnitten war und ein Loch in seiner Brust klaffte. Nein, ich wollte es nicht wissen! Ich weigerte mich, riss an den Zügeln und wollte davonreiten, ganz so, als wäre nichts geschehen. Das Pferd wich zurück und zitterte panisch, den Geruch des Blutes in der Nase.

‹Nein!›, stieß ich hervor. Und dann wieder und wieder: ‹Nein ...›

Niemand dort drinnen war mehr am Leben. Ich spürte es, roch ihren Tod, die schlichte, gähnende Leere.

Endlich glitt ich vom Pferd und ging in die Knie, als meine Beine unter mir nachgaben. Ich stemmte mich hoch, zitternd am ganzen Leib. Mein Gott, alles war erfüllt von diesem Geruch! Er hatte all seine Lieblichkeit verloren. Jetzt roch er nach Schmerz und Verlust.

Gegenwart

Ich verstummte und wich Alex' Blick aus. Er wusste, was geschehen war, Mia nicht. Das vermutete ich zumindest, denn sie starrte mich aus großen, feuchten Augen an.

Also hatte sie damals nicht alles durch das Ritual erfahren. Und wie ich schien auch sie angesichts ihrer Unwissenheit erstaunt.

«Was war passiert?», verlangte sie zu wissen und massierte Alex' Hand mit ihren kleinen Fingern.

«Kannst du es dir nicht denken?»

Mia verengte die Augen und eine Falte der Ungeduld grub sich in ihre Stirn. «Man hat sie getötet? Alle?»

«Ja, bis auf Alex' Großvater. Denn sonst säße er jetzt nicht hier. Jener, den ich vor dem Tor gefunden hatte, war mein Vater. Man hatte ihm die Kehle durchgeschnitten bis zur Wirbelsäule, sein Kopf lag grotesk vom Leib weggebogen im Schnee und ich konnte in das Fleisch seines Halses hineinsehen: Blut und Knochen und Sehnen. Er war so vollkommen still, nie wieder würde ich seine Stimme hören, die so viel erzählen konnte. Ein großes Loch klaffte in seiner Brust, und nicht weit entfernt lag sein zerquetschtes Herz, herausgerissen und von menschlichen Füßen zertreten.»

Mia stöhnte, Alex' Lippen waren zu einem dünnen Strich zusammengekniffen.

«Meine Mutter lag im Vestibül, man hatte sie ebenso umgebracht – ohne Rücksicht auf ihre Zartheit, auf ihre Schönheit, ohne Respekt vor dem Wundersamen. All die geheimnisvollen Wesen, die ich lieben gelernt hatte, waren nur noch blutige Fleischstücke auf dem Steinfußboden ... dahingeworfen wie Abfall. Aber so oft ist Leben für Menschen nur Abfall ...

Alle fand ich tot, alle niedergemetzelt, auch die Menschen in unserer Obhut, und als ich wieder nach draußen stürmte, fiel ich dort in den Schnee und erbrach mich, weinte stundenlang, fiel in Ohnmacht, erwachte wieder, musste erneut den Schock durchleben. Wie soll man weitermachen, wenn alles verloren und man vollkommen allein war?

Aber dann stand er plötzlich vor mir, zwischen den Bäumen am Waldrand, nackt und blutbefleckt. Mein Vater hatte ihm damals den Namen Noah gegeben, aber das ist unwichtig. Ihm war als Einziger gelungen zu fliehen, doch sein Körper sagte mir, dass sie Schrecklicheres mit ihm getan hatten, als ihn zu töten. Blutergüsse, Schnitte und Schrammen bedeckten seinen Körper, der nun so zerbrechlich wirkte wie der eines kleinen Vogels. Verloren stand er da, zitternd vor Schmerz und Kälte.

Um seiner Willen fand ich eine Kraft wieder, die ich verloren geglaubt hatte. Ich schleppte ihn hinunter in das Kellergewölbe, das zu gut versteckt war, als dass es Menschen hätten entdecken können.

Ich versorgte ihn, so gut ich es vermochte, mit meinem Blut, mit den Kräutern und Tinkturen in all den Fläschchen, die dort unten in einem Regal standen. In den Jahren, die ich dort verbracht hatte, hatte meine liebe Mutter mich in die wunderbaren Künste der Heilkraft eingeweiht.

Unscheinbare, winzige Blüten brachten Noahs Fleisch zum Heilen, während mein Elixier, das ich ihm Nacht für Nacht einflößte, das Innere und seine Seele langsam stärkte ... wenn es auch niemals gut gegen Narben war.

Und dann verließen wir schließlich das Haus, das Haus und die Gegend, ja gar das Land, um endgültig von den schmerzhaften Erinnerungen Abschied zu nehmen. Natürlich ohne sie je verlieren zu können.

Zuerst wanderten wir gemeinsam, dann verließ er mich für einige Jahre. Und als wir uns wiedersahen, irgendwo in der Nähe von Madrid an einem Novembernachmittag, hielt er Alex' Vater an der Hand und stellte ihn mir in aller eleganten Höflichkeit vor.»

Ich lächelte versonnen und versuchte, nicht allzu sehr in die Vergangenheit abzudriften: Oh ja, der Geruch der Pinienbäume und des spanischen Lebens, als es noch keine Motoren gab, die Novembersonne auf dem Bruchstein des kleinen Hauses, das nahezu bedeckt von rotblühenden Pflanzen und Efeu unter einer dunstigen Wintersonne stand ... sanfte Berge und Täler ... guter Wein! Während wir durch Pinien- und Olivenhaine spaziert waren, hatte ich das gewisse Etwas in Alex' Vater gespürt, das sich in seinem Sohn vervollkommnen würde. Eine schöne Zeit war es gewesen, aber nur noch Staub. Vielleicht würde ich es einst vergessen, so wie Alex vergaß.

Konnte ich nun gehen? War es genug gewesen?

Doch Mia erhob erneut das Wort. «Was ist mit Alex' Großvater geschehen?»

«Er wurde von Menschen getötet.»

«Und sein Kind, Alex' Vater?»

Ich seufzte. «Alex' Großvater wurde entlarvt, als man ihn nach einem Überfall verletzt in der Gosse fand. Zunächst wollten sie ihn versorgen und in ein Krankenhaus bringen, wie man es unter Menschen tat. Als sie aber sahen, dass seine Kräfte alles Menschliche übertrafen, zerrten sie ihn in einen Hinterhof und verbrannten ihn dort bei lebendigem Leibe. Man glaubte damals noch hingebungsvoll an den Teufel und natürlich war sein Großvater eben jener in Person, was jeden Mord zur bewundernswerten Heldentat werden ließ.» Ich lachte und fühlte den bitteren Geschmack der Wut auf der Zunge. «Sie nannten ihn eine Bestie, während sie selbst ihn blutig schlugen, seine Knochen brachen und ihn an einen Pfahl banden, um seinen Körper im Beisein ihrer Kinder anzuzünden!»

Ich nahm mir eine Praline aus der Schale und ließ sie auf der Zunge zergehen: Pistazienmarzipan. Raphael schnurrte leise auf meinem Schoß. Er hatte sich seit Stunden kaum geregt.

Würde er in die Menschenwelt dort draußen fliehen, würden Kinder ihn jagen, mit Steinen bewerfen, würde man ihn treten, anzünden, ihm zum Spaß die Ohren abschneiden oder ihn lebendig häuten? Vielleicht würde sein Tod gefilmt und als Kunst präsentiert werden? Morde waren gut, wenn sie im Namen Gottes geschahen, oder wenn man sie schlicht und einfach als Kunst bezeichnete. Sie sind hinnehmbar, wenn es unter asiatischen Geschäftsleuten zum guten Ton gehört, das Hirn eines Tieres auszulöffeln, solange es noch lebt. Wäre ein Film als Kunst deklariert worden, hätte man darin einen Menschen gehäutet? Nein, man hätte die Täter lebenslänglich eingesperrt. Leben war also nicht gleich Leben? Human, welch schönes Wort! Diese Welt machte mich krank!

«Den Rest muss dir Alex erzählen, Mia», knurrte ich mürrisch. «Ich habe nicht das Recht dazu.»

Sie richtete ihren fragenden Blick auf ihn. Tränen hatten sich in seine Augenwinkel gestohlen. Mein Gott, wann hatte ich ihn das letzte Mal so erlebt? Ich konnte mich nicht mehr erinnern.

Mia streichelte seine bebende Hand und flüsterte: «Bitte ... du musst es mir jetzt sagen. Du hast es irgendwie geschafft, diesen Teil deines Lebens vor mir zu verstecken, als ich damals von dir gekostet habe. Du schuldest mir etwas.»

Alex schloss die Augen. Eine silbrige Träne rann seine Wange hinunter – ein seltsam zauberhafter Anblick, der mich warm mit Liebe zu ihm erfüllte. «Ich habe ihn umgebracht, Mia.»

«Was?»

Er stöhnte leise, dann fuhr er fort: «Eines Nachts waren auch wir von Menschen umringt, die erkannt hatten, dass wir anders waren. Sie griffen uns an, es waren so viele! Ich hatte die Kontrolle verloren und schlug nur noch blind um mich. Doch einer meiner Schläge traf nicht sie, sondern meinen Vater. Den Leib nahezu durchtrennt von meinem Degenhieb, lag er sterbend in meinen Armen, .»

Mia sah zu Boden. Aber jetzt war sie zu weit gegangen, und es gab nur noch den Weg nach vorn. Alles andere wäre falsch gewesen.

«Was ist dann geschehen?», fragte sie zärtlich.

«Er starb ...» Alex atmete tief ein und blickte durch den Spalt, den die Vorhänge freiließen. Morgenlicht fiel herein und schimmerte auf dem Teppich. «Ich hoffte, sie würden auch mich töten, doch dann kam einem von ihnen wohl eine bessere Idee. Sie nahmen mich mit, in ein elendes, dreckiges Loch, eine Fabrik vielleicht, ich weiß es nicht mehr. Sie banden mich dort irgendwo an eines der zahllosen Rohre, nachdem sie mich halb bewusstlos geprügelt hatten und sich sicher sein konnten, dass ich endlich ungefährlich war.

Während ich dort saß, nass und blutend, in der Schwärze einer stinkenden Halle, verkauften sie mich an jemanden, von dem sie glaubten, dass er an mir und meiner Andersartigkeit Interesse haben könnte. Es war ein kleiner, grauhaariger Mann, der irgendwann zu mir kam. Sein Gesicht hätte liebevoll sein können, er wirkte .... ja, er wirkte wie ein Großvater, der seinen Enkeln Geschichten erzählt und ihnen Bratäpfel zu naschen gibt ... in einem anderen Leben vielleicht. Sein Äußeres täuschte, und deshalb war die Wahrheit umso grausamer.

Als ich ihn das erste Mal sah, in meinem Elend mich an jeden Funken Hoffnung klammernd wie ein Ertrinkender, glaubte ich mich gerettet. Seine kleine, runde Gestalt, sein Lächeln, sein offenes Gesicht, das so freundlich wirkte ...

Ich vertraute ihm völlig arglos, ließ mich von ihm befreien, stieg in die Kutsche, die vor der Halle bereitstand, und schlief neben ihm ein. Er lebte in einem wunderschönen Haus, der Garten war voller Hortensien und Rosen und Hyazinthen, und das Essen, das er mir gab, war köstlich. Vermutlich war es eine Art Spiel, denke ich. Er hat es wohl genossen, mich so ahnungslos und vertrauensselig zu sehen. Dabei hätte ich es wissen müssen, schließlich war ich doch alt und erfahren genug ...»

Alex schnaubte und erhob sich ruckartig.

«Ich möchte nicht darüber reden», murmelte er und eilte so schnell aus dem Zimmer, dass seine plötzliche Abwesenheit uns erschreckte.

«Alex?», rief Mia, die Stimme zitternd. «Es tut mir Leid.»

«Nicht jetzt ...», ertönte es leise von irgendwoher.

Wir blieben bestürzt zurück und blickten uns an.

«Was ist damals nur geschehen?» Mia begann zu weinen. «Es tut mir so Leid.»

«Dies hier ist Alex' persönliche Leiche im Keller», antwortete ich. «Für jeden von uns gibt es eine Begebenheit, die vielleicht nicht einmal die Grausamste an sich ist, und doch hat sie sich für immer und ewig in die Seele gebrannt. Aus irgendeinem Grund lässt ihr Schrecken nie nach, egal, wie viel Zeit vergeht. Und dies ist seine.»

«Es gibt vieles, was ich noch nicht weiß, trotz all der Zeit, trotz unserer Liebe.» Mia blickte auf den schlafenden Raphael. Dessen Leben war so kurz und einfach.

«Mia, jeder verschweigt irgendwas ... gerade wenn man sich liebt. Sieh es nicht als etwas Persönliches. Er will dich nur schützen, dich bewahren vor der Dunkelheit, die er in sich fühlt.»

«Was ist damals geschehen? Weißt du, Alex ist nicht nur mein Geliebter, er ist wie mein Vater und mein Bruder. Was er durchleidet, durchleide ich ebenso.»

«Ja.»

Ich wusste, was geschehen war, und verstand nur zu gut, weshalb er darüber Stillschweigen bewahrte. Ich verstand ihn so gut, wie ich sie verstand.

«Jeder geht seinen eigenen Weg, Mia. Letztendlich sind wir alleine, auch wenn wir uns lieben und füreinander da sind. Wenn Alex es für sich behalten will, musst du es hinnehmen.»

Sie wandte sich gepeinigt ab, nickte jedoch.

«Wir stehen alle auf einer Bühne, nicht wahr?», flüsterte sie müde. «Aber hinter dem Vorhang, wenn wir alleine sind, sind wir jemand anderes. Es ist, als führe man zwei Leben, die sich unmöglich vermischen können. Da gibt es den, der du für dich selbst bist, und den, der du für Geliebte bist.»

«Und man fürchtet, dass jene, die man liebt, eines Tages ernüchtert auf das andere Leben blicken könnten.»

Sie nickte und schluchzte. «Ashe, ich brauche dich, genauso wie ich Alex brauche. Und das macht mir Angst.»

«Ich weiß. Abhängigkeit macht immer Angst.» Raphaels Nacken kraulend wiegte ich mich in eine dahindämmernde Trance und die Worte plätscherten sanft aus mir heraus. «Ich dachte, ich könnte alleine klarkommen, aber schon nach den ersten Nächten ohne euch wurde mir das Gegenteil bewusst. Wir brauchen die Liebe, und gleichzeitig erfüllt sie uns mit Urängsten. Das ist eine der hinterlistigsten Regeln des Lebens.»

«Verlustängsten ...»

«Ja ...»

«Und dass sie ...», Mia zuckte mit den Schultern, «... dein anderes Wesen erkennen und dich dafür verdammen, dich plötzlich nicht mehr lieben. Weil du etwas falsch gemacht hast. Weil du bist, wie du bist, und in deiner Rolle versagt hast. Du wachst auf und bist plötzlich allein.»

«Denk nicht so viel nach, Mia. Es ist sinnlos und hindert dich daran, das Jetzt zu genießen. Wir werden dich immer lieben. Wir sind Geschwister seit Urzeiten. Du erinnerst dich doch ...»

«Ja, aber wir sind so verdammt komplizierte Wesen. Sieh dir nur Raphael an. Er lebt so, wie es sein sollte.»

«Du warst noch nie eine Katze, du kannst es nicht wissen. Außerdem, Kleines: Es ist immer so kompliziert, wie man es sich selbst macht.»

Mia stöhnte. Sie sah sich nach Alex um, obwohl dieser längst oben im Bett lag und mit seinen Dämonen kämpfte.

Ich blickte zu Marten. Er schlief wie ein Stein, unbeeindruckt und unwissend. Mit einem Schlag hatte ich jedes Interesse an ihm verloren.

Wer wusste denn, wie lange ich sie beide noch bei mir hatte? Ich wollte nur noch sie um mich, nur Alex und Mia, keine andere Seele mehr.

«Ich kümmere mich um ihn, mach dir keine Sorgen», sagte ich zu Mia und setzte Raphael auf den Boden. Er schüttelte sich und streunte davon. «Ich denke, wir sollten heute Nacht ausgehen, so wie damals!»

Dann küsste ich sie auf die weiße Stirn. Sie umarmte mich, um schluchzend ihr Gesicht in mein Haar zu vergraben.

«Meine Kleine, du weißt, der Tod existiert für uns nicht. Was immer geschieht, wir sehen uns wieder.»

«Das hoffe ich. Aber manchmal wissen wir nichts.»

«Bitte, vertraue mir!» Alex stieß mich in die Rippen und drückte meinen Kopf erneut zurück. «Halt still!»

Ohne weiteren Widerstand ergab ich mich gehorsam in mein Schicksal und opferte mich Alex' Frisierkünsten. Mia lief vor dem Fenster auf und ab und schimpfte ununterbrochen.

«Ihr seid krank! Ich hasse euch!», rief sie, als nach Alex' drittem Schnitt erneut eine Haarsträhne auf dem ausgebreiteten Tuch landete.

«Wie könnt ihr nur?», warf sie uns entgegen. «Interessiert es überhaupt irgendwen, was ich denke? Interessiert sich einer von euch für meine Meinung?»

«Mia, Liebste», seufzte Alex, «geh raus und zieh dich um!»

«Was?» Sie schnaubte, richtete sich an mich. «Ashe, ich dachte, du hättest Geschmack, Sinn für ... ach, ich lass euch allein. Es ist deine Sache.»

«Du hast es erfasst, Süße! Es ist seine Entscheidung! Und ich rasiere ihn schließlich nicht kahl! Es ist kaum der Rede wert!» Er griff in mein Haar und zerzauste es. «Sieh mal, all das bleibt für dich übrig.»

Er lachte, bis ich seine Hand fortstieß und ihm damit drohte, die Schere für einen Leistenschnitt zu missbrauchen.

«Man sollte euch beide ertränken und aufhängen.» Mia schüttelte den Kopf und schwebte aus dem Raum.

«Es ist besser so ...», seufzte Alex. «Sie ist manchmal ein Plagegeist, ein süßer zwar, aber ein Plagegeist.»

Auf dem Sideboard vor mir saß Raphael und starrte mich neugierig an, nachdem er sich zuvor stundenlang den grauen Latz geputzt hatte. Seine riesigen Augen irritierten mich.

«Sieh mich nicht so an!»

Raphael miaute und ignorierte meinen Befehl.

«Ich freue mich auf die Rückkehr der alten Zeiten», sagte Alex.

«Wir haben alle etwas zu kompensieren.»

Mit meinem spontanen Vorschlag, unseren alten, tatsächlich noch existierenden Club aufzusuchen, war ich bei Alex auf unerwartete Begeisterung gestoßen. Vielleicht war es die Hoffnung auf Ablenkung. Vielleicht erleichterte es seine persönliche Bühnenshow. Er hatte darauf bestanden, dass ich eine seiner neu erworbenen Lederhosen trug, ein nachtschwarzes Ding, herausgeschnitten aus der Haut eines Alien. Seltsam gerillt und gemustert, aber vorzüglich geschnitten und an den Schenkeln eng sitzend. Alex war überzeugt, dies wirke beim Tanzen auf weibliche Beutetiere verführerisch und erleichtere die natürliche Selektion.

Er selbst trug einen dünnen Wollmantel in dunkelstem Purpurrot, der sich herrlich fließend an seinen Körper schmiegte und kaum seine in schwarzen Stiefeln steckenden Zehen freiließ.

«Zunächst einmal», sagte er und nahm erneut eine Strähne zwischen Mittel- und Zeigefinger, «lassen wir unsere Opfer zu uns kommen. Nur dafür tue ich dies hier, denn unsere Jagd soll die erfolgreichste seit langem sein. Diesmal will ich nicht Verführer sein, sondern der Verführte. Oder zumindest so tun als ob, bevor das Blatt sich naturgemäß wendet. Und du wirst es mir gleichtun, Kleiner.» Er schenkte mir ein herausforderndes Lächeln. «Keine Widerworte! Nicht diesmal, in Ordnung?»

«Dein Glück, dass ich mich in der gleichen Stimmung befinde.»

«Immer noch der kleine Rebell?»

«Nur zu stolz, genau wie du, mein Bruder.»

Neben der Lederhose hatte er mich zu einem schneeweißen Hemd überredet, weit geschnitten, aus feinster Baumwolle, weich und samtig. Der Kontrast müsse stimmen. Schwarzes Haar auf blendendem Weiß wirke bei unserer speziellen Opfergruppe auf erstaunliche Weise. Reine Zweckmäßigkeit. Nun, gut. Es sah tatsächlich interessant aus, gerade wenn man einen Knopf mehr offen ließ ...

«Alex, wir sind eitel geworden!» Ich öffnete einen dritten Knopf. Erschreckend, wie weiß die Haut darunter war. So war es nicht immer gewesen.

«Nein, es ist nur gesunde Arroganz. Wir haben doch alles Recht dazu. Die moderne Zeit mag schrecklich sein, aber sie bietet auch ungeahnte Möglichkeiten. Sie wird unserer Eitelkeit gerecht.» Er fuhr mit den Fingerspitzen sanft über meine Wange und beugte sich hinab, um an meinem Haar zu riechen.

«Sandelholz, wie schon immer ...»

Er wich wieder zurück und schnitt spürbar irritiert weiter. Sein Atem roch nach Pheromonen. Chemie pulsierte durch seine Adern. Und ich las darin, gemein, wie ich war.

Ich musste noch die Kette anlegen, rief ich mir selbst in Erinnerung. Und ein oder zwei Ringe vielleicht?

Unsere wunderbaren, nützlichen Schmuckstücke ...

«Halt still, oder ich schneide dir das Ohr ab!»

«Das würdest du gerne.»

Als mein Haar etwas über schulterlang war, trat Alex zurück und musterte mich kritisch.

«Wunderbar! Genau die richtige Länge für deine Gesichtsform. Vorher waren sie zu lang, dein Gesicht war zu versteckt, und das hat es nicht verdient. Aber jetzt ... – Schau, sie fangen sofort an, sich zu locken.»

«Ist es gut?»

«Sogar sehr gut!»

Er wirkte plötzlich verblüfft und erstarrte ... blickte mich an, verzweifelt und leidend. Es grenzte an Nötigung.

«Nicht jetzt, Alex.» Meine Stimme liebkoste ihn zum Trost.

«Nein ...» Er fuhr sich durch die Haare, kam näher, beugte sich erneut über mich und holte Atem, als wolle er etwas sagen. Aber er schwieg.

So nah war er mir, Alex, mein Bruder ... müde und alt. Aber das Feuer würde nie ganz erlöschen. Die Leidenschaft blieb bis zum Tod und ging darüber weit hinaus. Meine Lippen schwebten nur Millimeter entfernt von seinem Hals, während seine Finger scheu durch mein Haar fuhren. Ich atmete seinen Duft ein, spürte, wie er vor innerem Sehnen zitterte. Sein Körper war schlank und fest, wie aus Eis gemeißelt. Nur war er nicht kalt, sondern von fiebriger Hitze erfüllt, einem wilden Fieber, dessen Herkunft ich kannte. Ich spürte seinen Hunger, als seine Finger sich in das weiche Fleisch zwischen Hals und Schulter gruben.

«Bist du dir sicher?», schnurrte er rau.

«Ja, nicht jetzt. Bitte ... wir müssen gehen.»

«Gut! Wenn du das willst.»

Ich blickte ihn an. Seine alterslosen Augen waren groß und klar. Ihn so verwirrt zu sehen, war auf seltsame Art köstlich.

«Wir müssen gehen, Alex.»

Raphael miaute fordernd und angelte mit der Pfote nach uns.

Ich stand auf und ging auf den Flur hinaus. Alex folgte mir in wehendem Purpur.

Unten wartete Mia schon ungeduldig auf uns. Wir waren verblüfft. Sie sah umwerfend aus in ihrem schulterfreien, roten Samtkleid, das sich wie eine zweite Haut an ihren Körper schmiegte und ihr auf elfenhafte Weise schmeichelte. Schwarze Daunenfedern schmückten ihr hochgestecktes, elegantes Haar, Blutsteine funkelten in silbernen Ohrringen wie ein Versprechen und dunkles Purpur umrahmte ihre Augen.

«Oh, du siehst wunderbar aus!», sagte sie zu mir. Ihre Wut war verflogen. «Du siehst mich erstaunt, Ashe! Also kommt, meine Schönen!» Sie lachte und hakte sich bei Alex ein.

«Und doch können wir uns nie mit deiner Anmut messen, Liebste!», erwiderte er und stieg, den Mantel elegant raffend, in den Wagen.

23.15 Uhr

Einiges hatte sich geändert, doch vieles war auch gleich geblieben. Die Wände waren noch immer königsblau, die einst tief smaragdgrünen Samtsofas und Sessel nach langem Gebrauch zerschlissen und strahlten, wie auch das alte, bröckelnde Mauerwerk und die Säulen aus Backstein, einen morbiden Charme aus.

Ich liebte diesen Club für seine intime Dunkelheit, für die spärliche Kerzenbeleuchtung und das klug eingesetzte Schwarzlicht, das unsere feinporige Haut zum Glühen brachte und uns noch verlockender erscheinen ließ. Aber im Grunde war es mir nicht wichtig, nicht mehr in dem Maße wie früher, als ich noch jung gewesen war. Doch ich fühlte einen tief gehenden Stolz auf das, was wir waren, was wir darstellten. Alex und Mia strahlten eine überirdische Schönheit aus: sie in dem samtigen Rot von frischem Blut, er in tiefstem Purpur. Ihre Gesichter klar und zart, bewegten sie sich neben mir durch die Menge, eingehüllt in einen Schleier aus zurückhaltender Eleganz und Jagdlust. Sie waren einander so ähnlich, dass man sie für Geschwister hielt. Manch überraschter Blick traf die beiden, als sie sich umarmten und küssten.

Alex und Mia nahmen mich in die Mitte, jeder legte seinen Arm um meine Hüfte. Gemeinsam durchschritten wir das Portal, während Blicke sich in unsere Nacken bohrten und Sehnsüchte uns entgegenflogen. Die drei Sünden, drei Teufel auf ihrem Streifzug – das waren wir wohl in ihren Augen. Ich war noch immer vernarrt darin.

Es roch wie damals nach Menschenschweiß, Leder, Zigarettenqualm und Parfüm. Ein neuer Geruch war dazugekommen. Es war der süße Duft von Designerdrogen, die mehr oder weniger heimlich in den zahllosen dunklen Ecken eingeschmissen wurden.

Aber auch anderweitig war man freizügiger geworden. Gleichzeitig hatten die Leute jedoch bedauernswerterweise viel Fatalismus und Einfallsreichtum eingebüßt. Langeweile schwebte über ihnen und zeichnete sich in ihren überladenen Gesichter ab. Die moderne Gesellschaft hatte alles gesehen, alles ausprobiert, alles nacheinander zur Mode erklärt, und musste nun erkennen, dass sie übersättigt war. Was damals neu und prickelnd gewesen war, das fatalistische, wunderbare Anderssein, war nun abgeflaut und nicht mehr als ein Modegag. Man kehrte zurück zu der alten, archaischen Lust an Wahnsinn und Tod, denn es gab sonst nichts mehr, was sie beeindruckte, was ihnen einen Schauer bescherte und ihre Sinne betörte. Die Kelten, die ihre Opfer in Weidenfiguren verbrannten, mochten dies mit eben jenen Gesichtern getan haben, die mir hier aus der Dunkelheit entgegenleuchteten.

Es war wie eine Rückkehr in die Vergangenheit. Seltsam.

«Es ist verrückt, nicht wahr?», rief Alex zu mir herüber, als wir uns qualvoll durch den Gang und die Treppe hinunter in den Tanzsaal schlängelten. Ich nickte nur und warf den Stapel Werbung, den ich zusammen mit meinem Wechselgeld bekommen hatte, in den Mülleimer.

«Es schmeckt nach Weltuntergang ...», erwiderte ich und zwinkerte einer jungen Frau zu. Augenblicklich verstummte sie in ihrem Gespräch und starrte mir verdutzt nach. Auf der Hälfte der Treppe wandte ich mich um und grinste lasziv. Ja, ich konnte das verdammt gut, vor allem, wenn ich es darauf anlegte. Hatte ich mir mit ihr bereits mein Dinner eingefangen? Es sah ganz danach aus, denn sie versuchte uns unauffällig zu folgen.

«Es wurde Zeit für unseren neuen Auftritt», raunte ich den beiden zu. «Die Menschheit langweilt sich. Sie vermisst die Gefahr.»

Alex fuhr sich wortlos mit der Zunge über die Zähne, Mia liebkoste die geschliffene Spitze ihres Ankh.

«Die lange nicht mehr geschmeckte Jagd ...», rief sie in die köstlich barbarisch klingende Musik hinein, ohne dass jemand davon Notiz nahm. Und selbst wenn jemand wirklich ihre Worte gehört hätte, er hätte nicht gewusst, was sie bedeuteten. Die verkümmerten Instinkte unserer Opfer kamen uns gelegen.

Tief unten im altertümlichen Saal suchten wir eine der finsteren Ecken auf und verharrten dort unter einer Stahltreppe. Der dramatische Aufputz der Menschenkinder entlockte mir ein Lächeln. Neu definierte Eitelkeit machte sich breit. Männer versuchten wie Frauen auszusehen, Frauen suchten Schutz in Männerkleidung oder erstickten sich selbst in hautengem Lack. Es mochte sie zur Verzweiflung bringen, dass gerade unsere Schlichtheit Aufsehen erregte.

Alex beugte sich zu mir hinab und flüsterte: «Showtime!»

Damit wandten sie sich um und gingen davon. Hungrig sog ich ihre fließenden Bewegungen auf. Sie tauchten in der ahnungslosen Masse unter wie Panther im nächtlichen Gebüsch.

Sollte ich auf sie warten und erst dann selbst losziehen? Wollte ich es überhaupt? Wollte ich mich in dieses Getümmel stürzen und einen von ihnen auswählen, um meine Seele zu bereichern und meinen Körper an ihm oder ihr aufzuladen wie eine Batterie?

Seltsam, ich verspürte Hunger und doch ... ließ mich etwas hier verharren, reglos, auf irgendetwas wartend und das Nichtstun genießend. Hier, in dieser brodelnden Menge, den dröhnenden, vor Erotik triefenden Rhythmus der Musik im Ohr, war der Gedanke, es tun zu können, erregender als der Akt selbst.

Ich lehnte mich an die Wand und beobachtete mit flüchtiger Verzückung die schwitzenden Leiber der Männer und Frauen, wie sie sich wanden wie Ähren im Wind und ihre Schönheit darboten. Ein Hang zum Ägyptischen hatte sich in den letzten Jahren verbreitet ... und das, obwohl niemand von ihnen ahnte, auf was sie sich da beriefen. Der Schlüssel des Lebens war gleichzeitig der Schlüssel des Todes. Der Tod jedoch bedeutete ein neues Leben. Und so ging es fort und fort. Nun, diese neue Gesellschaft hatte zumindest einen durchaus reizvollen Aspekt dazugewonnen. Die Grenzen der Geschlechter begannen sich aufzulösen. Zumindest hier, in dieser Szene, verschmolzen sie auf verlockende Weise. Wer hätte dies vor nicht allzu langer Zeit glauben wollen? Die alten Griechen hätten sich in dieser Zeit durchaus sehr wohl gefühlt.

Plötzlich wurde es still, sekundenlang. Dann ertönte das dunkle Dröhnen eines Liedes, das ich zu sehr liebte, um ihm nur zuzuhören. Ich war ihm verfallen. ‹Wolftribes› – ja, Jagd und Wölfe. Wir unter Menschen.

Dieses unglaublich tiefe Dröhnen wanderte bis in die letzten Nerven, zitterte im Fleisch und schlich durch die Knochen.

Es stimulierte den Hunger, erzählte von der Jagdgier und vom Dahintreiben in bedrohlicher Ekstase ... und vom Tod.

Ich wollte mich dieser Leidenschaft hingeben, ja ... die Menschen zuckten und räkelten sich wie eine einzige, lustvolle Einladung.

Ich stieß mich von der Mauer ab und glitt in die Menge hinein.

Umringt von schweißnassen Leibern wiegte ich mich zum Rhythmus der Musik, zunächst langsam, dem Dröhnen folgend, das die Erde zum Beben brachte, dann schneller und fließender, angetrieben vom leidenschaftlicheren Beat, der nun einsetzte. Was für eine wunderbare neue Erfahrung! Wie herausfordernd für all meine Beherrschungskünste, zwischen diesen heißen, pulsierenden Menschenleibern zu tanzen, die Klinge auf der Brust zu spüren, das Wissen, sie jederzeit in das süße Fleisch eines dieser Kinder gleiten lassen zu können!

Ein hübsches Spiel – ich hatte nicht vor, es vorzeitig zu beenden. Und so legte ich den Kopf in den Nacken, streckte und räkelte mich, strich die feuchten Haare aus dem Gesicht, ging ein wenig in die Knie und bewegte mich schneller. Wie zufällig näherte ich mich dem Körper einer jungen Frau und wiegte die Hüften an ihrer Seite, strich mit den Fingern über ihr wehendes Haar und wandte mich mit gespielter Scheu ab, als sie meinem Blick begegnen wollte – nur ein Lockmittel, sie liebte es, ja. Ich spürte ihre Hände, sie strichen über meine Hüfte, den Rücken ... dann war sie nah bei mir, ganz nah. Gut so! Ihr Knie schob sich zwischen meine Beine. Sie passte sich meiner Bewegung an, so geschickt, dass ihr glatter Schenkel sich an mir rieb und ich eine atemberaubende Welle der Lust verspürte ... Dann sah ich sie an. Sie war unglaublich jung, ihr Gesicht fein geschnitten unter zu viel Schminke. Wie fordernd sie war, wie erschreckend furchtlos! Sie nahm mein Gesicht zwischen ihre kleinen Hände und küsste mich. Ich war nicht wenig erstaunt, und sie lachte, als sie meinen Blick bemerkte.

Es hatte etwas Trauriges an sich, mit welcher Einfachheit sie im Netz hängen blieb und wie wenig sie sich dessen bewusst war. Aber das würde ihr nichts nützen. So war es nun einmal. Und es gefiel mir.

Die Musik erreichte ihren ekstatischen Höhepunkt, Schweiß glänzte auf unseren Gesichtern, mein Verlangen schnappte wie eine Peitsche ... Sie wand sich vor mir, bog ihren Körper zurück. Die Musik hämmerte und dröhnte wie die Venen eines riesigen Geschöpfes. Sie entblößte ihren Hals, umfing mich und zog sich hinauf, um den Schweiß von meiner Wange zu küssen.

Ich stöhnte ...

Der Boden vibrierte, meine Adern zogen sich zusammen, mir schwindelte ... Es wurde Zeit!

Nicht weit entfernt von mir spürte ich die Lust meiner Geschwister, die gerade die Hälse ihrer ahnungslosen Liebhaber küssten und den Moment des Zuschlagens genüsslich hinauszögerten. Sie warteten auf mich. Ich sandte ihnen ein Bruchstück meiner Gefühle und sie nickten mir stumm zu.

Jetzt!, flüsterte es in meinem Kopf.

Ich wich ihren Lippen aus und griff stattdessen nach ihrem Hals, löste das Samtband darum, ließ es auf den Boden gleiten, beugte mich zu ihr hinab und ließ die Klinge des Ankh tief in sie hineingleiten ... Sie stöhnte, zuckte, erschlaffte. Ein dünner, süßer Fluss strömte augenblicklich hervor und benetze den Saum ihres Satinkleides. Ihr Kopf sackte nach hinten, sie schluchzte. Ich umarmte sie, küsste und liebte sie leidenschaftlich wie jedes meiner Opfer. Und als der Bass des Liedes erneut in das tiefe, betäubende Dröhnen verfiel, presste ich meine sehnsüchtigen Lippen an ihren Hals und ließ mich vollends in meinen dunkelsten Abgrund fallen.

Nur Minuten später stand ich wieder in jener dunklen Ecke und beobachtete das Mädchen, das nun verstört auf der Tanzfläche stand und auf ihre blutige Hand blickte. Eine Zeit lang regte sie sich nicht, stand paralysiert zwischen den Tanzenden wie die Konstante in einer dahinrasenden Zeit, dann plötzlich hob sie den Kopf und suchte nach mir.

Ich hatte sie verschont, nicht aus Mitleid, sondern aus einer Laune heraus. Ich mochte sie, sie und ihre vollkommene Ahnungslosigkeit, ihr kompromissloses Verlangen.

Nicht weit entfernt sah ich meine Geschwister. Der junge Mann in Alex' Armen war dahingeschmolzen und lag erschlafft auf dem Sofa, posierend wie das Modell eines alten Meisters. Mia hingegen hatte sich mit weniger begnügt. Ihr Liebhaber tanzte bereits wieder und war sich nicht einmal bewusst, was geschehen war.

Beide standen sie nun im Schatten einer Treppe und redeten miteinander.

Irgendwann, wenn alles durch winzige Kameras überwacht und das Leben eines jeden von der Geburt bis zum Tod in riesigen Computer gespeichert sein würde, wenn das Netz zu dicht wurde, um unerkannt hindurchzuschlüpfen, dann käme die Zeit des Elends für uns ... oder des Todes. Wir wären dazu verdammt, in dunklen Löchern zu verhungern, um nicht wie Ratten auf dem Seziertisch zu landen. Vielleicht würde das alles auch schneller geschehen als erwartet. Ich glaube nicht daran, dass Alex' Gerissenheit und Akribie jene von besessenen Menschen übertraf. Auch wenn er beteuerte, sich darum gekümmert zu haben, und über erstaunliche, mir immer noch rätselhafte Beziehungen verfügte, wenn es um unseren Schutz ging, spürte ich dennoch, dass unsere Zeit ablief. Das Netz zog sich immer weiter zu.

Ich träumte mit offenen Augen. Dann war Alex plötzlich bei mir. Zunächst ignorierte ich ihn. Die Gefühle und Erinnerungen des Mädchens wirbelten durch meine Adern und vermischten sich mit der aufkeimenden Angst. Ich dachte an die alte Zeit, an endlose Wälder ohne Städte, an meine Mutter, meinen Vater, an das Feuer in der Hütte und an Wildblumen in der blauen Dämmerung.

Wie hatte es nur so weit kommen können? Wie hatte das da draußen nur entstehen können, in all seinem Schrecken?

«Komm mit! Wir haben etwas für dich ...», flüsterte Alex mir ins Ohr und zog mich mit sich.

Abschiede

Das Leben endet im Verlust, egal, was du tust.
Doch uns gehört die Ewigkeit.

Alex legte die Hand auf meine Schulter und schob mich, an der Mauer entlang, durch einen kleinen Gang in eine noch tiefer gelegene, kleinere Halle. Ein billiges Kronleuchterimitat erhellte sie unangenehm. Doch die Farbe der Wände war atemberaubend! Ein so sattes, wunderbar schillerndes Blaugrün wie die Flügelschalen eines Skarabäus! Ich war fasziniert. Es gab einen von uns, der solche Augen besaß. Sein Name war Julien. Er hatte eigentlich etwas Gewöhnliches an sich und lebte seit vielen Jahren am Ende der Welt, in einem grenzenlosen Land aus windumtosten Grashügeln bis zum Horizont, schneegekrönten Bergen und einem dunklen Meer. Er führte Touristen durch die stürmische Einöde, perfekt getarnt als Mensch. Wären da nicht seine Augen gewesen ...

Hieß es Patagonien? Ich glaube schon. Und es war so weit entfernt ...

«Da vorne ...», flüsterte Alex.

Es war ungewöhnlich still in diesem Raum, Musik plätscherte ganz leise dahin. Menschen saßen hier in tiefen, alten Sesseln und taten nicht mehr, als miteinander zu reden oder mit zur Seite geneigten Köpfen zu schlafen wie Schwäne. Ich entdeckte Mia zusammen mit einem jungen Mann auf einem der Sofas. Sie lächelte, doch etwas war in ihren Zügen, was verborgenen Ernst verriet. Eine unbestimmte Furcht und Unsicherheit. Was war los?

Alex schlang den Arm um meine Hüfte und drängte mich zu ihnen hinüber. «Darf ich vorstellen!», erhob er seine Stimme und ließ sich nun neben dem Jungen auf die Couch fallen. Mia rückte ein wenig zu Seite, sodass alle drei genügend Platz fanden. «Das ist Stephen, mein neuer Schüler! – Stephen, das ist Ashe, unser ältestes, doch nicht vernünftigstes Familienmitglied!»

Ich erstarrte. Ein verschüchterter Junge glotzte aus schwarzgeränderten Teenageraugen zu mir empor und murmelte etwas, was wie «Wow!» klang.

«Schüler?» Ich sah Hilfe suchend zu Mia. Sie zuckte nur mit den Schultern, aber ihr Seufzen sagte mir, dass sie selbst überrascht worden war. Ihre Lider schlossen sich halb wie die einer dösenden Katze, doch sie war hellwach und bis in die letzte Körperfaser angespannt. Künstliches Licht ließ ihre Augen gelblich wie die eines Leoparden glimmen.

Alex' Stimme war fest und herausfordernd: «Ich habe ihn gesehen und mir ausgewählt. Also bitte ...»

Finster starrte er mich an. Ebenso finster hielt ich seinem Blick stand. Ich spürte, wie er mit seiner Wut kämpfte ... und sie unterdrückte.

«Hast du etwas dagegen einzuwenden, Ashe?»

«Natürlich nicht. Es ist deine Entscheidung. Ich werde mich hüten!»

Ihm gefiel der Klang meiner Stimme nicht, aber Schauspielerei hätte mir nichts genützt. Er hätte mich ohnehin durchschaut.

«In Ordnung, dann wäre dieses Ritual auch vollzogen.»

Er raunte dem Jungen etwas ins Ohr. Die Musik verklang, Gespräche wurden vornehm gedämpft und nach endlosen Sekunden erschallten die dahingehauchten Klänge eines Klaviers. Der Atem der Menschen ging sanft wie ein Windhauch. Mia räkelte sich und wechselte ihre Position. Ein marmorner Schenkel schimmerte auf, als sie ihre Beine übereinander schlug.

«Alex, was ist mit ...?» Ich vermochte es nicht, an mich zu halten.

«Mit Marten?» Er stieß verächtlich die Luft aus. Sein Blick heftete sich auf Stephen. Dieser begutachtete mich noch immer, als sei ich eine fluoreszierende Meeresschnecke. Das junge Wesen war zu scheu, als dass es ihm aufgefallen wäre, wie unverschämt es war.

«Oh, ich bin ihm nicht mehr wichtig genug. Er geht seine eigenen Wege und ich werde es hiermit akzeptieren.»

Sein Daumen streichelte Stephens Hals. Der errötete und wich voller Scham vor Alex' Berührung zurück. Scheu huschten seine Augen über mich. Reizend! Angst und Verwirrung entströmte seinen Poren, Pheromone schwängerten süß seinen Atem. Binnen Sekunden wusste ich, wie er sich fühlte, was er dachte und sich erhoffte, wusste Dinge, die nie über seine Lippen gekommen wären.

Natürlich war er überwältigt und überrascht worden. Ich witterte es, konnte es riechen – seine kleine, junge Seele, so jung und rein, dass ich es kaum begriff. Wie bemüht er war, finster zu erscheinen, ernst und tiefgründig und depressiv. So angestrengt war er in seinen Bemühungen, dass er mir lächerlich erschien. War ich einst ebenso gewesen?

Nein, diese hektischen, ungeschickten Bewegungen, ohne wahren Sinn und Verstand, diese Existenz allein für die nächste Nacht im Drogenrausch ...

Konnte das Leben so anspruchslos dahinvegetieren? War Alex blind? Ich stöhnte leise. Es würde eine kleine Ewigkeit dauern, bis er begriff, eine Ewigkeit, die ich mir anders vorgestellt hatte.

«Ich weiß, was du denkst, Ashe.» Alex' Stimme wurde sanfter und eine gewisse Trauer lag in seinem Blick. «Aber ich habe nicht vor, meine letzten Monate als Greis im Schaukelstuhl zu verleben. Ich denke nicht darüber nach und tu einfach das, was ich auch sonst getan hätte.»

Monate? Glaubte er, dass es so schnell gehen würde? Nein, das war unmöglich!

Ich nickte. Nun, Alex' Willen würde ich akzeptieren. Mochte er sich den Kleinen nehmen, wenn er es denn unbedingt wollte.

«Willkommen Stephen!»

Ich nahm seine üppig beringte Hand, strich sachte mit dem Daumen darüber und hauchte einen flüchtigen Kuss auf sein dünnes Handgelenk. Er seufzte überrascht, starrte mich an wie ein Eichhörnchen, und als ich ihn wieder freigab, zuckte er zurück, als hätte ich ihn verbrannt.

Alex lachte. Ein Schatten huschte über sein Gesicht. Die Nacht war noch jung, und Stephen ahnte nicht, was sie ihm bringen würde. Ich sah an Alex' Blick, dass er nicht vorhatte, seinen Zögling besonders behutsam anzufassen. Mit Männern ging er weit weniger sanft um als mit Frauen.

Armes, unwissendes Kind ... Wie würde er mit Schmerzen umgehen, mit Lust und Schmerz nah an der Grenze des Erträglichen und darüber hinaus fließend? Er hatte es in sich, ja, war aber gleichzeitig so schwach und vom Leben gebrochen. Würde er stark genug sein? Leider fand man solche Dinge nur heraus, indem man etwas riskierte. Mit ihm war nun ein neuer Charakter in unsere abgeschottete Existenz geraten und ich musste damit leben. Sei es drum!

«Ihr seid so ...», stammelte er reizend, «so ...» – unfreiwillig erfreute ich mich am aufgeregten Zittern seiner Stimme – «wie Wesen aus einem Roman.»

Er färbte sich dunkelrot wie ein kleiner Tintenfisch in Bedrängnis. Was für ein Tollpatsch und Dramatiker! Aber entzückend kindlich.

«Ihr seht besser aus, als ich dachte, und das will etwas heißen. Ich hoffe ... ach ... denkt euch den Rest.»

Stephen drohte zu hyperventilieren. Alex nahm sein Gesicht in seine Hände, ließ seinen Atem über Stephens Haut streichen und raunte ihm etwas ins Ohr.

«In Ordnung.» Der Junge nickte und vergrub seine Hände unter den Knien. Neben ihm verbarg Mia ihr Lachen elegant in der Beuge ihres Arms.

«Ich hoffe, du findest, was du suchst, Stephen!», raunte ich in versöhnlichem Ton und bemerkte im selben Moment, wie er, den Mund leicht geöffnet, auf die weiße Narbe an meinem Hals starrte.
«Ist das ...? Es tut mir Leid, ich bin das nicht gewöhnt.»
«Das hätte mich auch gewundert!»
Ich sah ihn mir genauer an. Sein Haar war schwarz, die Locken unordentlich, ganz wie bei Lord Byron auf Richard Westalls Gemälde, seine Kleidung unauffällig, weit, abgetragen und schwarz. Im Ganzen wirkte er etwas ungepflegt, aber dies auf eine charmante Art. Sein Leben war niemals einfach gewesen. Man hatte ihn auf viele Arten gebrochen und doch nie ganz bezwungen. Vielleicht würde er es schaffen.
«Willst du mit uns kommen, Stephen?» Alex lächelte. Sein alarmierend freundliches Lächeln, das soviel verbarg. Ich hoffte, er würde ihn sanft behandeln.
Der Junge nickte, Alex erhob sich, nahm ihn in einer endgültigen Geste unter seine Fittiche und gemeinsam verließen wir den Ort und das Geschehen.
«Hör zu», sagte ich auf der Straße zu Alex, so leise, dass Stephen nichts verstand, «wenn du ihn zu hart anpackst, wirst du ihn verlieren. Es gibt einige Dinge in seiner Vergangenheit, die ihn geprägt haben. Pass auf, dass du in diesen Wunden nicht herumstocherst.»
«Danke, Brüderchen. Deine besondere Gabe ist schon immer viel wert gewesen.» Alex zwinkerte. Seine Wut hatte sich davongestohlen. «Ich werde besonders vorsichtig mit ihm sein.»
Mit diesen Worten gingen sie uns voraus und Alex begann, sich vorsichtig in Stephens Seele vorzutasten. Sie redeten leise miteinander.
Es war erschreckend, wie sich etwas sicher Geglaubtes von einer Minute auf die andere schlagartig zu ändern vermochte. Innerlich verwarf ich alles, was ich mir zuerst vorgestellt hatte, und fügte es wie so oft neu zusammen, nicht mehr fähig, gedankenlos nur für den Moment zu leben.

Kaum zwanzig Minuten später hielt der Wagen vor dem alten Haus meiner Familie. Stephen sog den Anblick gierig in sich auf. Efeu rankte sich über Backsteine, Clematis bedeckte Mauern und schmiedeeiserne Zäune. Die riesige Blutbuche, blau schillernd im schweren Licht der Nacht, breitete ihren Schatten mittlerweile über das gesamte Haus aus, und im Birnbaum, der zu alt für Früchte war, hing Raphael mit zuckendem Schwanz auf einer Astgabel und beobachtete unsere Ankunft.
«Gefällt es dir?» Alex' Gesicht leuchtete, während er seinen Zögling bei der Hand nahm.

Ich empfand mittlerweile Reue wegen meiner egoistischen Gefühle. Vielleicht war es gerade das, was Alex brauchte: eine letzte Aufgabe, ein Vermächtnis. Aber ich war nicht der Einzige, der die neuen Veränderungen mit Argwohn betrachtete.

«Ich weiß nicht, ob ich froh darüber sein soll», flüsterte Mia, während unser Abstand zu Alex und Stephen wuchs. Die Erde knirschte unter unseren Schritten und verströmte einen schweren Duft von Tiefe und Fruchtbarkeit.

«Zuerst dachte ich, es wäre eine wunderbare Idee. Er hat sich noch nie so schnell und so entschlossen für jemanden entschieden. Aber weißt du, wenn dieser Kleine eine neue Enttäuschung für ihn bereithält, dann ...» Sie blickte mich von der Seite her an.

«Ich verstehe. Aber wir können nichts tun.»

Mia nickte. «Hoffen wir das Beste! Ich glaube nicht, dass er einen weiteren Rückschlag verkraftet. Marten hat ihm mehr zugesetzt, als er dir oder mir je eingestehen würde.»

«Das hatte ich erwartet. Ich kenne ihn wohl schon zu lange.»

«Aber versuche nie, ihn zu verstehen!» Mias Lippen kräuselten sich amüsiert und ernst.

«Es wird eine Katastrophe geben, wenn Marten auf ihn trifft.»

«Oh, ja!» Sie lachte leise. «Wir werden auf den Kleinen aufpassen müssen, sonst nimmt Marten ihn sich vor und hängt seinen Skalp im Birnbaum auf. Ob Alex weiß, was er tut? Ist es möglich, dass auch wir senil werden?»

«Mia!»

«Aber er wird Stephen – du kennst ihn nicht –, er wird ihn töten!»

«Bestenfalls! Und ich Narr hatte geglaubt, hier Frieden finden zu können!»

«Frieden?» Mia streichelte über meinen Rücken, und ich legte meinen Arm um ihre Taille. «Da bist du hier falsch ... zumindest seit der Sache mit Marten. Er unterschätzt dich, aber das hast du sicher längst bemerkt. Also sei nicht überrascht, wenn er versuchen sollte, dich, auf welche Art auch immer, anzugreifen. Er hat ein Problem mit allem, was ihm überlegen ist, was er nicht kontrollieren kann. Er ist sehr dominant und archaisch in gewissen Situationen.»

«Nun», ich fühlte einen Anflug von Vorfreude und Konfrontationslust aufkeimen, «wenn er das versucht, wird er etwas mehr von mir kennen lernen. Es ist praktisch, von seinen Gegnern unterschätzt zu werden. Ich sollte Gott oder dem Teufel für mein Aussehen danken.»

«Ich hoffe, ich werde dabei sein. Aber sei vorsichtig: Zeige ihm nicht deine wahre Kraft!»

Ich nickte, ohne zugehört zu haben. Mia beschleunigte ihren Schritt, um zu den beiden aufzuschließen. Alex küsste sie auf die Wange.
«Mia, Liebste!»
Sie legte ihre Hand in jener altmodischen Art auf seinen angebotenen Unterarm.
«Ich liebe dich.»
«Unsterblich.»
Wieder leises Lachen.
Ich blickte ihnen nach, während ich meinen Schritt verlangsamte. Sie waren wie Eltern mit ihrem Kind, fürsorglich, ängstlich ... und plötzlich von einem fast menschlichen Fieber befallen. Die Zeit hatte nun eine andere Bedeutung für sie. Sie verging. Sie verging mit jeder Nacht schneller, und ich spürte, wie sie mir durch die Finger rann und jede Minute wie ein kostbarer Schatz gestohlen und fortgeschafft wurde.
Alex ... Mia ...
Ich spürte ihre Liebe, atmete sie ein, schmeckte sie auf der Zunge. Bleischwer. Süß.
Mit einem tief sitzenden Gefühl der Trauer im Magen wandte ich mich um und verschwand in den Garten, um sie alleine zu lassen.
Stephen ...

Wie spät mochte es wohl sein? Halb vier Uhr morgens? Die Zeit war dahingerast. Stephen blickte eine halbe Minute lang auf seine Uhr und betrachtete den vorrückenden Zeiger mit einer völlig neuen Faszination. Hinter dem Fenster und den Bäumen graute der Morgen in einem blassgrünen Streifen. Es roch nach Vanille, Vanille und altem Holz, nach Möbelpolitur mit Orangenöl und Vergangenheit. Er schloss die Augen und sah sich selbst, als läge er in einem Rousseau-Gemälde. Der Träumer und die Wüstenlöwen. Dieser hohe Raum mit seinen tiefen, weichen Polstermöbeln, das Licht, die schweren Vorhänge, die kupfer- und afrikabraun getönten Wände, untermalt von Düften ... sinnlich und mystisch wie der Orient. Das Haus war wie seine Bewohner.
Stephen gähnte unterdrückt. Dann hob er den Blick. Sein kleines Fuchsgesicht wechselte von scheuem Rot zu schockiertem Weiß, als er plötzlich Stimmen vernahm. Sie erhoben sich, verblassten wieder und verschwanden ... wie Geister.
Ratlos saß er da, die Hände im Schoß verschränkt. Vielleicht wollten sie ihn testen, lauerten irgendwo in einem der zahllosen Winkel und warteten darauf, dass er ihr Vertrauen missbrauchte?
«Hallo?», flüsterte er halblaut, mehr zu sich selbst. «Wollt ihr mich hier vielleicht übernachten lassen? – Hätte nichts dagegen.»

In ein paar Minuten würde er dringend eine Toilette benötigen! Er hatte das Gefühl, den Ort und die Stimmung durch dieses Bedürfnis inakzeptabel zu entweihen. Mit klopfendem Herzen starrte er an die kirschholzgetäfelte Decke, studierte die Teppichmuster, die beiden Gobelins, beobachtete die leuchteten Staubflusen, die im einfallenden Laternenlicht zwischen den Vorhängen tanzten. Zahllose Bilder fanden sich hier, Kunstgegenstände, mit denen er sich nicht auskannte, sie aber vergötterte, sanft rankende Schattenpflanzen, geschmackvolle Kleinigkeiten aus allen Teilen dieser Welt. Die Zeit hatte er, wie es ihm schien, vor der Tür zurückgelassen ... vor der Tür aus Holz und Eisen. Einen altmodischen Klopfer in Löwenkopfform hatte man an sie geschlagen, und als Alex sie geöffnet hatte, waren kleine Kupferglocken erklungen. Stephen war erschüttert darüber gewesen.

Wer benutzte noch Türklopfer und Glocken?

Nichts, aber auch nichts aus der heutigen Zeit fand sich in diesem Zimmer. Vielleicht war es ein Refugium für sie? Vielleicht aber war der Fernseher nur gut im Schrank verborgen und vielleicht zeigte der Raum erst auf Knopfdruck seine modernen Spielereien? Aber es sah nicht danach aus. Das Alte schien aus jeder Kleinigkeit zu sprechen und wartete auf jemanden, der zuhören wollte.

Mit den verstreichenden Minuten wurde Stephen nervöser. Sie waren so jung. Junge Menschen besaßen keine solchen Häuser, sie lebten nicht in solch einem veralteten Palast, nicht in dieser eigenartigen Konstellation. Aber gut, dann waren sie eben Menschen von der skurrilen Sorte und noch dazu vermögend. Es gab immer eine Erklärung, ein Zusammenspiel aus logischen Zufällen.

Stephen spielte mit einer Schreibfeder, die er auf dem Tisch gefunden hatte. Eine Schreibfeder, mit einem so scharfen Kiel, dass er sich an der metallverzierten Spitze schnitt! Er starrte auf den Blutstropfen, leckte ihn mit der Zunge auf und streunte, den Finger bedächtig in den Mund schiebend, durch den Raum.

Folianten, zerfledderte Romane, Skizzen und eine Sammlung winziger Eulen in allen Formen und Farben ... dann Fotos, sehr seltsame Fotos in sepiabraun und schwarz-weiß an den Wänden. Er erkannte die drei auf ihnen wieder. Wunderschön gekleidet waren sie, eine Eleganz verströmend, die es heute eigentlich nicht mehr gab. Doch sie hatten sie sich bewahrt. Wie ging das? Was war das Geheimnis?

Stephen berührte eines der gerahmten Bilder, ein Foto, auf dem sie vor einem elegant gefalteten Vorhang standen. Die Hände hatten sie einander auf die Schultern gelegt. Die kleine Schönheit stand in der Mitte, Federn schmückten ihr üppiges Haar.

Sie blickten mit ihren zeitlosen Augen in die Kamera und lächelten das Lächeln der Mona Lisa.

«Ihr seid etwas ganz Besonderes, was?», murmelte Stephen. «Grafikkünstler vielleicht?» Dann dachte er an Alex, der plötzlich hinter ihm gestanden hatte, und daran, wie sein Leben sich in dem Augenblick verändert hatte, als er ihm die Frage gestellt hatte. Er hatte sich von Alex' Anblick losgerissen, nur um von einem zweiten Gesicht eingefangen zu werden, dem Gesicht der Frau, die zu ihm gehörte. Und dann ein drittes – gerade als er meinte, sich an ihren Anblick gewöhnt zu haben.

Stephen lächelte und beruhigte sich durch tiefes Einatmen ... erstaunlich blasse Haut ganz nah vor seinem Gesicht, Raubtieratem von ihren weichen Lippen, Greisenaugen in jugendlichen Gesichtern, geformt aus Michelangelos sinnlichsten Phantasien, Bewegungen, die einen beim Verfolgen schwindeln ließen, fremdartig, fabelwesenhaft.

Und die Frau, diese zierliche, geschmeidige, kleine Elfe ... Mia hatte er sie genannt, ein Name wie Honig auf der Zunge. Er hatte die drei sofort gemocht. Und mehr noch.

Erwarteten sie etwas anderes, mehr Beherrschung vielleicht? Warum zum Teufel ließen sie ihn hier im Regen stehen? Missfiel er ihnen?

Er hörte Alex' Stimme wieder und wieder im Kopf. *Willst du mit uns kommen ... dein Leben hinter dir lassen?*

Nun, wie hätte er nein sagen können? Sie waren einzigartig, aber menschlich, ermahnte sich Stephen, erfüllt von quecksilberner Hitze und stets altertümlich beherrscht. Er war zwar vernarrt, aber immer noch Herr seiner Gedanken. *Bist du dir sicher?*

Er nahm einen Schluck vom australischen Shiraz, den sie ihm eingeschenkt hatten. Dann flanierte er weiter herum, denn er fand nicht die Ruhe, um sich zu setzen.

Die Fenster waren riesig und ziemlich fleckig. Er nahm verzückt zur Kenntnis, dass übertriebene Ordnung keine Eigenschaft der Hausbewohner war. Eine Welle der Sympathie erfasste ihn.

Er blickte hinaus in den Garten. Einst schien er makellos ordentlich gewesen zu sein, nach englischer Art gestutzt. Aber jetzt hatte Wildnis diese Ordnung überwuchert. Er sah vor sich hin sprießende Wiesen, üppige Büsche und Bäume, Brennnesseln, totes Holz und kleine Meere aus hohem Gras, dessen silbrige Rispen sich beim kleinsten Luftzug wiegten. An den Mauern rankte Efeu empor und fraß sich bereits in die Wände des Hauses, als wolle er es verschlucken. Ein verwunschener Ort, ein Ort gesponnen aus Düften und Farben, die nur nachts erblühten. Das Haus würde zu Pflanzen und Erde werden, wenn es dies nur zuließ. Es wirkte so alt, morsch und schön. Vergänglich.

Irgendwo inmitten dieser frühmorgendlichen Wildnis sah Stephen jemand auf einer Holzbank sitzen, unter einer Weide, die Beine übereinander geschlagen und eine Katze auf dem Schoß. Ashe ...

Stephen wich hinter den Vorhang zurück, beschämt, Ashe zu beobachten. Aber dieses Bild strahlte eine ihm zu vertraute Einsamkeit aus, wie er da saß in der Dunkelheit, mit sich und seinen Gedanken allein.

Ashe und Alex hätten Brüder sein können. Einzig ihre schöne Freundin vermochte mit ihnen zu konkurrieren. Alex war etwas größer und kräftiger, mit einem schärfer geschnitten Gesicht. Ashe hingegen hatte etwas von einem Fabelwesen: ätherisch, durchscheinend, geschlechtslos, so wie man es sich vorstellte.

Unbewusst legte Stephen die flache Hand auf die Glasscheibe und presste seine Stirn dagegen, die sofort ein Mal auf dem Fenster hinterließ. Er fühlte ein Schwindel erregendes Ziehen in den Eingeweiden – eigenartig, aber nicht unbekannt, nur lange nicht mehr empfunden ... und niemals so intensiv.

Die Redewendung ‹nicht von dieser Welt› passte zu seinen neuen Bekanntschaften.

Stephen überlegte. Was tat er hier? Irgendwie gefiel es ihm, sehr sogar. Seine Seele hätte er verkauft, um bei ihnen in solch einem Ambiente leben zu dürfen. Dabei hatte seine Armut nie etwas mit Geld zu tun gehabt.

‹... dein Leben hinter dir lassen ...›, oder meinten sie: ‹Leben lassen›? Stephen lächelte. Sie waren dort oben und bereiteten das Ritual vor. Sie schliffen die Messer und polierten den Kelch, den sie dir an den Hals pressen würden, um den Teppich nicht zu verderben.

«Wer seid ihr?», murmelte er.

Ashe lehnte sich zurück und stützte den Kopf auf die Rückenlehne der Bank. Die feine weiße Narbe an der Seite seines Halses meinte Stephen bis hierher zu sehen. Seine Phantasie hatte ihre Existenz längst in eine erregende Geschichte eingehüllt. Dieses Geschöpf dort draußen war kaum größer als er selbst, verletzlich und zart, ohne dabei schwach zu wirken. Stephen war ihm mit einer unbestimmten Vorsicht begegnet. Er wusste nicht weshalb, aber es hatte seinen Grund.

Wisst ihr, dass ich jetzt alles über euch erfahren muss? Jetzt, da ich hier bin und einen Blick auf euch geworfen habe?

Ashe hob den Kopf und strich über den Rücken der Katze. Die Haare fielen ihm ins Gesicht, vom Morgentau zu Locken eingedreht. Seine Züge, entspannt und in sich ruhend, waren wie von einem meisterhaft geführten Künstlerpinsel hingehaucht, ohne Gedanken an das gewohnt Männliche oder Weibliche. Seine Finger waren lang und transparent.

Deutlich hoben sie sich vom rauchgrauen Fell der Katze ab, das er mit einer solchen Hingabe streichelte, dass Stephen unvermittelt errötete.

Was tust du hier? Setz dich sofort wieder hin und benimm dich! Du bist kein Spanner!

Plötzlich stand Ashe auf und kam einige Schritte näher. Stephen wich zurück. Nun war er kaum zehn Schritte von ihm entfernt, die silbrigen Grasrispen streiften seine Hüfte. Aber Ashe sah ihn nicht, denn etwas anderes schien seine Aufmerksamkeit zu fesseln. Er trat noch einen Schritt vor, spannte seinen Körper und lauschte, während die Katze sich wie ein Seidenschal um seinen Hals und die Schulter schlang.

Stephen beobachtete ihn gebannt.

Das Licht einer Laterne fiel auf Ashes Gesicht und schimmerte auf den hohen Wangenknochen, auf der kleinen Nase und der feinen Wölbung über seinen Augenbrauen. Er konnte nicht älter sein als Mitte zwanzig, und doch ... Stephen war ratlos.

Vielleicht war dies seine Art der Verführung, seine offensichtliche Andersartigkeit, die Konzentration wundersamer Dinge? Er blinzelte, schloss kurz die Augen und öffnete sie wieder. Ashe war verschwunden. Überrascht beugte er sich vor, legte die Hände um die Augen und spähte hinaus.

In dem Moment flog die Tür auf.

Stephen fuhr herum.

«Wer bist du?»

Ein braunhaariger Mann im Geschäftsanzug stürmte auf ihn zu.

«Was suchst du hier?»

Der Mann verharrte zwei Schritte vor ihm. Sein Gesicht strahlte pure Feindseligkeit aus. Anscheinend war Stephen nur ein Ärgernis von mehreren, die ihm heute begegnet waren. Da waren Flecken auf seinem Anzug, und die tiefliegenden Augen blitzten vor blanker Aggression.

Ich bin ihm nicht gewachsen, erkannte Stephen.

«Wer bist du? Antworte mir!»

Stephen krächzte: «Ich ... ich ...» - er war sprachlos vor Angst. Was sollte er tun? Dieser Kerl war streitlustig und sah, sich seiner Überlegenheit vollkommen bewusst, auf ihn hinab. Stephen fragte sich seltsam ergeben, wie groß der Schmerz werden würde. Ja, der Typ war wie sie, doch nur im entfernten Sinne, dieselbe Kraft und Anmut, doch durch und durch gefährlich.

«Quieke mich nicht an wie ein Ferkel, Kleiner! Hat es dir die Sprache verschlagen?»

Die Faust, die sich unweit von ihm zusammenballte und deren weiße, harte Knöchel Schmerz versprachen, konnte ihn auf schnellstem Wege ins Krankenhaus befördern. Er kannte sich nicht aus mit Schmerzbewältigung, war nicht gut darin. Bitter erkannte er, dass aus genau dem hier sein Leben bestand: aus Hilflosigkeit.

«Antworte!», knurrte der Fremde, schnaubte einen Laut der Wut und warf seine Tasche in den nächsten Sessel. Ein gutes Dutzend blaue Akten purzelten auf den Teppich. Vier Uhr morgens am Samstag? Ein Geschäftsanzug mit dunklen Flecken und eine Tasche voller Akten? Stephen starrte den Mann an, sah beiseite, dann blickte er in den Garten hinaus. Die Bank war leer.

«Es tut mir Leid. Ich ...»

«Ja?»

«Die drei ... sie haben mich hierher gebracht. Ich wusste nicht ... ich dachte, es wäre in Ordnung.»

Die Miene des Mannes verfinsterte sich um eine weitere Schattierung. Sein Mund war hart und gefühlskalt.

«Ashe, Mia und Alex?»

Stephen nickte. Der Typ hatte ihre Namen betont, als wären sie Dreck zwischen seinen Zähnen. Warum? Was sollte diese ganze Show?

«Dich hierher gebracht?»

«Ja, verdammt! Ich wurde eingeladen. Frag sie doch!»

«Sie bringen niemanden von euch hierher, du lügst!»

«Du kennst mich nicht einmal!»

Erneut flog die Tür auf und Ashe kam herein, die Augen wild funkelnd unter wirrem Haar. Er wirkte erschöpft und wütend.

«Marten, verschwinde!» Seine Stimme war sanft und leise. Ein warmer Luftzug, seltsam unpassend in dieser Situation. Er bewegte sich auf Stephen und Marten zu, sehr langsam und geräuschlos wie eine Katze, die Ärger wittert.

Marten wandte sich an ihn: «Wer ist das? Kennst du ihn?»

«Ja!», antwortete Ashe. Dann schloss er die Augen, als ringe er um Beherrschung. Und als er sie betont langsam wieder aufschlug, hätte sein Blick Lava gefrieren lassen. Stephen zog sich zurück. Als er gegen die Couch stieß, umklammerte er deren Lehne. Marten hatte ihm den Rücken zugewandt.

«Er ist Alex' neuer Schüler», sagte Ashe ruhig, als sei es nichts von Bedeutung.

Einen Moment lang war es still. Die Luft zog sich zusammen, füllte sich mit Aggression. Stephen vergaß zu atmen.

«Leute ...», flüsterte er panisch, «was soll das? Ist das hier eine Verarsche von MTV?»

Niemand beachtete ihn.

Er vernahm einen zischenden Laut der Wut, unter dem er sich unwillkürlich hinwegduckte. Marten lachte schallend. Er fuhr zu Stephen herum, die Augen voller Zorn ... und auch Freude, geboren aus Frust und Eifersucht.

«So ...?», grollte er erbost und schritt auf Stephen zu, zielstrebig wie ein Löwe im Angesicht willkommener Beute. «Ein Schüler? Alex' neuer Schüler?»

Wieder heiseres Lachen. Etwas stimmte nicht, etwas stimmte ganz und gar nicht. Stephen taumelte zurück und suchte um Hilfe flehend Ashes Blick. Der war erstarrt wie vom Kuss des Todes.

«Dann wird es Zeit, dass ich dir etwas beibringe, Kleiner! Wir wollen doch nicht, dass du dumm stirbst!»

«Marten!»

Stephen schluchzte. Irgendwo dort hinten, viel zu weit entfernt, stand Ashe, das Hemd an seinem verschwitzten Körper klebend, die zusammengepressten Lippen weiß wie Elfenbein. Worauf wartete er, zum Teufel?

«Marten, lass die Finger von ihm!»

Doch der war schon bei ihm, und ehe Stephen sich unter seinem Griff hinwegducken konnte, hatte er ihn am Kinn gepackt und hochgehoben. Seine Beine hingen plötzlich in der Luft. Martens Gesicht schwebte dicht vor ihm. Schmerz explodierte.

«Dieser verfluchte Kerl hat dich also ausgewählt, so wie er mich ausgewählt hat? Aber im Gegensatz zu mir ...», der Griff um seinen Kiefer verstärkte sich und Stephen stöhnte gequält, «... bist du nur ein Wurm, ein kleiner, sich windender Wurm, der nur durch miserable Umstände hier sitzt und unseren Wein trinkt und glaubt, er wäre auserwählt. Aber auch dich wird er wegwerfen. Irgendwann. Du bist nur Spielzeug für ihn! Ja, ich glaube, du bist ein Werkzeug, um wieder neue Kontrolle über mich zu gewinnen!»

Martens Lippen verzogen sich zu einem Grinsen. Er triumphierte, weidete sich an Furcht und plötzlichen Zweifeln.

«Ashe ...», stöhnte Stephen, «hilf mir doch!»

Aber wie sollte er? Noch verletzlicher als Stephen wirkte er! Dieser durchgeknallte Kerl konnte ihn mühelos überwältigen und töten, wenn er es wollte.

Aber der Schmerz war unerträglich! Stephen wimmerte und flehte um Hilfe. Martens Finger zerquetschten seine Haut und die Knochen darunter. Er würde es keine Sekunde länger aushalten ...

Dann hörte er Ashe flüstern, erneut sanft wie ein Luftzug: «Lass ihn los, oder ich werde dir etwas beibringen müssen!»

Stephen wünschte sich, er könnte sich auflösen, verschwinden, nicht mehr existieren. Diese Schmerzen waren unmöglich, kein Mensch konnte sie aushalten ...

Marten aber lachte. Seine Finger um Stephens Kiefer bewegten sich genüsslich.

«Hör zu, Ashe», erklärte er, «ich lebe seit Jahren hier in diesem Haus, du erst seit kaum einer Woche. Ich kenne dich nicht, und du kennst mich nicht, aber was ich weiß, ist, dass es besser für deine Gesundheit wäre, mich nicht zu verärgern. Sieh dich an, ich könnte dich mit einem Finger zerbrechen wie Glas.»

«Das sehe ich anders.»

«So? Hör auf, dich einzumischen, wenn ich meinen Spaß haben will!»

Stephen sah ein Gesicht hinter Marten auftauchen, ein Gesicht, das ihm vor kurzem noch sanft erschienen war. Es leuchtete so, als würde Kerzenlicht durch eine Alabastervase fallen. Er sah die sehr feinen, violetten Adern an seiner Schläfe. Sie pochten zornig und traten hervor.

«Du bist etwas ganz Besonderes, Marten», sagte Ashe, «aber so dumm! Solch eine Verschwendung!»

«Mir scheint, du bist irre, mich herauszufordern. Der Kleine gehört mir!»

Stephen wimmerte und wand sich.

«Was ist eigentlich mit Lilah geschehen?», fragte Ashe in vorgetäuschter Seelenruhe. «Alex hat mir erzählt, dass du einen geradezu erstaunlichen Verschleiß an Frauen hast.»

Marten grinste kojotenhaft. «Sie war nur ein Flittchen. Ich genieße meine Freiheit, das solltest du auch tun. Sie sind da, damit wir mit ihnen spielen können!»

Er drückte wieder zu, schüttelte sein Opfer wie einen Hasen, bis es in den höchsten Tönen kreischte.

Eine schmale Hand war plötzlich auf Martens Schulter, dann ein heftiger Ruck, ein morsches Knacken und kaum eine Sekunde später landete Stephen unsanft auf dem Boden. Er rang nach Atem, rieb sich den Kiefer. Seine Wangen waren tränenfeucht.

«Was ...?»

Ashe hatte Marten herumgerissen und fing in einer verblüffend grazilen Geste dessen Faust ab, die ihn zu Boden schlagen wollte. Marten stöhnte und schien angesichts dieses skurrilen Bildes noch erstaunter als Stephen. Er zerrte und zog, doch so sehr er seine Kräfte auch bemühte, dieses Wesen vor ihm, das er für so verletzlich gehalten hatte, bedachte seine Bemühungen mit einem spöttischen Lächeln und blieb, wo es war.

Ashe hatte ihm das Handgelenk gebrochen, um Stephen zu befreien. Marten zischte vor Schmerz. Aber der Schock verflog schnell. Er fuhr plötzlich zurück, wirbelte herum, um erneut anzugreifen – so schnell, dass Stephen seinen Bewegungen kaum folgen konnte. Doch schneller noch sprang Ashe zur Seite, erwischte Martens Arm, packte ihn und riss ihn so heftig herum, dass dieser wie ein Kind zur Seite geschleudert wurde und gegen die Wand prallte. Ein Schmerzensschrei hallte durch das Haus.

«Um dir etwas zu beizubringen ...», sagte Ashe sanft und näherte sich Marten, bis er ihn umarmte und an die Wand presste, «... ich lebte in diesem Haus bereits lange, bevor dein Großvater geboren wurde, und lernte Alex kennen, noch bevor man das Paradies jenseits des Meeres entdeckte, aus dem du stammst. Ich hatte ganze Zeitalter lang Gelegenheit, mich über die beschränkten Gesetze des Körperlichen zu erheben, und weiß im Gegensatz zu dir, wo meine Grenzen sind.»

Stephen stand wie gebannt da und beobachtete das Geschehen, unfähig zur Flucht, obwohl die Tür doch so nah war. Aber selbst wenn er sie durchschritten hätte, er wäre dennoch nicht frei gewesen, nicht frei von ihnen.

Es hatte etwas ebenso Skurriles wie auch Schönes an sich: zwei Wesen, gegen ihren Willen verschmolzen ... diese durchscheinenden Finger auf Martens Kehle, die Haut eindrückend, Ashes Körper an ihn gepresst und dabei kaum halb so breit – Hassliebe in der Luft.

«Nichts ist, wie es auf den ersten Blick scheint», hörte er Ashe flüstern, der seine Lippen an Martens Ohr gelegt hatte, als wollte er seinen Worten durch einen Hauch Verführung Nachdruck verleihen. «Das solltest du lernen ... und ebenso, die Entscheidungen anderer zu akzeptieren, auch wenn sie nicht zu deinem Vorteil sind!»

Marten nickte. Etwas Seltsames huschte durch seine Augen, etwas Verschlagenes und Heimliches.

«Ich verstehe», sagte er mit gedämpfter Stimme und lächelte, «und ich akzeptiere es.» Martens vernichtender Blick streifte Stephen. «Lass mich gehen.»

Ashe wich zurück. Marten stürmte aus dem Zimmer und verschwand im dunklen Flur jenseits der Treppe.

Eine Mischung aus Angst, Zorn und unterschwelliger Erregung schwängerte die Luft des Raumes. Stephen hörte Ashe atmen, schwer und gepresst, als leide er Schmerzen.

«Danke ...», sagte er scheu in die Stille hinein. Das Wort zerschnitt sie. Ashe starrte ihn an mit seinen orientalisch schönen Augen, starrte ihn an und sagte nichts.

«Es tut mir Leid, hörst du? Ich wollte es nicht!»

Ashe schwieg. Stephen hätte einen freundlichen Blick erwartet, ein Nicken, vielleicht die Frage, ob es ihm gut ginge. Aber aus Ashes dunkelbraunen Augen sprachen Ablehnung und Vorwürfe. Stephen erschrak.

«Ich bin dir nur dankbar. Was habe ich getan?»

«Ach ja? Dankbar?» Ashes Stimme klang böse und höhnisch. «Das ist sehr nett von dir!»

Schattierung um Schattierung verdunkelten sich seine Züge, bis Stephen sich zu fürchten begann, zurückwich und gegen die Wand stieß.

«Was hast du zum Teufel?»

Als Ashe ihn mit den Augen verfolgte, ihn mit seinem Blick festhielt, mehr als es Fesseln oder Hände vermochten, da fühlte es sich an, als läge sein Hals zwischen Raubtierkiefern.

«Vielleicht habe ich dich gerettet», zischte Ashe, «um mir die Freude selbst nicht entgehen zu lassen, dir den Hals aufzureißen.»

«Aber ... das glaube ich nicht.»

Ashe ließ ihn nicht aus den Augen und lächelte boshaft. «Du hältst mich für gutartig, nicht wahr? Warum? Weil ich so wirke?» Er fuhr sich mit der Zunge über die Lippen. Sie waren sehr sinnlich und so fein gezeichnet, dass Stephen allein durch den Anblick bereits ihren Druck verspürte, ihren Geschmack und ihre Beschaffenheit. Nur ein Kuss ... und deine Seele wäre ausgesaugt. Du wärst tot, vernichtet nur durch eine kurze Berührung!

Ashe lachte und legte den Kopf in den Nacken. «Aber tatsächlich ist es so, Stephen, dass ich dir liebend gerne weh tun würde.»

«Nein ...»

Stephen rutschte an der Wand entlang, Ashes Blick folgte ihm.

«Oh ja ...», flüsterte er und neigte den Kopf, «ich weiß genau, was du denkst, was du dir wünschst. Und ich könnte es dir hier und jetzt geben.»

Ashe legte eine geradezu unverschämte Einladung in seinen Blick und senkte dann träge die Lider. «Aber du gehörst Alex, und ich hoffe, du hältst dich fern von mir. Dein Leben interessiert mich nicht, du interessierst mich nicht. Doch solltest du ihn hintergehen, ihn in irgendeiner Weise enttäuschen, dann werde ich dich in der nächsten dunklen Ecke töten, und zwar auf eine Art, die jeder Lust entbehrt!»

Damit wandte er sich um und verschwand auf jenem Weg, den auch Marten eingeschlagen hatte.

«Verflucht!», rief Stephen wütend in die Stille des Hauses hinein. «Was wollt ihr von mir? Warum tut ihr das?»

Er hasste sie ... und sich selbst für seine Gefühle. Sein Verstand riet ihm zur Flucht.

Stephen atmete in einem gedehnten Seufzer aus und ließ sich aufs Sofa fallen.

«Was tue ich hier ... warum? Ich sollte gehen ...»

«Nein, bleib noch ein wenig ...»

Stephen war aufgesprungen, ehe er sich überhaupt dazu entschieden hatte. Mia war hinter ihm, hatte sich weiß Gott wie unbemerkt an ihn herangeschlichen. Still stand sie da in ihrem herrlichen Kleid und lächelte ihn an. Jede Sturheit, Wut und Trotzigkeit verschwand nach und nach aus seinen Gedanken, als würde Sand durch eine Sanduhr rinnen.

«In Ordnung ...», murmelte er. «Aber warum–» Mias Finger zuckte empor und schnitt ihm das Wort ab. Ein Hauch von Drohung lag in ihrem Blick.

«Du bist sicher müde», wich sie aus. «Ich zeige dir dein Zimmer.»

Mia griff nach seiner Hand, ihre kühle Haut fühlte sich herrlich an.

Sie zog ihn die Treppe hinauf, dann eine weitere. Er war nicht sonderlich trainiert, aber dass er sich so schwach zeigen würde, erschreckte ihn. Die Enttäuschung über seine unzureichenden Fähigkeiten war ihm vom Gesicht abzulesen, als Mia ihn in ein Zimmer schob und die Tür hinter ihnen schloss.

Er keuchte erschöpft, blickte sich um, während Mia eine Öllampe und die Kerze auf dem Nachttisch entzündete. Dann lehnte sie sich entspannt an die Wand. Sie atmete so flach, dass sich kaum ihre weiße Brust hob.

Das Zimmer war klein, aber wunderschön, in Grüntönen gehalten. Amüsiert und mit einem Anflug von Erleichterung sah er einen Fernseher und eine sündhaft teuer aussehende Stereoanlage. Also hatte man die moderne Zeit nicht gänzlich ausgesperrt.

Außerdem stand am Fenster eine Staffelei und ein Tischchen, beladen mit Farben, Pinseln, zwei Gläsern mit Stiften und Fläschchen. Mehrere große Blöcke schimmerten auf dem Boden.

«Wir brauchen so etwas nicht», erklärte Mia. «Es ist nur für unsere Gäste.»

«Habt ihr oft Gäste?»

«Nein. Ashe ist unser einziger Dauergast. Manchmal zeichnet er hier, wie du siehst. Dieses Zimmer mussten wir nach langen Jahren erst mal renovieren. Noch vor kurzem sah es schrecklich aus ... als hätte Alex gewusst, dass du kommst. Vor einer Woche hat er alles hier neu hergerichtet. Ashe stört sich nämlich weder an Staub noch an Unordnung.»

«Wer lebte vorher hier?»

«Julien, einer meiner ersten Schüler. Aber er ist vor langer Zeit fortgezogen.»

Stephen nickte. «Ich habe nichts zum Anziehen dabei.»

«Das dort ist für dich.» Mia deutete auf den Hocker, auf dem ein Pyjama und ein Morgenmantel lag. «Im Schrank findest du noch mehr, es gehört dir. Juliens Kleidung müsste dir passen, sie ist zwar altmodisch, aber sehr schön. Er liebte klassische Anzüge.»

«Danke», murmelte Stephen erschüttert.

Wie lange würde er bleiben? Nach zwei Tagen und zwei Nächten würde man ihn vielleicht vermissen ... vielleicht. Aber es war auch gut möglich, dass es seinem Vater recht war, wenn er nicht zurückkam.

Egal ... im Moment war ihm alles egal, was dort draußen geschah.

Mia griff nach seinen Schultern und zog ihn sanft, aber bestimmt herum. Nun standen sie sich nah gegenüber. Jahrelang hatte er Berührungen gehasst, vor allem Berührungen, die besitzen wollten, aber jetzt ... jetzt war es etwas anderes. Dies hier war anders. Er hatte das unbestimmte, neue Gefühl, dass sie sich wirklich um ihn kümmerten. Ja, er schien ihnen tatsächlich wichtig zu sein. Dieses Wissen sickerte so warm und behaglich in ihn, dass es selbst seine Furcht verdeckte. Wenn Ashe ihn hasste, dann würden sie ihn beschützen. Aber es wäre schade, denn er mochte ihn noch immer. Er stellte sich vor, wie er nachts hier stand und ein fremdartiges und anregendes Bild zeichnete. Was mochte es sein, was er da schuf?

Stephen räusperte sich.

«Ashe war sehr seltsam. Er beschützte mich, um mir dann ...» Er stockte hilflos. «Ich denke, er wollte mir wehtun. Warum?»

«Schschsch ...» Mia lächelte. «Ashe ist momentan ... nicht er selbst. Sieh's ihm nach. Denn wenn er will, ist er das charmanteste Wesen, das du dir vorstellen kannst.»

«Was seid ihr?»

«Du bist so jung», sagte Mia seltsam erstaunt.

«Er hat mich gerettet. Aber ...»

«Das hat er. Es tut uns Leid, dass wir dich alleine ließen. Wir glaubten, Marten würde nicht vor heute Nacht zurückkommen.»

«Aber ich verstehe nicht, wie er mich retten konnte. Sehen Sie, er und dieser Kerl ...»

«Ganz ruhig.» Mia lachte erneut. «Du solltest uns nicht aufgrund unseres Aussehens unterschätzen. Wir können sehr stark sein.»

Stephen nickte. «Es erscheint mir etwas zu seltsam. Verzeih mir. Denn Marten ist, glaube ich, auch einer von eurer Sorte.»

«Es liegt am Altersunterschied. Wir werden stärker im Alter.»

«Ashe ist jünger als Marten. Aber das ist doch gleichgültig. Was er getan hat, kann er nicht getan haben.»

«Aber er hat es getan. Und nein, er ist um einiges älter als Marten. Du denkst verständlicherweise in den typisch menschlichen Mustern.» Mia lachte in unverhohlener Belustigung. «Aber versuch es nicht zu verstehen. Freue dich lieber, dass dein Kopf noch auf deinen Schultern sitzt. Du solltest Marten zukünftig aus dem Weg gehen – ich weiß nicht, inwieweit unsere Drohungen ihn beeindrucken.»

Damit kam sie ihm sehr nahe, berührte ihn fast mit ihrem Gesicht. Ein zarter Flaum bedeckte ihre Wangen. Stephen errötete. Sie wurde plötzlich zu einer geheimnisvollen Weisen. Er fühlte sich, wie sich ein Vogel im Angesicht einer Schlange fühlen musste: keine Todesangst, nein, aber das Wissen um rettungslose Unterlegenheit. Und er wusste, dass er verloren war.

«Denk dir nichts bei dem, was ich nun tue», flüsterte Mia. Dann zog sie Stephen so schnell den Pullover über den Kopf, dass er zu keiner Gegenwehr fähig war. Sie lächelte und betrachtete ihn.

Sein nackter Oberkörper schimmerte ihr entgegen, blass und sorgsam vor Sonne geschützt, doch lange nicht so weiß wie ihr Fleisch und ein wenig zu mager. Sie hob seinen rechten Arm empor, untersuchte ihn, dann den linken, wobei sie mit den Fingern prüfend über seine Armbeugen fuhr und sich mehr als einmal versunkenen Blickes seinen blauen Venen widmete.

«Was suchst du?»

«Schsch ...!», wiederholte sie.

Stephen ließ Mias Untersuchung mit einer gewissen Hilflosigkeit über sich ergehen, ihre Finger, ihre schockierenden Berührungen. Schläfrig beobachtete er ihr Gesicht, während sie den Finger in die Vertiefung seiner Kehle legte und ihn sanft hineinpresste.

Sie besaß sehr interessante Augen. Er wusste nicht, ob sie blau oder grün waren. Ein dunkler Ring zog sich um die Pupille und ließ sie durch den starken Kontrast beinahe phosphorartig leuchten.

Sie sahen sich alle drei ähnlich, überlegte Stephen, während Mia nun seine Oberarme umfing und mit ernstem Gesicht über irgendetwas zu urteilen schien. Ovale Gesichter, große, klare Augen und dieselben feinen, wie gemeißelten Züge. Waren sie Geschwister? Aber irgendetwas stimmte daran nicht.

«Das muss dich nicht kümmern ...» Mia runzelte die Stirn. Sie ließ von ihm ab und deutete aufs Bett. «Leg dich schlafen! Es ist bald Vormittag und wir würden dich heute Nacht gerne ausgeruht empfangen.»

Stephen nickte. «Wird Ashe nicht dabei sein?»
«Nein, ich glaube nicht.»
«Seid ihr ... er und Alex. Sind sie Brüder?»
Mia lächelte. «Nein. Aber eine gewisse Verwandtschaft ist vorhanden. Wir sind blutsverwandt.»
Er nickte erneut. «Ich verstehe.»
«Nein, tust du nicht. Aber morgen Nacht wirst du ein wenig mehr wissen.»
Sie ging zur Tür, erklärte ihm noch, dass das Bad nur zwei Türen weiter sei und Ashe ebenfalls auf diesem Stockwerk schlafe – im Zimmer am Ende des Ganges.
Dann war sie verschwunden.
Stephen schlich zu den Zeichenblöcken, die unweit auf dem Boden lagen. Er öffnete sie und starrte auf die lose darin liegenden Bilder. Sie waren wunderbar ... keineswegs so düster, wie er angenommen hatte. Porträts, erlesen und perfekt gezeichnet: Alex, Mia und fremde, schöne Wesen, die sich mal verblüffend, mal auch nur entfernt ähnelten. Seltsame Tierwesen, nackte Frauenkörper mit Tigern, ein Löwenweibchen, das über einem gestrauchelten Menschen kauerte und seine Kehle zu küssen schien. Eine Kreidezeichnung mit weißen Lilien und das Bild zweier sehr düsterer Gestalten mit zusammengenähten Mündern, die einander umarmten.
Schuldbewusst klappte er den Block wieder zu und ließ die anderen beiden unberührt.
Er löschte Öllampe und Kerze, ging zum Bett und ließ sich erschöpft auf die smaragdgrüne Seide fallen. Was immer kommen mochte, was immer das alles bedeutete, er war nun zu müde, um sich damit zu beschäftigen.
Das Zimmer war trotz der Morgensonne dunkel, durchflutet von purpurfarbenem, goldenem und grünem Licht. Ein herrliches Buntglasfenster schottete ihn von der Welt vor dem Haus ab. Unglaublich intensive Farben bildeten drei Gestalten, die unter einem Baum saßen, die Kleider purpurfarben, die Hände und Gesichter hellgolden. Auf den Ästen des tiefgrünen Baumes lagen Katzen, geschmeidige schwarze Panther mit Augen aus Smaragden.
Sie waren Katzenmenschen, dachte er müde, Wesen, deren Lust sie in Raubtiere verwandelte.
Irgendwo neben sich hörte er leises Wasserrauschen, das ihn in den Schlaf hüllte.
Ashe ...

Als ich aus der Dusche kam, war es bereits zehn Uhr morgens. Ich fühlte mich entwaffnend müde, meine Beine schienen bleischwer hinter mir herzuschleifen. Dennoch drohte eine innere Unruhe mir den Schlaf zu rauben.

Irgendetwas hatte ich ausgelöst, irgendeine Uhr tickte und zählte die Sekunden rückwärts. Ich spürte Martens Blick noch immer im Nacken und seinen Zorn in meinen Adern, Zorn ... und etwas anderes: eine Erkenntnis, die mich betraf. Und es machte mich verrückt, dass mein Gespür nicht ausreichte, diese Erkenntnis zu erfassen. Ich musste mich überraschen lassen. Und das war etwas, was ich auf den Tod nicht ausstehen konnte.

Schlecht gelaunt und doch von einer gewissen Neugier gepackt wickelte ich mich in den Morgenmantel, holte mir einen Kaffee aus der Küche, setzte mich in den Rattanstuhl und starrte trübsinnig aus dem Fenster. Marten war noch immer hier. Er lag hellwach im Erdgeschoss, in seinem dunklen, kleinen Zimmer neben der Treppe. Ich spürte, dass er an mich dachte.

Die Hitze des Getränks und das Morgenlicht waren angenehm, verschafften mir sogar etwas Entspannung. Aber neben Martens Gedanken spürte ich auch Stephens unmittelbare Nähe hinter den Wänden, ich hörte seine ruhigen Schlafgeräusche, sein säuselndes Atmen, roch seinen Körper, der sich auf die Seide wälzte.

Wie gern hätte ich ihm Schmerzen zugefügt! In diesem Punkt hatte ich nicht gelogen. Und doch hasste ich ihn nicht, ganz im Gegenteil, seine Art entzückte mich. Seine Anwesenheit zwang mich lediglich dazu, mich mit meinen eigenen Ängsten und Fehlern zu konfrontieren. Und das war natürlich unangenehm.

Morgen Nacht würden Mia und Alex für mich nicht ansprechbar sein. Sie würden sich ganz und gar um ihn kümmern, ihn in das Kellergewölbe führen und auf ihre Art entjungfern. Und dann? Würden sie es etwa erlauben, dass er hier lebte? Was würden sie mit Marten tun?

Ich verspürte den heftigen Wunsch, mit meinem Bruder und meiner Schwester zu reden, wie früher ... ganze Nächte lang bei duftendem Tee und voller Intimität. Aber ich stand in der Reihe hinter Stephen, vielleicht sogar hinter Marten, ich würde warten müssen, bis das Ritual vollzogen war. Ganz gleich, wie heftig der Drang war, ich würde mich nicht zwischen sie drängen, denn das verbot mir mein niemals schweigender Stolz.

Und so saß ich, auf dem Stuhl wippend, bis zum Mittag am offenen Fenster und beobachtete das Laub der Blutbuche, wie es sich im Wind wiegte.

Irgendwann schob sich Raphael durch die Tür und sprang schnurrend auf meinen Schoß, um sich seine üblichen Streicheleinheiten abzuholen. Gemeinsam beobachteten wir das Treiben vor dem Fenster. Eichhörnchen und Krähen lieferten sich ihren alltäglichen Krieg, Revierkater mischten sich ein und streunten durch den wilden Garten, der inmitten der betonierten Stadt wie für sie geschaffen war. Galant fischten sie im Teich und gruben ihre Krallen in die Rinde.

Ich hörte Gelächter, die Geräusche vorbeifahrender Wagen, sich unterhaltende Menschen, Kinderstimmen. Raphael schnurrte tief, und irgendwer dort draußen beschäftigte sich vielleicht längst mit unserer verborgenen Existenz, vielleicht ... oder auch nicht.

Für alle hier Lebenden war dies nur ein hübsches, altes Haus. Seine Bewohner sah man nur selten, so selten, dass manche Dinge nicht auffielen. Aber sobald Alex Verdacht schöpfte, würden sie für eine Weile verschwinden.

Vermutlich glaubte Stephen, ich hätte ihn seinetwillen vor Martens Angriff gerettet. Und vermutlich glaubte er trotz meiner Abschlussvorstellung, dass ich in diesem Spiel der Gute war. Sei es drum. Mochte er glauben, was er wollte. Ich hatte ihm geholfen und ihn verschont um Alex' willen. Und deshalb betraf es auch nur ihn und mich. Wie auch immer, meine Grenzen im Universum des Daseins würde ich fortan besonders deutlich ziehen.

Ich gähnte. Die Ruhe eines Samstagvormittags hatte etwas von einer Wüste an sich, ein Summen, ein Flimmern, dahinter stetig die Zeichen vielfältigen Lebens.

Es wurde heißer, und irgendwann zog ich die Vorhänge zu und fand, einen warmen Katzenleib auf meinem Bauch, ein paar Stunden Schlaf, bevor ich am Abend erwachte und mich, verbunden mit einem kleinen Schlag in die Magengrube, wieder an alles erinnerte.

Heute würde man mich hier nicht brauchen, und da die Zeit in meinem Zustand zäh dahintropfte, entschied ich mich auszugehen.

Es war inzwischen acht Uhr abends. Ich vernahm die Geräusche des alten Hauses, Mias Lachen, ‹Nine Inch Nails› und das Klappern von Geschirr. Jemand hatte Kaffee aufgesetzt, ich roch Pflaumenkuchen. Wie gemein! Wussten sie doch genau, wo meine Schwachstellen saßen! Aber diesmal konnten sie mich nicht verführen. Stephen war bei ihnen, Marten weit und breit nicht zu erspüren. War ich etwa eifersüchtig? Nach all der Zeit konnte ich meine Gefühle nicht im Geringsten kontrollieren.

Ich empfand mich als einen larmoyanten Idioten und befahl mir, rauszugehen und mich abzulenken.

Ich streifte mir ein weißes Baumwollshirt über, kühl und angenehm auf der Haut, darüber einen weiten, schwarzen Wollpullover und zuletzt die schwarze Leinenhose, die man an der Hüfte zusammenband. Das Ankh beließ ich in seinem kleinen Samtkästchen, dafür ließ ich das zweite, königsblau ausgeschlagene in die Tasche gleiten, in der sich eine andere Art von Schmuckstück befand.

Und als ich mir sicher war, niemandem im Flur zu begegnen, schlich ich mich ins Bad und widmete mich den kleinen, feinen Dingen der Eitelkeit.

21.20 Uhr

Niemand bemerkte es, dass ich das Haus verließ. Der weiche Rasen verschluckte das Geräusch meiner Schritte, und mit einer gewissen Wehmut sah ich das Licht hinter den Vorhängen des Wohnzimmers, in dem sie saßen und redeten. Bis Mitternacht würden sie versuchen, ihn zu beruhigen und ihm die Scheu zu nehmen. Sie würden mit Köstlichkeiten aufwarten und ihn mit eleganter Höflichkeit in ihr Netz locken, die Verbindung knüpfen, um sie in der Tiefe der Nacht gänzlich und unlösbar zu besiegeln. Ich fragte mich, wie es war, derart sanft und vorsichtig in unsere Welt eingeführt zu werden – nicht auf die Art und Weise, wie man es bei mir getan hatte.

Aber sollte er sich je von ihnen entfernen und sie zu hassen lernen, würde diese Verbindung auch seine Vernichtung bedeuten, eine langsame, schleichende Vernichtung, die ihn innerlich zerfressen würde wie ein Virus. Ich hatte es oft erlebt ...

Aber dies hier war nicht meine Aufgabe. Meine Aufgabe war es, trotz der mir durch die Finger rinnenden Zeit geduldig zu bleiben und die Falschheit des Gedankens einzusehen, dass sie nur mir gehörten. Verdammt, ich hasste diesen Zustand! Ein Jahr war für mich unbedeutend. Selbst ein Jahrzehnt erschien mir vernichtend kurz. Doch wie lange blieb uns noch?

Mit einem quälenden Wutgefühl im Bauch schlüpfte ich zusammen mit einer Gruppe junger Menschen in den Bus und lehnte mich an eine der Haltestangen. Wohin er fuhr, war mir gleich – ich sehnte mich in meiner Ruhelosigkeit allein nach dem Gefühl, unterwegs zu sein.

Glitzernd und pulsierend strich die Stadt an mir vorbei, und ein paar Minuten lang verspürte ich nicht übel Lust, die kommenden Nächte zu meinen letzten zu erklären. Ich würde wüten und toben inmitten dieser Menschen, inmitten dieser gärenden Stadt, so lange, bis man mich erwischte. Doch das würde nicht leicht werden. Vielleicht würden sie über Leichen und Chaos gehen müssen, um meiner habhaft zu werden.

Eine wunderbare Jagd würde es geben, eine Katastrophe und ein zu Scherben zerfallendes Weltbild! Warum nicht? Am Ende lief doch alles darauf hinaus!

Ich lachte und fuhr mir durch die Haare.

Eine alte Frau saß am Fenster und starrte mich an. Sie erinnerte sich an ihre Jugend, an eine Zeit, in der sie jemanden wie mich begrüßt hätte, eingeladen mit ihrer Seele und ihrem Leib, sie zu der Meinen zu machen. Ich sah Bilder in ihrem Kopf, den langen Flur eines Büros, sie in einem pastellfarbenen Kostüm und die Haare sanft aufgesteckt. Ein Duft von Lavendel war ihr stets hinterhergeweht, ihre rot-schwarzen Pumps hatten traurig auf den Gehwegen geklackert. Eine kleine Wohnung, kaum der Rede wert, eng, aber liebevoll eingerichtet ... Bilder von Tony Curtis. Ihre Hände hatten vom Tippen auf schweren Schreibmaschinen immer geschmerzt. Hübsch war sie gewesen, begehrenswert, und nun war sie gefangen in einem dahinsiechenden Körper. Ein Sack aus Fleisch und Blut und Knochen. Ich sah sie starr und kalt auf einem Metalltisch liegen, wartend auf ihre Entsorgung. Die Menschen hassten den Tod, sperrten ihn aus. Sie behandelten ihre Toten wie Tiefkühlkost und ließen sie allein.

Ich lächelte ihr zu. Sie nickte stumm und betrachtete mich aus alten, sehnsüchtigen Augen. Ein reizendes Geschöpf war sie, das mich unendlich traurig stimmte. Niemals, niemals hätte ich ihr etwas zuleide tun können!

Eine halbe Stunde später bog ich in eine kleine Gasse voller Cafés ein. Jugendliche aller erdenklicher Farben und Charakterzüge strömten mir lärmend entgegen und hüllten mich augenblicklich in ihre sinnenbetäubende Masse ein.

Laute Musik, tausendfache Gerüche, Körper, die für Augenblicke zu leben schienen, unterwegs auf der Schnellstraße zwischen Wiege und Grab. Ich witterte und schloss die Augen: Pheromone in einer Herbstnacht, die noch lau war ... Ach, es gab Momente, in denen ich die moderne Welt vergötterte. So seltsam es klingen mag, ich fühlte mich in ihr wie in uralten Zeiten. Die Jungen waren wild und rebellisch und überschäumend. Die Mädchen wie Amazonen, wie die Frauen meines Volkes vor langer Zeit.

Da vorne war ein hübsches Café mit wohltuend dunkelblauer Ausstattung. In der Nähe lief der Soundtrack von ‹Queen of the Damned›. Sondierend blickte ich mich um und ließ mich in einen der Stühle sinken. Früher oder später würde meine Ablenkung hier eintreffen, ganz von selbst und von nichts anderem gesteuert als ihrem Schicksal.

Eine neue Nacht, eine neue Seele. Würde mein Herz je einen Hafen finden? Ich hasste mein Mottendasein, mein Zuschwirren auf jedes Licht, das mich doch nur verbrannte. Und nun? Nun wurde ich auch noch pathetisch und musste zur Toilette.

«Guten Abend! Was hätten Sie denn gerne?»

Eine freundliche Bedienung in klassischem Schwarz-Weiß stand vor mir, einen Zettel in der einen und einen Stift in der anderen Hand ... und ein einnehmendes Lächeln auf den dunkel geschminkten Lippen.

Sie sah aus wie eine Spitzmaus. Höchstens zwanzig mochte sie sein, eine Studentin der Kunstgeschichte und Ethnologie, und daher sehr empfänglich für lebende Relikte wie mich. Streichholzkurze, weißblonde Haare, zahllose Silberketten und einige hübsche Tattoos auf ihren Oberarmen verliehen ihr die Ausstrahlung einer gezähmten Amazone – ein kleines, wildes Ding. Die Blutsteine in ihren silbernen Ohrringen glänzten mir entgegen. Sehr stimulierend!

Ich blickte auf die Tafel, auf der in etwa drei Dutzend Kaffeesorten aufgezählt waren.

«Das macht auf den ersten Blick hilflos, ich weiß.»

Das Mädchen lächelte verständnisvoll und verlagerte ihr Gewicht auf das rechte Bein, um das linke übertrieben anzuwinkeln und einen Blick auf ihre honigfarbenen Schenkel freizugeben. Unwillkürlich dachte ich an das junge Ding, das ich vor langer Zeit in einem von Nebelschwaden erfüllten Dampfbad genommen hatte. Ein warmes Gefühl des Verlangens pochte in mir.

«Ich empfehle ‹Karamell-Sahne› ... zum Sterben köstlich, wenn Sie mich fragen.»

«Zum Sterben?» Ich kräuselte die Lippen und hörte, wie sich ihr Herzschlag beschleunigte. «Gut, ich nehme so einen, wenn Sie versprechen, sich um mich zu kümmern, falls ich dem Genuss erliegen sollte.»

«Selbstverständlich!» Sie atmete rau, und ich betrachtete die weichen Rundungen ihrer Brüste. Ein Zeichen des Interesses drückte sich durch den dünnen Stoff. Ich räusperte mich.

«Sicher trifft auf Sie dieselbe Eigenschaft zu ...», sagte ich leise.

«Ich weiß nicht.» Sie lachte und ... erstarrte. «Noch etwas sonst?»

«Nein, danke. Das reicht mir für den Anfang.»

Nun wurde sie mutiger. «Süßer Akzent! Sie sind nicht von hier, nicht wahr? Woher kommen Sie?»

«Europa.» Ich sorgte mit einem wohl dosierten Lächeln und einer nur im Unterbewusstsein wahrgenommenen Bewegung dafür, dass sich die Härchen an ihren Armen aufstellten. Ohne dass sie es merkte, spielte ich mit ihr wie auf einer Geige. «Osteuropa.»

«Oh ... das klingt nach Bergen und dunklen Wäldern, nach Schnee und ... Ich liebe Europa. Man ist dort so ... kultiviert.»
«Das stimmt. Vor allem auf gewissen Ebenen sind Osteuropäer ...», ich machte eine hinterhältige Pause, «... wahre Künstler: hingebungsvoll, stark und ausdauernd.»
Das Mädchen fiepte wie eine Maus in der Falle. Ich lachte, aber sie hielt es für einen Bestandteil meines Flirts. Ein wenig rumänischer Akzent und ihre Phantasie schlug Purzelbäume! Ja, ich roch ihre süße Erregung und ihre Sehnsüchte, die als winzige Botenstoffe ihren Körper durchströmten und gewisse verräterische Reaktionen auslösten. Moschusgeruch stieg mir in die Nase ... ich fühlte den Hunger auf meiner Zunge, einen überwältigenden Hunger, unter dessen Zugriff ich die Augen schloss.
«Einen Karamell-Kaffee bitte.» Und damit wandte ich mich ab.
«Ich habe um zwei Uhr Schluss», gab sie bekannt.
«Oh. Sie möchten wohl gerne in die europäische Kultur eingeweiht werden? Sie möchten eine private Unterrichtsstunde in Kunst und höflichen Umgangsformen?»
Ich fuhr mir lässig durchs Haar, wusste ich doch nur zu gut, dass es im Schein der Leuchtreklamen und Laternen besonders verlockend schimmerte. Es wirkte unmittelbar.
Sie wünschte sich, mit den Fingern hindurchzufahren, darin zu wühlen, und fragte sich, wie sie sich auf ihrer Haut anfühlen würden, fragte sich, wie es wäre, unsere nackten Körper aneinander zu reiben und die Seufzer des anderen zu trinken.
«Wenn Sie das so bezeichnen», murmelte sie.
«Gerne, Liebes. Sie sind reizend.»
«Gut!» Ihre Stimme war nur noch ein gepresstes Flüstern. Sie wandte sich um und verschwand Richtung Küche. In ihrer Hektik stolperte sie und ich hörte einen süßen, kleinen Aufschrei, als sie sich den Knöchel verstauchte. Nun, sie war noch zu weit köstlicheren Schmerzenslauten fähig – das würde ich allzu bald herausfinden.
Ein letztes Aufblitzen ihrer weißblonden Haare, dann war sie verschwunden.
Zurück blieb ich mit einem unbestimmten, nagenden Gefühl. Ich spürte gar einen nicht zu ignorierenden Widerwillen und wusste, dass er zu Schmerz und Blut führen würde. Mürrisch stand ich auf und verschwand für ein paar Minuten in einem der hinteren Räume, um etwas zu tun, was ungerechterweise in keinem einschlägigen Roman je angesprochen wurde.

«Mach es dir bequem, Mädchen!», sagte ich zu ihr, als die Nacht am tiefsten war. Als sollte ein Klischee bedient werden, schien der Mond durchs Fenster und schimmerte auf der smaragdgrünen Seidenbettwäsche: Stephens Zimmer. Er würde nicht vor Sonnenaufgang auftauchen. Ich mochte diesen Raum sehr, weil ich Julien sehr gemocht hatte.

Überall hatten sie Seide genommen, für die Vorhänge, für die Betten, für ihre Kleidung.

«Es ist so wunderschön hier!»

«Und die Klauen der Zeit kratzten unbarmherzig an den Felsen der Unsterblichkeit.»

«Was sagten Sie?»

«Nichts, Liebes.»

Sie legte ihr Jäckchen ab, es glitt über die Lehne und floss auf den Fußboden. Während sie sich umständlich auf das Bett setzte und die Beine übereinander schlug, legte ich eine CD ein. Das Mädchen zuckte ein wenig zusammen, als Korns wilde, erotische Stimme ins Mikrofon schrie: ‹It seems so strange ...›

»Ich dachte nicht, dass Sie auf so etwas stehen», sagte sie. Aber es wirkte – sie erschien mir sehr stimuliert.

«Aber es ist gut, wirklich gut. So wild.» Sie leckte sich die Lippen und beobachtete mich. Im Kontrast zur schnellen Musik bewegte ich mich langsam und lasziv, lockte sie Millimeter für Millimeter näher an die Falle heran.

«Zieh dich aus!», sagte ich fordernd. Das Mädchen starrte mich an.

«Was dachtest du denn?» Ich lächelte sanft und stellte die Staffelei vor das Bett, breitete Stifte auf dem Klapptisch aus und strich das Papier flach.

«Oh ...», machte sie, als sie begriff, was ich vorhatte. Was sie nicht begriff, war meine Taktik.

Als stünde sie unter einem Bann, streifte sie gehorsam die Kleider ab, während der Sänger in der Anlage rau ins Mikrofon ächzte.

Das Mädchen ließ die letzte Hülle fallen ... mit langsamen, mechanischen Bewegungen. Dann ließ sie sich nackt aufs Bett sinken, schneeweiß, zart wie das Innere einer Rose und fast zu mager. Ihre Rippen drückten durch die Haut wie bei einem sterbenden Tier, die Tattoos auf ihren Armen bewegten sich träge im Mondlicht. Geschickt drapierte sie sich so, dass ein Teil der Seide um ihre Hüften floss wie dunkelgrünes Wasser.

«Gut so ...» Ich spitzte einen der Kohlestifte an, wobei ich in jede Bewegung etwas Träges und Zweideutiges legte.

Sie blinzelte lüstern.

Die Haare fielen mir in die Stirn, während ich ihren Körper mit dem Stift liebkoste und einfing, seine Konturen verwischte und ihn mit weichen Schatten ausstattete. Kaum zwanzig Minuten später strich ich mit dem kleinen Finger über den Schatten zwischen ihren Beinen und zauberte einen letzten, hingehauchten Kontrast, der ihre Leiste hinauffloss und sich um den Nabel schlängelte.

Es wurde Zeit. In mir tobte und kochte es. Unbeabsichtigt verengte ich die Augen und starrte sie vernichtend an.

Der Mann auf der CD stöhnte und senkte die Stimme zu einem samtweichen Raunen.

Ich wich vom Bild zurück. Es war eines der besten, aber das war im Moment gleichgültig. «Sieh es dir an.»

Das Mädchen kam zu mir, blickte auf das Papier und seufzte. «Oh mein Gott! Das bin ich!», piepste sie menschlich dumm. «Es sieht umwerfend aus. Ich wusste nicht, dass Sie so ... gut sind!»

«Abwarten ...» Ich umfing sie so fordernd, dass es mich selbst überraschte. Ihre Augen glommen auf. Dann ging alles sehr schnell.

Mit einem Raubtierlächeln schob ich sie zum Bett, stieß sie darauf nieder, kroch auf allen vieren hinterher und fletschte dabei die Zähne. Sie kicherte. Unter dem Kissen lag ein Seidenschal, beim letzten Mal dort zurückgelassen. Ich ergriff ihn und verband ihr damit die Augen. Längst hatte ich das blaue Kästchen unter dem Kopfkissen versteckt, und als sie sich stöhnend zurücksinken ließ, holte ich es hervor. Sie saß mit dem Rücken zu mir, den Körper an mich gepresst. Ich nahm die beiden silbernen Claws heraus, ließ einen auf den Zeigefinger gleiten, den zweiten auf den Mittelfinger. Die scharfen Klingen blitzten auf und ich krümmte die Finger zu einer Klaue. Da war keine Liebe oder Lust, nur reine, gierige Kälte. Ich küsste die Beuge ihrer Schulter. Dann senkte ich die Klingen auf ihren Hals. Nur Millimeter schwebten sie über ihrer Haut, und sie war vollkommen ahnungslos!

Meine linke Hand glitt hinab und umfing ihr weiches, nachgiebiges Fleisch. Sie ächzte, als ich es geschickt massierte und den Daumen über die kleine, rosafarbene Knospe gleiten ließ. Gut so, Mädchen, Adrenalin verbessert den Geschmack. Ich tue das hier nur für mich ...

Und damit glitt ich noch tiefer und umfing eine noch heißere, wild pochende Körperstelle. Längst hatte sie sich auf etwas vorbereitet, was ich nicht geben würde. Nein, eine andere Qual war viel exquisiter!

«Du Teufel!», keuchte sie. «Du Biest, ich hasse dich! Du wirst mich zerstören.» Wohl ein Teil ihres Spielchens!

«Oh ja, Kleines.» Die Klingen ruhten jetzt beinahe auf ihrer Haut. Der Schmerz war nicht mehr fern. Nur noch ein paar Sekunden ...

Ich liebkoste ihren geheimsten Schatz, bis sie sich wand wie ein Tier in der Falle ... Ja, ich wusste genau, was ich tat und wie ich es tun musste. Meine Fingerspitze massierte sanft die kleine, versteckte Blüte, meine Zähne verbissen sich spielerisch in ihren Nacken. Sie schrie erstickt. Zitterte. Drängte sich meiner tastenden Hand entgegen, bewegte die Hüften wie bei einem Tanz. Langsam und verzweifelt. Ihr Inneres fühlte sich vulkanisch heiß und so lebendig an. Muskeln zogen sich zusammen, entspannten sich wieder, umschlossen meine Haut.

«Gott ...», wimmerte sie.

Irgendwo dort unten spürte ich, wie Alex aufhorchte.

«Du musst keine Angst haben ...», log ich. Die Klingen glänzten dicht über ihrer Haut, während meine andere Hand blieb, wo sie war. Das Mädchen gab erstickte Laute von sich.

«Ruhig», raunte ich und berührte nun mit den Klingen ihre Haut. Sie zitterte heftig. Ich umfasste ihre Lilie und schloss sie fest in meiner Hand ein, bewegte meine Finger dabei schneller, fordernder, massierte sie in den Wahnsinn. Nun schrie sie, warf den Kopf nach hinten. Höchste Ekstase, höchster Geschmack! Ja, Liebes, so ist es gut ...

Und genüsslich langsam, unter ihren Schreien aus Lust und Schmerz, teilte ich mit den Klingen ihre Haut, durchstieß sie und drückte die Spitzen ganz in sie, langsam und tief in ihr feuchtes Fleisch hinein, hier unter meinem Mund und an anderer Stelle ihres Leibes, als sei dieser eine köstliche Frucht, in die ich mich hineinschob und ihren verborgensten Kern umfing und herausriss.

Ihr Leben schoss in meinen Mund, und ich wiegte sie in einen Alptraum aus Lust und Schmerz, aus dem sie nie wieder erwachen würde.

«Du hast sie beseitigt?»

Ich starrte Alex vernichtend an und schüttelte den Kopf.

«Was dann?»

«Ich habe ihr meine Telefonnummer gegeben und sie fortgeschickt. Sie war so leidenschaftlich. Es wäre schade gewesen, wenn ich es nicht hätte wiederholen können.»

Alex weitete die Augen und ließ sich die Worte, die er mir entgegenschleudern wollte, bereits vorab auf der Zunge zergehen. Das Alter hatte uns weiser werden lassen, längst dachten wir nach, bevor wir etwas sagten. Dennoch waren wir nicht immer davor gefeit, dass uns die Vernunft im Stich ließ. Und zu viel Wein verstärkte diese Schwäche.

«Was?», zischte ich herausfordernd.

Es war fast halb zehn. Wir saßen im Wohnzimmer, mittlerweile beim dritten Glas Wein. Stephen hatte sich schon vor geraumer Zeit oben verkrochen, um mit sich selbst ins Reine zu kommen. Marten war verschwunden und auch das Mädchen namens Janelle, das ich am Ende doch verschont hatte.

Nach Jahren hatte Alex den alten Kamin wieder angezündet, die Sessel nah an ihn herangerückt. Es war die erste kühle Nacht, sternenübersät und herbstlich, dennoch hatte Mia ein Fenster geöffnet, um die Düfte hereinzulassen. Nebel zog über das taufeuchte Gras und löste sich im Mondlicht auf. Am Himmel jagten dünne Wolkenfetzen dahin.

Benommen blickte ich in die gelben Flammen. Mia, die ihre Gelassenheit nur selten verlor, fühlte sich trotz des aufkommenden Ärgers wohl und lehnte den Kopf zurück, gelassen blinzelnd und mit dem Zeigefinger über den hauchdünnen Glasrand fahrend.

«Du hast sie gehen lassen?», fragte Alex. «Du gabelst sie in der Stadt auf, vernaschst sie hier im Haus und gibst ihr unsere Nummer?»

«Alex, beruhige dich erst mal!», schnurrte Mia.

«Es gibt Dinge, die kann ich nicht ignorieren!», schnappte er zurück und funkelte mit kristallblauen Augen. Mia gab einen warnenden Laut von sich. Aber Alex schenkte ihr keine Beachtung und fuhr wieder zu mir herum. «Hast du irgendwas Vernünftiges dazu zu sagen, Ashe? Ausnahmsweise einmal? Oder ist es wieder eine deiner zahllosen Torheiten, und du bist erst jetzt in der Lage, darüber nachzudenken?»

Schlagartig war es mit meiner Ruhe vorbei. Zorn stieg mir in den Kopf, aber ich hielt ihn in Schach. Das Holz der Sessellehne knirschte gefährlich unter meinen Fingern und ich biss mir auf die Zunge.

«Was hast du, Alex? Willst du mir deinen eigenen Fehler vorwerfen? Bring keine Fremden in unser Haus? Vertraue niemandem?»

Er schnaubte. «Fehler? Stephen ist etwas anderes. Ich kannte ihn vom ersten Augenblick an, ich wusste, dass er würdig war.»

«In Ordnung.» Ich nippte am Wein und täuschte Gelassenheit vor. «Ich weiß es genauso bei Janelle. Also nimm es hin. Sollte sie uns verraten, kannst du mich ja umbringen.»

«Nein!», fauchte Alex und verdrehte die Augen. Seine Finger trommelten auf die Sessellehne und ich lächelte still in mich hinein. «Sie ist ein dummes, einfältiges Mädchen. Sie weiß zu wenig und ahnt zu viel. Das zumindest habe ich noch gespürt, bevor sie mit dem Wissen um uns abgedampft ist. Und hör gefälligst mit deinem unangebrachten Fatalismus auf! Deine Leichtfertigkeit macht mich irre! Fang an zu denken, verdammt! Lerne endlich aus deinen Fehlern!»

Noch blieb ich ruhig, doch meine Eingeweide verknoteten sich und meine Nerven spannten sich lauernd an, um bei der nächsten Gelegenheit loszuschnellen. Ich wusste, diese Beherrschung war trügerisch.

«Alex, und ich habe mich für sie entschieden. So wie Stephen dein Zeitvertreib ist, wird Janelle mich erfreuen. Wir sind gleichberechtigt, und du bist immer noch der Jüngere von uns beiden, also halt den Mund!»

«Vergleiche deine dämliche Aktion nicht mit ihm! Stephen ist mein Schüler!» Alex sprang auf und errötete, diesmal vor Wut. Sieh an, er war unbeherrschter als ich. Gewöhnlich war es anders, aber es stand ihm gut, diese Schwäche. Es verjüngte ihn, wenn seine Haare sich elektrisierten und Blitze durch seine Augen zuckten.

«Und Janelle ist mein Schoßhündchen, im wahrsten Sinn des Wortes. Sie ist gut. Willst du sie dir vielleicht mal ausleihen?»

Mia lachte. Alex stöhnte und zischte wie die neue Kaffeemaschine in der Küche. Und als ihm die Worte weiterhin ausblieben, gestikulierte er wild mit den Händen, als wolle er sich in seiner Empörung Raum verschaffen.

Dann stieß er hervor: «Du hast aus kindischem Trotz irgendeinen Menschen von der Straße aufgesammelt, um mir eins auszuwischen! Komm schon, ich kenne dich! Ich weiß gut, warum du manches tust und manches lässt. Und ich weiß, wie liebend gerne du provozierst.»

Ich gähnte. «Alex, du bist so satanisch wie eine Wollsocke!»

Er erstarrte, öffnete hilflos vor Empörung den Mund. Dann ließ er sich in den Sessel zurückfallen und kippte mit fahrigen Gesten seinen restlichen Wein hinunter.

An den Wellen fiebriger Hitze und seinem Zittern spürte ich, dass Alex vor Hunger kochte. Eine Wandlung war nicht dazu da, diesen zu stillen. In ungünstigen Konstellationen verstärkte sie ihn sogar über die Maßen, denn man gab manchmal mehr, als man nahm, und Alex schien an den letzten, strapazierten Halteseilen seiner Beherrschung zu hängen. Das war also der Grund für seine Gereiztheit, das und die Tatsache, dass ich wieder unsere Existenz bedrohte. Dagegen hatte er eine heftige Allergie entwickelt, und innerlich gestand ich ein, dass er Recht hatte.

«Du bist oft sehr kindisch», sagte Alex kühl. «Manchmal finden wir es reizend, und dann wieder ist es etwas, was dich unglaublich dumme Dinge tun lässt, Dinge, mit denen du uns in Gefahr bringst. Ich habe keine Lust, meinen Lebensabend damit zu verbringen, ständig gehetzt zu werden. Und ich habe keine Lust auf deine Mätzchen! Ashe, deine Unüberlegtheit legt nicht nur deinen Kopf in die Schlinge, sondern auch Mias und meinen. Wir sind eine Familie, hörst du?»

Er starrte mich eindringlich an und ich schmolz unter seinem Blick dahin. Bestürzt benötigte ich einige Momente, bis meine Gedanken nicht mehr herumstoben wie aufgescheuchte Vögel. Übelkeit stieg mir in den alkoholvernebelten Kopf, Verzweiflung und Trotz und eine verfluchte Unfähigkeit, ihm die Stirn bieten zu können. Er hatte Recht, und ich ärgerte mich maßlos darüber.

«Entschuldige, wenn ich das so sage», gab Alex an, «aber manchmal solltest du das Denken lieber mir überlassen.»

Meine Finger quetschten die Sessellehne. «Du arroganter Arsch!»

Alex lehnte sich zurück, ergriff Mias Hand und lächelte mich an.

«Findest du das witzig?», rief ich, während der Wein durch meine Adern kroch und meine Empfindungen durcheinander purzelten. Mias in sich ruhendes Gesicht und ihre unerschütterliche Entspannung machten mich rasend, doch alle Wut richtete sich gegen Alex.

«Fühlst du dich so allwissend und erhaben über alles? Du nimmst dir, was du willst, setzt mir aber Grenzen und weist mich zurecht wie ein Kind! Ich habe nur meine Bedürfnisse gestillt, nicht mehr und nicht weniger. Und wenn sie etwas von dem Akt bewusst miterlebt hat, dann hält sie es für eine ausgefallene sexuelle Vorliebe. Diese Masche wenden wir seit Generationen an. Du selbst hast sie erst letzte Nacht benutzt. Also hör auf damit, mir Vorschriften zu machen, sonst werde ich gerne wieder verschwinden!» Mit einem wütenden Schnauben verstummte ich und sank zurück.

Alex beobachtete mich unverschämt grinsend. Mia tat es ihm gleich. Sie schürzte schelmisch die Lippen, was sie stets dann tat, wenn sie mit Alex ein Geheimnis mich betreffend teilte und eine diebische Freude darüber empfand.

«Sollen wir es heute tun?» Sie blinzelte lasziv und legte ihre Hand auf Alex' Schenkel.

«Nein, besser nicht, Liebes.» Er schüttelte den Kopf und starrte mich an. «Noch nicht, obwohl ... der Alkohol fängt, ihn heiß und willenlos zu machen. Sicher würde er jetzt vorzüglich schmecken!»

«Ja!», schnurrte Mia. «Und er ist so stur ... genau wie du.» Sie strich mit dem Zeigefinger über ihre Lippen und räkelte sich katzenhaft.

«Lasst mich in Ruhe!» Irritiert stürzte ich den restlichen Wein meine Kehle hinunter und warf das leere Glas mit einem Geräusch unterdrückter Wut aus dem offenen Fenster. «Ich habe keine Lust auf Spielchen!»

«Nimm dir deine Freundin, wenn du unbedingt musst», sagte Alex ruhig, «aber du sollst wissen, dass ich es nicht für richtig halte. Du hast dich nicht geändert, bist immer noch ein armer Suchender, der sich Menschen wie Haustiere hält, sie einfängt, vernascht und dann wieder fallen lässt, einen nach dem anderen. Erzähl mir nicht, dass du damit zufrieden bist.»

«Alex, halt den Mund!» Benommen schloss ich die Augen und sah Spiralen, die sich wanden und in meinen Kopf eindrangen: Pochen, Schmerzen, die langsam schwindende Fähigkeit, klar zu denken.

«Ahh ... du hast dich verraten.» Alex lachte selbstzufrieden. «Du bist ein ruheloser, unzufriedener Geist. Du fragst dich ständig, wofür du lebst, was deine Existenz für einen Sinn macht, während du hinausgehst, ihre Sehnsüchte spürst und dir immer wieder einen von ihnen pflückst. Danach liegst du da in all dem Schweiß und Blut und fühlst dich elender als zuvor ... unfähig, dich für etwas wirklich aufzuopfern und dich fallen zu lassen.»

Ich sah ihn an und schwieg. Meine Hände zitterten, als ich mir ein neues Glas holte, mich wieder in den Sessel fallen ließ und totzig nachschenkte, in dem Wissen, dass es falsch war.

«Es wird immer schlimmer, oder? Mit jedem Jahr ...» Alex lächelte weiterhin, als bereite es ihm wunderbare Genüsse, in meiner Seele zu bohren. «Und du bist zutiefst neidisch auf mich und Mia. Du siehst uns und fühlst dich einsam, obwohl du unter deinesgleichen bist.»

«Ja», stöhnte ich. «Und nun? Geht ihr in euer Schlafzimmer und seid stolz darauf, mich ertappt zu haben?» Ich trank wieder einige Schlucke, stellte das Glas ab, rieb mir die Schläfen und sank tiefer in den Sessel hinein. Alex' und Mias Blicke ruhten in solch einer Intensität auf mir, ich fühlte mich ausgeliefert wie auf einem Sklavenmarkt. Dumpf pochte der Alkohol in meinem Schädel und zerrte an meinen Nerven.

«Was soll das Ganze? Bitte ... lasst mich einfach in Ruhe.»

Aber Mias Stimme erklang sehr sanft und einschmeichelnd: «Ach Ashe, du verschweigst so viel, dabei solltest du doch wissen, dass wir es spüren.» Nie konnte ich Wut auf sie empfinden, nicht auf dieses feinsinnige, zarte Wesen, das stets in anderen Sphären zu weilen schien.

Ich schüttelte betäubt den Kopf. «Hört zu, es gibt Wichtigeres! Ich möchte nicht darüber reden, nicht heute, nicht irgendwann. Mein Leben liegt in meiner Hand.» Ich schwankte im Sessel, stützte meine Stirn in die Hand und hatte Mühe, Worte zu finden. Daher sprach ich langsam und vorsichtig. «Was ist mit Marten? Was wollt ihr mit ihm anstellen, nachdem er Stephen angegriffen hat?»

Alex zuckte die Schultern. «Ich habe es bereits mit ihm geklärt.»

«Oh, du nimmst es sehr leichtfertig hin, dass er ihn umbringen wollte, während du mich nach Leibeskräften zurechtweist.»

«Es ist einigermaßen gut ausgegangen, warum also sollte ich nun noch Nachbeben heraufbeschwören? Außerdem, kleiner Bruder, du bist mir sehr viel wichtiger als Marten und wichtiger als Stephen. Hast du etwa daran gezweifelt?»

Ich antwortete darauf nichts. Meine Augen brannten und ich wandte mich ab.

«Wer weiß, was ohne dich geschehen wäre ...», fuhr Alex mit schmeichelnder Stimme fort, die träge durch meinen Kopf floss wie Honig. «Ich bin dir sehr dankbar. Aber es war nicht gut, Marten deine wahre Stärke zu zeigen. Wir sind immer geduckt vor ihm gegangen. Er sollte nicht wissen, wie mühelos wir ihm gewachsen waren, denn er erschien uns bei aller Stärke und Gerissenheit in sich sehr unberechenbar. Ich habe bereits mit ihm geredet. Er erhält einen doppelten Anteil unseres Vermögens, wenn er, sobald die ganze Erbschaftssache vom Tisch ist, auf Nimmerwiedersehen verschwindet. Nun, er war nur zu gerne damit einverstanden. Aber einen Fehler hat er sich nicht eingestanden, was mich nicht verwundert hat. Ich glaube, das hier ...», er beschrieb in einer weiten Geste das Haus, «war ihm nie wirklich wichtig, so wie wir ihm nie wirklich wichtig waren. Es ging ihm nur darum, dass wir ihn erwählt hatten, dass er sich damit schmücken konnte und neue Möglichkeiten fand, seinen Trieben nachzugehen. Er ist so kompromisslos in seinem Verlangen, so gerissen in all seinen Handlungen und so unglaublich geschickt darin, seinen Willen durchzusetzen! Stell dir nur vor, er würde seine Fähigkeiten sinnvoll einsetzen! Stell dir vor, welch beeindruckendes Wesen er wäre, würde er sein Geschenk mit Würde nutzen! Ach, er hat alles, was uns ausmacht, in solcher Fülle! Und doch ...» Alex seufzte niedergeschlagen. «Aber nun gut. Die Natur wollte es offensichtlich nicht so. Und erst jetzt wurde mir klar, dass er ganz wie die Menschen eine unleugbare Schwäche für Geld und Macht besitzt und es nicht erträgt, wenn sich etwas seiner Kontrolle entzieht. Wir haben uns getäuscht in ihm. In ein paar Wochen ist er verschwunden.»

«Moment mal ...», murmelte ich. Meine Zunge war schwer wie Blei. «Erbschaftssache?»

Wie banal und menschlich dies klang, wie etwas, was nicht in unsere Welt gehörte. Und doch war es unvermeidlich.

«Ja.» Alex nickte. «Marten ist Anwalt. Er betreibt eine kleine Kanzlei in der Innenstadt, klein, aber exklusiv und teuer. Er leitet alles für uns in die Wege, ohne dass uns irgendeine Gefahr droht. Es ist lästig, aber um manche Dinge kommen wir nicht herum.»

«Ah ja ...» Ich kämpfte um einen klaren Gedanken, während die blanke Trauer in meine Eingeweide sickerte. «Und wie teilt ihr es auf?»

«Du wirst das Haus erhalten und alles, was sich darin befindet. Darüberhinaus erhältst du ein Viertel des Vermögens, während der Rest an Marten fällt. Geld ist mir nicht wichtig, war es auch niemals. Soll er damit ans Ende der Welt verschwinden oder seinen Kamin befeuern.

Aber das hier, unser Heim seit Jahrzehnten, möchte ich nicht durch fremde Seelen entweiht wissen. Dieses Haus hat uns aufgenommen, hat uns getrunken, sich uns einverleibt. Dieses Holz, dieser Stein ist nicht für jemand anderen bestimmt. Ich vertraue dir, Ashe. Dir liegt unsere kleine Welt hier ebenso am Herzen wie mir. Wenn du einst gehst, vertraue Martha und ihrer Tochter. Sie werden uns niemals hintergehen. Lass sie sich hierum kümmern und kehre irgendwann zurück. Nimm dir ein Kind, wähle gut und vererbe es ihm in ferner oder naher Zukunft. Es soll für immer in unserer Familie bleiben, so lange, bis die Zeit es zerfrisst.»

Ich nickte betäubt. «Und ihr ... glaubt Marten? Ihr nehmt es ihm ab, dass er seiner Wege geht und uns ruhen lässt?»

«Ja», sagte nun Mia, «er mag einige schlechte Eigenschaften besitzen, aber er ist nicht dumm. Nein, er ist gerissen, er hängt an seinem Leben und an seiner Karriere. Das Geld, das Marten erhält, wird ihm ein Polster verschaffen, über das er nicht klagen kann. Im Übrigen wäre er zu feige, wirklich etwas Drastisches gegen uns zu unternehmen. Er weiß jetzt, dass er der Schwächere ist. Es wäre ihm die Gefahr nicht wert, schließlich steckt er viel zu tief selbst mit drin. Mach dir keine Sorgen. Soweit ich weiß, hat er sich ein Haus in Edinburgh gekauft und wird seine Kanzlei dorthin verlegen. Weit genug entfernt, wie ich finde. Wir dürften also unsere Ruhe vor ihm haben.»

Ich nickte. Wie leichtfertig wir darüber redeten, was nach ihrer beider Ableben geschehen würde. Nur ein Weg war es, den sie gingen und den auch ich gehen würde. Ich hatte es schon hunderte Male erlebt ... und schon hunderte Male vor diesem Leben.

Und was, wenn wir uns täuschten? Was, wenn alles sehr viel einfacher und erschreckender war, wenn wir all die Zeit betrogen wurden? Kein Freund würde gehen, kein Bekannter oder Liebhaber, diesmal waren es Alex und Mia. Nichts beschrieb auf angemessene Weise, was ich für sie fühlte. Ich glaubte nicht daran, dass ein anderes Wesen in mir je tiefere Gefühle wecken könnte. Niemals!

«Mir ist schlecht», sagte ich. «Ich gehe schlafen.»

«Ashe!», rief Mia, als ich mich erhob und den Arm ausstreckte, um mein Gleichgewicht nicht zu verlieren.

«Ja?»

«Hör zu, ich weiß, dass wir uns früher oft geirrt haben. Wir haben Fehler gemacht, weil wir geblendet waren durch unsere Hoffnungen und Wünsche. Aber eines weiß ich: Es gibt jemanden da draußen, der auf dich wartet. Wenn wir gegangen sind, wird dieses Wesen auftauchen und du wirst deine Bestimmung finden.»

«Mia ... lass das!» Ich lehnte mich an den Kaminsims. Kochende Hitze drang durch die Kleider in mein Fleisch. Wie fühlte es sich an, eine Ewigkeit lang verbrannt zu werden? Es war Irrsinn – ich wurde sentimental und begann doppelt zu sehen.

«Bitte, ich will davon nichts hören. Ich bin alt, ich bin des Lebens müde. Keine Lust mehr auf irgendwas, verstehst du?»

«Jetzt ist das so ...» Sie lächelte. «Aber du wirst sehen, dass du bald ein anderer sein wirst. Sie oder er wird dich verändern, so sehr, wie du es nie für möglich gehalten hättest.»

«Du bist zauberhaft Mia! Gute Nacht!» Ich wandte mich ab und schleppte mich sterbensmüde die Treppe hinauf, während ich sie unten weiter reden hörte. Als ich mein Zimmer erreichte, wurde mir richtig schlecht. Die Übelkeit drückte sich meine Kehle hinauf, meine Zunge wurde bleischwer und schien anzuschwellen.

Taumelnd lief ich zum Bad, verfehlte die Klinke, stolperte gegen die Wand, fluchte und riss schließlich allzu heftig die Tür auf. Sie krachte gegen die Wand. Ächzend kroch ich zur Toilette und beschäftigte mich die nächsten Minuten damit, mir die Seele aus dem Leib zu kotzen.

Irgendwann verebbten die Würgeanfälle. Ich wusste nicht, ob ich mich jemals so elend gefühlt hatte. Alles brach zusammen. Mein Körper lehnte sich gegen mich auf, Alex und Mia verließen mich und Marten brachte mich völlig aus dem Konzept, obwohl wir uns kaum kannten. Ich fühlte mich alt und ich war ein dummes Arschloch, das von einem Schlamassel in das nächste taumelte und scheinbar keine Kontrolle über irgendetwas besaß.

Überhaupt war mir so vieles schwer erklärlich.

«Danke!», stöhnte ich zynisch und zog mich auf die Beine. Zitternd wie Espenlaub schloss ich die Tür hinter mir, streifte meine Kleider ab und ließ einen der Morgenmäntel über meinen Leib gleiten.

Als ich in den Spiegel blickte, war ich überrascht. In dem Glauben, so scheußlich aussehen zu müssen, wie ich mich fühlte, linste ich kleinäugig in das silberne Quadrat. Ich war ein Wrack, ja, aber ich sah dabei so gut aus, dass ich ein paar Minuten lang völlig verblüfft war. Mein Gesicht wirkte ausgezehrt, aber die Haut war so absolut rein und blass wie nie zuvor. Die Krankheit verlieh mir jene Vergänglichkeit und fiebrige Zartheit, die ich an Alex so bewundert hatte. Und die blauen Schatten unter meinen Augen, sie wirkten wie hingehaucht und unterstrichen meine Gesichtskonturen. Was war das für eine Farbe in meinen Augen: tiefdunkler, goldbrauner Whisky? Sie funkelten mir unter unverschämt dichten Wimpern entgegen, getränkt von einem Hunger nach Leben, der sich mit meinen Empfindungen nicht vertrug.

Sah ich umso besser aus, je mehr ich litt?

Der kalte Marmor fühlte sich gut an unter meinen Füßen. Das frische Wasser im Gesicht, meine Kehle hinunterrinnend, den scheußlichen Geschmack auslöschend, feuchte Hände, die übers Haar strichen, eine Bürste, Deoroller und Creme ... Ein Blick durchs Fenster auf den wilden Garten: Der Mond schien und Wolken jagten unter ihm hinweg. Ich fühlte mich schmerzlich an mein früheres Leben erinnert, als ich im Wald gelegen und der Himmel ähnlich ausgesehen hatte.

«Du wartest auf mich?», flüsterte ich in die Stille. «Armes Ding ...»

Ich öffnete die Tür und wollte gerade hinaushuschen, als Stephen mir plötzlich über den Weg lief. Er sah völlig verschlafen aus, die Augen zugequollen wie bei einem Hamster, den man tagsüber zu wecken wagte. Seine Haare waren wild zerzaust.

«Oh!», machte er und erstarrte in seiner Bewegung, sichtlich überrascht und verwundert. Einen Augenblick lang starrte er mich aus rotgeränderten Schlitzen an.

«Was ...?», stieß er dann hervor.

«Ja?»

«Ich dachte, ihr ...» Er sah an mir vorbei, warf einen Blick ins Bad und blickte wieder mich an. Hinter seiner gekräuselten Stirn arbeitete es.

«Raus mit der Sprache!»

«Ich dachte nicht, dass ihr so was braucht.» Er deutete auf die offene Badtür. Reizend sah er aus, ich musste ein Lachen unterdrücken.

«Natürlich brauchen wir es. Wir essen schließlich auch.»

Fand er mich jetzt noch faszinierend?

«Okay ...» Er gähnte. «Aber es ist schon seltsam. Ich ... ich hatte ja auch nicht geglaubt, dass ihr wirklich ...» Er verstummte und griff nach seinem Hals, wo ein rot schillernder Strich unter seinem Haar hervorleuchtete. Sie waren also doch recht sanft mit ihm gewesen.

«Warum?», fragte ich. «Warum ist es seltsam? Es ist leider das Normalste der Welt, oder etwa nicht?» Ich verschränkte die Arme vor der Brust und seufzte. «Aber nein, bei uns natürlich nicht. Ich verstehe.»

Stephen reckte und streckte sich peinlich berührt.

«Entschuldigung», murmelte er, «aber ich kann mir keinen von euch dabei vorstellen, wie ihr ... das wäre so ...» Er stockte und blickte mich ratlos an. Plötzlich war ihm all das vernichtend peinlich und er sah zu Boden. Was für ein kleines, süßes Ding! Sicher schmeckte es wie Honig und Sahne.

«So? Die Tatsache, dass jemand wie ich eine Toilette benötigt, ist skandalös für dich? Was glaubst du denn? Dass wir es ausschwitzen und dabei nach Chanel duften?»

Er lachte unfreiwillig. «Tja, das wäre ja mal was! Ähm ... es tut mir Leid. Das war dumm. Ich habe wohl zu viel Romane gelesen.» Sein Gesicht schwoll an und er duckte sich, ohne es selbst wahrzunehmen.

Nein, ich war ihm nicht zornig, ich empfand eine reizende Freude.

«Ist schon in Ordnung», schnurrte ich. «Ich hoffe, ich habe dich nicht enttäuscht? Aber ich werde dich umbringen müssen, wenn du es dir nur noch eine Sekunde länger bildlich vorstellst!»

Stephen nickte heftig.

«Ach ja, ...», fügte ich hinzu, «fliegen können wir leider auch nicht. Versuch also lieber nicht, dich von einem Haus zu stürzen, und wenn du dich noch so euphorisch fühlst. Das funktioniert nicht einmal mit einem Ledermantel aus dem XTraX-Katalog. Und das mit dem Verwandeln ... nun ja, wenn du gehofft hast, als Wolf Frisbees zu jagen, muss ich dich ebenfalls enttäuschen.»

Stephen lachte gequält.

«Grob zusammengefasst», flüsterte ich freundlich, «sind wir in einem dem Menschen leider allzu ähnlichen Körper gefangen, der zwar kräftiger und widerstandsfähiger ist, immun gegen Krankheiten und sehr langsam alternd, aber hier endet das Magische auch bereits. Wir sind wohl oder übel denselben scheußlichen Gesetzen unterworfen, was auch das Essen und alles daraus Folgende einschließt. Unsere Geisteskraft ist enorm, aber wir nutzen nur das, was auch ihr besitzt, schlummernd in euren Köpfen. Manches, was euch unglaublich erscheint, ist nur ein Zusammenspiel kleiner Gesten, auf die ihr reagiert wie Motten auf das Licht. Reine Kunst.»

In Stephens Augen leuchtete ehrliches, offenes Interesse. Plötzlich empfand ich die Zuneigung eines Vaters für ihn und verstand, dass Alex gut gewählt hatte. Es weckte aber auch eine gewisse Wut in mir, Eifersucht darüber, dass Alex besser wählte als ich, dass er das Richtige getan hatte, während meine Zöglinge allzu oft sehr falsche Wege gegangen waren. Stephens Unschuld war zauberhaft, seine Offenheit all dem Fremdartigen gegenüber weckte Hoffnung in mir. Alex hatte aus all dem Dreck einen Diamanten herausgefischt und ich hasste ihn für diesen Glücksgriff.

«Was ist mit Aids?», fragte er neugierig wie ein Kind. «Und Krebs?»

Ich nickte amüsiert und spürte einen Anfall von Redseligkeit.

«Beide Krankheiten können uns nichts anhaben, mittlerweile nicht mehr. In unseren ersten Lebensabschnitten hätten sie uns sicher dahingerafft wie jeden Menschen auch. Die Immunschwäche ist allerdings eine Erfindung der heutigen Zeit, eine Erfindung von Menschen gegen Menschen, die nicht in das für sie wünschenswerte Weltbild passen.

Was Verletzungen angeht, sind wir ebenso verwundbar wie jedes andere Geschöpf auch, verfügen jedoch über sehr große Selbstheilungskräfte. Aber auch wir müssen uns sehr vorsehen. Bemerkenswert sind die zunehmenden Kräfte im Alter. Wir verändern uns jede Nacht. Wir wachen auf und entdecken etwas Neues an uns. Dann müssen wir lernen, es zu kontrollieren und angemessen damit umzugehen. Falls uns das misslingt, müssen wir uns zumindest mit den Tatsachen arrangieren.»

«Aah ...» Stephen betrachtete mich hingerissen. «Und was ist ... mit mir? Bin ich nun jemand anderes?»

«Nein.»

Er wirkte enttäuscht. Ich beugte mich vor und umfasste seinen Kiefer mit meinen Fingern. Noch waren dort blaue und grün schillernde Flecken zusehen, die aber schnell verblassen würden. Er erstarrte wie ein Kaninchen in der Falle. Seine Augen waren riesig und glänzten feucht.

«Wir haben nur den Kern in dir geweckt, Stephen», sagte ich. «Wir können nichts schaffen, was nicht schon in dir war. Man wird als Lamie geboren, verstehst du. Am Anfang unterscheidet dich kaum etwas von den Menschen. Du fällst nicht auf, kannst deinem normalen Leben nachgehen. Aber irgendwann ...», ich küsste ihn in ehrlicher Zärtlichkeit auf die Stirn und umfing ihn vorsichtig, «wird das nicht mehr möglich sein, weil du dich Stück für Stück veränderst. Die Welt wird dir fremder, du verabscheust die Menschen mehr denn je und sie wiederum spüren, dass du anders bist – egal, wie unauffällig du dich gibst. Dann, wenn das geschieht, gehörst du ganz zu uns.»

Stephen zitterte. Die Gefühle in ihm überschwemmten ihn. Sobald ich ihn verließ, würde er hemmungslos zu weinen beginnen. «Ich verstehe es noch nicht. Aber ich möchte euch danken ... sehr sogar.»

Sein Herz pochte so aufgeregt wie das eines kleinen Vogels, angetrieben von meiner irritierenden Nähe. Je schneller ein Herz schlug, hatte man mir gesagt, umso schneller würde das Leben vorbei sein. Jeder hat nur eine bestimmte Anzahl Schläge, die ihm vorherbestimmt ist. Wie viel hatte der Muskel in meiner Brust bereits geleistet? Es war unvorstellbar ...

«Wäre es auch ...», fragte Stephen, «wäre es auch geschehen, wenn ihr nicht gekommen wärt?»

«Ja ...», raunte ich und ließ ihn frei. Verstört blickte er mich an. Sein Wille zu begreifen und seine Bereitschaft unvoreingenommen zu lernen überraschten mich.

«Wir helfen dir nur auf einem Weg, den du auch ohne uns gegangen wärst. Vielleicht hättest du mit deinen Gefühle nicht umgehen können, aber du wärst ganz sicher nie wie die dort draußen geworden, niemals.

Sie werden uns immer hassen und nie die Wahrheit erfahren wollen. So schwer es ist, irgendwann akzeptiert man die menschliche Natur.»

Wieder nickte er und fuhr sich nervös durch die Locken. Gewaschen und ordentlich gekämmt würden sie wie Seide sein.

«Wie alt bist du?», fragte er.

«Eine unangenehme Frage. Es ist unwichtig.»

«Ich würde es gerne wissen.»

«Nun, ich werde es dir nicht verraten, nur etwas zeigen ...» Ich ließ den Morgenmantel über meine Schulter gleiten und Stephen einen Blick auf meinen seit meiner Kindheit gehüteten Schatz werfen. Ich wusste, dass die dunkelblaue Farbe aus Beeren und Blütenpulver noch immer unverändert unter der Haut leuchtete, der Hirsch noch immer lebendig und schön über das Schulterblatt sprang, erstarrt in uralter Eleganz.

«Ich erkenne es ...», murmelte Stephen. «Aber das ist ...» Er beugte sich vor.

«Du kennst dich damit aus, nicht wahr? Du weißt alles über sie.»

«Die Kelten? Ja, ja ... aber ... das ist doch ... – Warst du etwa einer von ihnen?» Sein Mund stand offen. Ich wusste, dass mein Lachen ihn beleidigt hätte, nur deshalb unterdrückte ich es mühsam.

«Du solltest zukünftig einige Dinge weniger für unmöglich halten», sagte ich ruhig. «Warum bedeutet für euch die Zeit so viel? Warum sträubst du dich gegen mein Alter, wo es doch unwichtig sein sollte? Ihr handelt mit der Zeit wie mit Geldscheinen. Aber es gibt in den nördlichen Kiesebenen der Namib unscheinbare Pflanzen, die tausende von Jahren zählen, und doch würdet ihr unachtsam an ihnen vorübergehen. Manche ihrer grünen Blätter sind älter als ich.»

Die Worte plätscherten aus mir heraus. Seltsam, so stolperte ich vom schweigsamen Einzelgänger in das Bild einer Plaudertasche.

«Unwichtig? Aber nein! Es wäre fantastisch ...» Stephen fuhr sich hektisch durch die Haare, und Schweiß brach ihm auf der Stirn aus. Ich lächelte und berührte ihn an der Schulter, spürte seine zarten Knochen unter meiner Handfläche und ertastete die weiche Stelle unter dem Schlüsselbein. Diese köstliche, ergiebige Stelle ...

Er hatte noch nicht begriffen, was hinter der Leinwand seines bisherigen Lebens lauerte. Es war auch schwer zu begreifen. Ich hatte Jahrzehnte gebraucht und weiß vieles noch immer nicht. Selbst im letzten Leben würde man nicht allwissend sterben.

«Darf ich ...?»

Er blickte scheu und bittend. Ich nickte. Noch einmal beugte er sich vor, berührte nun die Haut und fuhr die hineingestochenen blauen Linien nach, als wollte er ihre Echtheit überprüfen.

Die Tätowierung war keine, wie man sie heute trug. Sie war alt, so alt, dass sich eine kleine Ewigkeit in ihr niedergelassen hatte. In einem Stil war sie gezeichnet, der niemals von der Hand eines modernen Menschen beherrscht werden könnte. Die Art der Farbe gab es nicht mehr. Noch einige Jahre mehr zwischen den Menschen, und mein Körper wäre von ihnen übersät gewesen. Man hatte sie mir geschenkt, kurz bevor ich im Spätherbst ausgezogen war. Ich erinnerte mich deutlich an die Hütte des alten Mannes, unseres Heilers und Magiers, an die seltsamen Dinge, die er darin gehortet hatte und für uns Kinder absolute Mysterien gewesen waren. Mit einer kleinen Nadel aus Hirschbein hatte er die Farbe unter die Haut gestochen. Neben dem lodernden Feuer hatte mein Körper vor Schweiß und Blut geglänzt. Ich war stolz gewesen, stolz auf die in meinem Körper verewigte Schönheit. Passenderweise hatte er damals das Symbol des ewigen Lebens gewählt.

«Sie ist wundervoll!»

In Stephen war das staunende Kind entfacht. Ich genoss seine scheuen Berührungen, genoss seine Bewunderung und Faszination, die ihn gepackt hatten.

«Aber das würde bedeuten, dass du mindestens ...»

«Sch!», unterbrach ich ihn. «Belassen wir es dabei, dass ich älter bin, als ich aussehe. Vielleicht begreifst du jetzt, warum dein Schweigen so wichtig ist.»

Stephen nickte strahlend.

«Macht euch keine Sorgen. Im Verschweigen und Lügen bin ich sehr geübt.»

«Genau das wird oft nötig sein. Du solltest kein schlechtes Gewissen darüber empfinden. Manchmal muss man seine eigene Natur verleugnen, wenn man sich schützen will. Du glaubst nicht, was wir schon angestellt und verbrochen haben, wenn es ums Überleben ging.»

«Verstehe», wieder nickte er bekräftigend, «bin ja nicht bescheuert. Du weißt nicht, wie mein Leben bisher aussah – ich bin ein Meister der Anpassung und auch im Umschiffen unnötiger Katastrophen!»

«Ich weiß, Stephen!»

Für mich sah es ganz danach aus, als wollte er mein Fleisch Stückchen für Stückchen studieren, sich höchstpersönlich in mein Wesen hineinschneiden und so seine bohrenden Fragen beantworten. Ich verübelte es ihm nicht. Plötzlich war mir klar, dass ich dem Kleinen vertrauen konnte.

«Willkommen in unserer Familie!», flüsterte ich ihm ins Ohr und spürte tatsächlich so etwas wie Hoffnung!

In der darauf folgenden Nacht lag ich schwitzend in meinem Bett und riss mir den Schlafanzug vom Leib. Ich hatte von meinem Vater geträumt ... oder glaubte es zumindest, denn sein Gesicht war mir eigentümlich fremd erschienen. Wie ein Vogel hatte er auf mir gesessen, zusammengekauert, die Augen wie silbriges Wasser. Weiß war er gewesen, strahlend weiß, sein Körper ein Umriss in gleißendem Licht, das mich weder verbrannte noch wehtat. Er hatte mit mir geredet. Dabei hatten seine Lippen die meinen gestreichelt, die Worte waren wie Küsse gewesen. «Du wirst mich erkennen», hatte er geraunt, sein Atem wie eine Brise über meiner Brust. «Ich bin nicht der, an den du glaubtest. Eine zweite Lüge ...»

Dann war ich erwacht. Die Vorhänge waren offen und wehten sanft im Wind. Mondlicht streute sich über meinen Körper. Zitternd, schwitzend und von Krämpfen geschüttelt, wälzte ich mich auf den Laken hin und her und verfiel immer wieder in seichte, wirre Träume, die keinerlei Sinn ergaben. Dann endete es abrupt. Ich saß aufrecht und war hellwach.

Am Fenster stand die Staffelei und der Tisch mit den Farben. Ich hatte sie gestern in mein Zimmer verfrachtet, um Stephen ein Reich allein für sich zu ermöglichen. Die Leinwand blickte mich an, ihre Leere erschien mir unerträglich.

Ich wälzte mich vom Bett, trat in den Strahl aus Licht und sah meinen nackten Körper wie flüssiges Blei schimmern. Die Muskeln bewegten sich, dehnten sich unter der Haut, über ihnen die Adern. Sie wurde immer weißer, diese Haut. Eine Haarsträhne kitzelte meine Brust.

Als samtener Vorhang ruhte die Nacht hinter dem Fenster, einhüllend, bedrohlich und zugleich schmeichelnd. Ich öffnete es. Kälte wehte ins Zimmer und kühlte meinen fiebrigen Leib. Die Dunkelheit erstickte mich fast. Wie Silber, Schatten weich und dunkel, tanzten die Zweige der Blutbuche über die Decke. Bald würde es den ersten Raureif geben.

Ich tauchte den Pinsel in die Farbe und zog ihn sanft über die Leinwand: Lasurbraun für die Konturen, ein düsterer Hintergrund, der das Gesicht freiließ, dann ein Weiß- und Hautton, ein wenig Violett, Braun und Schwarz und zartes Rot für die Lippen, so wenig, dass sie fast farblos wirkten, und blaue Kontraste in den Haaren ...

In den folgenden Tagen trockneten die Farben. Und schließlich verwischte ich die zarten Konturen und verlieh dem Gesicht überirdische Lichtreflexe: eine nebelhafte Weichheit durch eine hauchdünne Schicht Elfenbeinweiß, eine weitere Schicht zartestes Dunkelgelb, die das Bild altern ließ. Dann die Lasur, die die Farben zum Strahlen brachte und einige hingehauchte Kleinigkeiten, die dem Bild wahre Tiefe verliehen.

Noch nie hatte ich mich selbst gemalt, doch dieses Bild war wie ein Spiegel. Ich sah mich selbst, blickte in mein eigenes Gesicht. Wie ein sanfter Halbmond schimmerte es in der Dunkelheit, beschienen von der Nacht. Schwarzes Haar verdeckte die eine Gesichtshälfte, auf der anderen blickte mich ein dunkles Auge an, lockte mich ein verboten sinnlicher Mund.

Was erwartete ich nun? Woraus war diese Idee geboren worden?

Sobald es oberflächlich getrocknet war, brachte ich es in eine Kunsthandlung, ein kleiner, unscheinbarer Laden, auf den ich in einer Seitenstraße gestoßen war. Die Dame bezeichnete das Bild als wunderschön und schenkte mir ein wissendes Lächeln. Sie holte ein Stück schwarzen Satin, breitete ihn im Schaufenster aus wie einen dunklen See und tauchte das Bild hinein.

«Seien Sie vorsichtig damit, es ist noch frisch!»

«Ich behandle all meine Schätze wie rohe Eier. Machen Sie sich keine Sorgen!»

«Ich möchte, dass Sie mich wissen lassen, wer es kauft», sagte ich zu ihr. Sie strahlte mich an, jung, schön und vergänglich ... willenlos gegenüber meiner unterschwelligen Verführung.

«Wenn es jemand kauft, rufen Sie diese Nummer hier an!» Ich reichte ihr einen Zettel mit der Nummer unserer Haushälterin. «Ihr Name ist Martha Rosenberg. Sie wird mich informieren.»

Die Dame nickte.

«Vielen Dank.» Ich nahm ihr Gesicht in meine Hände, küsste sie auf die Stirn und ging. Verloren stand ihre Gestalt im Dunkel hinter dem Bild, und das Auge sah lächelnd und wie eine Verheißung zu mir herüber.

In den folgenden Wochen kehrte Frieden bei uns ein. Es war wie ein Aufatmen, eine Muskelanspannung hinter dem Schatten.

Hin und wieder suchte ich Janelle heim, um zu spielen und mich an ihr zu erfreuen. Ich liebte sie nicht, doch sie begann mich zu vergöttern. In dem Wissen, dass Alex es nicht tolerieren würde, verbot ich ihr weitere Besuche in unserem Haus und fuhr stattdessen zu ihr. Immer dann, wenn der Hunger in seinen verschiedenen Varianten mich packte. Ich ließ sie leiden in ihrer Liebe. Für mich bedeutete es nur Spaß, ich wollte in dieser Phase über nichts nachdenken, mich in nichts hineinhängen, verschwieg ihr die Wahrheit und tischte bequeme Lügen auf, die sie begierig aufnahm. Janelle ließ alles willig mit sich geschehen, vernarrt in den süßen Schmerz, den ich ihr schenkte, vernarrt in die Mischung aus Lust, Sanftheit und Brutalität, die mein Körper ihr bereitete.

Es hätte ewig so weitergehen können, die ruhigen Abende und Nächte mit Alex und Mia oder die sinnlichen Stunden in Janelles Armen ...

Mir war endlich einiges klar geworden und ich sah, zu unser aller Glück, meine Fehler ein. Ich hatte mich eifersüchtig zurückgezogen und gleichzeitig Alex und Mia angeklagt, mich zu vernachlässigen. Dabei hatte ich ihnen in meiner Verschlossenheit keine Wahl gelassen. Es war schlicht und einfach mein Fehler gewesen. In Ordnung, damit konnte ich leben.

«So langsam kennen wir uns, nicht wahr?», hatte Alex gesagt, und Mia zur Belohnung dafür, dass ich einsichtig gewesen war, mir einen zarten Salzbraten mit weißem Brot und französischem Käse gezaubert. Ihre zierlichen Hände trugen das Porzellan auf und zündeten die Kerzen in den silbernen Lüstern an.

Als wir an jenem Abend zusammensaßen, Alex, Mia, Stephen und ich mit Raphael auf dem Schoß, fühlte ich, wie sich die Dinge wieder einrenkten. Noch vor kurzem hätte ich dies nicht für möglich gehalten. Stephen sah hinreißend aus in Juliens alten Anzügen, die perfekt auf seinen Leib passten – heute ein kastanienbrauner aus schwerem, edlem Samt. Wie er dort saß, jugendlich und doch ruhig und edel, mit seinen in die Stirn fallenden Locken und dem ernsten, bleichen Gesicht, erinnerte er mich sehr an den jungen Byron. So folgte also eines aufs andere. Julien war gegangen und nun saß Stephen an seinem Platz und trug seine Kleider.

Während ich das heiße Essen mundgerecht erkalten ließ, dachte ich über das Leben nach. Stolz, sagte ich mir, konnte vernichten, wenn man nicht zur rechten Zeit bereit war, einzulenken. Um ein Haar hätte er mich ins Unglück gestürzt.

Und während ich Suppe schlürfend die Gründe erfragte, fühlte ich mich skurrilerweise so, als würde ich in einem dieser neumodischen Wie-lebe-ich-richtig-und-ausgeglichen-Ratgeber lesen.

«Ich hasse es, wenn ich euch Recht geben muss!», sagte ich und blickte in die schweigende Runde.

«Gutes Zeichen.» Alex lächelte und spaltete eine Pflaume. «Nur so lernt man dazu.» Er zwinkerte.

«Ich werde nie auslernen ... ihr auch nicht. In ungefähr einem Jahr wirst du das Ganze noch einmal aushalten müssen und dir wünschen, ich würde im tiefsten Keller verrotten.»

Alex lachte, Mia blickte betroffen und Stephen sah schockiert auf seinen Teller. Es würde noch eine Zeit lang dauern, bis er unseren Humor vertrug. Und Mia? Nun, sie hielt sich seit kurzem von jedem Vergänglichkeitsgedanken fern.

«Kleines, du hast Kümmel in die Soße getan!», bemerkte ich und angelte die Körner mit der Gabel heraus. Kaum landete eines auf dem Boden, stürzte sich Raphael darauf.

«Gut so!», lobte ich ihn. «Kümmel macht intelligent, habe ich gehört.»

«Oh, ich hatte vergessen, dass du ihn hasst!»

«Immerhin bin ich nicht so wählerisch wie Alex! Mit ihm in einem Lebensmittelgeschäft einzukaufen grenzt an eine Nahtoderfahrung.»

Alex schüttelte den Kopf und lächelte.

«Was hast du mit diesem Bild gemacht?», fragte Mia mich.

«Hm?»

«Dein Portrait, es ist wundervoll geworden.»

«Ein Wink des Schicksals ließ es mich zu einem kleinen Kunstladen in der Nordstadt bringen. Ich bin überzeugt, es wird mich zu jemandem führen.»

«Aha! Ich hoffe nur, dass es nicht verloren geht.»

«Das wird es nicht. Wenn sich meine Zukunftsvision nicht bewahrheitet, werde ich es mir zurückholen.»

Alex grinste. «Du kleiner Dieb!»

Marten wiederum ließ sich tagelang nicht blicken. Eines Abends dann, als wir zu später Stunde beim Abendessen saßen, stand er plötzlich in der Tür, eine Ledermappe unter dem Arm und die Haare ordentlich zusammengebunden. Nichts Wildes war mehr an ihm, und doch funkelte in seinen Augen erkennbare Abneigung.

Ich spürte etwas überrascht, wie wütend seine Anwesenheit mich machte. Seine Blicke strapazierten meine Beherrschung. Doch weshalb eigentlich? Ich kannte ihn kaum, und doch hatte sich innerhalb kurzer Zeit ein solch intensiver Hass zwischen uns entwickelt, wie er gewöhnlich nur im Laufe von Jahren heranreifte.

Ich wusste es zu dem Zeitpunkt noch nicht, aber unterbewusst nahm ich all die Kleinigkeiten wahr, die ihn verrieten, die Kleinigkeiten, die auch mich ausmachten.

Marten bedachte mich auffallend oft mit Blicken. Weder Alex noch Mia schienen es wahrzunehmen. Zwischen den dreien entwickelte sich eine gepflegte Konversation, der unterschwellig etwas Bedrohliches anhaftete und der ich angespannt folgte.

Alles sei erledigt, sagte er und erklärte in juristischem Fachchinesisch die Einzelheiten. Zu dritt sahen sie sich die Unterlagen an, während ich mich im Hintergrund hielt. Stephen saß neben mir und versuchte vergeblich, sich ins Sitzpolster des Stuhls hineinzuquetschen.

«Ganz ruhig», flüsterte ich ihm zu. «Er weiß, dass ich ihn töte, wenn er es erneut versucht.»
Stephen nickte ängstlich. «Was tun sie da?»
«Er ist Anwalt. Er regelt einige ... Dinge für uns.»
Stephen seufzte und sank noch hoffnungsloser in sich zusammen.
Der Besuch endete kaum eine Stunde später damit, dass Alex ihm einen kleinen Koffer aus schwarzem Leder in die Hand drückte. Marten öffnete ihn und wirkte unzufrieden.
«In Ordnung ...», sagte er, «aber mir wäre es lieber, wenn du es überweist.»
Alex schwieg und sah ihn mürrisch an.
«Okay», raunzte Marten, «dann eben so.»
Er klemmte den Koffer unter seinen Arm und verschwand um 2.25 Uhr morgens im Regen. Sein Lebewohl ließ uns in dem Glauben, dass wir ihn nie wiedersehen würden. Aber was wäre das Leben, wenn alles vorhersehbar wäre? Natürlich würden wir ihn wiedersehen – und das sollte sehr unangenehm enden.

14. September ...

«Erzähle uns von dir!», wandte sich Alex an Stephen. «Erzähle uns von deiner Vergangenheit ... und hab keine Angst davor.»
Stephen fühlte sich elend. Kerzen erhellten sanft den Raum im Keller, in den wir uns zurückgezogen hatten. Ich hörte das Telefon oben klingeln. Vermutlich war es Janelle, die sich wieder einmal darüber beklagen wollte, dass ich immer seltener zu ihr kam. Ich ignorierte es und ließ mich stattdessen im Beisein gleichartiger Wesen fallen.
Die Atmosphäre war zunächst friedlich, dunkel und wohltuend. Stephen hatte über die herrlichen Möbel und das Höhlenhafte des Raumes gestaunt, in dem man sich fühlte wie Schoße der Erde. Schokolade stand auf dem niedrigen Tisch, tiefroter Wein, Trauben und blauviolette Pflaumen lagen in einer Silberschale. Wir ruhten liegend oder im Schneidersitz auf dem schwarzen Berberteppich und vergaßen die Zeit. Hier gab es keine Uhr, und die Tageszeit war nicht auszumachen. Raphael lag auf dem Schreibtisch, räkelte sich auf dem Rücken hin und her und schnurrte sich die Seele aus dem Leib.
«Da gibt es nichts zu erzählen», sagte Stephen, «mein Leben war öde.»
Raphael sprang auf den Schrank und warf die afrikanischen Figuren herunter. Eine traf Stephens Kopf. Ich lachte schadenfroh, er schrak zusammen und der Kater quietschte triumphierend.
«Ashe!», meinte Mia tadelnd. Dann wandte sie sich an Stephen und sagte sehr sanft: «Einiges gibt es doch, was du uns erzählen kannst.»

Sie lächelte so fürsorglich, dass seine Anspannung nur so dahinschmolz. Nebenbei stand sie auf, stellte die Figuren zurück und schimpfte mit dem Kater.

«Wir tauschen Geheimnisse aus, verstehst du?», sagte Alex. «Du erzählst uns von dir, und wir dir von uns – geben und nehmen, nur das zählt hier.»

Stephen sah Hilfe suchend zu mir herüber. Seit jenem Gespräch auf dem Flur schien er in mir einen Vertrauten zu sehen, einen engen Freund, der ihm offenbar williger auf seine zahllosen Fragen antwortete als Alex und Mia.

«Vertrau uns, Stephen!», sagte ich angesichts seines Blickes. «Glaub mir, auch wir haben Leichen im Keller.»

Stephen weitete die Augen.

«Das ist nur ein Spruch», erklärte ich, nur mühsam meinen Ernst wahrend. «Es bedeutet, dass wir alle lieber einiges verstecken möchten, Dinge und Erlebnisse aus der Vergangenheit, auf die wir nicht stolz sind ... unsere Dämonen im Inneren.»

«Ah ...» Stephen nahm sich Trauben aus der Schale und pflückte eine mit spitzen Fingern. Sofort sprang Raphael herunter und schnupperte hoffnungsvoll an ihnen.

«So was magst du doch nicht, oder?» Er gab dem Kater eine Traube. Raphael wandte sich enttäuscht ab und schlich in eine dunkle Ecke.

«Trauben sehen nicht aus wie Hähnchen», murmelte Stephen und schob sich die Frucht in den Mund, dann eine weitere. «Okay, was soll ich sagen?», meinte er mit vollem Mund. «Aber vorher will ich wissen, ob ihr Gedanken lesen könnt und schon alles wisst.»

Wir schüttelten synchron die Köpfe.

«Na gut ...» Stephen nickte, legte die restlichen Trauben zurück in die Schale und zog die Beine an. Seine in sich gekehrte Haltung verriet mir mehr, als er für möglich hielt. Und Alex spürte nun, dass ihn mit Stephen viel verband. Ganze zwei Menschenleben waren seitdem vergangen, aber jetzt sah ich in seinen Augen, dass alles wieder frisch und schmerzend aufzutauchen drohte.

«Ich sagte es schon, mein Leben ist nicht erwähnenswert», begann Stephen mit Widerwillen. «Bis ihr gekommen seid, ist mir nie was Beneidenswertes passiert. Mein Vater starb, als ich acht war. War nicht übel, der Kerl, aber ein Schwächling, der sich nichts und niemandem stellte. Er hat sich wohl deshalb totgesoffen, und der Arsch, der seinen Platz einnahm, war leider um vieles schlimmer als er. Tja, ihr seht schon, die typische Geschichte eines armen, kleinen Jungen, der sich aus Verzweiflung ins Gruftiedasein stürzte.»

«Nein», sagte Mia leise, «wir hätten dich nicht ausgewählt, wenn du nicht etwas ganz Besonderes gewesen wärst.»

«Hm, wenn ihr meint.» Er zuckte mit den Schultern. «Jedenfalls brachte ich meine Schulzeit mehr schlecht als recht über die Bühne. Ich war ganz gut, aber meine Lust war auf dem Nullpunkt. Ich dachte nur: Hol dir einen Abschluss und dann nichts wie weg – das hat mich durchhalten lassen. Da waren weder Motivation noch Fleiß, nur Überlebensinstinkt. Meine Mutter kümmerte sich um nichts und ertränkte sich im Alkohol. Die Wohnung wäre im Dreck erstickt, wenn ich mich nicht nach der Schule um alles gekümmert hätte. Dabei besaßen sie Geld im Überfluss und hätten sich eine Haushaltshilfe leisten können. Ich habe sie beide so sehr gehasst, wie ich es nur konnte. Trotzdem habe ich alles für sie getan ... für sie, nicht für ihn. Sie war so schwach, so unglaublich verletzlich und schwach, dass ich sie verdammt noch mal hasste und gleichzeitig liebte.» Stephens Gesicht war hochrot. Er schien nun von einem inneren, fatalistischen Drang gepackt zu sein.

«Wie auch immer ... er hat immer wieder gesagt, er sei stolz auf mich. Aber damit meinte er weiß Gott was anderes. Er hat mir den Job besorgt, der mir durchs Studium hilft, okay, aber ... er hat verdammt viel dafür genommen.»

«Was hat er sich genommen?» Alex' Stimme war leise. Ich schmeckte seinen Zorn, seine Verachtung. Wie ich hegte auch er eine Liebe für alles Schwache und Verletzliche, seien es nun Tiere oder Menschen, wenngleich es bei letzteren nur selten geschah, dass sie uns aus der Bahn warfen.

«Mich.» Stephen nahm sich eine Frucht und biss in ihr Fleisch. «Er hat sich mich genommen.»

«Wo ist er jetzt?» Alex' Augen waren klein und böse.

«Keine Ahnung, ich nehme an, noch immer da, wo ich ihn zurückgelassen habe: Edgware Road 23. Meine Mutter ist ihm mittlerweile abgehauen. Weiß nicht, wo sie steckt.»

Alex nickte. Ich wusste, dass ich ihn nicht aufhalten würde. In gewisse Dinge mischte ich mich nicht ein. Auch für mich gab es Exemplare, die das Leben nicht verdienten. Oft genug hatte ich in der Absicht entschieden, sie für das nächste Leben schmerzhaft ... sehr schmerzhaft, etwas dazulernen zu lassen.

«Hat er dich geschlagen?», fragte Mia.

Stephen lachte. «Das ganze Programm ... jedes Mal als Einstimmung. Hat vielleicht versucht, mich weich zu klopfen. Als er mit allem fertig war, betonte er, wie stolz er auf mich wäre und dass ich ihn niemals verlassen dürfe.»

Alex sog die Luft zwischen den Zähnen ein und warf mir einen vernichtenden Blick zu.

«Vor ungefähr einem Jahr habe ich zurückgeschlagen», fuhr Stephen fort, «bin ausgerastet und es hat übel für ihn geendet. Seitdem rührt er mich nicht mehr an. Aber eine eigene Wohnung kann ich mir noch nicht leisten. Er hätte genug Geld, aber von diesem Schwein werde ich keinen Krümel mehr annehmen. Es gibt auch keine Freunde, bei denen ich unterschlüpfen könnte ... war immer schon Einzelgänger. Heutzutage sind nicht mal Studentenwohnungen zu bezahlen. Ihr glaubt nicht, was dort für Zustände herrschen.»

«Du wirst bei uns wohnen», verkündete Alex, «es gibt Platz genug. Von hier aus hast du es auch nicht weit bis zur Universität. Und um gewisse ‹Ungerechtigkeiten› werden wir uns kümmern.»

«Bei euch wohnen? Was wollt ihr dafür?»

«Nichts, nur dein Vertrauen.»

«Das habt ihr bereits.»

Er war vom Glück überwältigt, versuchte in seiner Scheu jedoch, es zu verbergen. «Dann ändert sich mein Leben endlich? Und so, wie ich es nie für möglich gehalten hätte ...» Stephen schüttelte den Kopf. «Ich hab das Gefühl, ich wache jeden Moment auf und nichts davon ist wahr.»

«Das wird ganz sicher nicht geschehen», sagte ich. «Wer bereit ist zu geben, wird von uns immer etwas zurückbekommen.»

Alex nickte und zügelte seine Emotionen mit der Geschicklichkeit eines uralten Wesens. «Wer uns aber hintergeht, für den kennen wir keine Gnade. Wir halten nichts von falscher Moral und Zurückhaltung. Das solltest du dir auch merken.»

Stephen nickte heftig und rückte ein wenig näher an mich heran. Mia lächelte verschmitzt.

«Alex ...», erhob sie nun das Wort, während sie über seinen Rücken strich und ihm das Haar zerzauste, «du verschweigst auch etwas.»

Er blickte uns an. «Es wäre nur recht und billig, nicht wahr? Aber ich möchte es nicht. Es würde nichts, rein gar nichts nützen.»

«Es nützt genauso wenig, es zu verschweigen», antwortete Mia. «Ich denke, es ist Zeit, mit allen Geheimnissen zwischen uns aufzuhören. Wir stehen vor der Ewigkeit, und in die geht man nicht, ohne sich befreit zu haben.»

Alex nickte. «Ich habe dir alles von mir erzählt, bis auf eines. Ich dachte, du würdest mich für manches verdammen, aber das hast du nicht, denn du liebst mich noch immer. In diesem Falle aber erkennt man, wie schwach ich sein kann, wie sehr man mich erniedrigen kann ... und ich es zugelassen habe.»

«Erinnerst du dich daran, wie schwach ich vor fünf Jahren war?»

«Ja ...», seufzte Alex, «und deshalb hast du es auch verdient, die letzte geheime Geschichte aus meinem Leben zu hören. Ich erzähle es euch beiden ebenfalls, dir Ashe und Stephen, denn ich vertraue euch. Ja, nach langer Zeit hege ich wieder Vertrauen. Vielleicht wird man Alter auch nur fatalistischer ... oder senil.»

Er lachte hölzern und fing Raphael ein, der an ihm vorbeischleichen wollte. Um vom Zittern seiner Hände abzulenken, stopfte er den Kater in seinen Schoß und zwängte ihm Streicheleinheiten auf. Ergeben erschlaffte Raphael und nahm es hin.

«Es war in ...», er überlegte, «in irgendeiner russischen Kleinstadt, ihren Namen habe ich nicht behalten. Den Anfang kennt ihr beiden bereits.» Dann schilderte er ihn für Stephen noch einmal, wie sie entlarvt und überfallen wurden, wie er seinen Vater umbrachte, verschleppt und befreit wurde ... und wie der alte Mann Alex' zaghaftes Vertrauen aufbaute und nährte.

«Ich fing an ihn zu achten, ja zu lieben. Alle Hinweise, bewusste und unbewusste, alle verräterischen Zeichen ignorierte ich. Wie er großväterlich dasaß, während ich aß, die ausgesuchtesten Köstlichkeiten, für die er sich vermutlich ruiniert hatte! Wie er dasaß und mich anstarrte, wissbegierig, hungrig, ungeduldig ...! Jetzt, im Nachhinein ins Gedächtnis gerufen, hat er mir tausend Möglichkeiten zur Flucht gelassen, aber ich habe sie nicht wahrgenommen. Es war meine Schuld, denn er gab – wie auch wir – seinen Opfern immer die Chance, die Falle zu erkennen. Wer so dumm ist hineinzutappen, dem geschieht es recht.

Nun, wir redeten also die erste Zeit, stundenlang, ganze Nächte hindurch, wie alte Freunde, wie Seelenverwandte, manchmal auch wissenschaftlich trocken oder philosophisch, je nach Gusto. Als ich ihm gänzlich vertraute, erzählte ich ihm von meiner Kindheit und Jugend, von meinen Wanderungen und Veränderungen und ... tja ... irgendwann auch von meinen wachsenden Fähigkeiten, vor allem von meinem langsameren Altern. Gott, wie unverzeihlich dumm und naiv ich doch war!

‹Wie viel langsamer?›, hatte er gefragt und erschrocken seinen Wein verschüttet, als ich ihm antwortete. Manche, hatte ich gesagt, werden nur etwa dreimal älter als Menschen. Andere hingegen, so wie du, Ashe, oder ich, altern noch sehr viel langsamer. Viele Generationen könnten uns ein Leben lang beobachten, ihnen würde kein Zeichen des Alterns auffallen. Vielleicht liegt es daran, dass wir beide auf eine Weise zur Welt kamen, die sonst als unmöglich angesehen wird. Wir sind innerhalb einer seltenen Spezies noch eine absolute Ausnahme. Gibt es etwas Einsameres?»

Stephen gab Laute der Verblüffung von sich. Sein Mund stand offen. Die geweiteten Augen verliehen ihm einen Ausdruck permanenten Erstaunens.

«Als er dies erfuhr und dazu die wundersamen Heilkräfte meines Körpers entdeckte», erzählte Alex, die Stimme vollkommen beherrscht und sonor, «begann seine Gier übermächtig zu werden, eine Gier geboren aus Verzweiflung und der Angst vor dem Tod. Mit Wein begossen stürmte er davon, stammelnd und völlig verwirrt, wie mir schien. Ihr müsst wissen, er war alt und gebrechlich, seine großartige Karriere als Arzt hatte er längst hinter sich, und eine schlimme Krankheit begann, seinen Körper zu zerfressen, eine Krankheit, gegen die selbst seine Intelligenz und Erfahrung nichts ausrichten konnten. Er muss vor Schmerz halb wahnsinnig gewesen sein. Und sicher war ich genauso schuldig wie er ... oder ebenso unschuldig, ganz wie man es sehen mag.»

Alex nahm sich etwas Schokolade und fuhr fort, während er sie im Mund schmelzen ließ.

«Nun ... selbst zu diesem Zeitpunkt wähnte ich mich noch in der vermeintlichen Sicherheit, er könnte mir nie etwas zuleide tun und würde mich auch niemals verraten. Letzteres hat er tatsächlich nicht getan, denn es hätte ja meinen Verlust bedeutet.

Es war an einem Abend im Oktober und es regnete in Strömen, als das Verhängnis seinen Lauf nehmen sollte. Ich hatte noch geschlafen, als er zu mir kam.

‹Wir haben etwas zu feiern und ich möchte dir danken›, sagte er, setzte sich auf die Kante meines Bettes und reichte mir ein Glas Wein.

Das Gift wirkte rasch. Ich hatte kaum davon getrunken, als das Glas auch schon aus meiner Hand rutschte und er mich, pausenlos vor sich hin murmelnd, in einen eisig kalten Raum im Keller schleppte. Dort habe ich wohl Wochen verbracht, ich weiß es nicht mehr. Die Qual kann ich kaum mehr nachvollziehen. Ich starb jede Nacht, jedes Mal, wenn er sich wie besessen erneut ans Werk machte und meinen Leib und meine Seele zerriss, mit bloßen Fingern, wie mir schien, mit stumpfen Klingen, kleinen Sägen und Worten, die er mir irre ins Ohr flüsterte. Wie ich es überlebte, weiß ich nicht. Eigentlich hätte es mein endgültiges Ende bedeuten müssen. Stattdessen lebte ich weiter, wachte immer wieder auf und spürte, wie mein Körper sich verzweifelt zu heilen versuchte und daran scheiterte.

Oft wusste ich nicht, ob ich nur träumte. Alptraum und Realität waren von derselben Beschaffenheit.

Ich hörte mein Blut tropfen, Knochen brechen und Sehnen zerreißen, ... spürte die furchtbare Kälte des Raumes an meinem offenen Fleisch.

Dies war die lehrreichste Erfahrung, die ich im Zusammenhang mit Schmerz je machen durfte. Ich begann ihn zu lieben, verlor mich gänzlich in ihm. Könnt ihr euch vorstellen, wie es ist, auseinander gerissen zu werden, zu spüren, wie euer Körper zerstört wird, Stück für Stück? Und es gibt keine erlösende Ohnmacht mehr, weil die Qual euch bei Bewusstsein hält, weil ihr schon zu oft gestorben seid und euer Körper nur noch als Wrack dahinvegetiert: eine atmende Masse aus Blut, Organen und Fleisch unter einem kalten Mauerwerk, das sich mit jeder Minute tiefer auf einen herabsenkt, bis die Rillen und das Ungeziefer darin direkt über deinem Gesicht schweben. Und diese Lampe! Sie brannte sich in meine Wahrnehmung wie ein Messer, das sich stetig in mich bohrte. Grelles Licht ... und tropfendes Wasser in diesem Kellerloch. Ratten fiepten und kamen zu mir, wenn er mich für kurze Zeit alleine ließ. Sie setzten sein Werk fort. Es gibt nichts, was über dieser Erfahrung steht. Nichts. Es ist das Ultimative, niemals Steigerungsfähige.

Doch ihm ... hat es nichts gebracht. Dabei war er so lebenshungrig, so unerschrocken. Er trank das Blut, flößte es sich ein, stach es sich in die Adern, wieder und wieder, aber er blieb alt und krank. Danach schrie er mich an, verfluchte mich und wünschte mich in die tiefste Hölle. Und dann ging er umso irrer an sein Werk, gab nicht auf, wühlte und schnitt und sägte sich in sein Verderben. Er brachte mir Menschen, als er bemerkte, dass auch ich Dinge benötigte, um zu überleben. Er fütterte mich, gab mir zu trinken und hielt mir manchmal die Handgelenke armer Opfer an den Mund, die er irgendwo aufgelesen hatte.

Und nach unendlich vielen Nächten gab ich auf. Ich hatte meine Grenzen überschritten, ich hatte das absolute Höchstmaß des Schmerzes erreicht. Wenn man ihn durchstanden hatte, ähnelt das Leben einem Koma. Nichts bedeutete mir mehr etwas. Das Nächste, an das ich mich erinnern kann, ist Ashes Zimmer, der Stuck an der Decke und sein Gesicht. Wie er mich dort herausgeholt hatte, weiß ich nicht.»

Alex verstummte. Er wirkte unendlich schwach und erschöpft. Mit einem leisen Seufzer ließ er sich zur Seite sinken und vergrub sein Gesicht in der Armbeuge. Mia saß da, starr vor Entsetzen. Sie schüttelte permanent den Kopf.

«Wie hast du es geschafft?», hauchte sie und sah mich an.

«Ich bin in das Haus eingebrochen», antwortete ich, «und meinem Gefühl gefolgt. Zu der Zeit war ich bereits in der Lage, gewisse Dinge zu spüren, und als ich schließlich den Raum fand, war Alex gerade alleine. Was ich sah, war erschreckend, unvorstellbar. Zunächst war ich völlig hilflos, dann habe ich ihn aus dem Haus geschleppt. Und später kam ich noch einmal zurück und tötete den alten Mann.»

«Gut», Mia nickte, «er hat es verdient. Ohne dich hätte er Alex umgebracht.»

«Vielleicht, aber er hatte solche Angst vor Tod und Verfall, solche Angst vor weiterem Schmerz, dass er wahnsinnig wurde.»

«Dennoch ...», beharrte sie.

«Mia, Liebste!» Alex hatte sich wieder aufgerichtet und hob den Kopf, als Zeichen dafür, dass er seiner Schwäche nicht mehr nachzugeben gedachte. «Lass dieses Geschehnis wieder im Keller verschwinden! Lass uns nie wieder über Schlechtes reden, nie wieder! Es gibt anderes ... es ist dumm, was wir getan haben, was ich getan habe.»

Er kroch zu ihr hinüber und schlang die Arme um ihren Leib. «Kümmern wir uns lieber um Stephen ...»

Plötzlich, als ich dessen Gesicht sah, wurde mir klar, wie verschieden unsere Welten waren. Ich erkannte, wie bizarr wir waren, sein mussten für ihn, wie entsetzlich fern den Menschen. Es hatte mich nie gestört, ich war stolz darauf gewesen. Selbst wenn man mich vor die Wahl gestellt hätte, hätte ich mich dafür entschieden. Aber nun tat sich etwas auf, ein gähnender Abgrund. Ich blickte hinein und schauderte.

«Was seid ihr?», stöhnte Stephen.

Erst jetzt schien er zu begreifen, worauf er sich eingelassen hatte, und seine Hände griffen zitternd nach einer Traube.

«Stephen ...», begann ich tonlos, «du willst wissen, was wir sind? Ich und auch Alex, wir sind weitaus älter, als du glaubst. Ich lebte, als die Kelten gegen die Römer um ihr Dasein kämpften, auf den weiten Ebenen Britanniens und in den damals waldüberwucherten Ländern Europas. Ich lebte gemeinsam mit jenen Menschen, die Zeuge vom Tod eures Gottessohnes wurden, ich sah Leonardo seine ersten Gemälde erschaffen. Als ich geboren wurde, waren die großen Steine in England noch jung. Mein Großvater hat als Kind jene Männer gesehen, die sie errichtet haben. Es gibt auf dieser Welt acht Familien, nur wenig mehr als vierzig gleichartige Wesen. Und selbst unter ihnen sind wir, Alex und ich, etwas Besonderes. Wir können keine Kinder zeugen, doch mein Vater schuf mich auf diese Weise, als er meine Mutter verführte – so, wie es bei Alex geschah. Niemand weiß warum oder ob wir das sind, was einst sein wird.»

Stephen starrte mich an. Ich fühlte mich abgeschottet, fern von allem Gewöhnlichen, als stünde ich an einer windumtosten Meeresküste am verlassendsten Fleck der Welt.

«Und nach all diesen Epochen», fuhr ich fort, «die kamen und gingen, die geboren wurden und starben wie jeder Grashalm, fühle ich die Zeit immer unbedeutender werden. Meine ersten Erinnerungen verblassen, und die Sehnsucht nach der Vergangenheit wird immer stärker. Dinge verschwinden und kehren wieder, bis ich das Gefühl habe, alles zu kennen, alles unendlich oft erlebt zu haben. Verlust wird selbstverständlich, ohne dass sein Schmerz erträglicher werden würde. Irgendwann, an einem bestimmten Punkt, versteht man, was die Ewigkeit bedeutet. Denke nicht darüber nach, Stephen! Versuche erst gar nicht, es zu begreifen! Frage mich nicht, wer ich bin oder was ich bin!»

«Ashe ...», flüsterte Mia, «lass ihn. Wir selbst begreifen es doch nicht einmal.»

Sie wandte sich Stephen zu und im nächsten Moment war sie hinter ihm, streichelte seine Wange und lehnte sich vorsichtig an ihn.

«Hab keine Angst», murmelte sie, «lebe einfach! Lebe und denke nicht!»

Sie schob sein Shirt über seine Schulter und küsste die weiche Stelle, dort, wo sie in den Hals überging. Stephen rang nach Atem. Ich spürte seine Angst, und unvermittelt kroch Erregung durch meine Venen.

«Sei ganz ruhig», murmelte Mia an seinem Ohr, «entspanne dich, öffne dich! Denke an nichts und lass dich vollkommen fallen! Lass mich an allem teilhaben, was du bist ...»

Stephens Augenlider senkten sich langsam und sein Körper erschlaffte. Er seufzte leise. Als Mia seinen nackten, im Kerzenlicht unsagbar zart wirkenden Hals küsste, erwachte die Wonne des Verlangens noch stärker in mir und ergoss sich in meinen Unterleib. Verlangend verdrehte ich die Augen. Alex berührte mich am Arm, streichelte ihn flüchtig. Ich blickte ihn an und er sog in tiefster Qual die Luft ein. Dann zog er sich wieder zurück, leidend, einsam und hilflos angesichts dessen, was er fühlte.

«Keine Angst ...», flüsterte Mia und fügte Stephen mit einer schnellen, kaum zu verfolgenden Bewegung eine kleine Wunde bei. Stephen gab keinen Laut von sich. Der Alkohol in ihm tat sein Werk. Obwohl die Verletzung nur unbedeutend war, rann ein warmer, glänzender Fluss seinen Hals hinab. Mia fing ihn auf, dann drückten sich ihre Lippen auf seine Haut und nahmen sein Leben.

Der Geruch tränkte die Luft, plötzlich und metallisch-süß. Sie umarmte ihn, ertastete die verborgenen Erinnerungen und Empfindungen und nahm sie in sich auf. Stephen seufzte ekstatisch. Er fühlte sich befreit, fühlte sich unendlich glücklich in dem Gefühl, alles, wahrhaft alles zu teilen und zu offenbaren. Seine quälenden Geheimnisse flossen aus ihm heraus und flogen davon wie gewichtslose Schwaden. Ich spürte seine Empfindungen in aller Deutlichkeit. Offen und willig strömten sie mir entgegen.

Ja, Mia war eine Meisterin. Wenn ihr Opfer bereit war sich zu öffnen, konnte sie den verborgensten Winkel seiner Seele erforschen. Dann war sie mit ihrem Gegenüber verschmolzen, unzertrennbar. Sie hatte es nicht oft getan, denn es bedeutete den vollkommenen Austausch aller Erinnerungen und Gefühle. Ich hatte es bei mir nicht zugelassen, doch sie und Alex waren durch dieses einzigartig enge Band eins geworden.

Dass sie es auch mit Stephen tat, erschien mir so schockierend wie bezaubernd.

Dann beendete Mia ihr Ritual. Und wie vor langer Zeit schon einmal, gaben wir einander. Wir kosteten von Stephens Seele, und er wimmerte genussvoll, als er von einer Umarmung in die nächste sank.

Dann war er an der Reihe. Seine kleinen Hände schlangen sich zögerlich um die ihm so fremd erscheinenden Körper, der Kuss seiner Lippen war leicht und scheu. Helle Verzückung erfasste mich, als ich ihn an mich zog und den Kopf zur Seite neigte, um mich ihm darzubieten. Wie ein Kind schloss ich ihn in meine Arme. Ich spürte sein Verlangen, sein scheues Begehren, wie bei einem neugeborenen Wesen, das die Welt zum ersten Mal sieht und überwältigt ist. Meine Finger fuhren durch sein Haar, während er von mir nahm, und meine Arme hielten ihn fest, als er benommen zur Seite sank und nach Luft rang. Um ein Haar hätte ich geweint vor Glück. Dieses berauschende Gefühl, als hielte ich nach Ewigkeiten mein eigenes Kind in den Armen!

Ich legte ihn aufs Sofa, breitete die Decke über ihm aus und gesellte mich zu Alex und Mia, um uns die Arme einander um die Schultern zu legen und schweigend Gedanken auszutauschen.

Ein paar Tage später kam Alex verschwitzt und zufrieden lächelnd nach Hause. Blutgeruch haftete ihm an.

«Es ist vollbracht», sagte er, wie damals Jesus. Sein Gesicht war feucht und seine Augen zugleich freudig und verzweifelt.

Er reichte Stephen einen seltsamen Beutel und ging ins Bad, um sich zu waschen.

Weihnachten

Es war Heiligabend um 21 Uhr. Alex und Mia huschten ungewöhnlich gestresst durch das Haus und bereiteten sich vor, während ich längst ausgehfertig war. Wir hatten diese Tage zunächst in der Hütte verbringen wollen, die sich hoch oben in den Bergen befand, so abgelegen inmitten der Wildnis, dass uns niemand aufgestöbert hätte. Aber letztendlich hatten wir diesen Rückzug von der Welt um ein paar Tage verschoben.

Vorgestern hatte Janelle angerufen und gedroht, ihrem Leben ein Ende zu bereiten, wenn ich es wagen würde, sie zu verlassen. Aber ich war ihrer rettungslos überdrüssig. Sie heulte und schrie und bedachte mich mit Flüchen, als ich ihr freundlich, aber bestimmt meine Entscheidung erklärte. «Janelle, es ist, wie es ist. Lebe dein Leben und vergiss mich!»
«Du Arsch!»
«Ja, ich finde mich auch schön. Aber du solltest dich daran gewöhnen, dass das Leben nicht harmonisch ist. Erwarte das Schlimmste. Immerhin wurdest du lebend geboren.»
«Du bist krank!»
«Nein, nur alt und weise.»

Ich lachte, murmelte irgendeine philosophische Floskel, legte auf und beendete diese kleine Angelegenheit. Ihre Drohung war nur ein Hilfeschrei des Lebens, nur Erpressung, Hecheln nach Aufmerksamkeit. Es war niemals meine Absicht gewesen, ihre Gefühle in solche Extreme zu steigern. Was war es nur an mir, was so etwas verursachte? Ich dachte an Alex' Worte. All diese Vergötterungen würde ich ohne zu zögern opfern für ein Geschöpf, das mich aufrichtig liebte, das gab, ohne gleichzeitig nehmen zu wollen. Frauen wie Männer aber suchten aus rein egoistischen Gründen meine Nähe, um sich zu befriedigen, um ihre Lust zu stillen. Ich war und blieb nicht mehr als ein Werkzeug – so fühlte es sich zumindest an, jedes Mal danach.

Ich dachte nicht weiter darüber nach und vertiefte mich wieder in mein Buch. ‹Blutgesang› lautete der Titel. Ich hielt immer wieder im Lesen inne und betrachtete das weiße Gesicht der Frau auf dem Cover und diesen seltsamen Ohrring. Raphael strich um meine Beine und schnurrte. Einer seiner langen Fangzähne ragte aus seiner Schnauze hervor und ruhte auf der rosafarbenen Katzenunterlippe: ein kleiner Dracula, wie er eleganter nicht sein könnte ... und genauso kompromisslos fordernd.

«Na, wieder unausgeglichen?», fragte ich ihn.

Raphael verstand mich, sprang herum wie ein Derwisch, legte die Ohren an und fetzte unter den Schrank. Als er wieder auftauchte, war sein Kopf voller Staubflusen. Keiner von uns war ein Ordnungsfanatiker, der an die Stellen unter den Schränken dachte.

Raphael stand da und sah mich an. Die Fluse auf seinem Kopf bewegte sich träge im Luftzug. Als er mein Lachen hörte, raste er im Kreis durch das Wohnzimmer, drehte hoffnungslos auf dem Parkett durch, sprang auf den Tisch, warf das Silbertablett mit der Schokolade runter und maunzte laut.

«Spinner!», sagte ich zu ihm.

Er schüttelte manisch den Kopf und rollte sich in dem Weidenkorb zusammen, der eigentlich für Gebäck gedacht war.

«Er war wohl nur auf dem Klo», sagte Mia, als sie mit Handtüchern an mir vorbeirauschte. «Er versucht immer, davon abzulenken. Eine so elegante Katze wie er würde doch nie ein Katzenklo benötigen.»

Ich lachte. «Kommt mir bekannt vor! Wusstest du, Mia, dass ich seit meiner letzten großen Veränderung ausschließlich Chanel und Diamanten ausscheide?»

«Ich bin mir sicher, du siehst dabei eleganter aus als dieser Kater.»

Raphael sah beleidigt aus. Ein paar Minuten später kotzte er einen Fellknäuel aus.

Nach ungefähr fünfzehn Jahren schneite es an diesem Abend wieder. Ehe wir zu der Feier aufbrachen, war die Welt von einem weißen Kleid bedeckt. Der Himmel war bleigrau und dicke, weiße Flocken fielen herab. Jeder von uns wurde in erlösende Melancholie gehüllt und war sorgloser als sonst.

Mia saß nun am Fenster und blickte in den Garten hinaus. Alex betrachtete in perfektionistischem Wahn den Weihnachtsbaum, rückte immer wieder die Spitze zurecht und schob die in rotes Satinpapier gewickelten Geschenke in Position.

Raphael hüpfte schimpfend auf dem Fensterbrett hin und her und hieb wütend nach den unerreichbaren Flocken. Als er sie nicht packen konnte, zog er seine Krallen durch die schönen, dunkelgoldenen Vorhänge.

Mia schnappte ihn sich und warf ihn vom Fensterbrett. «Hör zu, du weißt, wo China liegt? Wenn du nicht damit aufhörst, zeige ich dir Fotos von den Katzen dort!»

«Wenn er reden könnte», sagte ich zu Alex, «würde er jedes seiner Geschäfte auf dich schieben!»

Er lachte und zerrte an dem Baum. Kugeln klirrten aneinander.

«Wenn du ihn umwirfst, muss ich dich umbringen!» Mia zeigte ihm den neuen Brieföffner in Form eines Schwertes.

Wir hatten auch die letzten Wochen eine wunderbare Zeit verbracht, bis auf die Geschichte mit Janelle, die aber nur mich etwas anging und von der keiner der beiden etwas wusste.

Das Rudel wartete also bei Tee und Kaminfeuer im Schatten seiner Höhle auf den Zeitpunkt der neuen Jagd. Die Welt dort draußen lag weit offen vor uns, wähnte sich in Sicherheit.

Die Tage verbrachten wir schlafend und dösend im Dämmerlicht der großen Räume, während wir uns die endlos langen Winternächte mit dekadenten Genüssen versüßten. Stephen hatte sich auf erstaunliche Art eingegliedert und gab uns das Gefühl, er wäre schon immer hier gewesen. Er war wissbegierig und zurückhaltend, noch immer scheu und doch aufopfernd für alles, was unsere Familie betraf. Vor einigen Wochen hatte er mit unserer Hilfe herausgefunden, wo seine Mutter lebte, und war nun in diesen Minuten bei ihr. So hatte also jeder von uns eine angenehme Entwicklung erfahren – vielleicht als kleiner Trost für alles Kommende, das ewig gleiche Spiel.

«Wie bei einem Angler, der an der Leine zieht und sie wieder locker lässt, um sein Opfer zu ermüden», sagte ich zu Mia, als wir an Heiligabend darüber redeten.

Sie nickte.

«Es ist immer so schwer, wie man es sich macht.»

«Machen wir es uns schwer?»

«Im Moment grade nicht.»

Martha, unsere Haushälterin, kam zweimal die Woche und hatte gestern einen gewaltigen Berg Weihnachtsgebäck hinterlassen. Es war köstlich! Ich schwebte gemeinsam mit meiner Teetasse und einer Hand voll Kekse dämmrig dahin. Mia erhob sich wieder und nahm die Endrunde in Angriff.

Müßig beobachtete ich das Treiben um mich herum. Manchmal fiel es mir auf, das gewisse Etwas, wenn wir nach dem Essen müde auf den samtenen Sofas lagen und draußen der Mond aufging. Dann erinnerte ich mich an die Zeiten, in denen ich in Nächten wie diesen mit ihnen ausgezogen wäre, um der Natur zu folgen, hemmungslos wie die Wölfe in den Wäldern. Aber bald, sagte ich mir, immer wenn die Ruhelosigkeit in meinen Gliedern zitterte und kitzelte, bald würde es wieder so weit sein. Und dann würde es intensiver werden als je zuvor.

23.25 Uhr

Während die meisten Menschen die Stille der Nacht genossen, fuhren wir, gekleidet in schwarze Kaschmiranzüge, in einen altehrwürdigen Club am Stadtrand. Auch Mia trug einen Anzug, ein aufregendes Ding aus den Dreißigern, das durch seine Männlichkeit unglaublich verführerisch an ihr wirkte. Die Haare hatte sie zurückgebunden und Alex ihr diejenigen über den Ohren so geschnitten, dass sie diese wie Koteletten umrahmten. Jetzt, im Dämmerlicht des Wagens, konnte man sie genauso gut für einen jungen, schelmischen Mann halten.

Ich schloss behaglich die Augen und vertiefte mich in das Sirren der Reifen. Alex und Mia redeten und lachten. Ich liebte den Klang ihrer Stimmen sehr, diesen Singsang, der sich beinahe wie ein Lied anhörte.

Wir langten tief in die Tüte voller Lebkuchen und naschten, bis wir auf dem Parkplatz vor dem Club hielten und grünes Neonlicht in den Wagen fiel. Mia sah nach draußen. In diesem Licht erstrahlte ihr Gesicht in einer übernatürlichen Ästhetik, und Alex' silbern bestückter Finger strich hingerissen über ihre Wange.

Eine Gruppe schwarz Gekleideter bewachte den Eingang, ein Pärchen tanzte im Schnee herum und balgte sich. Als wir ausstiegen und die Mäntel enger um uns zogen, begann es wieder zu schneien. Kristalle fielen in unser schwarzes und seidenbraunes Haar und funkelten wie zarter Schmuck.

«Frohe Weihnachten!», wünschte man uns, und wilder, würziger Duft schlug uns entgegen. Wir gaben die Mäntel ab und streckten lüstern die Glieder.

«Ah, wie wunderbar», frohlockte Mia, «wir kommen heute aus dem Schlemmen nicht mehr heraus!»

Unten vor dem großen Tanzsaal hatte man ein Weihnachtsbuffet aufgebaut, und ehe wir uns ins Getümmel stürzten, in die Masse der Menschen, für die Weihnachten ebenso wenig bedeutete wie für uns, labten wir uns an den kleinen Köstlichkeiten, besudelten unsere Finger und Lippen mit Schokolade und nippten an süßem Glühwein. Der Lachs zerging auf meiner Zunge und ließ mich schaudern vor Genuss. In dem Bewusstsein, dass es diesem Fisch nicht gut ergangen war, murmelte ich eine Entschuldigung. In diesen Momenten liebte ich ihn abgöttisch für das, was er mir schenkte.

«Deshalb möchte ich nie auf Weihnachten verzichten», erklärte Alex und betrachtete einen Hähnchenschenkel. Hingebungsvoll biss er in das Fleisch und zog es mit den Zähnen ab, bevor seine Zunge es umfing und er es sich einverleibte. Normalerweise waren wir äußerst wählerisch, wenn es um Speisen ging, vor allem Fleisch betreffend. Aber diesmal leisteten wir uns eine Ausnahme. Und niemand konnte die Nahrungsaufnahme so sinnlich zelebrieren wie Alex.

«Ich liebe es, dir dabei zuzusehen», säuselte Mia.

«Und ich denke dabei nur an dich, Liebste.» Alex versenkte die Zähne erneut in das weiße Fleisch und schloss genüsslich die Augen.

Später in der Nacht erfasste uns der Rhythmus der Musik und wir vermochten nicht, ihm zu widerstehen. Alex schob uns zur Tanzfläche. Sie war leer und glänzte wie flüssiges Silber, doch als wir unsere Show begannen, versammelte sich Mensch um Mensch um uns und bald waren es Dutzende von Augenpaaren, die uns beobachteten, als seien wir Künstler, herbeigerufen zu ihrem Vergnügen.

Die Musik war herrlich wild, erotisch und treibend. Heiße Trommelrhythmen erinnerten mich an vergangene Zeiten. Damals waren die Menschen leidenschaftlicher gewesen, düsterer und hingebungsvoller. In uns kam dies zum Vorschein, und deshalb berührte es die Sinne der Menschen um uns herum auf eine unwiderstehliche Weise, die sie sich nicht erklären konnten. Der Bass pflanzte sich in unseren Körpern vielfach fort, die Bewegungen formten und entwickelten sich ganz von selbst.

Alex hatte Mia an sich gezogen und küsste sie wild. Ich spürte, wie Fatalismus die beiden durchströmte, und ohne es verhindern zu können oder zu wollen, erfasste dieses Gefühl auch mich.

Seine Finger glitten unter ihr Jackett und plötzlich fiel es zu Boden. Fließende schwarze Seide glänzte im Scheinwerferlicht und Mias nackten Arme schimmerten wie das Innere einer Muschel. Während ich pure Verführung in meine Bewegungen legte, wanderten Alex' Hände fordernd über Mias Körper, kratzte sein silberner Nagel über ihren Hals, während sie sich wand wie eine Schlange und ihr schlankes Bein um Alex' Hüfte legte. Als er ihr spielerisch in den Hals biss, öffnete sie ihre roten Lippen und bog ihren Leib zurück. Dann riss sie sich von ihm los, wirbelte zurück und lockte ihn mit Blicken und fließenden Bewegungen, die ihr jede Tempeltänzerin geneidet hätte. Hübsche Ungeheuer in schwarzem Kaschmir!

Alex umschlich Mia wie ein Panther, duckte sich, drehte sich, ging in die Knie und kauerte sich raubtierhaft zusammen. Sein Leib war flink und biegsam wie der einer Katze ... und als er die Lippen zu einem Lächeln zurückzog, leuchteten seine Zähne unnatürlich weiß im Schwarzlicht auf. Finger deuteten auf ihn, wildes Getuschel erhob sich hinter der Musik. Die Menschen rückten näher. Ich fing die Augen eines Mädchens ein, legte alle Boshaftigkeit in meinen Blick, alle Verderbtheit, die pure Gier, und sie sprach darauf an wie die Motte auf das Licht. Kinderleicht war es.

Als Mia herausfordernd zwinkerte, nahm ich an der Jagd teil. Gemeinsam mit Alex umkreiste ich sie, lockend, verführend wie Nachtkatzen. Unser Tanz wurde bizarrer, die geschmeidigen Glieder vollführten Bewegungsabläufe, die Menschen eigentlich nicht möglich waren, und überschritten die Grenze zum Tierhaften. Metamorphose! Jede Bewegung eine ganze Flut an Gefühlen und Worten!

Ein Raunen ging durch die Menge. Jemand rief etwas, ich verstand es nicht. Wir waren nun ganz bei ihr, umschlangen ihren Körper, wiegten uns Hüfte an Hüfte, mit solch lasziven Bewegungen, dass wir die Lust des Publikums schmecken und riechen konnten und trinken wie Wein.

Sie feuerten uns an. Sie erlagen uns. Wenn wir es wollten, war jede Geste, jeder Blick pure Erotik – geradezu verboten sexy, herausgeschält aus Schwärze und Ewigkeit.

Ich wich wieder zurück, ließ die beiden allein, warf den Kopf in den Nacken und schlitzte mir mit dem Nagel das Hemd auf, wieder und wieder. Die kleinen, schwarzen Knöpfe purzelten zu Boden. Ich war nicht mehr Herr meiner selbst und wusste dennoch genau, was ich tat. Die Musik dröhnte wild und heiß. Archaische Ekstase hatte von den Menschen Besitz ergriffen. Was sie jetzt noch wollten, war Blut, Blut und Fleisch, genau wie damals.

Zum tiefen Bass mich schlängelnd, ließ ich meine Hände über den Körper gleiten, lasziv, herausfordernd, als sehnte ich mich bis an die Schmerzgrenze nach Sex. Blicke bohrten sich in mich. Der Schweiß lief mir die Kehle hinunter und glänzte silbern auf meiner Haut. Ich sah mich selbst nur zu deutlich, war mir meiner Wirkung vollkommen bewusst. Herrlich! Sie riefen mir hundertfach Worte zu, verlangten nach mehr, gierig wie Ungeheuer. Ich lächelte ihnen zu, dann zog ich die Klinge einmal über meine Brust, nicht tief, nur ein Kratzer. Aber im Licht glänzte er wie feuchter Rubin.

Wildes Stöhnen, tiefe Seufzer, Lust flatterten mir entgegen, ausgestoßen von weit offenen Seelen. Sie pfiffen und johlten.

Alex' Zunge glitt rau über Mias Hals, dann zog er ihren Kopf zurück und tat so, als wolle er sie genüsslich beißen, ganz so, wie der Zuschauer es erwartete. Ich hatte nun wieder ihre Schultern umfasst und hielt sie fest, während sie sich theatralisch wand. Ihr Kopf legte sich auf meine Schulter, die Wange schmiegte sich feucht an meine. Ich sah ihre verschleierten Augen. Groß und traurig.

Geschickt glitt Alex' Nagel in ihre Haut, nur ein wenig, sodass, als er den Kopf zurückwarf, ein Tropfen ihren Hals hinabbrann.

«Erzähl du mir noch einmal etwas von Vorsicht!», zischte ich ihm zu. Er grinste herausfordernd. Blitzschnell war sein Finger über meine Brust gefahren und seine Zunge leckte über das glänzende Rot.

Als die Musik in einem lang gezogenen, gequälten Laut endete und Alex in einer endgültig wirkenden Geste seine Lippen auf Mias Hals presste, erschallte wilder Applaus. Hektische Bewegung erfasste die Menge. Wie ein einziger, großer Ameisenstaat strömte sie vorwärts.

«Schnell ...», flüsterte ich den beiden zu, «sonst bekommen wir ihre Begeisterung zu spüren.»

Sie lachten und stürmten von der Tanzfläche, wanden sich durch die Menschenmassen, durch greifende Hände hindurch, kämpften sich in die Halle auf der zweiten Etage.

«Reizend», lachte Alex, als wir uns erschöpft auf der Treppe niederließen, «sie vergöttern uns! Aber wenn sie wüssten, dass es real war, würden sie uns hassen.»

Mia lachte. «Seien wir froh darüber. Es ist ein guter Schutz.»

«Schon, aber ich verstehe nicht, ist, dass sie das Blutige daran so verachten, gleichzeitig aber fasziniert Vampirbücher verschlingen und Filme zum Kult erheben, deren Protagonisten sich von Blut ernähren.»

«Das ist der kleine, nette Unterschied zwischen Realität und Fiktion: Solange alles nur Spinnerei ist, fasziniert es sie. Kaum treffen sie aber auf dergleichen in der Realität, wird es zur Perversion. So ist es schon, seit wir nebeneinander existieren.»

Alex nickte und leckte sich den Schweiß von der Oberlippe. Seine kurzen Haare waren schweißnass und fielen ihm in die Stirn.

«Wie war es doch gleich bei den Priestern ...?», sagte er. «Sie prangern Unzucht an und dämonisieren Homosexualität, um nach ihrer Predigt hinter dem Vorhang zu verschwinden und sich sexuell frustriert an kleinen Knaben zu vergehen. Oder die alte Oma, die Stimmen in der Heizung hört? Sie wird mit Drogen voll gepumpt und weggesperrt, während die Nonne, die Jesus sieht, umschwärmt wird.» Er zuckte die Schultern und legte die Stirn in Falten. Ein kleiner Schweißtropfen rann seine Schläfe hinab. «Wer Geister sieht, ist verrückt, und doch steht auf jedem Dollarschein, man solle an Gott glauben. Jede Verrücktheit wird bewundernswert, sobald man etwas Göttliches daraus macht! Oder wie ist es mit dem in der Öffentlichkeit hoch geachteten Firmenchef, der jeden Sommer zum Sex mit Kindern nach Thailand fliegt? Und die Menschen, die sich über das geplatzte Oberteil eines Stars oder einen rassistischen Witz aufregen, während ihren Artgenossen nebenan vor laufender Kamera der Kopf abgeschnitten wird, man vollbesetzte Schulen in die Luft jagt und Pferde für Schießübungen missbraucht? Ich verstehe schon, ein Disneyfilm und danach die neuesten, spannenden Kriegsnachrichten, Stiefel aus Schlangenleder, ein Tisch aus Mahagoni, aber dafür jeden Monat ein wenig Kleingeld für die Dritte Welt. Okay, heilt die Menschheit. Die Hoffnung stirbt nie, oder was? Wenn ihr mich fragt, spende ich eher für Tierheime, als dass ich auch nur einen Cent für die Menschheit verschwende. Es wäre sinnlos, da sie sich niemals ändert und ohnehin bald radikal dezimiert wird.»

«Ganz ruhig», Mia lächelte, «es ist Weihnachten, und da ist alles gut. Zumindest will man uns das weismachen.» Sie gähnte und streckte sich. Ihre Finger griffen nach dem Revers ihres Jacketts und zogen es enger um den Leib. Ihr war kalt. Gerührt sah ich, wie sich ihre Härchen aufstellten.

«Ich hol uns was zu trinken», bot ich an. «Was möchtet ihr?»

Beide verlangten Wasser. Alex schimpfte in Mias Ohr. Er hatte sich wieder in Rage geredet, wie so oft. Und beide rochen sie betörend.

Ich rappelte mich auf und kämpfte mich zur Theke. Ich fühlte mich todmüde und hellwach zugleich. Irgendetwas hauchte mir Unruhe ein. Ich überlegte lange, bevor ich mich für einen Baileys und einen Orangensaft entschied. Die Dame hinter dem Tresen himmelte mich an und hielt das lädierte Hemd für einen Modegag. Niemand nahm wirklich davon Notiz.

Als ich dann die vier Gläser zurück zu Alex und Mia balancierte, beschlich mich ein seltsames Gefühl. Irgendetwas stimmte nicht. Ich blieb stehen und ließ meinen Blick schweifen, prüfte jeden Winkel und jeden Anwesenden um mich herum. Nur ein schmächtiger Junge in einer Ecke fiel mir auf. Der sah aber sofort weg, als mein Blick ihn traf. Alles, was ich spürte, war seine Nervosität – nicht unbedingt alarmierend.

Mürrisch wandte ich ihm den Rücken zu. Mia döste vor sich hin, Alex erwartete mich bereits ungeduldig.

«Ist was?», fragte er.

«Keine Ahnung, ich habe das Gefühl, dass hier irgendwas faul ist.»

Ich reichte den beiden ihr Glas und spürte ein sonderbares Gefühl von Reizbarkeit.

Mia wirkte beunruhigt, Alex winkte ab. «Da ist doch nichts», sagte er, «und dass wir Aufmerksamkeit erregen, ist heutzutage sogar normal.»

«Was, wenn du damals etwas vergessen hast? Wenn sie hinter uns her sind?»

«Ashe, vertrau mir. Niemand ist hinter uns her. Diesmal ist es noch gut gegangen, ich habe mich um alles Nötige gekümmert.»

«Vielleicht unterschätzen wir sie.»

Ich leerte den Baileys in einem Zug und kostete den sahnig süßen Geschmack aus, der zuerst auf meiner Zunge, dann in der Kehle und schließlich im Magen brannte und Wärme entfaltete.

«Glaub mir, ich unterschätze sie ganz und gar nicht. Das tust eher du.»

Er trank mit geschlossenen Augen sein Wasser. Blasse Lippen wölbten sich wie Rosenblätter über den Glasrand und tauchten in das klare Nass. Ich beobachtete ihn fasziniert, jede kleine Bewegung. Seine Stirn war so schweißnass wie nach der Liebe, seltsame Gedanken schossen mir durch den Kopf. Ich errötete.

Mia saß zwischen uns und lehnte sich an Alex' Schulter. Ihr wunderbarer Hals wölbte sich dabei wie der einer grazilen Antilope. Eine Haarsträhne umschlang ihn, hob und senkte sich mit dem Pulsschlag, bevor Mia sie in einer beiläufigen Geste fortwischte.

Beide waren sie so einzigartig, dass es schmerzte. Eine Ewigkeit hätte ich damit verbringen können, sie anzuschauen.

Mia begegnete meinem Blick, dann beugte sie sich zu mir und säuselte: «Auch du siehst heute wunderschön aus!»

Ich lachte. «Schmeichlerin! Aber ich mag dieses Wort nicht.»

«Oh, ich würde dich nicht anlügen, Ashe», flüsterte sie und küsste meine Wange. Eine unvermittelte Trauer befiel mich, und obwohl Mia sie spürte, wandte sie sich ab und schmiegte sich erneut an Alex. Ihre Hand berührte die meine als Antwort.

Ich kostete von meinem Saft und stellte ihn zurück auf die Treppe. Während Alex und Mia schon bald erneut gen Tanzfläche strömten, blieb ich sitzen und beobachtete das Geschehen. Menschen kamen und gingen in einer friedlichen Kontinuität, die mich schläfrig machte.

«In Ordnung», murmelte ich, «entspann dich wieder.»

Ich suchte nach den beiden, um sie beobachten zu können, aber sie waren irgendwo in der Menge untergetaucht. Dennoch spürte ich ihre Nähe, und so blieb ich ruhig und griff wieder nach dem Glas.

Der junge Mann stromerte mittlerweile wie ein ruheloser Kater an der Wand entlang. Ich verfolgte ihn mit Blicken. Seine Bewegungen wirkten unbeholfen und hektisch, gerade so, als versuchte er mit aller Gewalt nicht aufzufallen: ein kleiner Mensch, alles andere als reich beschenkt von der Evolution. Dennoch wurde ich langsam böse. Ich dachte darüber nach ihn zu stellen, aber dann war er untergetaucht.

Gut so, er hatte die bessere Wahl getroffen!

Einige Minuten lang wartete ich angespannt, aber er kehrte nicht zurück. Das Unwohlsein jedoch blieb. Ich nahm das Glas und trank von dem Saft, erfreute mich an seiner Frische und Reinheit. Die Natur musste ein leidenschaftliches Wesen besitzen, wenn sie Schönheit und Köstlichkeit in solch einer Fülle hervorbrachte, in einer Üppigkeit, als fände sie höchste Freude am Erschaffen von Dingen, die in den Augen der Menschen nichts waren, außer schön oder köstlich. Ich dachte an die feuchten Tiefen des brasilianischen Waldes, an ihren vor Leben pulsierenden Überfluss, und während ich davon träumte, musterte ich die Leute vor mir. Es war der Blick eines Zaungastes, der nicht dazugehörte. Mein Gott, wenn man es zuließ, verfiel man köstlichstem Amüsement, stets gefolgt von einer gewissen Gleichgültigkeit!

Ein Koloss in Netzstrumpfhosen schob sich an mir vorbei und drückte seine weiche Haute einen kurzen Moment lang gegen mich. Zwischen den Modelustigen zogen die altbekannten, reizenden Wesen ihre schwermütige Bahn, die Gesichter bleich, die Augenringe tief und in ihrer Erscheinung wie köstliche, schwarze Blüten, die unsereins gern pflückte.

Wie Trauerschwäne durchpflügten sie die kurzlebige Masse der Herdentiere. Ihre Bewegungen, in stetig gleichem Ablauf, ermüdeten mich auf angenehme Art – vier Schritte, dann den Leib nach vorne beugend, und wieder zurück ... langsam und geschmeidig.

Ich verschränkte die Arme auf den Knien und legte meinen Kopf darauf, denn er erschien mir plötzlich bleischwer.

Nebel kam auf, aus seltsamen Maschinen. Es roch nach Leichenöl. Die Musik hämmerte in meinen Ohren und steigerte sich zu einem unerträglichen, stakkatoartigen Trommeln.

Mia und Alex waren und blieben mir fern, selbst ihre Anwesenheit verspürte ich nur noch als Andeutung. War Stephen schon hier? Ich wusste nur, dass er uns folgen wollte, zu späterer Stunde. Sehnsucht packte mich, Sehnsucht nach meinem Zögling. Ich wollte ihn sehen, ihn behüten und vielleicht auch mehr.

Ein paar Momente lang schloss ich die Augen und versuchte, das betäubende Dröhnen auszuschalten, mich abzukapseln. Als ich sie wieder öffnete, war mein Blick verschwommen. Zuerst bemerkte ich nur ein scharfes Brennen auf der Zunge, dann ein Druckgefühl in meinem Magen, das anschwoll und langsam aufstieg ... ein Stechen tief in meinen Eingeweiden: Brennen, sengender Schmerz! Mein Schädel pochte, das Herz in meiner Brust begann zu rasen. Ich schwitzte. Ich schwitzte, als läge ich in einem heftigen Fieber, und bald rann der Schweiß in kleinen Bächen meine Stirn hinunter.

«Verdammter Shit!», stöhnte ich. Meine Hände zitterten heftig. Das Glas rutschte mir aus den Fingern, zersprang auf dem Boden. Gerüche, die falsch waren, Augen die plötzlich näher kamen, auf mich zuschwebten ... er, der mich beobachtet hatte, nun erleichtert, ja überschwänglich stolz. Aber er verschwand. Er lächelte und tauchte unter. Zu seinem Auftraggeber? Plötzlich spürte ich es. Spürte ihn. Ganz nah.

Nein!

Ich sprang auf und stolperte dorthin, wo ich den Ausgang vermutete. Raus! Zu heiß! Die Nähe machte mich rasend. Ein frischer Luftzug streifte meine Haut, ich sah ein Stück Nachthimmel.

«Alles in Ordnung?», fragte jemand, aber ich hatte ihn schon beiseite gestoßen und hörte, wie er schmerzhaft gegen die Wand prallte. Wieder waren da diese roten Spiralen des Schmerzes, aber diesmal waren meine Augen geöffnet. Ich verlor die Kontrolle. Die Realität brach ab wie in einem Filmriss und lief nur bruchstückhaft weiter. Plötzlich spürte ich kalten Asphalt und Schnee unter meinen Händen, unter meinen Knien. Es roch nach Urin. Aus irgendeiner dunklen Ecke strömte mir scheußlicher Geruch entgegen.

Ich würgte, rutschte über den eiskalten Boden, sackte zur Seite und fiel gegen eine Mauer. Übelkeit, unendliche Übelkeit. Die drei Sterne, die über mir dem Stadtlicht trotzten, verwandelten sich in riesige, gezackte Lichtungeheuer. Auch das Weiß des Schnees, verkümmert zu kleinen Inseln zwischen dem Grau, schmerzte in meinen Augen.

«Alex ... Mia ... wo seid ihr?», stöhnte ich. «Was ist nur–»

Ich sah jemanden vor mir, meinen Vater. Ein tiefes Loch klaffte in seiner Brust und er streckte mir Hilfe suchend die Arme entgegen, sagte irgendetwas.

«Was?», schrie ich. «Was? Ich habe dich nicht verstanden!»

Er blinzelte und neigte den Kopf. Seine Lippen formten stumme Worte, und aus seiner Kehle schoss Blut heraus. Ich hörte jemanden abwechselnd lachen und irre kichern, und mir kam der furchtbare Verdacht, dass ich selbst es war. Mein Vater löste sich auf.

Jemand packte mich und zog mich auf die Beine. «Komm!», sagte er und schleifte mich mit sich. Haare kitzelten an meiner Wange und ich roch einen vertrauten Geruch, einen Geruch, der meine Wut neu entfachte.

«Marten!», zischte ich. «Warst du es? Hast du mich–»

«Hör auf zu schnattern, sonst wirst du mir noch ohnmächtig!»

Er schleifte mich durch die Straße, als wäre ich ein Kind, mühelos, kaum Atem holend. Ich wollte etwas tun, mich losreißen. Es wäre so einfach gewesen, wenn ... wenn nicht dieses Gift meinen Geist und meinen Körper in Besitz genommen hätte. Ich erinnerte mich an Alex' Geschichte und fühlte eine unglaubliche Wut. Sie war wie Feuer, sie war purer Mord, und ich wusste, dass ich ihn umbringen würde, wenn sich nur eine einzige Möglichkeit fand. Dieser verdammte Drecksel!

«Marten, lass mich los!» Ich wollte es ihm entgegenschreien, aber meine Stimme war nur ein mattes Keuchen. Er ignorierte meine Gegenwehr, anscheinend war ich für ihn leicht wie eine Feder.

«Verkauft mich nicht für dumm! Ich habe genug davon, genug von allem!»

Er war plötzlich hinter mir und stieß mich. Schmerzhaft stürzte ich gegen eine Fassade und ging in die Knie. Eine Gasse, irgendeine verfluchte, schmale Gasse, die niemand betreten würde! Ein Wagen fuhr mit grellen Lichtern vorbei. Weit hinten irgendwo waren Jugendliche und hielten sich fern.

«Was soll das?», knurrte ich. «Antworte mir!»

Marten stand da, beobachtete mich und lächelte noch immer spöttisch, triumphierend. Er trug eine Lederjacke und ein Shirt mit silbernen Schnallen, die im kaum vorhandenen Restlicht der Laternen funkelten.

Mit Schrecken wurde mir klar, dass er mir sehr ähnlich war – nicht vom Äußeren her, nein, aber er war wie ich. Das war es also gewesen! Wieso fiel es mir erst jetzt ein? Ich dummer Idiot! Er war mein unterdrückter, bösartiger, rebellischer Kern. Es war meine dunkle Seite, die dort lebend und atmend vor mir stand und mir viele, kleine, hässliche Erkenntnisse aufzwang. Gott, ich hasste ihn! Ich hasste das, was er mir vor Augen führte, und ich hasste, was ich an ihm so begehrte.

«Verzeih, aber ich genieße es, einen von euch endlich unterlegen zu sehen.» Er fletschte seine Zähne, die unnatürlich lang und scharf waren. Jemand hatte ihm geholfen, dem Klischee etwas mehr zu entsprechen.

«Warst du es?», zischte ich. «Ist das dein Niveau?»

Marten seufzte und lächelte selbstgefällig. «Niveaulos oder nicht, es nützt mir etwas, und nur das zählt. Natürlich hätte ich es nie selbst getan. Du hättest mich gespürt, und zudem wäre es unter meine Würde gewesen, mich an dich heranzuschleichen wie ein Tier. Glücklicherweise stehen Menschen darauf, von Überwesen versklavt zu werden.»

«Schön für dich. Und was willst du nun tun?»

Meine Rippen schmerzten höllisch, doch ich stemmte mich wieder auf die Füße und wartete auf die Kraft der Heilung, die bald einsetzen musste. Das Gift würde schnell seine Wirkung verlieren. Und dann, ja ... ich malte es mir in allen Einzelheiten aus. Ich würde es genießen, es würde mir unsagbare Freude bereiten, ihm diese Erniedrigung heimzuzahlen. Sein ungestümes Wesen würde sein Blut in meinem Mund zum Schäumen bringen, ich lechzte geradezu danach. Niemand verletzte meinen Stolz, niemand erniedrigte mich und kam davon. Vermutlich kannte er mich nicht. Wie sollte er auch.

«Ich weiß», sagte Marten nun kühl und emotionslos, «dass ich weder so stark noch so mächtig bin wie ihr. Das kann ich nicht ändern. Aber ich habe gesehen ...», er fuhr sich mit der Zunge über die Lippen, «wozu du fähig bist. An jenem Abend hast du mir nur einen Bruchteil davon gezeigt.» Er lächelte boshaft und kam auf mich zu. Seine Zähne waren Furcht einflößend, er präsentierte sie voller Triumph und Vorfreude. «Was wäre nun, Ashe, wenn du mir davon abgibst? Möchtest du deine Stärke, deine Erfahrungen nicht mit mir teilen?»

Er blieb unmittelbar vor mir stehen. Ich hätte ihn packen und mit den Fingern die Luft abschnüren können ... Ich sah, wie sein Puls wild hämmerte, zu wild, in einer fiebrigen Besessenheit. Aber ich war schwach. Es war noch nicht so weit. Blut schoss mir in den Kopf, vernichtender Zorn betäubte mich schier. Martens Blick hielt mich fest mit einer Last wie aus Blei, und jedes verzweifelte Atemholen schien er zu genießen.

«Es ist unmöglich ...», flüsterte ich. «Das sind nur Legenden.»

«Nun, das glaube ich nicht.» Plötzlich war seine Hand auf meiner Brust, direkt über dem Herz. Die kleine Verletzung war längst verschwunden. Übrig geblieben war nur ein blassroter Strich.

«Wie es schlägt, so kräftig und unerschütterlich ... so heiß», säuselte er andächtig. «Ich kann es schon schmecken, ich weiß, wie es sich anfühlen wird. Als ich Alex kostete, war es wie ein Unwetter, wie ein Ausbruch an Energie. Aber nur ein Schauer im Vergleich zu dem, was in dieser Brust ruht. Er war stark genug, sich vor mir zu verschließen. Du aber bist nun schwach, du bist weit offen für mich und wirst mir gerne geben, was ich will. Ich will dich, Ashe! Ich will dein Blut!»

«Nein! Das wird nicht funktionieren! Stärke erhältst du niemals auf diesem Weg. Nur dein Leben und deine Erfahrungen können sie dir geben, nicht ich!»

Er schüttelte den Kopf und schnaubte: «Sei ruhig! Ich bin dabei, eigene Erfahrungen zu machen, und die hier wird eine ganz besondere sein.»

Eine heftige Handbewegung, und mein Jackett fiel zu Boden. Dann packte er die Stofffetzen des lädierten Hemdes und riss es ganz herunter. Das alles geschah binnen zwei Sekunden. Eiseskälte legte sich auf meine nackte Haut und ihre Härchen stellten sich auf.

«Wir werden schon sehen, ob es funktioniert», knurrte er träge und strich mit dem Daumen über meine Kehle. «Wenn nicht, werde ich es trotzdem genießen. Es ist ja nicht so, dass ich es ausschließlich der Macht wegen tue.»

Er lachte wieder und drückte sich plötzlich an mich. Seine Augen leuchteten und verschlangen mich schier. Einen Moment lang war ich bewegungsunfähig. Ich spürte seinen an mich gepressten Körper, die Kälte der Lederjacke, das Metall der Schnallen auf meiner Haut, seine Lippen, die nach der heißesten Stelle an meinem Hals suchten. Kräftige Finger umklammerten meine Handgelenke, und ich fühlte mich in die Vergangenheit katapultiert. Seine fordernde Brutalität beschwor längst vergessene Dinge wieder herauf. Ich stöhnte vor Wut. Aber er hatte mich rettungslos an die Wand genagelt. Heißer Atem streifte meine Haut, als er weit den Mund öffnete.

«Marten! Hör auf!» Ich riss den Kopf zur Seite und traf ihn hart. Er fluchte. Plötzlich taumelte er zurück, ich hatte ihn von mir gestoßen, ohne es entschieden zu haben. Er starrte mich verblüfft an.

Schwindel befiel mich, bitter und heiß, aber ich stürzte mich auf ihn und riss ihn zu Boden. Marten schrie, mehr vor Wut als vor Schmerz. Seine Kräfte waren vernichtend. Er wälzte sich herum und war wieder über mir. Schnee schmolz unter meinem nackten Rücken und Kälte sickerte in mich, bis die Haut betäubt war und ich fast nichts mehr fühlte.

Meine Faust schoss vor und traf ihn hart. Blut spritzte, als seine Lippe aufplatzte. Er stöhnte wild.

«Verdammt!» Er schlug mir heftig ins Gesicht und ich glaubte, vor Wut explodieren zu müssen. «Was sollte das?»

«Ich werde dir nichts geben!», schrie ich. «Du bist eine feige Ratte, Marten! Ist das hier das Einzige, was du kannst? Du kleiner, mieser Schwächling!»

«Schnauze!» Seine Faust schoss auf mich zu, aber ich fing sie ab, stemmte mich in einer einzigen großen Kraftanstrengung hoch, warf ihn von mir herunter und riss seinen Arm herum. Er heulte auf vor Schmerz und fiel zur Seite. Sein Körper krümmte sich, der Knochen knirschte. Ich stolperte zurück und blickte auf das jammernde Bündel auf dem Boden. Qual verzerrte sein Gesicht. Hatte ich den Arm gebrochen? Nein, es sah nicht danach aus. Aber ich war frei.

Noch immer halb betäubt stolperte ich zur Mauer, stützte mich daran ab und rang nach Atem ... nur ein paar Sekunden ... Luft holen und mich konzentrieren, dann würde es gehen. Unglaublicher Schmerz hämmerte in meinem Schädel. Mir war so kalt. Mein Oberkörper fühlte sich taub an. Ich schloss die Augen, nur kurz, aber als ich sie wieder öffnete, war Marten erneut vor mir. Er packte mich, riss an meinen Haaren und zog meinen Kopf zurück, so weit, bis ich befürchtete, er wolle mir das Genick brechen.

«Wie fühlt sich das an?», fragte er seltsam sanft, und dann durchzuckte mich ein heftiger Schmerz. Zuerst war da ein schier unglaublicher Druck, der sich steigerte, dann ein Reißen der Haut und feuchte Wärme. Seine Zähne durchstießen mich. Es war, als würde eine glühende Klinge meine Wirbelsäule hinabfahren. Als er mit einem heftigen Ruck zurückfuhr, fühlten sich die beiden Löcher riesig an. Marten sog zischend die Luft ein.

«Wie schön ...», keuchte er rau vor Lust. «Ich danke dir!»

Dann stieß er mich gegen die Wand und warf sich wie ein Raubtier über mich. Sein Mund presste sich auf den Schmerz an meiner Schulter, auf die beiden Löcher, die sich weit und feucht geöffnet hatte, der Sog war unglaublich, gierig, schmerzhaft, unerträglich. Nichts konnte ich mehr kontrollieren ... alles, alles in mir und was ich war, wurde gewaltsam entblößt und strömte zu ihm hin, zu diesem Feigling, diesem Verräter, der vor Verzückung stöhnte und glaubte, am Ziel zu sein.

Nein, nicht so! Ich wusste nicht wie, aber es gelang mir, ihn erneut wegzustoßen. Wutentbrannt stieß er einen wilden Schrei aus. Seine Lippen waren rot, seine Wangen befleckt, die Augen nur noch schwarze Schlitze, leblos funkelnd wie Eissplitter. Er schluckte und fuhr mit der

Zunge über seine rot gefärbten Finger. Er lachte boshaft. Wie Elfenbein blitzte das Weiß in seinen Augen auf.

«Ich fühle mich sehr gut.» Er warf irre kichernd den Kopf zurück. Diese Zähne, die sich in mich gebohrt hatten – lang und vernichtend glänzten sie im Licht einer entfernten Laterne, spöttisch beinahe. «Ja, es wirkt. Ich fühle es.»

«Nichts fühlst du!»

«Oh, wie köstlich! Unübertrefflich! Ich fürchte, mein Verlangen wird dich vernichten!»

Wieder stürzte er sich auf mich. Ich schlug nach ihm, traf ins Leere. Er zerrte mich herum und presste sich nun von hinten gegen mich. Seine Zähne bohrten sich in zweites Mal tief in meine Schulter. Der Schmerz war wahnsinnig! Ich bekam sein Haar zu fassen und riss daran, er kreischte, knurrte. Mein Bein traf ihn und ich warf ihn erneut zurück. Wieder stand er im Lichtkegel und zitterte vor Gier und unkontrolliertem Lachen. Ich wurde schwächer ... und er spürte es. Oh, meine Wut kochte, schnappte und wand sich in mir. Ich roch mein Blut, schmeckte es. Es lief an mir herunter und klebte widerwärtig auf meiner Brust. Wie erniedrigend war das hier! Wie schwach war ich! Hereingelegt von einem Idioten! Die Welt bröckelte und löste sich auf, löste sich in rasenden Zorn auf. Ich schnaubte in schier grenzenloser Wut und spürte Tränen meine Wangen hinablaufen.

«Ashe!» Alex und Mia tauchten auf und standen kaum zwanzig Meter entfernt im Lichtkegel der Laterne.

«Verschwindet!», stöhnte ich. Marten wirbelte herum und knurrte. Aber Alex kam näher.

Mia hielt sich zurück. Doch sie sah selbst in der Finsternis jede Einzelheit, und ihre Augen weiteten sich, als sie die Situation begriff.

«Marten, du Dreckskerl! Was treibst du da?» Alex lief los, ein schwarzer Schatten, ein paar heftige, verblüffend schnelle Bewegungen, und Marten wurde mit vernichtender Gewalt gegen die Mauer geschleudert. Ich hörte ein morsches Knacken. Marten rang nach Luft, sackte in sich zusammen und röchelte erbärmlich.

Ich hob das Jackett auf und streifte es über. Es half nicht im Geringsten gegen die Kälte.

Als Alex' Blick mich traf und auf mir ruhte, überkam mich ein grenzenloses Gefühl der Scham und Erniedrigung. So, wie er mich anstarrte ... ich würde es ihm nie verzeihen können!

Alex wandte sich wieder Marten zu. Er sprang geschmeidig auf ihn zu, packte seinen Kragen und zerrte ihn auf die Füße.

«Erkläre mir das!»

Seine Hände auf Martens Schultern drückten so fest zu, dass diesem Tränen des Schmerzes in die Augen stiegen.

«Lass ihn, Alex!», schnaubte ich wütend. «Er gehört mir, du wirst ihn nicht anrühren!»

Alex warf mir einen kurzen Blick zu und knurrte.

«Was sollte das?», fragte er Marten erneut. «Was dachtest du dir dabei, du missratener Arsch?»

«Alex!» Ich packte sein Jackett und zerrte daran. Tatsächlich gelang es mir, ihn zurückzureißen. Er zischte überrascht, und in dem Augenblick, als Marten schutzlos vor mir kauerte, stürzte ich mich auf ihn. Meine Hände legten sich um seine Kehle und drückten zu. Ich geiferte vor Zorn, fluchte, das Gesicht pochend vor heißer Wut.

Martens Augen quollen aus den Höhlen, er würgte und rasselte und zerrte an meinen Handgelenken. Irgendwo weit entfernt spürte ich, wie Alex mich schlug und trat und an mir zog. Wüste Worte hallten durch die Nacht und wurden verschluckt.

Nein, ich wollte ihn töten! Ich wollte ihn sterben sehen, meinen verachtenswerten Teil ... meine dunkle Seite. Sein Blut wollte ich sehen, auf dieser dreckigen Straße, und nie mehr in dieses Gesicht. In ihm floss alle Verachtung zusammen, die ich je empfunden hatte. Ich legte so viel Kraft in meine Finger, wie ich nur vermochte. Seine Haut war so weich und gab willig nach, ich spürte seinen Kehlkopf, drückte ihn ein, schnürte ihm Atem und Blut ab. Meine Schulter schmerzte höllisch, Blut rauschte im Takt des Herzens in meinen Ohren. Ich sah buchstäblich rot. Marten gurgelte in höchster Not.

Plötzlich und unvermittelt fand ich mich erneut auf dem Boden wieder. Mia war über mir. Sie griff nach mir, dann waren ihre Arme um mich geschlungen, ihre zarten, weißen, unnachgiebigen Arme, die meine Gegenwehr kaum zu spüren schienen. Ja, ihre Umarmung war so stark, dass es mich maßlos erstaunte. Sie presste mich an sich wie eine Mutter ihr Kind. Völlig unpassend in diesem Augenblick fiel mir auf, wie wunderschön sie war, durchscheinend und zart wie das Blütenblatt eines weißen Krokus.

«Still ...», murmelte sie an meinem Ohr.

Alex hatte sich über Marten gebeugt. Dieser lag zusammengerollt am Boden, verletzlich wie ein Embryo.

«Warum sollte ich dich leben lassen?», fragte er ihn.

Marten lachte rasselnd: «Du bist doch der Barmherzige von uns, Alex.»

«Denkst du das wirklich, du kleiner, unwissender Feigling?»

Alex' Hand legte sich um Martens Kiefer und hob ihn mühelos hoch. Die Luft vibrierte wie eine überspannte Bogensehne, Aggression und Zorn drückten sich schwer auf meine Brust, abstoßend und inspirierend gleichermaßen. Etwas Wildes wurde erweckt, nicht nur in mir, in uns dreien. Ich roch und schmeckte es ... wie vertraut, die Natur rief.

Alex wirbelte herum und schleuderte Marten von sich, er flog durch die Luft, drehte sich im Fall wie eine Katze und krachte mit voller Wucht gegen die Mauer.

Alex sprang zu ihm hin, packte ihn erneut und riss ihn wieder auf die Füße. Seine rechte Hand fingerte nach der Kette um seinen Hals. Mit der Schnelligkeit einer Schlange schoss sein Kopf vor, und ich hörte das reißende Geräusch, als sein Ankh Martens Fleisch durchschnitt.

Gleiches mit Gleichem vergelten, dachte ich bitter.

Es war ein Geräusch wie das Öffnen eines Reißverschlusses ... das Geräusch tief aufklaffender Haut. Ein gequältes Stöhnen entfloh mir, während Mias Lippen auf meiner Wange ruhten und sie mit Küssen bedeckten.

«Ich weiß ...», raunte sie.

Irgendwo dort hinten im Licht hatten sich Menschen versammelt. Sie hatten uns entdeckt und sahen zu, flüstern, tuschelnd, gebannt. In der Finsternis aber konnten sie nicht viel erkennen.

Alex packte sein Haar und riss seinen Kopf zur Seite, ich sah Blut, dunkles Blut. Marten heulte erstickt auf. Seine Beine zuckten wie in Agonie, seine Hände hatten sich zu Klauen geformt und gruben sich panisch in die Mauerspalten.

Dies war der andere Alex, dachte ich fiebrig. Wir waren kultivierte Tiere, zeitweise kultiviert ... nie sehr lange. Mein Körper vibrierte und kämpfte, wollte sich losreißen, nach vorne stürzen, aber Mia war stärker und hielt mich in ihrem Bann.

Alex und Marten stöhnten. Wir hatten wieder eine Grenze überschritten. Das Ding in uns war nun geweckt und forderte seinen Tribut.

Es währte nur Sekunden, dieses Ritual der Rache. Der Tod wäre sanfter zu ihm gewesen. Nun sackte Marten zu Boden, weinend, schluchzend, erniedrigt. Sein Oberkörper war nackt, das herablaufende Blut formte ein verzweigtes, fragiles Tattoo auf seiner Brust. Alex warf das Hemd in eine der überquellenden Mülltonnen.

«Hast du etwas gelernt, Feigling?», fragte er kalt und wischte mit dem Ärmel über seinen Mund.

Marten nickte winselnd.

«Verschwinde! Und versuche nie wieder, dich uns zu nähern. Diesmal soll es dir als Lehre dienen, das nächste Mal ist es dein Tod.»

Wieder ein Nicken. Er erinnerte mich an ein verletztes Kind, seine Schwäche verblüffte mich, und ich widerte mich selbst an.

«Geh!»

Marten rappelte sich auf und stolperte davon, den Blick auf den Boden geheftet. Als er um die Ecke huschte, stieß Alex einen halb wütenden, halb gierigen Seufzer aus.

«Alles okay? Schmerzt es sehr?» Mia entließ mich aus ihrer Umarmung und begann, meine Schulter zu untersuchen.

«Ich spüre nichts.»

«Es sieht schlimm aus, aber es ist nichts, was dich umbringen wird. Womit zum Teufel hat er das getan? Sieht aus wie aus einem schlechten Draculafilm.»

«Ihr hättet nicht kommen dürfen», flüsterte ich schwach.

Mia sah mich an und legte die Stirn in Falten. Alex war hinter ihr. Er atmete schwer und sein Blick sprach Bände.

«Du glaubst, du wärst alleine klargekommen?», fragte er und lächelte. «In Ordnung, das war das letzte Mal, dass wir dir geholfen haben. Aber Marten war mein Zögling und meine Verantwortung, ich hätte ihn töten sollen. Es tut mir Leid, Ashe, was geschehen ist, denn es ist meine Schuld. Ich habe falsch gewählt. Vieles in ihm habe ich übersehen oder nicht wahrhaben wollen. Du hast es entdeckt und dafür bezahlt. Bis heute habe ich tatsächlich noch an ihn geglaubt. Stephen sollte eigentlich nur ... eine Masche sein, ein Mittel, ihn zurückzubekommen. Ich habe ihn geliebt, mehr als jeden zuvor, weil er ...» Alex verstummte.

Ich war überrascht. Als etwas wie Triumph in mir aufflackerte, war ich empört über mich selbst. Alex hatte wie ich viele Verluste erlitten, doch in einer Hinsicht hatte er bisher immer erstaunliches Glück bewiesen. Er, dessen Zöglinge sonst stets ernsthaft und bewundernswert gewesen waren, verstand nun eine weitere Seite in mir. Marten war sein persönlicher Fehlgriff gewesen, sein einziger, soweit ich wusste, und, wie es das Schicksal so wollte, sein am meisten geliebter. Es traf ihn sehr viel mehr, als er es sich eingestand. Alex hatte nie auf solch menschlich plumpe Mittel wie Eifersucht zurückgegriffen.

Ich stand da, während der Rhythmus des Blutes in meinem Kopf alles zu übertönen schien. Meine Schulter schmerzte und blutete noch immer. Aber es war ein Schmerz, der nun bedeutungslos geworden war.

Alex' Augen sprühten. Ich hörte sein Herz voller Energie schlagen ... wie es pumpte, wie es nach mehr verlangte, wie es danach verlangte zu jagen und erhitztes, ekstatisches Blut durch die Adern zu pumpen. Nur ein Wort schien in seinem Blick zu liegen: Jagen – geboren aus Zorn, Enttäuschung und auch dem Adrenalin, das längst sein Blut würzte.

Der Blick, der auf mir ruhte, stand Martens Gier in nichts nach. Ich schauderte und empfand doch eine bizarre Erregung.

«Hat jemand Stephen gesehen?», fragte Mia in die Momente knisternden Schweigens hinein.

Alex öffnete den Mund. «Verflucht! Wie blöd sind wir eigentlich?» Seine Augen weiteten sich, dann fuhr er herum und rannte los.

«Marten war nicht alleine!», hörte ich ihn rufen, bevor er um die Ecke bog und seine Schritte verhallten.

«Stephen ...», flüsterte ich, und ein heißkalter Stachel durchfuhr mich. Erst jetzt, nach alldem, spürte ich seinen Schmerz, ich spürte, dass er litt. Mia war Alex längst gefolgt und rief mir laut etwas zu.

Binnen Sekunden drängte ich mich durch die Masse im Eingang. Mia gab mir zu verstehen, dass sie den unteren Teil des Gebäudes durchsuchen würde, während ich oben blieb.

Die Musik war betäubend, er würde uns nicht hören. So weit war er noch nicht. Die Leiber versperrten mir den Weg, sie starrten mich an, meine blutige nackte Brust, mein Gesicht, sie lachten, flüsterten, verzerrten einfältig ihre Gesichter. Der Lärm machte mich rasend.

Einer inneren Eingebung folgend betrat ich den rotgestrichenen Flur zu meiner Linken. Dort, auf der Männertoilette, häuften sich die Menschen. Sie riefen, schrien, flüsterten in einem wilden Chaos durcheinander und sahen auf etwas hinab. Ich stieß sie beiseite. Stephen kauerte auf dem Boden, an eine Toilettentür gelehnt, und seine Hand presste sich auf den blutüberströmten Hals. Sein Gesicht war weiß, erschreckend weiß. Er hockte verheult da und zitterte wie ein angeschossenes Reh.

«Stephen!»

Er blickte auf und starrte mich an – ein Sinnbild des Elends.

«Ashe! Bist du das?» Seine Stimme war das Piepsen eines eingeklemmten Spatzes.

«Ja. Komm, wir verschwinden!» Ehe mich jemand aufhalten konnte, hatte ich ihn auf meine Arme gehoben. Er schluchzte, seine Wangen waren nass vor Tränen. Jemand versuchte mich aufzuhalten, rief etwas von einem Arzt und dass Hilfe unterwegs sei. Ich stieß alle beiseite, Stephens schmächtigen Körper an mich gepresst, kämpfte mich durch die Masse aus Leibern und rang nach Atem, als ich endlich den Ausgang erreichte und ins Freie stolperte. Zu viel Aufmerksamkeit hatten wir wieder erregt. Ich hoffte inständig, dass der Drang der Menschen, sich lieber in nichts einzumischen, auch diesmal stärker war.

Stumm sandte ich meinen Geschwistern eine Nachricht. Glücklicherweise hatte ich am Eingang den Schlüssel an mich genommen, sodass wir uns den Blicken entziehen konnten, die uns hier und da folgten.

«Ganz ruhig», murmelte ich und presste ihn an mich. Gott, wie klein und federleicht er war. Immer noch so schwach, wie ein Kind. Er tat mir so Leid, so unendlich Leid, und doch machte der Geruch seines Blutes mich rasend. Ich wollte seine Hand fortschieben und ...

Stephen schluchzte laut auf. Er schien Schmerzen zu haben, aber als ich ihn auf den Rücksitz legte und seine Verletzung untersuchen wollte, wehrte er sich heftig.

«Ich kann dir nicht helfen, wenn du es nicht zulässt!»

Er keuchte und schüttelte den Kopf. Seine Hände fuchtelten herum.

«Nein ... lass mich!»

«Stephen, ich werde dir nichts tun. Ich kann dafür sorgen, dass du keine Schmerzen mehr hast.»

Sein Blick war der eines tödlich getroffenen Tieres. Panik und Unverständnis erfüllten seine großen Augen. Doch seine Hand glitt nun hinab und gab den Blick auf eine Reihe kleiner Wunden frei, die den Halbmond eines Gebissabdrucks formten. Die Löcher der Eckzähne sahen hässlich aus, aber es war nichts, was wir nicht in ein paar Tagen verschwinden lassen konnten.

Um herauszufinden, wer das getan hatte, würden wir die Verfolgung aufnehmen müssen. Und dann? Wir waren alt genug um zu wissen, dass es damit nicht besser werden würde. Alles, was wir tun konnten, war erhöhte Vorsicht walten zu lassen. Marten war es zumindest nicht gewesen, mit so etwas beschmutzte er sich nicht die Finger.

Stephen stammelte etwas.

«Was?»

«Du bist auch ...» Er deutete auf meine Schulter und wirkte noch schockierter als zuvor. Beinahe hätte ich über ihn gelacht, denn mit seinen aufgerissenen Augen sah er aus wie ein zu Tode erschrockener Kauz.

«Das ist nichts. Kümmere dich nicht darum.»

«Dich hat es mehr erwischt.»

«Stephen, im Vergleich zu anderem ist das hier eine Kleinigkeit. Ich spüre es nicht einmal. Und jetzt sieh mich an.»

Alex und Mia waren eingetroffen. Sie glitten ins Auto und plötzlich fuhren wir los, schweigend, in stillem Einverständnis und Wissen.

Die Lichter der Stadt wurden zu einem Ozean, funkelnd und schillernd wie Tiefseewesen, verblassten allmählich und gingen dann in die sanfte Dunkelheit der Vororte über. Durch die Nachwirkungen der Droge fühlte ich mich benommen, mittlerweile aber auf eine angenehme Art und Weise.

«Du kümmerst dich um ihn?», hörte ich Alex' Stimme.

«Ja.»

«Die Nacht ist noch jung und keiner von uns wird Ruhe finden. Ich habe noch viel mit euch vor.»

«Es wird ihm gleich besser gehen!»

Ich nahm Stephens Gesicht in meine Hände und fing seinen Blick ein. Er versank darin, wehrte sich einen Augenblick lang, um schließlich in meinen Armen zu erschlaffen und sich meinem Geist auszuliefern.

3.30 Uhr

«Schläft er?», fragte Alex.

Ich lugte noch einmal zur Tür hinein und sah im Schein der gedämpften Lampe Stephens friedliches Gesicht. Er atmete ruhig und flach, denn nach all der Verwirrung und dem Schock hatte ihn nun der Tiefschlaf übermannt. Sein Gesicht war süß und kindlich. Eine Welle der Zuneigung erfüllte mich.

Wie schon oft zuvor hatten wir beschlossen, den Vorfall stillschweigend zu verarbeiten. Niemand verlor ein Wort darüber. Es würde sich auf andere Art und Weise erledigen, und Zeit war das beste Heilmittel. Nie wieder wollte ich ein Wort über meine Erniedigung verlieren. Sie wussten dies nur zu gut und würden sich daran halten.

«Wir können gehen», antwortete ich.

Längst hatte ich die lädierten Kleider gegen saubere ausgetauscht. Ich fühlte mich frisch und erneuert. Aber da war ein seltsamer Nachgeschmack auf meiner Zunge. Ich wollte ihn nicht ergründen.

Zumindest noch nicht.

Alex forderte uns mit einer Kopfbewegung zum Aufbruch auf.

«Dann kommt! Es beginnt bald wieder zu schneien.»

Er wandte sich um und wollte gehen, aber Mia fing ihn in ihren Armen auf. Sie lächelte sanft.

«Vielleicht solltet ihr zuerst nach euren Geschenken sehen? Winternächte sind lang, wir haben noch Zeit.»

Unten im Wohnzimmer lagen sie unter dem erleuchteten Baum, jedes Päckchen mit einem Namen versehen. Manche Bräuche der Menschen hatten auch wir übernommen, weil wir gewisse Dinge an ihnen liebten. Dazu gehörte das Weihnachtsfest.

Es war Mias kleine, elegante Handschrift, die jedes Geschenk zierte, mit jenem kühnen Schwung nach rechts. Sie reichte mir eines davon, ein großes, weiches Paket, das in meinen Händen nachgab.

Als ich den dunkelroten, im schwachen Licht fast schwarzen Kaschmirmantel ausbreitete, fühlte ich einen Stich tief in mir. Es war genau so einer, wie er damals bei meinem Unfall im Wagen geblieben war.

Er war weich und warm und mit schwarzer Seide gefüttert, schmal geschnitten, mit satinüberzogenen, bordeauxroten Knöpfen und breitem Reverskragen. Wieder eine kostspielige Maßanfertigung von demselben Schneider, der die Straße hinunter an der Ecke wohnte und uns zurückhaltend verehrte. Ein alter Freund Mias und äußerst praktisch, wenn man das nötige Geld besaß.

«Er war dein Lieblingsstück», sagte sie. «Ich dachte, du hättest ihn gerne wieder.»

«Danke, Mia.» Ich küsste sie auf die kleine, weiße Stirn.

Alex präsentierte mir eine afrikanische Holzkiste, in der sich drei Bücher und mehrere Filme auf DVD befanden.

«Für lange Winternächte. Mit Mias wertvollem Geschenk kann ich natürlich nicht mithalten. Die Kiste kommt aus einem langweiligen Möbelladen. Made in China.»

«Als wäre das wichtig. Ich liebe euch.»

Sie sahen mich an und lächelten. Mir fiel wieder auf, wie ähnlich sie einander waren, viel ähnlicher als früher. Es war, als würden sie Stück für Stück miteinander verschmelzen. Mittlerweile musste man sie zwingend für Geschwister halten, denn selbst in ihrer Art zu reden und in ihren Gestern glichen sie einander wie Zwillinge.

Ich übergab ihnen nun mein Geschenk. Ein sehr dickes Buch mit kupferfarbenem Ledereinband, in dem ich all unsere alten Briefe gesammelt und dabei keine Kosten und Mühen gespart hatte. Alex und Mia waren keine Ordnungsfanatiker, früher oder später hätten sie die ihren nicht mehr wiedergefunden. Viele wären längst verloren gegangen ohne mich. So hatte ich all die Briefe der Vergangenheit, die ich ihnen einst geschrieben hatte, im ganzen Haus zusammengesammelt und gemeinsam mit den an mich adressierten von einem der bekanntesten Buchrestaurateure binden lassen.

«Ich bin dafür extra nach Rom gereist», erklärte ich, während sie das Buch zuerst mit erstaunten und kurz darauf mit wehmütigen Blicken begutachteten, «weil nur dort der Richtige dafür arbeitet.»

«Fefe?»

«Ja.»

Alex lächelte. «Ja, ich kenne ihn. War schon oft bei ihm, früher. Fefe ist ein Künstler.»

Er strich über die Seiten, die am Anfang des Buches stark vergilbt und am Ende reinweiß waren. Jede Einzelne war in zarte Folie geschweißt, damit sie die Zeiten überdauerte. Alex wirkte abwesend. Ich fühlte seine Worte mehr, als dass ich sie hörte. «Vielen Dank, es ist wunderschön.»

Dann gab er das Buch an Mia weiter.

«Die ältesten Briefe wären um ein Haar unter seiner Hand zerfallen», sagte ich. «Bei den ersten acht musste er Replikate erstellen, sie waren zu alt.»

«... so wie wir», sagte Mia. Sie warf mir einen müden Blick zu, verschlossen wie eine Knospe, zwar zart, aber ohne jede Lücke. Entweder sie öffnete sich von alleine oder sie würde es mitnehmen, wohin auch immer sie gehen würden.

«Du hast es mehr für dich als für uns getan», sagte sie.

«Das stimmt.»

«Wurde er nicht stutzig darüber, dass all die Briefe dieselbe Handschrift besaßen? Und ihr Inhalt ...»

«Ich bin nicht nur zu ihm gegangen, weil er ein Künstler ist. Schon Alex wusste damals seine Diskretion zu schätzen.»

Mia nickte und überflog einen der ersten Briefe: Edinburgh, 27. April. Ich hatte ihn an Mia geschrieben, genau 35 Jahre nachdem die beiden sich kennen gelernt hatten. Zu der Zeit war Alex geschäftlich durch Europa gereist und sie hatte sich einsam gefühlt. Ich erinnerte mich, dass ich noch an dem Tag, an dem ich ihre traurige Antwort auf diesen Brief erhalten hatte, sofort zu ihr gereist war ... an einem Samstag, der so kalt und neblig gewesen war wie ein Novemberabend. Damals dauerte eine Reise von Edinburgh nach London noch Wochen. Und Schiffsreisen waren eine Katastrophe. Hamburg selbst war mir so düster und grau erschienen wie ein Alptraum, ein stinkendes Loch voller Menschen, die weder aus noch ein wussten. Und mitten darin Mias verlorene, kleine Gestalt, ganz und gar noch nicht stark und in Liebeskummer aufgelöst.

«Es scheint mir so lange her», flüsterte sie, und ein Zucken umspielte ihre Mundwinkel. Dann gab sie das Buch an Alex zurück. Er blätterte ein wenig darin herum, las manche Textstellen und legte es schließlich beiseite, so vorsichtig, als sei es ein rohes Ei.

Um ehrlich zu sein, hatte es mich um ein Haar ruiniert. Ich war in der Vergangenheit viel zu lotterig gewesen, um mir ein beträchtliches Vermögen anzusammeln. Dieses Buch hier war meine einzige größere Investition seit langem, aber ich bereute es nicht. Ich sah es als Vermächtnis, und sicher hätten sie mich an den Haaren aus dem Fenster gehängt, hätte ich ihnen von dem Preis erzählt.

«Und was wollt ihr nun tun?», fragte ich.

Mia seufzte. «Es tut mir Leid. Ich weiß nicht, ob ich heute noch-»

Alex schnitt ihr das Wort ab. «Hört zu, ich wollte diese Nacht nicht mit so etwas verbringen. Ihr werdet mir zu wehleidig. Es wird Zeit, dass wir zu unserer alten Natur zurückfinden.» Er sprang auf und packte meine Hand. Ein heftiger Ruck und ich stand aufrecht.

«In manchen Dingen», sagte er und lachte, «bist du tatsächlich alt, Ashe. Du rostest langsam ein! Und deine Reaktionen ... nun ja ... Großmütter sind flinker als du zur Zeit.»

«Abwarten.» Er errötete, als ich ihn auf die Wange küsste. Wonach er sich sehnte, wusste ich genau. Und damit zu spielen, ihn zu quälen, bereitete mir diebische Freude. Vermutlich würde ich irgendwann dafür bezahlen.

«Wie geht es dir? Ist es wieder verheilt?», fragte er.

«Ich spüre nichts mehr. Aber ich brauche Ausgleich. Ich bin völlig leer.»

Alex grinste. «Wirklich verübeln kann ich es Marten nicht.»

«Ich verstehe, mein lieber, stets asketisch lebender und ohne jeden lüsternen Gedanken auskommender Bruder.»

«Ihr seid hinreißend.» Mia lächelte. In ihren Augen lag nun etwas sehr Lasziveses und Dunkles, was sich mit unserer Munterkeit nicht vertrug. Sie war aufgestanden und bewegte sich nicht, eingehüllt von einem Schatten aus Fremdartigkeit und absoluter Stille, als hätte sie jemand aus einer fernen Welt heraus in diesen Raum geholt. Sie stand einfach nur da und sah durch uns hindurch.

«Sie tut es schon wieder», raunte Alex mir zu.

Ich lächelte. Ja, sie tat es schon wieder – ohne es zu wissen vermutlich. Mia hatte Seiten an sich, die rätselhaft waren, weltentrückt. Und weder ich noch Alex hatten sie je wirklich ausloten können. Sie brachen nur manchmal durch, in gewissen Momenten, und dann war sie für uns so fremd, so unerreichbar. Das war der Grund, weshalb wir einen stetigen Hunger nach ihr empfanden ... seit dem Tag, an dem wir sie fanden. Diese Andersartigkeit hatte nichts mit unserem Wesen zu tun. Ihre Herkunft lag an einem noch unbekannteren Ort. Ich hatte die Hoffnung aufgegeben, diese Seite in ihr je erkunden zu können. Vielleicht war es auch gut so.

Mia kam zu uns. Ihr Körper war geschmeidig und federleicht, ihr Blick voll stiller Würde. Jetzt, da ich wusste, wie stark sie sein konnte, war sie noch verführerischer: eine ägyptische Katze. Wer weiß, vielleicht hatte ich nicht die geringste Chance gegen sie. Aber bisher hatte sie ihre wahre Kraft versteckt. Wozu?

Alex stand dicht neben mir, er war heiß und fiebrig. Sein Körper arbeitete mit der Intensität einer Hochleistungsfabrik, ganze Wellen aus Hitze entströmten ihm und seine Lippen zuckten.

«Stadtpark», murmelte er.

Mia nickte. «Lasst uns gehen.»

Sie streiften ihre Jacketts über.

«Moment, Alex.» Ich wandte mich ihm zu. Die Luft zwischen uns zog sich zusammen. Etwas geschah, und keiner war willens, es aufzuhalten ... oder es überhaupt zu versuchen. «Du hast mich noch nie wirklich schnell gesehen, kann das sein? Es gibt immer noch Seiten in mir, die du nicht kennst, nach all der Zeit.»

«Das ist wohl so, Ashe. Aber ich weiß ja, dass für alles die richtige Zeit kommt.»

Seine Stimme war dunkel und rau. Sie erinnerte mich an Marten, jedoch war dieser Beigeschmack nicht unangenehm, sondern seltsam prickelnd.

«Es gibt eine Seite, die du noch nicht kennst an mir», flüsterte ich ihm zu.

Alex seufzte und wandte sich ab.

«Zieh ihn an!» Mia reichte mir den roten Mantel und nickte zustimmend, als ich ihn überstreifte.

«Besser als der Alte», urteilte sie und strich über die dezent schimmernde Wolle.

«Kommt!»

Alex öffnete die Tür und eilte hinaus, lautlos und ungeduldig. Mia folgte ihm, eine Gestalt im schwarzen Anzug schlank und schmal wie die eines Jungen.

Nun, der Frieden würde mit dieser Nacht vorbei sein. Die alten Zeiten begannen erneut, und das bedeutete auch, dass vieles der Veränderung anheim fallen würde. Umbrüche, Wandlungen, der Einsturz ganzer Welten war möglich, wenn wir unserer Natur in einer Phase hemmungsloser Genüsse nachgaben. Was würde es diesmal mit sich bringen?

Am nahen Ende wartete die Einsamkeit auf mich, so viel war sicher. Und das Sinnvollste wäre nun gewesen, hemmungslos meinen Gelüsten nachzugeben, ohne Gedanken an den morgigen Tag, zu leben, als wäre diese Nacht meine letzte.

«Tu es einfach!», sagte ich zu mir. «Versuch es endlich!»

Raphael war aufgetaucht und warf sich vor mir auf den Rücken. Seine Beine ragten kerzengerade in die Luft und er schnurrte fordernd.

«Nicht jetzt. Wir werden bald viel Zeit füreinander haben.»

Der Kater stieß einen Laut aus, der wie ein Seufzer klang, und trollte sich in müßigem Laufschritt.

Ich zögerte einige Augenblicke, bevor ich meinen Geschwistern folgte. Die Nacht war eiskalt und es schneite wieder, genau wie damals. Doch statt menschenleerer Wälder und einem konkurrenzlosen Sternenhimmel wartete nun die Stadt auf uns.

Wieder übermannte mich die Gewissheit, dass alles einem steten Kreislauf unterlag. Diese Nacht war wie jene damals an der Grenze meiner Erinnerung. Die Luft schmeckte genauso, sie roch genauso. Es war dieselbe Ahnung im Licht und in der Geräuschkulisse der Nacht.

Sie war zurückgekehrt.

Alex und Mia standen am Straßenrand und nickten mir zu. Es sollte unsere letzte gemeinsame Jagd werden.

†††

«Weißt du, wo Jinni ist?»

Der drahtige kleine Franzose namens Frances schaute nervös drein, während Richard ihn erneut mit Blicken durchbohrte.

«Nein», antwortete Frances, «aber möchte wetten, er ist zu Hause und nagelt sein neues Törtchen.»

«Idiot! So verlässlich wie ein Rammler im Harem.»

Richard nahm einen tiefen Zug seiner Selbstgedrehten und beobachtete die Säule blauen Rauches, die in Wirbeln und Spiralen in den Nachthimmel aufstieg. Ihm war scheißkalt. Vielleicht zum ersten Mal seit zehn Jahren fiel ihm auf, dass es Sterne gab – tausende davon, die plötzlich auftauchten, sobald man die Stadt hinter sich ließ. Für einen Moment war er verblüfft, denn er wurde sich bewusst, dass es sie seit Jahrmillionen gab. So alt! Wie war das möglich? Er hingegen war zweiunddreißig und am Ende seiner Jugend. Aber da ganz andere Dinge sein Leben bestimmten, widmete er sich schnell wieder seinem zugedröhnten Freund und der braunen Flasche in seiner Hand. Das Zeug schmeckte widerlich, aber es wärmte von innen. Er hatte so viel falsch gemacht, dass das hier auch nicht mehr wichtig war.

«Hab keine Lust mehr zu warten», murrte Richard. «Ich werd ihn jetzt anrufen, egal, was er treibt. Und sobald er hier ist, legen wir los. Nicht morgen, nicht übermorgen, sondern heute, klar?»

Frances nickte ängstlich. «Sag Jinni, er soll sich Zeit lassen.»

«Hör auf zu jammern!», schnauzte Richard. «Dein Charly ist so klein wie dein Mut.»

Frances fluchte unterdrückt, wagte es jedoch nicht, ihm die Stirn zu bieten. Die Hierarchie war klar und eindeutig geregelt.

Richard stand auf und drehte eine kleine Runde auf dem schneebedeckten Rasen, um einen einigermaßen klaren Kopf zu bekommen. Normalerweise vertrug er Alkohol ziemlich gut, aber heute war der Wurm drin. Ausgerechnet heute. Bald würde die Sonne aufgehen. Der erste Weihnachtstag war ideal, die Stimmung passte, und keiner rechnete mit irgendwas. Oder doch? Nein, diesmal würde es klappen, falls dieser faule, triebgesteuerte Sack namens Jinni nicht wieder alles vermasselte ... oder sie wegen der Feigheit des kleinen Froschfressers das Ganze wieder verschoben.

«Scheiß Stadt! Scheiß Weihnachten!», murrte er und tippte Jinnis Nummer. «Ich bring dich um, wenn du nicht rangehst.»

«Hey, sieh mal!» Frances deutete in die Dunkelheit. «Besuch!»

Richard hielt mürrisch inne, drückte den roten Knopf und blinzelte in die Nacht hinaus. Vom Parkplatz her näherten sich drei Gestalten, überraschend zielstrebig und schnell. Richard und Frances waren von dieser Entschlossenheit überrascht. Es war fünf Uhr morgens am Weihnachtsfeiertag. Es schneite wieder und war so kalt, dass kein vernünftiger Mensch freiwillig hier im Park herumturnte, es sei denn, er plante etwas.

Die drei Gestalten waren binnen weniger Sekunden bei ihnen und blieben vor ihnen stehen. Sie lächelten.

«Hi!», sagte eine von ihnen.

Richard war verblüfft, Frances sprang auf und fummelte nach der kleinen Waffe unter seiner Jacke.

«Lass den Scheiß!», schnauzte er. Frances glotzte verständnislos und erstarrte mitten in der Bewegung. Sein Kopf zuckte fragend zur Seite, doch Richard reagierte nicht auf ihn.

«Was ist los? Was wollt ihr?»

Der Größte der drei lächelte unverschämt.

«Habt ihr beiden Lust auf ein wenig Spaß?»

«Wie?» Richard wusste nicht, was er davon halten sollte. Er starrte die drei der Reihe nach an und seine Verwirrung war maßlos.

Ob sie Geld dabeihatten? Er überlegte kurz und kam zu dem Schluss, dass es ihn keineswegs kratzen würde, sie alle drei auszurauben. Schließlich waren sie ganz offensichtlich dumm, hier um diese Zeit an diesem Ort herumzuwandern. Aber er war keine übereilige Natur. Dass alle Menschen gleich waren, hatte man nur seinem kleinen schwarzen Freund zu verdanken, der sich hart an seine Hüfte drückte.

«Was wollt ihr?», fragte Richard noch einmal. «Was meint ihr mit Spaß?»

Drei große, schimmernde Augenpaare blickten ihn schweigend an. Sie sahen unerhört gut aus, und das verärgerte ihn. Auf eine morbide, ausgefallene Art gefielen sie ihm sogar, unleugbar interessante Gestalten. Der größte der drei war gerade auf seiner Augenhöhe, ein sehniger Kerl in einem teuren, schwarzen Anzug, der für Richard aussah wie ein homosexuelles Fotomodel – zu gepflegt für einen gewöhnlichen Kerl. Wenn jede Geste etwas Graziöses hatte, musste was dahinterstecken.

Der zweite Besucher war eine Frau. Offensichtlich gehörte sie zu dem großen Typ, denn sie hatte den Arm um seine Hüfte gelegt. Sie war schlicht und einfach umwerfend in ihrem schwarzen Männeranzug, mit diesen langen, üppigen Haaren. Ein kleines Juwel von durchsichtiger Schönheit. Dennoch eine Schlange. Gift in einer hübschen Hülle.

Der Dritte verwirrte ihn maßlos. Er war ein Stück kleiner als Richard, sein dunkelroter Mantel sah verdammt teuer aus und streifte den Boden. Normalerweise wirkten zierliche Personen in langen Mänteln albern. Aber dieser Typ trug ihn mit der nötigen Selbstsicherheit, ja, er strotzte geradezu vor Arroganz, und doch – Richard war erstaunt über diese Wirkung – war sie an ihm ein regelrecht einnehmender Aspekt. Vielleicht, weil er Grund dazu hatte. Er sah zu gut aus für einen Mann und war zierlicher als manche Frau, strahlte aber eine Entschlossenheit aus, die selbst unter Männern seinesgleichen suchte. Die Haltung des Kerls war völlig entspannt. Und dieser Blick: zwei wilde Augen funkelten ihn durch jettschwarzes Haar an und ließen ihn gefrieren.

Richard sah, wie der Große dem Kleinen zunickte, und plötzlich war diese seltsame Gestalt bei ihm. Er konnte den Atem riechen, süß irgendwie und scharf zugleich.

Frances zischte ängstlich. Richard hörte ihn zurückweichen. Lass mich hier allein, und ich bring dich um!, dachte er wütend.

Der Fremde berührte ihn nun ohne Scheu, legte die Hände um Richards Taille und ließ ihn andeutungsweise eine Kraft spüren, die seine androgyne Gestalt Lügen strafte.

«Scheiße, was soll das?» Richard ächzte, während ihm die Rippen zusammengepresst wurden. Hinter ihm gab Frances klägliche Laute der Panik von sich.

«Hör auf damit!», wimmerte Richard. Der Schmerz war für einen Augenblick unerträglich geworden. «Bitte hör auf!»

Der Fremde lockerte seinen Griff, beugte sich vor und sog prüfend die Luft ein, roch an ihm, als würde er einen Trüffel auf seine Qualität hin untersuchen. Richard rang hastig nach Luft, wollte zurückweichen, aber es gelang ihm nicht. Er spürte, wie ihn Lippen flüchtig berührten. Sie fühlten sich warm an, undefinierbar eigenartig.

«Du gefällst mir», schnurrte der Fremde und strich über Richards glatte Wange. «Hättest du nicht Lust, dich ein wenig mit mir zu amüsieren?» Eine hohe, weiche Stimme, monoton, aber sehr angenehm, wenn auch unüberhörbar belustigt. Okay, er konnte auch spielen, und ein Spiel war das Ganze hier offenbar. Richard durchschaute die Sache endlich: drei reiche junge Snobs auf der Suche nach einem Abenteuer. Zumindest sah es ganz danach aus.

«Seid ihr schwul, oder was?»

Der Fremde lachte glockenhell und küsste ihn unvermittelt. Richard zuckte zurück. Die Berührung war warm, weich und so angenehm, dass es ihn maßlos überraschte. So etwas hatte er nicht erwartet. Das Blut schoss ihm in den Kopf.

Nun lachten alle drei. Die Frau kam zu ihm und nahm Richards Kopf zwischen ihre Hände. Ihr wunderschönes Gesicht schwebte direkt vor ihm. Sie roch nach Weihnachten. Der Fremde zog seinen Kragen beiseite und streichelte mit dem Zeigefinger auf verboten verführerische Weise seinen Hals.

«Was zum Teufel ... was soll das? Seid ihr irre?»

«Die beiden gehören euch. Viel Spaß!» Der Große nickte ihnen galant zu und wandte sich zum Gehen. «Mein Frühstück nähert sich gerade dort hinten.» Er lachte hallend und leise, bevor er sich zeitlupenhaft umdrehte und verschwand.

Richard stöhnte. «Jinni, du Idiot! Warum kommst du gerade jetzt?»

«Er ahnte wohl, dass er gebraucht wird.» Die samtige Stimme des Fremden kitzelte sein Ohr. Dann ein perlendes Lachen. So einhüllend sinnlich, dass Richard unvermittelte Wut darüber empfand. Plötzlich aber kam auch die Angst, als der Finger in seinen Kragen wanderte und kalt über seine Brust strich. Die Angst kroch durch seine Adern und fühlte sich kalt und endgültig an. Die Erkenntnis war augenscheinlich. Richard wischte sie dennoch fort. Er musste sich täuschen, niemand sah die Zukunft voraus.

«Welchen möchtest du?» Die Frau verzog ihre fantastischen Lippen zu einem Lächeln. Ihre Haut war fast zu weiß und phosphoreszierte.

«Den hier, wenn du es erlaubst.»

Und damit verschwand sie schnell und geräuschlos aus Richards Gesichtsfeld. Er hörte Frances kreischen, hektische Schritte, das Knirschen von Schnee, eine kurze, wilde Flucht, gekeuchte Atemstöße, Schreie ...

Schneeflocken fielen auf Richards Gesicht und er begann sich in den Armen des Fremden zu winden. Das hier hatte er nicht geplant, es war verrückt! Warum war er so kraftlos? Warum war es ihm unmöglich, sich zu befreien? Er zerrte, trat und schlug, aber der Fremde umfing ihn und schob ihn rückwärts, bis Richards Rücken einen Baum berührte. Er wimmerte, fürchtete sich ... und angefacht von der Furcht und der in ihn sickernden Endgültigkeit breitete sich Erregung warm in seinem Unterleib aus. Nichts konnte er mehr kontrollieren. Wie ein gefangenes Tier erstarrte er und blickte in die Augen seines Gegenübers. Sie waren seltsam gefärbt, wie sehr dunkles Gold oder alter, sündhaft teurer Whisky. Er sah die winzigen hellen Flecken in der Iris, fast wie feiner Goldstaub.

Die Haut um die Augen herum war durchsichtig wie Spinnweben: violette Augenringe, zu wenig Schlaf, genau wie er.

Das Gesicht des Fremden kam näher, so nah, dass die Wimpern, die diese seltsamen Augen umringten, Richards Stirn kitzelten.

«Was willst du von mir?», wimmerte er.

Der Fremde lächelte sanft, beinahe liebevoll. Sein Körper presste sich fester gegen Richard, streichelte ihn, drängte ihn, und in seinem Rücken drückte die kalte Borke des Baumes in sein Fleisch. Lippen streiften erneut seinen Hals, Finger kneteten sein Fleisch. Richard öffnete den Mund zu einem lautlosen Stöhnen. Dann etwas Kaltes, Scharfes ... Schmerz ... etwas an seinem Hals ...

Er schrie auf. Irgendwie hatte seine Hand nach dem kleinen Messer in seiner Jackentasche gegriffen. Er rammte es dem Fremden in die Leiste.

Der stöhnte schmerzvoll auf und taumelte zurück. Eine weiße Hand presste sich an seine Seite, und Richard sah mit zaghaftem Triumph Blut zwischen den Fingern. Aber das Gesicht des Fremden zeigte nur kurzen Schmerz. Als wäre er völlig unbedeutend. Als würde er ihn fortwischen wie lästige Fliegen.

Richard wich zurück, langsam, unfähig zur Flucht. Das Gesicht des Fremden verwandelte sich. Als hätte jemand einen Schleier weggerissen, sah es plötzlich vollkommen unmenschlich aus. Hungrig. Wütend.

«Und was jetzt?», knurrte der Fremde rau. «Was sollen wir jetzt tun?» Seine vollen Lippen waren rot gefärbt vom Blut, vom Blut an seinen Fingern. Er lächelte und entblößte seine Zähne. «Lauf, Kleiner! Lauf um dein Leben!»

«Was zum Teufel soll der Scheiß?»

«Lauf!», schrie der Fremde und stürmte auf ihn zu.

Richard warf sich herum, hinein in den Wald. Er keuchte, stöhnte und rannte wie noch nie in seinem Leben. Zweige peitschten sein Gesicht, verfingen sich in seinem Haar. Er stolperte, fiel, rappelte sich wieder auf. Die Laubschicht unter dem Schnee war zu dick und ließ ihn immer wieder tief einsinken.

Er würde es nicht schaffen, der Instinkt schrie es ihm zu. Und doch weigerte er sich, ihm zuzuhören.

Richards Herz raste, die eiskalte Luft schmerzte höllisch in seinen Lungen. *Weg, einfach nur weg! Fort von hier! Das hier konnte nicht real sein ... nicht so!*

Er war hinter ihm, Richard hörte seine schnellen Schritte. Irgendwo dort hinten war Licht, eine Straße, ja ... Er musste es nur bis dorthin schaffen. Und dann?

Wach auf!, dachte er. *Gleich wachst du auf und liegst im Bett, wie schon so oft. Und dann lachst du über deine Angst.* Aber im Traum kam man nie vorwärts, wenn man gejagt wurde.

Richard sprang in letzter Sekunde über einen Baumstamm. Er sah kaum noch etwas, die Dunkelheit war dicht wie ein Tuch. Er rannte, die Arme schützend vor sich gestreckt, während Zweige sein Gesicht zerkratzten und langsam das Wissen in ihn sickerte, wie es enden würde.

Eine Hand packte ihn und schleuderte ihn herum. Der Fremde war über ihm, fiel über ihn her wie ein Nachtmahr.

«Kämpfe!», knurrte er. «Wehre dich!» Er zog sich wieder zurück und ließ ihn frei. Ein Katz und Maus Spiel.

«Was willst du?», heulte Richard. «Was willst du?»

Der Fremde lächelte und umkreiste ihn geduldig. «Das älteste Spiel der Welt», antwortete er, und sein Gesicht war ernst. Blutflecken klebten an seinen Lippen, die makellos und seidig wirkten. Richard erinnerte sich an eine Regel: Je grausamer ein Mann, umso sinnlicher der Mund, umso verführerischer sein Lächeln. Daran erkannte man es. Richard würde nicht davonkommen. Einen Moment lang hatte er es tatsächlich für einen Scherz gehalten.

«Fressen und gefressen werden, leben und sterben», säuselte der Fremde sanft. «Ihr saugt diese Welt aus, und wir euch. So soll es sein.»

Sein Messer! Wo war es? Er zog es aus seiner Tasche und sah Blut darauf glänzen, warf es nach dem Kerl. Der duckte sich und sprang beiseite, so schnell, dass es eigentlich unmöglich war. Richard schrie wütend, fing an zu heulen. Er fuhr herum, der Fremde war verschwunden. Die Schneeflocken wurden dichter ...

Richard atmete schwer. Es war so kalt, dass die Wolke vor seinem Mund sich in winzige Kristalle verwandelte und zu Boden rieselte.

Einen Augenblick lang war es still.

Eine Faust traf ihn in den Nieren und warf ihn zu Boden. Er strampelte, traf irgendetwas Weiches. Dann war der Fremde wieder über ihm. Sterne und Baumwipfel wurden von seinem Gesicht eingenommen, so schön und schrecklich ... und dann wieder verzerrt, verwandelt ... kein Mensch, ein Ungeheuer! Richard warf den Kopf zurück und schrie, sah wieder zu ihm auf, um zu sehen, wenn er es tat. Schneefeuchte Haare fielen in das seltsame Gesicht, Augen bohrten sich in ihn. Eine blasse Zunge fuhr über Rosenlippen. Dann plötzlich zogen sie sich zurück und lächelten. Es war ein endgültiges Lächeln.

Jetzt rissen diese langen, weißen Finger sein Hemd auf, zerfetzten es, bis seine bloße Brust sich dem anderen darbot. Sie hob und senkte sich schweißglänzend unter heftigen Atemzügen, dampfte in der eisigen Luft.

Der Fremde riss ihm das Messer aus der Hand und presste es auf seine Brust, ließ die Klinge quer darüber fahren und sah ihm dabei fest und tief in die Augen. Die Haut teilte sich bereitwillig wie eine reife Frucht. Richard kreischte. Eine Hand presste sich auf seinen Mund, streichelte ihn. Richard verstummte und starrte in die Bernsteinaugen über ihm. Es waren die eines großen, sanften Raubtieres.

«Schsch ...! Gleich ist es vorbei.»

Er fühlte, wie einzelne Schneeflocken auf seinem offenen Fleisch landeten, winzige Tropfen wie Eis. Es tat nicht wirklich weh. Es schmerzte auf eine Weise, dass es wie eine Erlösung war ... beinahe schön.

Richard konnte nicht mehr atmen. Sein Mund war weit geöffnet. Und als sich die Lippen des Fremden auf seine Brust legten, er sich stöhnend hin und her wand und es ihm schien, als hätte sich die Zunge des Wesens bis zu seinem Herz durchgebohrt, da wurde ihm bewusst, dass er den Tod begrüßte, dass er darauf gewartet hatte.

Und das letzte Bild, das er sah, war atemberaubend schön.

†††

Mia tauchte zwischen den Bäumen auf. Ihre Haare waren wirr und ihr Gesicht feucht. Vor Schnee? Vor Tränen? Blutgeruch tränkte die Luft. Der Schnee dampfte.

Ich ließ von ihm ab und seine Hand fiel schlaff in den Schnee. Leise flüsterte ich seinen Namen in die Nacht: «Richard ...» Sie hörte ihn und hüllte ihr Opfer stumm ein. Für sie war es selbstverständlich. Ihr Gesicht hatte tausendfache Tode gesehen.

Er sah hübsch aus ihm Tod, hübscher als im Leben.

Ich erhob mich und näherte mich Mia durch den Schnee. Wir umkreisten einander. In ihr tobte ein Orkan, riss an ihr und zermürbte jede Faser ihres Körpers. Sie bewegte sich dennoch katzenhaft, schnurrend vor Kraft und Anmut. Wir forderten einander heraus, durchbohrten uns mit Blicken. Meine Lippen waren taub, mein Hals schmerzte.

«Mia ...», flüsterte ich. Es war nur ein heiseres Krächzen.

Ein Lächeln, ein Wehen dunklen Haares, und sie warf sich lachend herum und lief davon, tauchte in die Dunkelheit ein und rief nach mir.

Ich folgte ihr, jagte sie. Die Gier war plötzlich ungestillt und stärker als zuvor. Ihre schlanke Gestalt huschte zwischen den Stämmen umher und bewegte sich mit einer mühelosen Sicherheit, wie sie nur Nachttiere besaßen. Eine chancengleiche Jagd ...

Unser Atem hallte rau in der Winternacht wider. Der Schnee knirschte unter schnellen Schritten. Sehnen und Muskeln schrien vor Freude. Herzen pumpten schneller und schneller das Blut durch unsere Adern.

Es war schier unerträglich. Meine Augen durchschnitten die Dunkelheit. Ich wurde schneller, schloss zu ihr auf, konnte sie beinahe packen.

Ich griff nach ihr, aber sie duckte sich blitzschnell unter mir weg und rannte eine Senke hinab. Sie ließ mich ihr nahe kommen, bis ich sie fast berühren konnte, doch dann entfloh sie mir wieder ... lachend wie ein Phantom, nah und unerreichbar zugleich.

«Ashe!», rief sie und lachte. «Ashe ...»

Ich keuchte vor Vorlangen. Die Zweige hoben sich bizarr vom Nachthimmel ab und klirrten leise im Wind, der sie gefrieren ließ. Leben und Feuchte pulsierten in den blauen Schatten, die Dunkelheit war atemberaubender als jemals zuvor. Ja, die lichtdurchflutete, kontrollierte Welt des neuen Jahrtausends löste sich in nichts auf und wich einem Stück Wildnis, in dem wir uns wieder, wie damals, in Tiere verwandelten.

Ich kam erneut so dicht an Mia heran, dass ich ihre Hitze spüren konnte – große Schneeflocken klatschten uns ins Gesicht – wie ein Schatten bewegte sie sich, wie eine Ahnung oder ein kaum hörbares Gleiten. Eine Windböe blies Schnee von den Ästen und als ich Mia packte, an der Schulter herumriss und wir zu Boden fielen, rieselte ein kalter Kristallregen auf uns nieder.

Ich presste hungrig meine Lippen auf ihre, schob meine Zunge zwischen sie, leckte das mit Tränen vermischte Blut von ihrer kalten Wange. Sie lachte, krallte ihre Finger in meinen Rücken und wälzte sich herum, zweimal, dreimal, während wir keuchten und ächzten und stöhnten wie zwei kämpfende Tiere.

Wir packten so fest zu, dass menschliche Knochen gebrochen wären. Mia fauchte und biss in meine Schulter, ich warf mich wieder herum und begrub sie unter mir.

Aus funkelnden Augen starrte sie zu mir hoch und lachte, ihre Zähne waren weiß und scharf. Sie schnappte nach mir wie eine Schlange und zog meinen Kopf zu sich hinab. Ihr Körper war heiß, verbrannte mich. Sehnig wie der einer Wildkatze war er und energiegeladen. Während wir uns mit kannibalistischer Lust küssten, zerrissen wir die Kleidung, zerbissen uns die Lippen und keuchten einander wüste Worte in die Ohren ...

Dann war sie wieder über mir und ich konnte nichts dagegen tun. Sie hielt meine Arme fest und lächelte. Mia war stärker als ich und stärker als jeder, den ich kannte.

«Hör zu ...», keuchte sie atemlos, «ich denke, du weißt, was ich will.»

«Nein, weiß ich nicht.»

«Ach, Ashe ...» Sie lachte kindlich und ließ meine Arme los.

Schwer atmend lag ich da, während sie auf mir saß und sich so geschickt und träge über meinem Schoß bewegte, dass ich mir vor Verlangen auf die Lippe biss. Ich konnte ihre Hitze fühlen, ihr warmes, warmes Fleisch ... mit quälendem Stoff dazwischen, der unser beider Körper an der Vereinigung hinderte.

«Alex hat es mir schon vor langer Zeit erlaubt, und es wird Zeit, dass ich auch dich kennen lerne.»

Plötzlich schwante mir etwas. Der Gedanke hatte deutlich an Schrecken verloren, erschien mir jetzt sogar wünschenswert. Aber was würde sie denken, danach, wenn sie alles, wirklich alles von mir wusste? Ich stöhnte, als sie sich schneller und fester wand und gegen mich presste.

«Ich will dich mit mir nehmen, wenn ich gehe», sagte sie plötzlich ruhig und ernst. «Ich will dich kennen ganz ohne Lügen oder Kostüme.»

Mia sah zu mir herab. Sie tastete nach der kleinen Verletzung an meiner Leiste, die schon zu heilen begann.

«Ich tue nichts, was du nicht willst.»

Ihre Augen bohrten sich in meine und suchten nach einer Antwort.

«Du willst also alles wissen?»

«Ja. Ich glaube, dass du nicht wie Alex unbewusst etwas verstecken wirst. Wie er das geschafft hat, weiß ich bis heute nicht.»

«Vielleicht wirst du mich hassen.»

«Ashe, das meiste ahne ich bereits oder du hast es mir verraten, ohne es zu merken. Der Rest wird dich in meinen Augen nicht verändern.»

Ich nickte, zitternd vor Kälte und gärendem Verlangen. Tatsächlich sehnte ich mich unendlich danach, loszulassen. Der Gedanke, dass sie selbst den scheußlichsten Abgrund mit mir teilen würde, hatte den Beigeschmack fast unerträglicher Sehnsucht. Und doch ...

Mia glitt tiefer hinab und zog mein Hemd beiseite. Ihre Lippen küssten den roten Streifen, den das Messer hinterlassen hatte, und mit einer blitzschnellen Bewegung öffnete sie ihn erneut. Ehe ich auch nur einen Schmerzenslaut von mir geben konnte, pressten sich ihre Lippen darauf und begannen ihr Werk.

Ein dumpfes Ziehen kroch meine Wirbelsäule hinauf, ausgehend von dem kräftigen Sog dort unten, der anschwoll und bald schmerzhaft wurde, beinahe zu schön, um wahr zu sein. Mias Geist tastete nach mir. Ich konnte ihn so deutlich fühlen, dass es mich maßlos erstaunte ... wie unsichtbare Finger, ein Kitzeln und Ziehen in meiner Wahrnehmung, weder körperlich noch geistig und doch beides zugleich. Sie begann meine Seele zu schälen wie eine Frucht, Schicht um Schicht.

Ein Anflug von Panik tauchte auf. Ich wehrte mich, halbherzig, spürte jedoch, dass sich etwas in mir nur zu willig immer weiter öffnete.

Ich schloss die Augen und warf gepeinigt den Kopf zurück. Mia tastete nach meiner Hand ... und dann umschlangen sich unsere Finger, endgültig, fordernd.

Okay, dachte ich, *lass sie ... lass sie es einfach tun.*

Das Drängen ließ nach, sie war in mir, war mit ihrem unsichtbaren Körper in meine Seele gekrochen. Beinahe hatte es etwas von einem Liebesakt. Ich spürte sie, wie sie sich einnistete, sich darin bewegte, Erinnerungen tauchten auf und wirbelten durcheinander.

Vor meinen geschlossenen Lidern sah ich wieder rote, zähe Spiralen, die sich bald zu Bildern formten ... zumindest zu etwas Ähnlichem, denn es war eher nur das Wissen darum, dass sie auftauchten.

Mia war bei mir, stand neben mir und sah auf die Bilder hinab. Ich war stumm vor Entsetzen.

Ein Film lief ab, ähnlich wie bei jemandem, der stirbt: meine Kindheit, meine Jugend, der nächtliche Wald und meine kleine Gestalt, die darin umherwanderte ... mein Vater, sein aufgerissener Körper, hoch schlagende Flammen und Sterbende, verletzt durch meine Hand ... Wehklagen, Flüche und Gesichter, die ich beinahe vergessen hatte ... tausende Fragen nach dem Warum, verletzte Gesichter, die mich und sie ansahen und alles verrieten, ungeschönt und wütend ... alles, was ich ihnen je angetan hatte, alles, was sie mir je angetan hatten, alle Erniedrigungen, Dinge, die im Dunkeln geschehen und nie ausgesprochen worden waren, das ... und Schlimmeres ...

Ich warf mich herum und schlug nach ihnen, aber sie wurden mehr, sie umkreisten mich. Ich hörte ihre Stimmen durcheinander schreien und dann ... Stille, nichts als Stille. Ich war allein mit all meinen Dämonen und sah ihnen zum ersten Mal wirklich ins Gesicht.

Mia hatte sich an mich gepresst, sie trank noch immer. Ich wälzte mich herum und heulte hemmungslos. Mir war eiskalt, meine Kleidung durchnässt. Ich spürte ihre dünnen Arme und ihre Lippen und rollte mich ein wie ein Embryo. Alles brach aus mir heraus. Ich sah mich selbst, wie ich schluchzte und zitterte.

«Ashe ...», hörte ich sie flüstern, «komm mit, wir sollten gehen.»

Ich schüttelte den Kopf.

«Doch ... komm schon. Es ist ganz normal, was du jetzt fühlst.»

«Lass mich!» Unvorstellbare Wut kochte in mir. «Geh, verdammt!»

Aber da hatten mich auch schon vier Arme hochgezerrt und stützten mich. Alex war da. Er sagte irgendetwas, aber ich schluchzte so laut, dass ich es nicht verstand.

«Lass diesen kindischen Blödsinn!», sagte er plötzlich dicht an meinem Ohr. «Reiß dich zusammen!»

«Scheiße!», fluchte ich wirr, Alex' Gesicht dicht vor mir. «Halt die Klappe, du Idiot!», schnauzte ich ihn wütend an. Ich war völlig außer Kontrolle, mein Gesicht war nass und die Haare klebten darin. «Was glaubst du, wer du bist? Mein Vater? Mein Lover?»

Alex schnaubte und stieß mich in die Rippen, woraufhin Mia ihm kurzerhand eine Ohrfeige verpasste.

«Hör mit dem Scheiß auf!», rief sie. «Kannst du dich noch daran erinnern, wie du dich danach aufgeführt hast?»

Alex murrte etwas.

«Siehst du! Es ist ganz normal.»

«Nichts ist normal!», schrie ich und schlug nach den beiden. «Sagt ihr mir etwa, was normal ist? Ich hasse euch! Lasst mich alleine, verpisst euch einfach!»

Aber Mia lachte nur leise. Ich war schockiert und so überrascht darüber, dass ich sogar meine Wut vergaß. Ich musste sie reichlich dämlich angestarrt haben, denn plötzlich lachten sie beide.

«Sieh mal», sagte Mia, während wir die Straße entlangstolperten, zurück zu unserem Haus, «du warst das erste Mal in deinem Leben absolut entblößt. Es gibt nichts, was verletzlicher macht. Zuerst fühlt es sich schrecklich an, als würde jemand auf deinem empfindlichsten Kern herumtrampeln, aber irgendwann wird es zur Erlösung. Glaub mir. Alex hat zwei Nächte ununterbrochen geheult, nachdem ich ihn in der Mangel hatte.»

Ich hörte ihn schnauben und musste lächeln. Die Sonne war aufgegangen. Sie brach gerade durch eine Wolke hindurch und schien mir unvermittelt ins Gesicht. Die Straße schimmerte, der Schnee war noch frisch und rein, glitzerte wie Kristall. Heute oder morgen, vielleicht auch erst in zwei Wochen würde man die drei Männer finden. Aber der Park war ohnehin berüchtigt, was solche Vorfälle anbelangte. Wir hatten uns den perfekten Zeitpunkt ausgesucht. Die Banden der Stadt führten momentan einen besonders erbitterten Krieg, und niemand würde sich über drei weitere Tote wundern. Ich vermutete, dass Alex sich wieder mal um die kleinen, hilfreichen Dinge gekümmert hatte.

«Die nächste Zeit wird nicht angenehm sein, sorry», sagte Mia.

«Das glaube ich dir nicht.»

«So in etwa zumindest.» Sie streichelte über meinen Rücken. Dann hatten wir das Haus erreicht und verschwanden in seiner wohltuenden Dunkelheit.

«Ich gehe hoch, bin müde.» Mühevoll erklomm ich die Treppe. Sobald ich alleine war, würde ich mich vollkommen elend fühlen, das war klar. Aber bei ihnen bleiben konnte ich noch weniger.

Es hatte sich alles geändert, komplett und irreversibel. Aber warum? War es meine Schuld? Egal!

«Schlaf gut!», sagten sie zu mir, dann fiel die Tür hinter mir ins Schloss und ich war mit mir und meinen Gedanken allein.

Es war so still, dass es in meinen Ohren summte. Mein Körper zitterte wie unter Schock. Mir war kalt, bis auf die Knochen. Ich zog diese scheußlichen, klebrigen, nassen Kleider aus und kroch unter die Decke. Das Fieber jagte durch meine Adern. Lautlose Tränen liefen meine Wange hinunter und landeten auf dem Kissen. Das, was Mia mir angetan hatte, schmerzte heftiger als jede Wunde. Es fühlte sich an, als hätte sie etwas herausgerissen, etwas sehr Empfindliches – wie ein blankliegender Nerv, der bei der kleinsten Regung schmerzte.

Ich fühlte mich einsam, fühlte mich elend. Meine Wehleidigkeit erreichte ihren Höhepunkt, doch ich empfand deshalb nicht den Hauch eines schlechten Gewissens. Sollten sie über mich denken, was sie wollten.

Meine Arme umklammerten mein Kissen ... und irgendwann schlief ich ein, auf der Seite zusammengerollt. Eine Uhr tickte. Das Fieber weckte mich erneut, ich schlief wieder ein, mir wurde zuerst heiß, dann kalt. Vollkommen wirre, zusammenhanglose Träume lösten sich mit wachen Momenten ab. Dann spürte ich etwas an meinem Rücken. Ich war schweißnass, heiß wie glühende Kohle. Der Körper hinter mir aber war trocken und kühl. Noch.

«Wie geht es dir?», fragte Alex leise.

«Beschissen.»

«Ich weiß, wie du dich fühlst. Es ist zwar einige Jahrzehnte her, aber ich erinnere mich genau.»

Seine plötzliche Nähe machte mich sprachlos. Aber ich dachte nicht darüber nach, konnte es nicht.

«Es geht darum ...», meine Stimme war nur ein heiseres Krächzen, «dass alles, was ich über eine Ewigkeit lang in mir versteckt habe, plötzlich ans Licht gezerrt wurde. Als wäre alles umsonst gewesen. Es ist zu viel. Alles ist mir einfach zu viel geworden, Alex. Ich kann nicht mehr ...»

Er schwieg einen Augenblick. Seine Hand ruhte auf meiner Schulter und streichelte sie.

«Ja, Mia kann grausam sein», sagte er dann. «Aber warte ein paar Nächte, und es fühlt sich ganz anders an. Wie oft gab es eine Wiederauferstehung, ob wir es wollten oder nicht.»

Ich nickte und schluchzte leise. Gott, mir war so heiß.

«Aber ihr werdet mich allein lassen», flüsterte ich.

«Nein, Ashe, so darfst du das nicht sehen. Hat denn die Ewigkeit nicht gereicht, um dir Weisheit zu schenken?»

Er stieß ein leises Lächeln aus und rückte noch näher an mich heran. Jetzt spürte ich, dass er wie ich vollkommen nackt war. Glatt und fest lag sein Körper an meinem, Brust an Rücken. Wie damals bei meinem Vater schlug sein Herz gegen mich, ganz leise und zutraulich.

«Aber ich brauche dich, dich und Mia.»

«Und wir dich.»

Er kühlte meinen fiebrigen Leib, doch schon bald sprang die Hitze auf ihn über. Sein Atem wurde schwerer, rauer. Als ich seine Lippen in meinem Nacken spürte und seine Finger in meinem Haar, verwarf ich jeden Gedanken und jedes Unwohlsein. Ich wollte nur noch fühlen, mir wieder beweisen, dass ich lebte, dass Alex lebte. Meine Hand schoss nach hinten und griff in sein Haar. Er schnaubte leise, kratzte über meinen Rücken. Plötzlich spürte ich ein Stechen am Hals, kurz und heftig, dann sanften Druck. Alex' Lippen schlossen sich darum und saugten, während sein Körper sich gegen mich drängte, fordernd und verzweifelt.

Er umfing mich fester. Ich umklammerte Halt suchend seine Arme und presste meine Lippen auf seine Haut. Sie roch frisch geduscht – die Härchen auf seinem Unterarm kitzelten auf meinen Lippen –, rauer und dunkler als meine war sie, aber wunderschön.

Ich hörte ihn einen leisen Fluch ausstoßen. Er zitterte.

«Was machst du mit mir?», ächzte er, sog die Luft ein und senkte sich wieder auf meinen Hals hinab.

Verzweifelt pressten wir uns aneinander, schluchzend, stöhnend, als wären wir Ertrinkende, die sich am letzten sich ihnen bietenden Seil festhielten. Seine Zunge leckte, rau und gierig wie eine Katze die Sahne. Ein warmer Schleier floss über meinen Hals, wie ein Tuch, wie samtiges Wasser, und er tauchte darin ein, tauchte seine Lippen und seine warme Zunge hinein. Plötzlich fühlte es sich an, als breche etwas über mir zusammen, eine solche Welle an Gefühlen, dass ich sie nicht mehr kontrollieren konnte ... und wollte. Ich heulte hemmungslos, krallte mich an ihm fest, drehte meinen Kopf zu ihm und suchte seine Lippen. Sie schmeckten salzig. Winzige elektrische Schläge trafen mich, unsere Münder verschlangen einander, wütend, gierig und nach Erlösung schreiend. Es war ein Einverleiben und Auffressen wie unter Tieren.

«Kleiner Bruder ...», krächzte er heiser und wich fast erschrocken zurück, «es tut mir Leid.»

Doch ich wollte kein Wort von ihm hören! Dasselbe hatte ich damals auch gesagt, zu jemand anderem, den ich verführt hatte ... ohne Rücksicht auf Verluste.

Blitzschnell hatte ich mich gedreht und auf ihn geworfen. Er erstarrte, sah mich an und öffnete den Mund, aber ich verschloss ihn sofort mit meinen Lippen, verschluckte die Worte, saugte seinen Atem ein.

«Still!», zischte ich ihm ins Ohr.

Er lächelte und neigte seinen Kopf zurück, zeigte mir seine weiche, gewölbte, makellose Kehle. Das Licht schimmerte auf der blassen Haut. Es pochte, sanft und heiß. Meine Zähne schlugen sich hinein, ohne jede Zurückhaltung. Ich spürte in grimmiger Ekstase, wie die Haut aufplatzte und das Blut in meinen Mund schoss. Er bäumte sich auf wie ein getroffenes Tier. Wütend grub ich die Zunge in ihn, während tiefste Verzweiflung in mir aufbrach. Längst waren unsere Körper schweißnass. Sicher tat ich ihm weh, denn ich konnte nicht mehr denken, wollte alles, was in ihm war herausreißen und ihm alles zuvor Gespürte heimzahlen. Es wäre mir sogar egal gewesen, wenn er es nicht gewollt hätte.

Aber Alex hielt mich fest und feuerte mich gar mit leisen, gekeuchten Worten an, kehlig krächzend oder samtig rau – als wolle er, dass ich ihn umbringe.

Einen Moment wich ich zurück und sah ihn an. Leid und Lust wechselten in seinem Gesicht wie Wolkenschatten, die über Schnee ziehen. Die Verletzung am Hals glänzte mir tiefrot, feucht und heiß entgenen. Ja, sie schien vor Hitze zu flimmern. Ich stöhnte und sank gepeinigt vor Gier erneut auf ihn hinab. Und in diesen Momenten durchbrach ich die letzte Mauer zwischen uns. Ich warf mein Leben hin und Alex das seine. Wie ein Phönix zerstörten wir sowohl unseren Stolz als auch unsere Körper, um neu zu beginnen – eine Auferstehung brutaler Sorte, aber göttlich und intimer als alles zuvor.

Ich versank in der Süße seines Blutes, in seinem Sein und Leben, den Gedanken an Zerfall und Tod im Nacken und im Wissen um die Kostbarkeit seines lebendigen, warmen Körpers unter mir, um die letzte, vollkommene Opferung unter Brüdern.

Schließlich war er wieder über mir und riss wie Mia zuvor die alte Wunde wieder auf, um sich noch einmal gehen zu lassen.

Irgendwann lagen wir wie tot zwischen den Laken und gaben keinen Laut mehr von uns. Alex schien zu schlafen. Er atmete flach und langsam. Ich starrte auf die Bewegungen seiner Brust. Jetzt waren sie nicht mehr selbstverständlich, nein, sie zerrissen mir das Herz. Im einfallenden Licht dieses düsteren Wintertages schimmerte seine Haut wie helles Karamell, die meine wie Elfenbein.

Erst jetzt sah ich jemand am Fenster sitzen. Es war Mia. Seltsamerweise fühlte ich weder Wut noch Scham, obwohl ich wusste, dass sie die ganze Zeit dort gewesen war. Ihr Gesicht war unbeweglich und ernst.

Wir blickten einander an, dann erhob sie sich leise raschelnd und ging aus dem Zimmer, nicht ohne mir zuvor noch ein wissendes Lächeln geschenkt zu haben.

Ich blieb zurück mit einem Gefühl von einhüllender Benommenheit und einigen wunden, aber heilenden Stellen ... nicht nur an meinem Körper.

Wochen später

In den letzten Tagen des Februars hatten wir dem inneren Drängen nachgegeben und uns gänzlich von der Welt zurückgezogen. Ich wollte es nicht wahrhaben, aber es war dasselbe Gefühl gewesen, das auch bestimmte Tiere zu einer festgelegten Zeit an den Ort ihrer endgültigen Ruhe zog.

Unsere Hütte befand sich hoch oben in den schneebedeckten Bergen. Es gab nicht viel Wald hier oben. Die hölzerne Unterkunft, die sich wie ein Nest an eine Bergkuppe schmiegte, war umgeben von knorrigen, windgepeitschten Kiefern. Und dahinter glänzte ein riesiger See in der Wintersonne wie flüssiges Metall, umgeben von braunen, dunkelgrünen und grauen Bergen bis zum dunstverhangenen Horizont. Eine fantastisch unwirkliche, einsame Szenerie!

Wir verbrachten die Abende in vollkommener Ruhe. Die Zeit tropfte bedeutungslos dahin. Selbst die Natur war umgeben von stetig gleichem Licht, düster und schimmernd, Tag wie Nacht.

Mia saß in einem der roten Sessel am Feuer und las. Alex döste auf dem Sofa und Stephen war oben und arbeitete sich durch die Filme, die Alex mir zur Weihnachten geschenkt hatte. Er genoss wie wir die Ruhe. Manchmal aber packte ihn die jugendliche Langeweile und dann erschien es ihm besser, sich von uns abzukapseln. Längst war Stephen ein mir vertrautes Wesen geworden. Ich liebte ihn wie einen Sohn und hatte, vielleicht zum ersten Mal, das Gefühl, bei jemandem alles richtig zu machen. Was zwischen Mia, Alex und mir vorging, wusste er allerdings nicht. Vielleicht war es egoistisch, aber ich wollte es ihm nicht verraten, so unbeschwert wie er war ...

An diesem Abend Ende Februar stürmte es heftig. Die Schindeln klapperten, der See vor dem Fenster war aufgewühlt und schwarz. Wind heulte um das Haus, manchmal so heftig, dass ich glaubte, es könnte ernsthaft Schaden nehmen. Bei den immer wieder aufkommenden Sturmböen peitschten die Zweige der Kiefern gegen Fenster und Dach, und oft zuckten wir erschrocken zusammen.

Es war wunderbar. Wir in diesem kleinen Haus, während draußen die Welt unterging ...

Alex sah sich an diesem Abend den Film ‹The Time Machine› an und war völlig hingerissen. Als die Zeitmaschine von der Vergangenheit in die Zukunft reiste, sich hinter ihrer flimmernden Energiewand die Welt so unfassbar veränderte – Türme aus Glas, Flugzeuge, Raumschiffe, der große Krieg, die Eiszeit, neues Grün und zurückgekehrte Ursprünglichkeit –, da begann er zu weinen und konnte sich lange Zeit nicht beruhigen.

Später meinte er, dass alles, was die Menschheit in den letzten Jahrtausenden vollführt hatte, im Blick der ewigen Zeit nur eine Phase sein könnte, eine extreme Pubertät, in der die Menschen alles falsch machten, was nur falsch zu machen war. Aber letzten Endes, fügte er hinzu, würde eine Hand voll übrig bleiben. Dann wären sie wieder dort, wo sie begonnen hatten. Sie würden vielleicht in Muschelhäusern leben, die sich organisch an Felswände schmiegten, sanft und harmonisch.

«Und vielleicht wird dein Kind, Ashe, oder sogar du selbst, diese Zeit erleben. Vielleicht wird einer von uns so alt werden, dass er all das kommen sieht: Millionen Jahre – mein Gott! –, Eiszeiten, Wüsten, und wieder neues Grün. Wie fern würde uns diese Zeit hier erscheinen. Dieser Moment ... alles wirkt so unbedeutend, so winzig und verloren. Oh, ich wünschte, ich würde in dieser fernen, grünen Zeit leben.»

«Und was ist mit den Monstern?», fragte ich lächelnd.

«Das wird unsere Aufgabe sein, falls wir die Menschen überleben.» Er lächelte. «Es wird so einfach sein. Und die Menschen, die wieder so sind wie vor der Zivilisation, werden uns endlich als das sehen, was wir sind.»

«Und was sind wir?»

«Nur Geschöpfe der Natur, die dazugehören.»

Die letzte Zeit war Alex stets müde gewesen. Seine Gesichtsfarbe sah zwar wieder gesünder aus, aber die Schwäche zeigte sich in jeder seiner Bewegungen. Schmerzen hatte er nicht. Aber Mia und ich spürten, dass es nicht mehr lange dauern würde. Wer von uns beiden mehr darunter litt, ich vermochte es nicht zu sagen. Unsere Gespräche beschränkten sich aufs Allernötigste, und doch waren wir uns näher denn je.

Am nächsten Morgen stand ich nach nur drei Stunden Schlaf auf, holte den alten, schwarzen Reitermantel aus dem Schrank, zog eine alte Hose, einen Wollpullover und weiche Lederhandschuhe an, wickelte mich in einen schwarzen Kaschmirschal und stieg zum Dorf hinunter.

Zwei Stunden benötigte man, wenn man schnell lief. Ich brauchte diese Zeit für mich alleine und genoss den Weg durch den unberührten Schnee, während die Sonne höher wanderte und sich nur schwach durch eine schnell dahinjagende Wolkenschicht kämpfte.

Dieses Land strahlte eine Mischung aus Einsamkeit und Erhabenheit aus. Ich fühlte mich ihm zugehörig. Nur hier gab es diese Stimmung, diese Lichtspiele und die Mischung aus hell und dunkel. Morgen und Abend, Mittag und Nacht verschwammen und ließen mich endlich zur Ruhe kommen. Man kam nicht daran vorbei. Sogar der Gedanke an Verlust verlor sich in der unvorstellbaren Weite des Landes, als wäre er hier selbstverständlich.

Völlig verloren wirkte die Ansammlung kleiner Hütten im Tal. Rauch stieg aus Schornsteinen auf. Zeitlos dämmerten die Häuser unter einem grauen Schleier vor sich hin.

Alex und Mia waren im Dorf längst bekannt und ich übertrieb sicher nicht, wenn ich behauptete, dass sie zu einer Art Weihnachtsattraktion geworden waren. Wie sie mir erzählt hatten, waren sie seit vielen Jahren jeden Winter hier herauf gekommen. Und man wusste offenbar, dass ich zu ihnen gehörte, oder vermutete es wegen meines Aussehens.

Ich betrat den kleinen Lebensmittelladen, und jede Geste, jeder Schritt wurde von acht neugierigen Augenpaaren beobachtet. Nun, daran war ich gewöhnt. Unbeeindruckt füllte ich den Korb und hakte Mias Liste ab: Hühnchen frisch vom Nachbarn, Reis, Käse und etwas Gemüse. Dazu packte ich ein paar nötige Pflegeartikel und eine silberne Haarspange für Mia, die zusammen mit anderem Kleinkram in einem Korb lag und mir sehr gefiel.

Als ich mich der alten Dame an der Kasse näherte, spürte ich Bewegung in die Gruppe der Männer kommen. Was das bedeutete, wusste ich. In stillem Amüsement lächelte ich in mich hinein.

«Gehörst du zu denen da oben?», fragte ein grauhaariger, korpulenter Mann mit Zeitung. Sein Gesicht war rot wie ein gekochter Hummer.

Ich nickte. Die Dame an der Kasse nahm meinen Korb und den mitgebrachten Rucksack und begann ihre Arbeit mit flinken Fingern.

«Bist du auch einer von denen?» Ein zweiter Mann, kaum älter als dreißig, meldete sich mutig zu Wort. «So ein Großstadtspinner?»

«Nein, so würde ich mich nicht bezeichnen.»

«Als was bezeichnest du dich dann?», fragte ein Dritter.

Im Stillen dachte ich an ‹perverser Blutsauger, der Menschen und vor allem kleine Kinder grillt›, aber ich hielt mich zurück.

«Also? Was seid ihr für Käuze? Seit Jahren haben wir keine Ahnung, wer da oben bei uns wohnt.»

«Wir haben ein Recht dazu!», tönte er Alte, faltete die Zeitung zusammen und legte sie auf den Tisch.

Der junge Mann nickte. «Ist unser Dorf, nicht wahr? Wir haben ein Recht darauf zu wissen, wer unser regelmäßiger Gast ist.»

Ich betrachtete jeden der Gruppe nacheinander. Sie waren einfältig, dumm und gelangweilt.

«Wenn ihr so wollt, wir sind nur Großstädter, die hier draußen etwas Ruhe suchen. Unser Haus liegt zwei Wegstunden von hier entfernt, weit genug, dass ihr euch durch uns nicht gestört fühlen braucht.»

«Hier seid ihr damit Nachbarn», sagte der Alte, «... reichlich seltsame Nachbarn – das müsst ihr euch eingestehen.»

Ich nickte. «In Ordnung, mit ‹seltsam› kann ich leben.»

«Ihr seid 'ne komische Mischung», sagte der jüngere Typ und stellte das Bierglas ab. Er musterte mich ungeniert von Kopf bis Fuß. «Zwei Männer und 'ne Frau ... oder sollte ich sagen: zwei Frauen?»

Die beiden anderen grölten und klopften ihm auf die Schulter. Eine Zigarettenschachtel machte die Runde.

«Wie ihr meint», sagte ich. «Habt ihr vielleicht einen Katalog, in dem ich künstliches Brusthaar und Koteletten kaufen kann? Vielleicht noch eine große Zucchini, um meine Hose damit auszustopfen?»

Die Männer glotzten sekundenlang und begannen schließlich zu grinsen. Zwei ausgestopfte Hirschköpfe an der Wand starrten mich traurig und verständnislos an. Ihr Tod war bedeutungslos, Staub unter ihren Füßen.

«Sieht besser aus als die junge Smith, was? Soll'n wir Josh fragen, ob er sie gegen ihn eintauschen will?»

«Josh ist ein Hammel!»

Die drei schlugen sich vor Lachen auf die Schenkel.

«Außerdem würde ich meine Seele verkaufen für eine Nacht mit der Smith! Noch ein falsches Wort über sie und ich steck dir deinen rasierten Hohlschädel in den Fleischwolf. Dann forme ich aus dem Brei dein Gesicht und deine Frau wird mir bestätigen, dass du besser aussiehst als vorher.»

Wieder erschallte grunzendes Lachen. Einer von den dreien wurde alarmierend wütend. Die Luft knisterte.

Ich seufzte. Die Dame an der Kasse war beinahe fertig.

«Vielleicht ist das bei den Großstädtern jetzt Mode», der Alte stieß den ekelhaften Laut eines vollgefressenen Menschen aus, «dass sie auf weibisch machen. Und die Frauen werden Automechaniker!»

Die Dame an der Kasse wurde wütend. «Haltet die Klappe und trinkt draußen weiter! Der Laden gehört immer noch mir!»

Die Männer verstummten.

«Danke! So gefallt ihr mir besser! Herrgott!»

Sie hatte meine Sachen in den Rucksack gepackt und nahm das Geld entgegen.

«Hör nicht auf sie!», raunte sie mir zu. «Sie wissen doch nicht, was sie sagen, sind ohne Hirn zur Welt gekommen.»

«Machen Sie sich keine Sorgen.» Ich schenkte ihr ein versöhnliches Lächeln. «So etwas bin ich gewöhnt.»

Die Dame war klein, alt und faltig, ein Geschöpf voll altmodischer Freundlichkeit. Sie hatte nie etwas anderes gesehen als das Land und seine winzigen Dörfer. Dies hier war kein guter Ort für sie.

«He!», rief der grauhaarige Alte. «Hab gehört, du willst da drüben 'nen Gaul mieten. Nimmst du einen Damensattel oder wie?»

Wieder anerkennendes Gelächter. Balsam für einen Mann, der sich nur in seinem Rudel wohlfühlte.

«Raus, ihr Idioten!», schnauzte die alte Dame.

Die Männer erhoben sich tatsächlich unschlüssig.

«War mir eine Freude, euch kennen zu lernen.» Ich neigte grüßend den Kopf und lächelte artig. Dann wandte ich mich noch einmal an die Frau und reichte ihr den Rucksack. «Würden Sie das bitte für mich aufbewahren. Ich hole es heute Abend ab. Vor 18 Uhr. Versprochen!»

«Gerne. Aber seien Sie vorsichtig.» Sie warf einen Blick auf die Männer, schien mit dieser Warnung aber nicht sie zu meinen. «Sie kennen sich doch aus mit Pferden? Können Sie gut reiten?»

«Ich kenne sowohl Pferde sehr gut als auch die Umgebung hier.»

«Oh! Ich habe Sie noch nie hier gesehen.»

Ich senkte die Stimme und lächelte freundlich. «Es ist schon etwas länger her. Ich kann mich nicht mehr genau daran erinnern.»

Die Dame sah mich an. «Aber ich hätte mich erinnert, ganz sicher.»

«Ich bin damals dort oben geblieben. Daher können Sie mich nicht kennen. Guten Tag!»

Höflich wandte ich mich ab und verließ den Laden.

«Soll ich ihn verprügeln oder küssen?», rief der junge Mann unter lautem Gelächter.

«Lass mal, der Kleine hält sich keine halbe Stunde auf dem Gaul.» Der Alte hob die Stimme, für den Fall, dass ich schlecht hörte. «Ist schwach wie 'n Mädchen. Und das hier ist ein Land für Männer, nicht für Großstädter und Weiber, hab ich Recht? Wäre nicht der erste Tourist, den es umhaut, aber endgültig.»

«Na, können ihn ja heut Abend aufsammeln, wenn ihr die Alte holt. Falls er bis dahin nicht erfroren is.»

«Mann, die Welt da draußen ist voller Perverser. Das sag ich euch.»

«Haltet eure verdammte Schnauze und verschwindet!» Laut und deutlich erhob sich die Stimme der alten Dame. «Sonst gibt's Hausverbot für die nächsten zwanzig Jahre und sauft Schlamm statt Bier!»

Ich lächelte und überquerte die aufgeweichte Straße. Blicke hingen mir wie Blei im Nacken, aber ich war nicht in der Stimmung, mich durch irgendetwas reizen zu lassen.

Einige Zeit später überquerte ich auf einem hübschen, alten Rappen den Fluss hinter dem Kiefernwäldchen. Es war früher Nachmittag und von Norden her zogen wieder dichte Schneewolken heran. Der Wind war kalt und scharf, aber sowohl ich als auch das Pferd waren daran gewöhnt. Erfreut über die Bewegung, zitterte sein Leib voller Energie und sehnte sich danach, davonzustürmen.

Sobald ich außer Sichtweite des Dorfes war, würde ich ihm alle Freiheit gewähren. Aber noch war es nicht so weit. Wir erklommen einen flachen Hügel und ich lehnte mich an den Hals des Tieres, um mich vor herabwehendem Schnee zu schützen. Das taube Gefühl im Gesicht und an den Händen hatte etwas Angenehmes, wie winzige Nadeln bohrte sich der Wind in meine Haut und spielte mit der Mähne des Pferdes.

Dann hatten wir die Kuppe des Hügels erreicht und all die Schönheit des Landes tat sich vor uns auf. Die Berge wirkten höher als sonst, der See tiefer und weiter. Als wollten die Wolken das Land streifen, jagten sie tief darüber hinweg, grau und schwarz und silbern. Der Wind trug funkelnde Schneeschauer vor sich her und zerrte an den wenigen, kahlen Bäumen, die sich in der kargen Umgebung behaupten konnten.

Angesichts der endlosen Weite im Licht eines Wintertages fühlte ich mich plötzlich einsam und der Schmerz fiel wie ein Tier über mich her.

«Nicht jetzt», murmelte ich und stieß dem Pferd die Absätze in die Flanke. Erschrocken stieg es, schlug mit den Vorderhufen aus und stürmte mit einem gewaltigen Aufbäumen an Kraft davon. Ich presste mich an seinen Leib, Wind zerrte an meinem Haar, stach mir in die Haut, spülte jeden Gedanken aus meinem Kopf. Die Mähne flatterte mir wild ins Gesicht und eine gefleckte, dunkle Landschaft raste an uns vorbei, während ich verzückt das kraftvolle Spiel der Muskeln fühlte, die sich unter mir anspannten und losschnellten, sich streckten und zusammenzogen, den riesigen Leib mit unglaublicher Anmut vorwärts jagen ließen. Schaum flog wie Gischt davon. Das Pferd keuchte, schnaubte, seine Hufe trommelten wild auf den gefrorenen Boden.

Ich presste mich nur an ihn und ließ ihn gewähren. Er wurde so schnell, dass es einem Flug glich, einen Berg hinauf, ins Tal hinab, durch einen eiskalten Fluss hindurch. Wasser durchnässte meine Hosenbeine und raubte mir den Atem. Ich würde ihm nicht Einhalt gebieten. Er brauchte die Geschwindigkeit wie ich. Mein Körper war so dicht an ihn gepresst, so verschmolzen mit seiner Kraft und Hitze, dass wir einem Zentauren glichen. Er raste vor sich selbst davon, so wie ich.

In ein paar Stunden würde er wieder im dunklen Stall stehen und ich nachdenken müssen.

Neben uns schimmerte der See. Wir ritten am Ufer entlang, dort, wo das Moos dunkelgrün leuchtete und der Schnee sich nicht behaupten konnte. Gelbe Flechten leuchteten auf schwarzem Fels.

Ein Haus tauchte hinter dem nächsten Hügel auf und das Licht in seinen Fenstern schreckte mich ab. Der Tag war so dunkel geworden, dass es später Abend hätte sein können. Die Wolken waren dramatisch und bedrohlich wie die eines Barockgemäldes, doch noch fiel nicht eine Flocke vom Himmel.

Wir wollten diesen heruntergekommenen Hof ohne einen weiteren Blick passieren, doch dann hörte ich heiseres Kläffen. Der Bewohner dieses Hofes war mir nicht unbekannt. Kurz bevor ich Alex und Mia damals verlassen hatte, waren wir schon einmal hier gewesen – zu Weihnachten. Und eine der unangenehmsten Begegnungen hatte mit diesem Eigenbrötler hier zu tun gehabt, der sich mehr oder weniger zufällig zu unserer Hütte verirrt hatte. Er war weder arm noch anderweitig schwer gebeutelt, hatte nicht einmal eine schwere Kindheit erleiden müssen. Seine Bosheit und Gefühlskälte waren angeboren und von der Natur eingeflößt. Nach dem, was ich wusste, war er eine Art Schriftsteller, der vor der Stadt in die Einsamkeit geflüchtet war.

Damals hatte ich vermutet, dass er als eine Art lebendige Prüfung geschaffen worden war. Ein Lehrobjekt für seine Mitmenschen und auf kopfüber hängende Weise nützlich. Drei Frauen hatten durch ihn eine unvergessliche Lektion erhalten, von seinen Tieren ganz zu schweigen. Mit ihnen sprang er noch schlimmer um, als mit den Menschen. Und als dieses verlorene Bellen mich erreichte, fasste ich einen spontanen Entschluss.

«Lass uns doch mal sehen ...», murmelte ich und lenkte das Pferd zum Hof hinab.

Zwischen wildem Gerümpel und verrosteten Maschinen fand ich eine notdürftige Hundehütte. An einer Kette hing ein großer, klapperdürrer Schäferhund, schwarz und dunkelbraun. Wunderschön, wenn sein Fell nicht so abgewetzt und dreckig und sein Körper nicht ein Sack mit Knochen darin gewesen wäre.

«Dachte ich es mir doch. Er wird es nie besser wissen.»

Ich sprang vom Pferd und näherte mich dem Hund. Er presste sich sofort an den Boden. Natürlich zitterte er. Der Tag war sehr kalt, von der Nacht kaum zu reden. Und alles, was dort in der morschen Hütte lag, war eine zerfledderte, nach Urin und Kot stinkende Decke. Der Hund roch nicht viel besser. Wie hätte er auch.

«Ruhig ...», murmelte ich und berührte seinen Kopf. Er winselte.
«Nicht mal Wasser hat er dir gegeben.»
Sein Napf war leer, ein zweiter ebenfalls, bis auf ein paar vertrocknete Futterkrümel.
Warum sollte er auch bei solch einem Wetter das Haus verlassen? Es war ja nur ein Hund. Und im Dorf gab es jederzeit Nachschub, falls einer einging. Genau das passte zu ihm.
«Okay ... jetzt halt mal still.» Ich öffnete das metallene Halsband, unter dem rotes Fleisch erschien. Blutgeruch stieg mir in die Nase. Ich warf das Band beiseite und stand auf.
«Und jetzt wollen wir mal dafür sorgen, dass jeder bekommt, was er verdient.»
In dem Moment wieherte das Pferd laut. Es dauerte keine fünf Sekunden, bis die Tür aufflog.
«Wer da?», schrie der Kerl und spähte hinaus. Dann sah er uns. Der Hund knurrte und drückte sich erneut zu Boden.
«Was zum Teufel suchen Sie hier? Verschwinden Sie! Und lassen Sie meinen Hund in Ruhe!»
«Darum wollte ich dich ebenfalls bitten.»
«Was? Das hier ist mein Hof!»
Der Mann griff nach einer Jacke, zog sie sich über und kam zu mir herübergestapft. Er war wohlgenährt, frisch geduscht und duftete nach teurem Rasierwasser. Dass der Hof elend aussah und alles, was ihn umgab, lag nicht an fehlendem Geld. Dieser Kerl hatte schlichtweg Besseres zu tun. So endete es, wenn ein Städter von Natur träumte. Ich verachtete ihn derart, dass mir schlecht davon wurde.
Er glotzte mich an und murrte: «Was zum Teufel tun Sie hier? Ich kenne Sie doch!»
Er musterte mich aus zusammengekniffenen Augen. Besonders groß war er nicht, dafür umso breiter und stark gealtert. Sein grau meliertes Haar war kurz geschoren. Er sah dem alten Marlon Brando erstaunlich ähnlich, dessen gütige Ausstrahlung suchte man bei diesem Typ jedoch vergeblich.
«Ich war vor einundzwanzig Jahren schon einmal hier gewesen, ohne mich in eurem Dorf blicken zu lassen. Allerdings hast du dich leider zu unserer Hütte verirrt.»
«Einundzwanzig Jahre?» Er lachte rasselnd, ein starker Raucher und Alkoholiker. «Verarschen Sie mich nicht! Sie sind ja selber nicht viel älter. Ich bin Schriftsteller, aber kein Phantast!»
«Wie du meinst. Alt bist du geworden und sogar noch verabscheuungswürdiger.»

«Sie sind wohl ein ganz Frecher?»

Der Mann legte den Kopf schief und leckte sich die Lippen mit einer gelben, ungesund aussehenden Zunge. Seine Wut wich einem verwirrten Interesse. Er sah auf das Pferd, dann wieder auf mich.

«Wollen Sie mit hereinkommen? Ich habe Tee aufgesetzt.»

Ich lachte abfällig. «Dieses Angebot würde mir nicht mal verlockend erscheinen, wenn ich hier draußen am Erfrieren wäre. Schieb dir deinen Tee sonst wo hin.»

Der Mann zuckte zurück, nun gewann wieder die Wut die Oberhand: «Was wollen Sie?»

«Den Hund.»

Er schnaubte und warf einen missbilligenden Blick auf das Tier.

«Und ...», stichelte ich weiter, «warum ist deine letzte Frau abgehauen? Weil du dein letztes bisschen Verstand ersäuft hast? Weil dir ständig der Gürtel ausrutschte und sie die Treppe runterfiel? Oder weil sie dieses Leid hier nicht mit ansehen konnte?» Ich strich über den Kopf des Hundes. «Frauen lieben instinktiv Männer, die Tiere lieben, weil sie glauben, dass dann auch sie gut behandelt werden. Aber das weißt du vermutlich, als Schriftsteller, der in seiner Jugend die Welt bereiste und lernte ... oder besser gesagt, sich einbildete, zu lernen. Denn du konntest doch nie diesen verbitterten, depressiven, feigen Wüstling hinter dir lassen. Ich hoffe, der Teufel wird dich noch morgen mit seinem dicksten Pfahl aufspießen.»

«Was fällt Ihnen ein?»

Der Mann glotzte mich an, unfähig in seinem Suff, mir die Stirn zu bieten. Die Intelligenz, die hinter dieser Stirn lauerte, richtete sich auf andere Dinge, auf die Fiktion, nicht auf die Realität, wie so oft.

«Hauen Sie ab!», rief er. «Oder ich schlag Ihnen den Schädel ein!»

Genau das hatte ich erwartet.

«Versuch es!» Ich lächelte süß.

«Sind Sie verrückt, oder was?»

«Ja, aber du bist ein krankes Stück Scheiße.»

Der Mann knurrte, zappelte, schnaubte, hob seine Fäuste ... und konnte sich doch nicht dazu durchringen, seine Drohung wahr zu machen.

«Feigling!», sagte ich und verpasste ihm einen saftigen Kinnhaken. Er taumelte zurück und polterte schwer zu Boden.

«Und jetzt wollen wir doch mal schauen, wie dir der kleine Rollenwechsel gefällt.»

Ich nahm das Halsband und legte es ihm um, schön eng, damit es in seine Haut schnitt, sobald er verzweifelt daran zerren würde. Dann zog ich ihm Jacke, Schuhe und Strümpfe aus.

«Du hast ja eine Decke da drin.» Ich blickte auf das kotbeschmutzte Stück Stoff und lachte. Ich genoss es zutiefst! Gerechtigkeit gab es nicht, wenn es um so etwas ging, also musste zumindest ich hin und wieder dafür sorgen.

«Wenn du Glück hast, bekommst du morgen Mittag Wasser. Und ohne Futter kann ein Mensch etwa drei Wochen überleben – kein Grund also mich zu bemühen, eine Dose zu öffnen.»

Der Mann stöhnte und rollte sich zusammen.

«Komm!», rief ich dem Hund zu und ging zum Haus. Innen war es um einiges nobler anzusehen, wenn auch chaotisch und unaufgeräumt. Es war das Haus eines Mannes, der sich nicht unter Kontrolle hatte und ohne Frau nur bedingt lebensfähig war.

«Lass uns mal sehen, was wir hier haben.» Ich durchsuchte die Küche. Sie war ganz in Erdtönen gehalten. Es roch nach frischem Kaffee und Tee. Beides dampfte in weißen Porzellankannen vor sich hin, beides genoss er gerne gleichzeitig. Eine Schale mit Williams-Christ-Birnen stand auf der Anrichte, direkt neben einem Stapel Fernkursunterlagen über Reiki, und die offene Packung Lebkuchen verströmte neben den heißen Getränken einen herrlichen Duft.

Im Kühlschrank fand ich Essensreste von heute Mittag: Hühnchen und Gemüse. Anscheinend versorgte ihn jemand aus dem Dorf ... und das nur, weil er gut dafür bezahlte. Eine Rechnung war an den Kühlschrank gepinnt. Die Dame hieß Caroline McDougal. 450 Pfund hatte sie für November erhalten.

Auf dem runden Küchentisch in der Mitte des Raumes befand sich ein Laptop und ein Stapel Papier. Sein neuestes Werk. Ich warf einen Blick darauf. Auf dem mit Kaffeetassen-Ringen verzierten Titelblatt stand: ‹Eiserne Blüten›.

Einen Moment lang war ich darüber erstaunt. Aber ich verabscheute dieses feige Bündel dort draußen zu sehr, um mich freiwillig mit den Blüten seiner Phantasie zu beschäftigen, welche mit Sicherheit eisern waren.

«Jetzt bist erst mal du dran.» Die Krallen des Hundes klackten traurig auf den Küchenfliesen, während er aufgeregt herumlief und witterte. Was mochte ihm wohl angesichts der Düfte des menschlichen Überflusses durch den Kopf gehen?

Ich gab ihm alles Genießbare, was ich fand, und stellte ihm eine große Schüssel lauwarmes Wasser hin. Es war eine Freude, seinen Hunger zu sehen, seine Begeisterung und Ekstase, während er gierig die Brocken verschlang und das Wasser mit der langen, rosa Zunge schlürfte.

Irgendwann hielt er schließlich inne und sah mich zufrieden an.

«Besser?»

Er kläffte und wedelte mit dem Schwanz.

Draußen war der Mann längst aufgewacht und versuchte sich vom Halsband zu befreien. Seine Finger waren zu taub, konnten das Band kaum greifen. Und da es eines dieser gemeinen Exemplare war, die sich bei Zug nur noch enger um den Hals schlossen, war er bereits rot angelaufen und hustete wütend.

Ich ging wieder zu ihm und sah zufrieden auf ihn hinab. «Und? Weißt du jetzt, woher der Ausdruck ‹Hundeleben› kommt?»

«Mach mich los!», heulte er, zerrte und wand sich wie ein Wurm.

«Es ist kalt, nicht wahr? Und sehr, sehr ungemütlich. Soweit ich weiß, kommt jeden Mittag jemand aus dem Dorf zu dir hoch, oder?»

Der Mann nickte und röchelte.

«Gut! Ich denke, eine Nacht solltest du noch so verbringen, das könnte heilsam sein. Sieh es als eine besondere Erfahrung. Du kannst ja Reiki praktizieren, damit dir wärmer wird.»

«Sie verfluchter, kranker Idiot!»

«Vielen Dank! Ich weiß das sehr zu schätzen.»

Er krächzte und wirkte plötzlich handzahm und verzweifelt wie ein Kind, das die falsche Eissorte bekommt.

«Bitte mach mich los!», schluchzte er.

«Warum? So hat Caroline wenigstens was zu lachen. Und du hast Zeit zum Nachdenken.» Ich sah zum Himmel, der nun finster leuchtete und sich aufzubäumen schien. Weit, weit oben machten sich bereits starke Schneeschauer auf ihren Weg.

«Besser, du gehst in die Hütte. Es wird gleich ungemütlich.»

Der Mann heulte. Ich lachte amüsiert, schwang mich aufs Pferd und ritt davon. «Machs gut und schlaf schön!»

Der Hund folgte mir und raste kläffend voraus, froh über die neu gewonnene Freiheit. Am Tor wandte ich mich noch einmal um.

«Und solltest du dir jemals wieder eine Frau oder ein Tier anschaffen ...», rief ich ihm zu, «dann werde ich dafür sorgen, dass dir diese Erfahrung hier wie ein Spaziergang erscheint. Ich habe kein Problem damit, Menschen wie dich umzubringen.»

Alex und Mia waren hingerissen. Der Hund ließ sich auf den Teppich vor dem Kamin fallen und begann zu dösen, als sei er schon immer hier zu Hause gewesen.

«Wenn das kein gutes Zeichen ist», sagte Mia und stellte eine Schüssel auf den Boden. Dann zerkleinerte sie mit bloßen Fingern den Rest des Bratens von gestern Abend und legte ihn hinein.

«Wird er sich mit Raphael vertragen?»

Ich betrachtete das Tier einen Moment und dachte an Raphaels Eigenheiten, deretwegen wir ihn zu Hause in der Obhut von Martha gelassen hatten. Er war Mut und Dominanz auf vier Beinen.

«Ich denke schon. Er ist kein Hund mehr ... er hat wie wir sein altes Leben hingeworfen.»

«Er dürfte sich kaum für deine Postkartensprüche interessieren», warf Alex mit müder Stimme ein.

Mia verengte die Augen und kraulte das Kopfhaar des Hundes. «Er braucht ein Flohmittel. Vermutlich sind wir längst befallen.»

«Ah, noch mehr gleichartige Wesen.»

Mia wusch sich die Hände. Anschließend hockte sie sich vor das Tier und beobachtete es mit der Starre und Faszination eines Forschers.

«Sieh mal, er ist so gierig wie wir.» Alex verfolgte mit seligem Lächeln das Geschehen. Er war erschreckend blass, die Schatten unter seinen Augen dunkel und faltig wie die eines Greises. Erschöpfung schwang in seinem Atem mit. Der Geruch von Fieber und innerer Verwesung, wie ihn auch alte Menschen verströmten.

«Hier, wärm dich etwas auf!» Mia reichte mir eine Tasse dampfenden Vanilletee. Der Duft würde mich immer an sie erinnern.

«Den Winter hätte er nicht überlebt», nuschelte ich über die Teetasse hinweg. «Die Frau im Dorfladen hat mich beglückwünscht für meine Tat. Dieses Stück Dreck, wie sie ihn nannte, hätte noch Schlimmeres verdient. Sie hat mich gefragt, weshalb ich nicht Nägel mit Köpfen gemacht habe. Hier oben würde sich ohnehin niemand um einen Toten kümmern. Die wilden Katzen hätten sich schon intensiv genug mit seinem Körper beschäftigt und sie würde mich nicht einmal auf dem Sterbebett verpfeifen.»

Alex nickte. «Ja, die alte Dame ist wunderbar, war sie schon als junges Mädchen.» Seine Stimme war schleppend, sanft und sehr langsam. «Aber egal wie verabscheuungswürdig ein Mensch auch daherkommt, es hat immer einen Sinn und einen Grund. Es hängt alles zusammen, Ashe, wie ein Spinnennetz. Dieser Mann dort oben war für nicht wenige eine Aufgabe im Leben, die sie zu meistern hatten. Außerdem ... das, was er ausgelebt hat, steckt in jedem Menschen. Unter gewissen Voraussetzungen würden sie alle zu Bestien werden. Nur würde dir das der redliche Nachbar im weißumzäunten Häuschen niemals glauben. Es geht letztendlich nur darum, ob du deine Aufgabe meisterst oder nicht.»

Ich lachte, ohne amüsiert zu sein. «Dann sollten sie ihren Hang zur Grausamkeit innerhalb ihrer Art austragen.»

«Solange du vor Verzückung seufzt, wenn Mia ihren Salzbraten aufträgt, solltest du ruhig sein.»

«Ich weiß. Aber die Welt wird sich nicht ändern.»

Der Hund verschlang laut schmatzend das Fleisch und seufzte daraufhin erschreckend menschlich. Müde sank er wieder zusammen. Alex kniete sich nieder und begann seinen Kopf zu streicheln.

«Ein paar Wochen, und er sieht so schön aus, wie er sollte.»

Ich sah auf Alex' Hand. Sie zitterte greisenhaft. Ganz plötzlich wirkte er kränker und älter als je zuvor. Eine bittere Erkenntnis befiel mich.

Er hob den Kopf. «Keine Sorge, Ashe. Ich fühle mich gut.»

Wie schlecht er für mich auch aussehen mochte, er sagte die Wahrheit. Vielleicht fühlte es sich für ihn an wie diese wunderbaren Momente des Aufwachens in Wärme und Dunkelheit, mit dem Wissen, einfach liegen bleiben und wieder zurücktreiben zu können.

Aber so war es nicht für mich. Ich stellte die leere Tasse zurück auf den Tisch und wandte mich zum Gehen.

«Ashe?» Mia sah mich an.

Ich erstarrte am Fuße der Treppe, die ich gerade hochsteigen wollte. Ihre beiden Gesichter schwebten vor mir, deutlicher als je zuvor, als sähe ich sie das erste Mal. Zahllose Kleinigkeiten fielen mir plötzlich auf, ich sog Alex' Profil auf, Mias Gesicht, ihr Haar, das sich um ihre Schultern wellte. Dann lief die Zeit weiter, plötzlich und ruckartig, als hätte ich für Sekunden geschlafen.

Alex stand vor mir. Er nahm meinen Kopf zwischen seine Hände, blickte mir tief, zu tief in die Augen und küsste mich. Er presste seine weichen Lippen auf meine und berührte sie mit der Zunge. Ich nahm seinen ureigenen, nach Vergänglichkeit duftenden Geschmack in mich auf, kurz und intensiv, als hätte er mir etwas eingehaucht. Dann wich er wieder zurück, seltsam zögernd, und ließ sich aufs Sofa niedersinken. Meine Lippen brannten.

«Schon in Ordnung», hörte ich mich verwirrt sagen. «Ich bin bis zum Essen wieder bei euch.»

Alex nickte mir zu. «Wir sehen uns wieder, kleiner Bruder!» Sein Lächeln war sehnsüchtig und liebevoll.

Mir blieb eine Stunde. Ich ließ mir im Bad oben Wasser ein, zog mich aus und glitt in die Wanne hinein. Das wunderbare Nass sickerte in meine unterkühlten Knochen und ließ meinen Leib genüsslich prickeln. Ich entspannte mich allmählich.

Als ich meine Arme ausbreitete und sie auf den Wannenrand legte, fühlte ich große Sehnsucht danach, mich jemandem völlig auszuliefern.

Ich liebte es hin und wieder, mich fallen zu lassen, bewahrte mir aber stets die Kontrolle über das, was geschah.

Doch das, was ich jetzt fühlte, war der Wunsch nach vollkommener Aufgabe.

Ich dachte an Martens ungestümes, kompromissloses Verlangen. Er wusste, was er wollte. Er hätte mir alles Denken und jeden Willen abgenommen, mich vielleicht sogar ausgelöscht. Ich wusste, dass er etwas in mir verzweifelt liebte und begehrte, so wie es auch mir erging. Dachte ich jetzt an all meine Lebenssünden und wollte mich selbst dafür bestrafen? Oder wollte ich meinen Leib hingeben wie Jesus den seinen der Liebe hingab?

Von Dampf umhüllt starrte ich an die Decke und döste. Die Haare klebten mir in der Stirn. Ich hörte nebenan in Stephens Zimmer den Fernseher. Eine Stimme sagte, dass wir alle neben dem menschlichen noch zwei weitere Gehirne besäßen, das eines Säugers und das eines Reptils – eines Reptils, das ein Bankkonto braucht und eine Maske für seine feindliche Umwelt. Aber am Ende würde er doch sterben, für die Liebe.

Wie dramatisch!

Ich tauchte kurz unter und legte den Kopf wieder auf den Beckenrand. Meine Finger glitten langsam über den blassen Körper, der mich umschloss. Er war so durchscheinend, alt und seltsam. Wie viele hatten ihn schon berührt, sanft oder fordernd. Wie viele hatte ich schon berührt mit diesem Fleisch ...

Meine Hülle fühlte sich an wie ein alter, abgetragener Mantel. Ich wollte sie abstreifen, sie hinter mir lassen, auf sie hinabblicken, wollte den Kopf schütteln und lachen über diese alte, abgewetzte Hülle, die mein zu Hause gewesen war. Die, die ich vorher getragen hatte, waren ihr alle ähnlich gewesen. Ob weiblich oder männlich oder beides, sie glichen immer einander.

Von unten hörte ich ein Klirren, als hätte Mia etwas fallen lassen. Es wurde langsam Zeit. Ich stieg aus der Wanne und zog die frischen Kleider an: eine braune Leinenhose und ein weites, schwarzes Hemd, dicke, wollene Socken und die bequemen Schuhe mit der Sohle aus Gras. Mein Haar band ich zurück, und nach einem ausgiebigen Blick in den Spiegel schickte ich mich an, zu den beiden zurückzukehren.

Der Duft von gebratenem Hähnchen durchzog das Haus. Ich stieg die Treppe hinab, unterdrückte ein Gähnen und verharrte, als ich Mia und Alex erblickte. Ich wich ein wenig zurück, verhielt mich still, um sie einige Augenblicke beobachten zu können.

Alex lag auf dem Sofa. Mia kniete vor ihm auf dem Boden und schien ihn zu küssen. Ein Lächeln umspielte meine Lippen, aber dann sah und spürte ich, dass etwas nicht stimmte.

Er umarmte sie nicht. Sein Arm hing stattdessen schlaff herab, seine Fingerspitzen berührten den Teppich. Er war reglos, seine Haut fahl und weiß.

Mia setzte etwas an seine Brust. Ich sah, wie er blinzelte, sah, wie seine Lippen sich kaum merklich bewegten. Mühsam hob er seine Hand an ihre Wange und streichelte sie, dann fiel sie kraftlos wieder zu Boden. Er litt Schmerzen, erst jetzt. Mia weinte, dann umklammerten ihre Finger den Griff und sie stieß das silberne Ding laut schluchzend in seine Brust.

Es wurde still. Mia sank nieder und nahm seinen Kopf in ihre Hände, küsste ihn, weinte, drückte seinen Körper an sich. Auf dem Teppich lag das blutige Messer.

«Alex ...», flüsterte ich. Ich roch Tränen. Sein Blut. Verzweiflung.

Meine Vernunft schaltete sich aus. Ich wich zurück, zog mich die Stufen wieder empor, umklammerte das Geländer. Dann wurde es leise in mir, bis auf das Blutrauschen und das Gefühl, weit, weit fort zu sein.

Ich rang nach Atem. Mia war da. Ihre Augen waren feucht und rot. Irgendwelche Worte sprudelten aus mir heraus, dann sackte ich zusammen und spürte und wusste nichts mehr. Es war also so weit ...

Die lange Gewohnheit zu leben hatte uns der Fähigkeit zu sterben beraubt.

†††

Stephen lehnte sich an mich und strich wie zufällig mit der Wange über meine Schulter. Er weinte, versuchte die Tränen wegzuwischen. Diesmal trug er Juliens ältesten Anzug, schwarz mit dunkelrotem Kragen und Revers. Er hatte ihn damals in London getragen, als sie den Kristallpalast einweihten.

«Lass es zu!», flüsterte ich. «Du hast sie geliebt.»

Ich legte die Lilie auf Mias Grab, die dunkle Rose auf die Erde, die Alex' Körper bedeckte. Sie war ihm nur wenige Wochen später gefolgt. Die letzten Nächte hatte ich bei ihr gelegen, sie im Arm gehalten, versucht ihre Einsamkeit zu vertreiben. Aber es war, als hätte man ihr die Hälfte des Herzens entfernt. Sie alterte, wie ich nie etwas hatte altern sehen.

Alex hatte mir einst erzählt, wie er sich wünschte zu sterben, in den Armen seiner Liebsten, durch ein Messer, mit dem sie ihn erlöste und dann küsste, bis es vorbei war. Und so war es geschehen.

Vor drei Tagen war ich neben ihr aufgewacht und ihr Körper war kalt gewesen, kalt und starr wie der eines leblosen Menschen, aber so viel schöner. Als hätte der Tod sie in Eis verwandelt und nicht mehr als jene schmerzhaft zarte Hülle zurückgelassen.

Und wieder verlief alles schnell und erschreckend selbstverständlich.

Sie hatten mir schon vor Jahren die Nummer gegeben, unter der jemand von unserer Art erreichbar war, jemand, der sich um alles kümmerte. Er war gekommen, und nur zwei Tage später hatten die acht Familien dieser Welt hier gestanden und sie zur letzten Ruhe gebracht, auch Marten, der nicht ein Wort an mich richtete. Alex hatte Unrecht gehabt. Sie waren ihm trotz allem wichtig gewesen.

«Wartet auf mich», flüsterte ich ihnen zu. Meine Hand berührte den Schnee, grub sich in die weiße Decke aus Eiskristallen. Dort unten lagen sie. Ich sah ihre Gesichter. Sie waren so kalt, so tot und starr. Die Abwesenheit allen Lebens in ihren Hüllen machte mir Angst.

«Wir werden uns wiedersehen», sagte ich und empfand tiefe Furcht davor, dass diese Worte nicht der Wahrheit entsprachen. Zweifel nach so langer Zeit ...

Der große Hund aus den Bergen stand bewegungslos wie eine Statue etwas abseits und blickte ernst und wissend. Zu Hause streunte Raphael Tag und Nacht miauend durch die leeren Räume. Unsere Gesellschaft tröstete ihn nicht.

Ich stand wieder auf, wich zurück und starrte auf die beiden schlichten Gräber. Auf den einfachen schwarzen Steinen stand nichts außer ihren Namen: Alex ... Mia ...

Es war so schnell geschehen, so unfassbar plötzlich. Es hätte mich nach vielen Toden nicht mehr überraschen sollen. Aber diesmal litt ich, wie ein Mensch leiden würde.

«Du hast es schon tausende Male erlebt ...?», fragte Stephen.

«Ja, aber das ist etwas anderes.»

«Liebe?» Seine Stimme war unschuldig.

«Menschen haben den Begriff Liebe so sehr abgenutzt und missbraucht», antwortete ich, «aber wenn wir sagen, dass wir jemanden lieben, dann tun wir es mit jeder Faser unseres Körpers und unserer Seele. Wir legen unser Leben in die Hand desjenigen, den wir lieben, so wie ich mein Leben in Alex' und Mias Hand gelegt habe.»

«Wie oft hast du geliebt?»

«Niemanden so sehr wie sie.»

Stephen sah zu Boden und nickte.

«Es ist mein erstes Mal», sagte er. «Ich weiß nicht, wie ich mit diesem Schmerz umgehen soll. Ich wusste es immer, aber nicht jetzt.»

Der Hund presste sich an Stephens dünnes Bein, er vergötterte ihn seit dem ersten Blick, und es beruhte auf Gegenseitigkeit.

Plötzlich fühlte ich Tränen. Ich begann zu weinen, wusste nicht, was ich tun sollte. Stephen wandte sich um und streichelte den Hund.

Viel zu oft hatte ich geliebte Wesen verloren. Aber immer waren Alex und Mia es gewesen, bei denen ich Trost und Zuflucht gefunden hatte. Nun waren sie es, die gegangen waren ...

Was jetzt? Was zum Teufel sollte ich nun tun? Warum stand ich hier und lebte? Mein Körper war leer, mein Geist war leer. Ich legte den Kopf in den Nacken und atmete in verzweifelten Zügen tief die kalte Luft ein. Schnee rieselte von den Ästen des Baumes und fiel in meinen Kragen. Der Himmel war grau und malvenfarben ... und Dunkelheit zog auf.

«Komm, lass uns nach Hause gehen!»

Stephen nickte. Er sah krank aus, leidend und krank. Ich nahm sein kleines Gesicht in meine Hände und sah ihm in die Augen.

«Wir beide sind nun alleine», sagte ich. «Wirst du mir vertrauen?»

Wieder nickte er. Ich beugte mich vor und küsste ihn sanft. «Dann komm mit mir. Wir werden ein neues Leben beginnen.»

«Nicht hier?»

«Nein. Wir werden fortgehen, weit weg.»

«Wohin?»

«Es gibt einige Orte, die selbst ich noch nicht gesehen habe. Ich weiß es nicht, vielleicht gehen wir zu Julien. Der Hund und der Kater begleiten uns natürlich. Man wird uns dabei helfen, unerkannt und sicher zu reisen.»

«Wer ist er?»

«Mias zweiter Schüler. Er lebt sehr weit entfernt. Aber vielleicht brauchen wir jetzt das Ende der Welt.»

«Wirst du das Haus verkaufen?»

«Nein, niemals. Man wird sich darum kümmern und eines Nachts kommen wir zurück.»

«Vielleicht.»

Stephen sah mich an. In diesen Momenten war meine Liebe zu ihm so groß wie jene zu meinen toten Geschwistern.

«Verlass mich nicht!», sagte er.

Ich nahm ihn in den Arm und zog ihn an mich. Sein schmaler Körper zitterte, verletzlich wie Glas und hilflos gegenüber seiner ersten, großen Erkenntnis.

«Keine Angst», flüsterte ich, «dies hier ist nur das Leben.»

«Verlass mich nicht ...», wiederholte er leise.

Ich flüsterte ihm die Worte zu, die auch ich immer hatte hören wollen, dann wandten wir uns um und gingen davon. Die Nacht brach herein und es begann wieder zu schneien. Kein Laut war zu hören auf diesem Friedhof. Er ruhte unter dem Schnee und vergaß die Zeit. Vielleicht würde ich irgendwann hierher zurückkehren. Vielleicht würde es ihn dann nicht mehr geben.

†††

Ein paar Tage später stand ich vor der Stilton-Eiche in der Grafschaft Dorset und berührte ihren zerfurchten Stamm.

Die Gestalt des Baumes war urzeitlich, die eines vor Jahrtausenden erstarrten Fabelwesens. Er streckte seine Zweige seit ewigen Zeiten in den Himmel hinauf. Abertausend Generationen von Vögeln hatten in seiner Krone genistet und taten es noch immer. Jetzt waren die Nester leer, die Vögel weit entfernt im Süden. Einst hatte es hier einen riesigen Hain aus Eichen gegeben, inmitten der Wälder der alten Zeit. Übrig geblieben war nur dieser eine Baum in einer kahlen, weiten Landschaft, dieses uralte Wesen, das Generation um Generation der Menschen überlebt hatte und Zeuge ihres widernatürlichen Werdens geworden war.

William Blake sagte einst im Jahre 1799: ‹Der Baum, der manche zu Freudentränen rührt, ist für andere nur ein grünes Ding, das im Weg steht. Einige sehen in der Natur nur Lächerlichkeit und Deformation, und einige sehen die Natur überhaupt nicht. Doch in den Augen des phantasiebegabten Menschen ist die Natur die Verkörperung der Phantasie.›

Die Kelten Britanniens hatten damals ihre Hände auf seine Rinde gelegt und mit dem göttlichen Wesen in ihm gesprochen. Feuer hatte seine Äste beschienen, Menschen hatten vor ihm getanzt und Frauen sich auf seine Wurzeln gelegt, um gesunde, starke Kinder geschenkt zu bekommen.

Jetzt war er nur noch ein Baum. Touristen kamen und gingen, nahmen Stücke seiner Rinde und seine herabgefallenen Früchte mit. Sobald er eine Gefahr für Menschen darstellen würde, weil er zu alt und morsch war, würde man ihn fällen ... und sich an nichts mehr erinnern.

Wir waren gleichaltrige Wesen.

Ich berührte seine felsengleiche Rinde, berührte mein Gesicht und verließ dieses Land.

Die Verdammten
Leah B. Natan & Jay K.

ab September 2006 erhältlich

Taschenbuch
13,5 x 21 cm, 290 Seiten
ISBN 3-937536-63-9
14,95 €

Dies ist die Fortsetzung des Romans 'Unsterblich'. Sie beschreibt den weiteren Weg von Ashe und seinem Zögling Stephen durch die Wirren des einstigen Verlustes und das Erbe der Vergangenheit. Eine Geschichte ohne große Rückblicke, handelnd im Hier und Jetzt. Weg von den dekadenten Ausschweifungen vergangener Tage und Nächte, hin zum puren Überleben und Erleben abseits der Menschen und doch mitten unter ihnen. Gefangen in Leidenschaft und und der Jagd nach Leben.

Diese Fortsetzung wird treibender, noch ereignisreicher als der erste Roman sein. Er wird an die Grenzen von Moral und Vernunft stoßen, teilweise um sie spielerisch zu überwinden oder in ungeahnte Tiefen der Seele zu führen. Der Roman entstand diesmal unter der Feder zweier Autoren, die versuchen werden, ihre Sicht einer Welt näher zu bringen, die vielleicht phantasievoller erscheint, als sie tatsächlich ist.

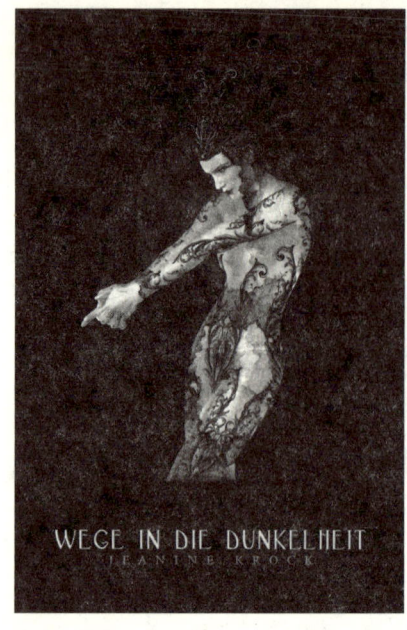

Wege in die Dunkelheit
Jeanine Krock

bereits erhältlich

Taschenbuch
13,5 x 21 cm, 150 Seiten
ISBN 3-935798-07-5
12,95 €

Seit nahezu 200 Jahren vagabundiert die attraktive französische Vampirin Shamina männermordend durch Zeit und Raum. Zerrissen von den schmerzlichen Gefühlen für ihre verloren geglaubte Jugendliebe und der Loyalität zur ihrem vampirischen Schöpfer kehrt sie nach Jahrzehnten zurückgezogener Existenz in die Welt der Sterblichen zurück. 1982. Shamina erliegt schon bei ihren ersten Gehversuchen in dieser neuen Zeit dem Charme ihres Opfers; verwirrt verschont sie den attraktiven Nik. An seiner Seite taucht die Vampirin in die energiegeladene, faszinierende, junge Gothic-Szene ein, lässt sich betören von den Schwingungen nie gehörter düsterer Musik, begeistert sich für die aufsässig romantische Mode und trifft auf alte Bekannte aus einer anderen Zeit. Im Hintergrund lauert jedoch der Feind.

«Es ist wirklich ein packendes Buch, von Anfang bis Schluss [...] Ich finde, dass hat Jeanine Krock sehr gut rübergebracht, welche Kluft, aber auch welche Gleichheit zwischen diesen zwei Arten herrscht, denn auch Vampire beginnen ihr Dasein als Opfer»

Media-Mania.de, Sandra Seckler

Der Venuspakt
Jeanine Krock

ab März 2006 erhältlich

Taschenbuch
13,5 x 21 cm, 272 Seiten
ISBN 3-86608-044-1
12,95 €

Das Feenkind Nuriya will nichts mit der Magie ihrer Vorfahren zu tun haben. Die Tochter des Lichts verleugnet ihre Herkunft so sehr, dass sie selbst auf andere übernatürliche Wesen menschlich wirkt.
Doch als sie den Blick des Fremden spürt, ahnt sie sofort, dass diese Begegnung ihr Leben auf den Kopf stellen wird.
Kieran gilt als sehr gefährlich. Seine Welt ist die Dunkelheit. Seit Jahrhunderten arbeitet der Vampirkrieger als Auftragskiller und tötet jeden, der es wagt, die magische Ordnung zu stören. Doch ausgerechnet er ist es, der das magische Gleichgewicht aus der Bahnwirft und nun plötzlich zum Gejagten wird. Der einzige Grund, den Kampf aufzunehmen ist die widerspenstige Feentochter, denn sie hat längst sein Herz geraubt.

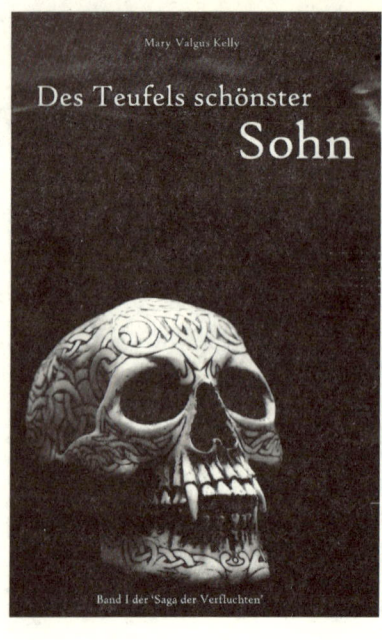

Des Teufels schönster Sohn
Band I der Saga der Verfluchten
Mary Valgus Kelly

bereits erhältlich

Taschenbuch
13,5 x 21 cm, 144 Seiten
ISBN 3-937536-65-5
12,90 €

Der Vampir Ares ist seines Daseins als Einzelgänger überdrüssig. Auf der Suche nach einem Gefährten trifft er eines Nachts auf den wunderschönen Knaben Domenico. Berauscht von dessen Anmut beißt Ares zu: Domenico soll fortan die Unsterlichkeit mit ihm teilen.
Doch von Anfang an liegen Schatten über dem ‚Duo infernal'. Domenicos melancholische, in sich gekehrte Art reibt sich am genussbetonten hedonistischen Wesen Ares'. Ruhelos und von Selbstzweifeln geplagt setzt er sich immer wieder ab. Es fällt ihm schwer, sich mit seinem Schicksal als Vampir abzufinden. Er fühlt, irgendetwas an ihm ist anders, und langsam kommt er seiner Bestimmung auf die Spur ...

«Gelungener Auftakt einer epischen Saga um Vampire und Menschen!»

Alle Bücher auch erhältlich bei:

www.ubooksshop.de